NF文庫
ノンフィクション

「回天」に賭けた青春

特攻兵器全軌跡

上原光晴

潮書房光人新社

はじめに

「発進用意！」

潜水艦艦長の声。心なしか沈痛だ。母潜として背に搭載してきた「回天」を、今まさに敵艦船群に向けて解き放とうとしていた。

「発進用意、よし！」

回天搭乗員の力強い応答がある。腹の底からわきだしてくるようだ。搭乗員の最後の深呼吸が、母潜にも聞こえるような一瞬である。

母潜からの操作で、回天を縛りつけていたバンドが外される。と同時に、

「ドーン！」

大きな起動音である。

次いで、ガリッと電話線を切断する音が伝わってくる。

必死必殺の人間魚雷が母潜から放たれ、目標の敵艦に向かう一瞬である。

母潜の艦長が潜望鏡に飛びつく。

黒い海面に、ちらっと青白い航跡が見えて消える。

「駛走《しそう》状態良好」

聴音室からの報告が入る。あとは心を静め、敵艦方向からの大爆発音を祈りつつ待つ。


回天は、魚雷をもとにした一人乗りの構造で、長さ十四・七五メートル、直径一メートル、重さ八・三トン、耐圧深度八十メートル。上げ下げ自由な約一メートルの特眼鏡（潜望鏡）をもち、潜航、浮上、変針、変速が自在。水中の最大速力三十ノット（時速五十五キロ余）。頭部に一・五五トンの炸薬《さくやく》を備え、一発でいかなる巨艦をも轟沈《ごうちん》させ得る、恐るべき特攻兵器であった。

飛行機の神風特攻とは異なり、終始海中を潜ってそのまま目標に体当たりする回天は、姿をまったく見せずなんの前触れもないため、アメリカ側にとって絶大な脅威となった。

回天は、若い海軍士官の憂国の真情から生まれた。創案者は海軍機関学校出身の黒木博司《ひろし》機関中尉で、海軍兵学校出身の仁科関夫《にしなせきお》少尉が協力し、二人の間で、九三式直径六十一センチの酸素魚雷を利用して造る、人間魚雷の構想が組み立てられた。

敗色の濃い時期である。敵は息つく間もない猛攻で、わが本土を脅かしてきた。その進攻を食い止めて救国の効果をあげるには、若い自分たちが一命を捨ててかからねばならないと、二人の決意は固く、ついに、「脱出装置のない兵器は認められない」と渋っている海軍上層部を動かした。黒木と仁科に前後して、数人の若手士官も、人間魚雷の採用を血書で嘆願している。

そして、予備学生や飛行予科練習生を含む若者たちが、回天特攻隊を志願して、山口県の大津《おおづ》島《しま》、光《ひかり》、平生《ひらお》、大分県大神《おおが》の四ヵ所に広がった基地で訓練艇に乗り、難しい操縦技術の習得に挑んだ。

回天は、中央の座席に搭乗員が一人座り、特眼鏡で観測しながら操縦する。魚雷はもともと自動操縦で走るようにできているため、その原理を応用した回天は、針路、速力、深度の各調定装置のハンドルを操縦者がセットすれば、そのとおりに進む。

ただし、途中で特眼鏡を上げて短時間で敵艦の針路、速力、距離を観測し、それらに応じた射角（敵艦に命中する角度）を決め、調定済みのデータを変更しなければならない。その一方で、艇の浮力や釣り合いを常に調整していく。

必ず命中するためには、このように高度の研究、熟練を要する。窮屈な座席のなかで、忙しく頭と両手を動かしていなければならない。

回天を搭載した潜水艦の交戦結果をみると、敗戦までの九ヵ月間に、回天の戦果は確かな数字では、撃沈三隻、撃破五隻。次に回天作戦全般に及ぶ戦没者数を挙げてみる。まず潜水艦で出撃した搭乗員は八十名。第一回天隊（通称白竜隊）の輸送艦で沖縄に進出した搭乗員七名、進出した基地での空襲被弾二名、訓練中の殉職十五名、自決二名で、以上の通り搭乗員の死者数は百六名。

出撃者数の割に戦果が少ないのは、目標に届かずに自爆したか、攻撃にさらされて爆発、沈没したか、あるいは調査が進んでいないため、と考えられる。

一方、回天を搭載して出撃した潜水艦（母潜）は十六隻。出撃回数は延べ三十二回、うち八隻が失われた。これら戦没潜水艦の乗員総数は八百十二名で、戦没潜に同乗していた整備員三十五名がこの八隻に乗り組んでいた。さらに回天整備基地員百二十名、銃撃被弾した基地員一名、第一輸送艦乗組員二百二十五名とつづく。結局、戦没者は総計千二百九十九名である（全国回天会調べ）。

超大型戦艦「大和《やまと》」、「武蔵《むさし》」をはじめとする海上決戦能力のすべてを消耗しつくしたなかにあって、回天は、母潜とともに敗戦の前日まで戦うことをやめず、搭乗員の意気は盛んであった。

アメリカ海軍のジェス・B・オルデンドルフ中将は、

「もし戦争がさらに続いていたら、このものすごい兵器は重大な結果をもたらしただろう」

といっている。

また、終戦直後、マニラに飛んだ日本の軍使に、マッカーサー司令部のリチャード・K・サザランド参謀長が最初に発した言葉は、

「回天を積んだ母潜が、太平洋上にあと何隻残っているか」というもので、

「十隻ほどいる」と聞いて、

「それは大変だ。一刻も早く戦闘行動を停止してもらわねば」と、顔色を変えたという。

遺書からも分かるように、彼らは、親や兄弟、姉妹を、民族を、故郷を、守ろうとして、祖国の危急を救うべく回天戦に殉じた。十八歳から二十二、三歳の大正二けた生まれの、心優しい若者たちであった。

その青春群像を記録することにより、人のため、国のために死んでいった崇高な志を知って、彼らの死を無駄にしないように、また、彼らを特攻作戦に駆りたてた時代背景を明らかにして、このような痛哭《つうこく》の歴史を二度と起こさぬようにと願って、回天戦に殉じた若者たちの実像を、二十一世紀の未見の友たちに伝えたい。

なお、本文の構成上、敬称、丁寧語の省略に努めました。原文は当用漢字・現代仮名遣いに直しました。ご了承ください。

「回天」に賭けた青春――目次

第三章　甲標的から人間魚雷へ

第四章　先陣を切る菊水隊、続く金剛隊

第五章 光基地を重点に部隊編成

回天断面略図

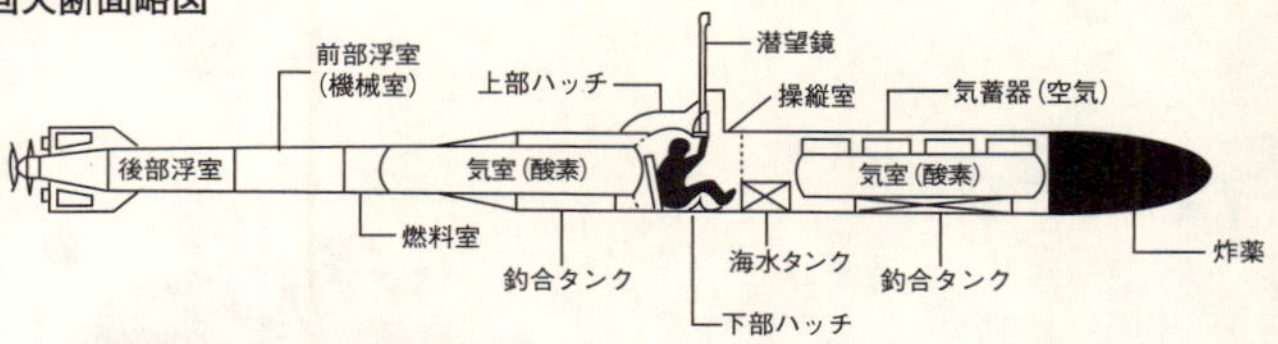

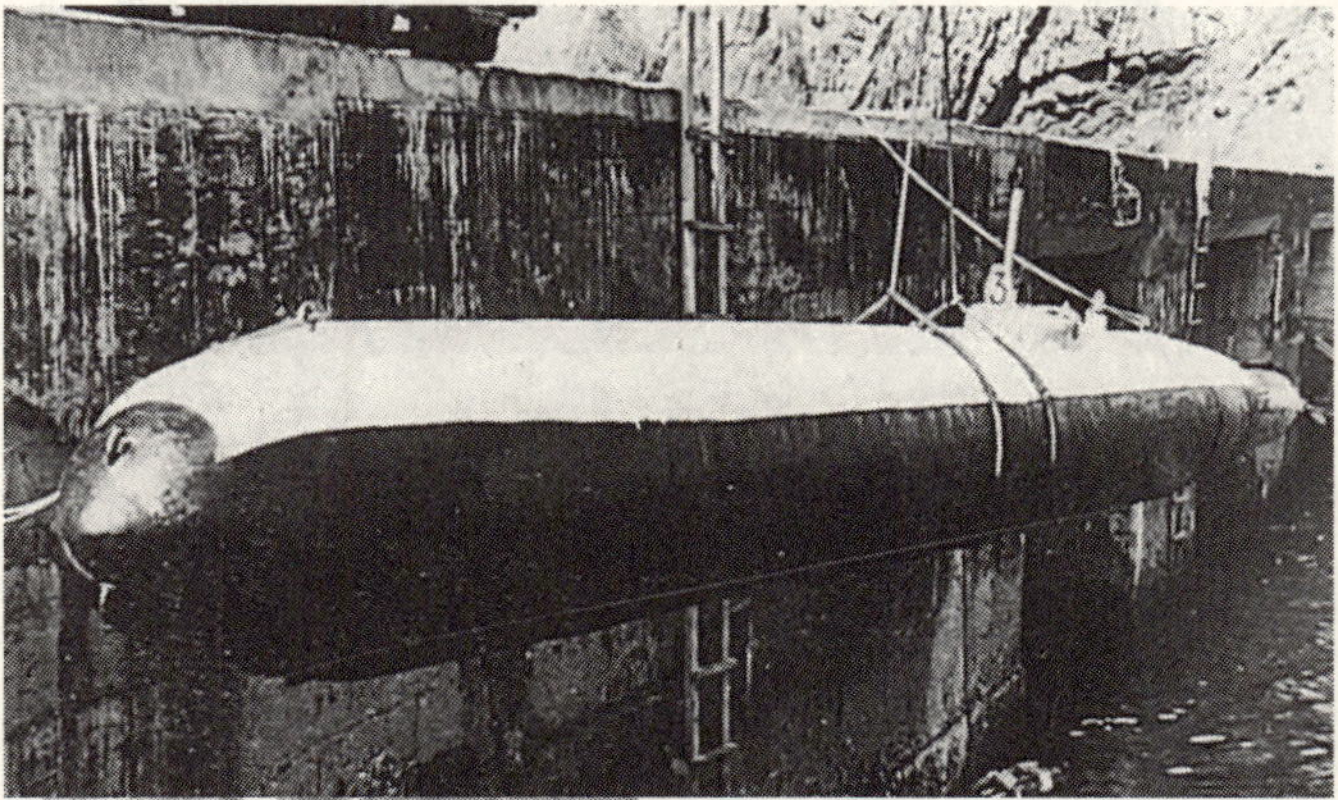

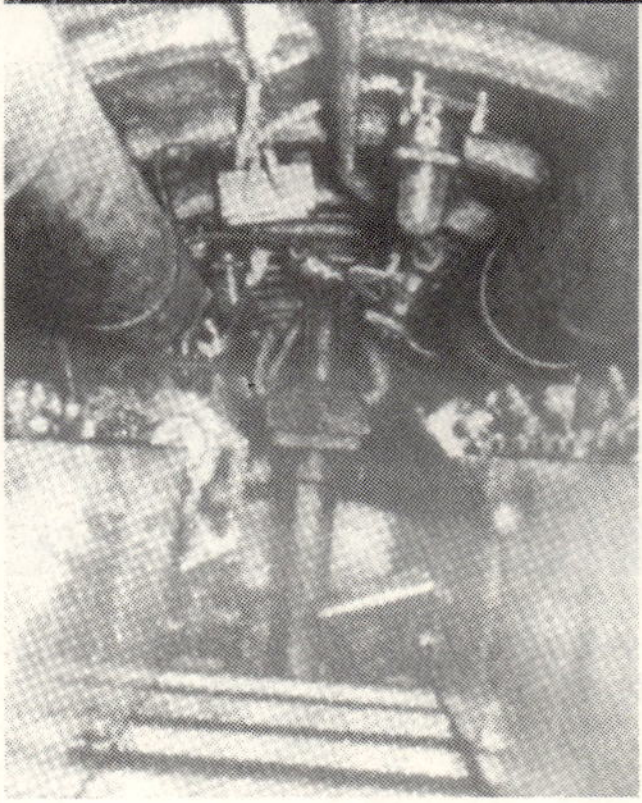

(上)大津島基地の発射岸壁で吊り下ろされる回天1型。訓練時、回天は視認性をよくするため、上部が白く塗られていた。(下)回天内部、搭乗席の様子。両側面・二次電池、上部両側・操空タンク、正面・特眼鏡〈潜望鏡〉。その他、ぎっしりと詰め込まれた計器・操縦機器。これを一人ですべて操作する。一人乗りの狭い空間だったが、訓練時は二人乗ることもあった。

（上）回天を搭載した伊370潜水艦。昭和20年2月20日、硫黄島海域をめざして出撃した。白波を立てて増速してゆく艦上で、回天の上から最後まで見送りに応える。（下）伊47潜水艦の前甲板に固定された回天5号・6号と搭乗員。昭和20年4月20日、沖縄の東方、ウルシーとの中間海域に向けて出撃した。

「回天」に賭けた青春

特攻兵器全軌跡

序章　原案をつくる五人の少・中尉

昭和十九年（一九四四）七月二十五日、広島県呉《くれ》軍港の南、音戸《おんど》の瀬戸の東にある大入沖《だいにゅう》魚雷射場で、秘匿名「〇六（まるろく）金物一型」と呼ばれる試作兵器二基の水中航走試験が行なわれ、見事に成功した。テストに搭乗したのは黒木博司《ひろし》大尉と仁科《にしな》関夫《せきお》中尉である。三十ノット、一秒間に十五メートルという高速で、人間が水中を走ることができたのである。戦局の起死回生を図るべくして躍りでた人間魚雷「回天」の幕開けである。若い士官たちの憂国の熱情からほとばしりでたこの兵器の誕生までの経緯を聞いて、海軍中央の要人たちはいいしれぬ感動に身を震わせた。

次にみるように、実は黒木、仁科のほかにも、人間魚雷の実現を目指す士官たちの先駆的な動きがあった。

「おい、あれを見ろよ。惜しいなあ。宝の持ち腐れじゃないか」

「おれもそう思う。なんとか利用の仕方がないものかな。これに乗って突撃できたらなあ」

　魚雷の山を見つめながら、二人の少尉候補生は、どちらからともなく声をかけ、思案顔で話し合った。久良知《くら ち》滋《しげる》と深佐安三、海軍兵学校七十一期。二人は無二の親友である。

　海兵七十一期は、十七年十一月の卒業前、約二ヵ月の乗艦実習に入り、その間、山口県の海軍光工廠《ひかりこうしょう》を見学した。

　広い工廠内に水上艦艇用の九三式酸素魚雷があふれ、通路にまではみだしている。艦艇が撃沈されたり救援物資の輸送に追われていたりして、魚雷を積みこむどころではない。やむなく工廠内に眠らせていたのである。

　九三式魚雷は気泡を出さないので航跡が見えない。日本独自の、世界に誇る性能をもつ魚雷である。若い二人が考えこむのは当然であった。ほかの工廠や基地の分を入れたら、数千本は転がっているはずだ。

　しかし、二人の間にもちあがったこの話はいったんそこで途切れ、十八年二月、久良知は少尉候補生のままで潜水艦に配属を命じられた。久良知は戦艦「武蔵」に乗って西太平洋の要衝トラック島に到着、第六艦隊司令部（潜水艦隊司令部）に行ったが、その場ですぐに「伊《い》三二《さんに》潜《せん》に行け」といわれ、あいさつも早々に錨《いかり》がほとんど揚がっている伊号三二潜水艦に飛び乗った（潜水艦は大きさの順に伊《い》号、呂《ろ》号、波《は》号といろは順の艦名がつけられ、最大の伊号は排水量一〇〇〇トン以上。さらに、用途に従い甲、乙、丙などの型に分かれる。建造順に番号がつけられ、たとえば回天作戦で活躍する伊号四七潜水艦は「伊四七潜」というように、略称で呼ばれた。伊号潜水艦は、「甲標的《こうひょうてき》」と呼ばれる特殊潜航艇を一基、「回天」を四基から六基、搭載することが可能であった）。

伊三二潜はガダルカナル島撤退作戦に向かっていたのだが、潜水艦部隊の一艦ごとに間隔をおく散開線が張られており、浮き上がって無線連絡を受けるたびに散開線の配置があちらこちらに変わっていて、久良知は、ふうふういいながら無線電報の暗号の解読に努め、他艦の位置を確認した。

スコールが移動し真上に青空が広がったとき、突然、グラマン戦闘機に襲われた。機銃で応戦し急速潜航。艦尾が潜りきらないうちに、今度は爆弾を投げこまれた。

危うく難を逃れた伊三二潜は、いったんトラック島に帰り、ふたたび出撃する。南方のニューカレドニアのエスピリットサント基地を搭載機で偵察。一週間追いかけて大型商船一隻を撃沈し、同年六月、呉に帰投する。久良知は少尉に任官し、広島県大竹の潜水学校の普通科学生を命じられた。

実戦に出ていなかった深佐と、やはり同期の久戸《くど》義郎と仁科関夫の三人の少尉が、久良知より一足先に潜水学校で学んでいた。実戦を経験しているのは久良知一人だけだったから、同期のなかでも先輩格であったし、教官も古い型の潜水艦を知っているだけで、久良知の方が新しい潜水艦に詳しかった。

久良知は、兵学校の一号（最上級生）時代を深佐と同じ分隊で過ごし、三号と二号のときは久戸と一緒だった。したがって、この三人は久良知を中心とした仲よしグループであった。

仁科とは同じ分隊ではなかったが、むろん同期のよしみで親しかった。

久良知、深佐、久戸の三人が、ある日、呉線の汽車に乗っていたときのこと。大けがをして血だらけになった工員がかつぎこまれてきた。それを見た深佐は、有り金全部を治療費にと差し出した。久良知と久戸もこれに倣った。大金をはたいたのは久良知である。久良知は、長い作戦行動から帰還後、まとめて二千数百円の給料をもらった（現在の物価で三百万円以上にあたる）。先輩、期友を飲みに誘ってだいぶ使いこんではいたが、それでも深佐や久戸よりは金持ちだった。

当の深佐は、奄美《あまみ》大島出身。小、中学校を一番で通し、五年制の当時の中学を四年で終了し兵学校に進んだ。兵学校では最上級生の一号のとき、伍長（分隊の責任者）を務めた。秀才であると同時に、人が困っているのを見ていられない、情宜《じょうぎ》に厚い性格。「竹を割ったような男」と、久良知は懐かしむ。兄源三は手記に、「強情で利かん気の強い弟にこんな人情味があったかと思うと、目頭が熱くなる」と書いている。

まゆ毛の濃い深佐の精悍《せいかん》な顔を思いだしながら久良知は、黒木や仁科の偉才を認めながらも、「深佐こそ、回天に乗って華々しく戦うのにふさわしい人でした」と語る。深佐に対して、久戸は円満な常識人で、和を大事にするタイプ。

久良知は普通科学生の教程を終え、十二月、呉軍港と音戸の瀬戸を挟んで隣接する倉橋島の東北端、大浦崎にある特殊潜航艇の秘密基地に赴任した。特潜は、開戦劈頭《へきとう》、ハワイの真珠湾を襲った小型潜水艇で、秘匿名を甲標的、または「的《てき》」と呼ばれる。その艇長の講習を受けるためである。

ここでも深佐たち期友が、久良知より少し早く赴任していた。彼らは六期講習員、久良知は七期である。通称P基地と呼ばれるこの基地の士官室には、三十人ほどの士官、それに下士官、兵が百五十人、ほかに従兵、賄いの兵ら三十人が働いていた。

仲よしの三人が、また例の魚雷の活用法を話し合った。二十歳の若い少尉たちは話が早い。まずは作図してみようと、深佐がアウトラインを描いた。そのうえで、モーターをどの位置に置くか、居住区を最小限どのくらいの面積にするか、といった基本的な課題について三人で知恵を絞った。これが、グループによる人間魚雷の発想の原点である。

久良知の伊三二潜が敵戦闘機に追いかけられた例でも分かるように、わが潜水艦作戦も開戦後九ヵ月たった時点から、すなわちソロモン海戦を境に急速に悪化してきた。泊地攻撃を目的とし決死必中を期した特殊潜航艇も、敵の防御が厳しくなって所期の戦果をあげられなくなっていた。

魚雷に人間が乗って操縦し、敵艦に突っこむ——これが最も確実な戦法ではないか、という考えが若い頭に兆したのは、ごく自然な成り行きであった。わずかでも生還の可能性のある決死必中ではなく、生還ゼロ、必死必中の体当たり戦法である。

そうこうしているうちに久良知は、「的」の艇長講習を終えて特攻士を拝命した（特攻士とは特潜要員であって、のちの必死必中の回天特攻隊員とは違う）。特攻士は甲標的の訓練日程を組むのが仕事で、久良知は毎晩七時ごろから、明日、何号艇に乗る教官と講習員は誰か、監視艇に誰が乗るか、使用海域はどこで、どんな訓練を何時間するか、などをまとめ、食堂の大きな黒板に書きだす。

使用海面は、当初の伊予灘《いよなだ》から大浦崎周辺の安芸灘《あきなだ》に移り、因島《いんのしま》、来島《くるしま》海峡などの海域を使っていた。その場合、「的」がきちんと整備されていて翌日使えるかが問題となる。そこで久良知は、この訓練日程を別棟にいる黒木博司中尉に示して折衝する。

黒木は、「的」の艇長兼整備長の配置に就いていた。整備長は整備工場の隊長である。

「あしたは四隻用意してあるよ」と、黒木。「いやあ、どうしても六隻欲しいんですよ。あと二隻、なんとかなりませんか」と、久良知は粘る。

黒木はちょっと考えて、

「それじゃあ、あっちの艇に今から充電するのは間に合わんから、艇の電池を全部おっぱずして、充電してある艇の電池と入れ替えるか」と答え、了解を求める。

このようにして、黒木と久良知は毎晩のように連絡をとり、懇意にしていた。人のよい黒木は久良知に押しきられていたが、二人は活気に満ちた明るい職場をつくっていた。

また一方で、深佐と久戸は、訓練日程を組む仕事を終えた久良知を引きいれ、三人は午後八時から午前零時ごろまで、士官食堂の机で人間魚雷の作図に打ちこんだ。

深佐が概念図を描いた。よくできてはいたが、専門家の意見を聞く必要があった。「黒木さんならどうだろう」と話が決まり、概念図にこの兵器の使い道と簡単な方法論を添えて、久良知が黒木に差し出した。

黒木も「的」の限界を知っていた。潜水艦の役割が物資の輸送に転化させられるなど、交通破壊という本来の任務の放棄を余儀なくされて敗退に敗退を重ねるなかで、黒木は甲標的に爆装を施して体当たりする方法を考えはしたが、具体策にはつなげられないでいた。

焦っていた黒木は、久良知が差し出した概念図を見て、「これだ、これしかない」と、天啓にうたれたように乗ってきた。「やろうじゃないか。おれも貴様らの仲間に入れてくれ」と喜んだ。

概念図は、黒木の手で本格的な設計図に様変わりしていった。畳一枚分の大きさである。甲標的を改良するために呉工廠の技術士官たちと交流してきただけあって、黒木の設計図は専門家並みの仕上がりであった。

「さすが、機関科出身の人は違うなあ」と、三人はうなった。黒木案をたたき台として、改良を進めていった。

黒木が、士官宿舎で同室の仁科を引っ張ってきた。これで、人間魚雷の採用を具申する五人がそろった。久良知の記憶だと、十九年一月に入ってかららしい。

が、先の三人は後述するように人事のトラブルもからんで外されて、黒木と仁科の二人が、人間魚雷「回天」の実質的な推進者となる。

黒木は「回天」の創始者、仁科は協力者の関係だったが、兵器である魚雷の知識にうとい機関科出身の黒木は、兵科出身の仁科に助けられた。というよりも、仁科は協力者にとどまらない力量を発揮していくのである。

このような五人の動きとは別に、十八年十二月、近江誠中尉（戦後、山地姓に）が、潜水艦作戦の体験から、人間魚雷の採用を血書で嘆願している。

まず次章から、回天の創始者たる黒木博司の生い立ちから紹介し、日本を取り巻く国際情勢、開戦後の戦況、回天採用の経緯と、それら困難に立ち向かう若者たちの姿をみていきたい。

第一章　黒糸縅《くろいとおどし》の若武者たち

益田川を吹く風

乗鞍岳《のりくらだけ》の南麓《なんろく》に発し、岐阜県中部の山間部を南へ流れ、美濃加茂市で木曾川《きそがわ》に注ぐ。益田《ました》川《がわ》という。沿岸に美しい渓谷を擁するこの川は、激しい流れをまっしぐらにぶつけて岩に砕け、瀬にほとばしる。北から吹きこむ風は家々の軒を鋭く鳴らして過ぎる。益田風と、土地の人々は呼ぶ。

益田川が南下して川幅が広がるにつれ、多くの村落が両岸に並ぶ。日本列島のほぼ中央部、その一村落の益田郡川西村西上田（現下呂《げろ》市萩原《はぎわら》町西上田）に、黒木家は代々農家として続いてきた。人間魚雷「回天」を創始した黒木博司の父弥一はその九代目にあたる。

弥一は、金沢医学専門学校に在学中に、同じ西上田出身の倉地わきと結婚した。わきの両親は、常に「正直はこの世の宝である」と、子女を厳しくしつけていた。わきは、名古屋の裁縫手芸女学校を卒業している。

大正四年（一九一五）夏、弥一は朝鮮に渡り、朝鮮総督府医院産婦人科に勤務。その後、京城医専の助教授を拝命、二年後、長男寛弥が生まれた。わきは、妊娠中の母親の心組みの気性そのままに子どもが生まれてくると、母から聞いていた。よい心をもった子が生まれてくるようにと、わきは心を砕いた。

大正八年、弥一夫妻は故郷に帰り、下呂村（現下呂市）湯之島で開業した。益田川の流れにのしかかるように迫る東の山裾《やますそ》を幾段かに分け、そこに家並みを連ねているのが湯之島で、下呂村の中心地。次男博司は、大正十年九月十一日、この地で生まれた。目鼻だちの整った子であった。

博司が五歳のとき、父弥一は三重県四日市市の泗水《しすい》病院に院長として赴任、そこに一年いたのち、東京檜原《ひのはら》村に接している山間部、山梨県棡原《ゆずりはら》村の村医として転任した。博司は、静かな自然のたたずまいのこの土地で七年八ヵ月、活発に少年時代を過ごす。

博司が学齢前、村の子どもたちと競走をしたときのこと。向こうの立木を回ってくるという取り決めで、小学生と二人で走った。相手は大きいだけあって博司より先を走ったが、立木を回らずに手前で引き返してゴールに入り、博司は取り決めどおり立木を回ってゴールした。博司は相手のルール違反を泣いて抗議した。近所の人が仲裁に入ったが、博司は「相手のやりかたが正しくない」と主張してやまず、ついに相手は折れて謝った。不正を許せぬ、きちょうめんな性格なのである。

やはり学齢前のこと。母が、

「博司、おいたをしてはいけませんよ。兄さんのようにおとなしくしていなければ」と、注意したことがあった。博司は不思議そうな顔をして、

「でも、兄さんはおとなしくないよ。学校の桜の木に登ったもの」

と逆襲した。学校では、樹木を大事にするために、校内の木に登ることを禁じていた。兄がセミとりかなにかで登ったのを、博司は知っていたのだ。

昭和三年（一九二八）四月、椈原小学校に入学。昭和三年といえば、大正デモクラシーの流れを受けて、自由主義、共産主義、無政府主義が論壇をにぎわせ、都会ではモダンボーイ、モダンガールがカフェ辺りで粋な所作をみせ、それらがいかにも洗練された風俗を生みだしているような時代であった。皇室批判さえしなければ、言論や思想の自由はいちおう保障されていた。

国際的には、昭和三年は、戦前における日本の全盛時代であった。日本の国際的地位は高く、日本は米英両国とともに世界の三大海軍国をなしていた。ドイツは第一次大戦の敗北からまだ立ちあがれず、ソ連も社会主義革命の後遺症に悩んでいた。日本は西部太平洋上の一大勢力であり、日本に相談することなしにはアジアの問題は解決できなかった時代である。

博司とは五歳違いの妹教子が生まれていた。父は診察に忙しいため、細かい家庭のしつけは母親に任されていた。わきは、わが子に望む信条として、

「百人の人に笑われても、一人の正しい人に褒められなさい。百人の人に褒められても、一人の正しい人に笑われないように。正直で、曲がったことはしないこと」

を、常に念頭においていた。

「私は、子どもが出世しますようにと神様に祈ったことはありません」と、わきは知人に語っている。

また、わきは、後年岐阜中学校に進学して岐阜市に寄留した博司に、次のような手紙を書き送って直情径行をたしなめている。

「博司よ、興奮してはいけません。興奮は体に障り、勉強の妨害です。いかなる物事にも落ち着かねばなりません。忘れてなりません。母と約束してください。私は小学校で教えられた教訓を忘れません。誠実、勤勉、忍耐、勇気、自治です。以上を忘れませんでしたらよき人、立派な人になりえること確実です。

自己の胸に問うて恥ずかしくないことは、他人がなんというても問題にせぬこと。他人がいかに笑うとも自己に問うてよいことは、敵百人にわれ一人であっても、一人のわれはれんげ草の咲き込めた広野晴天の下で、一人桜を眺めるようないうにいわれぬよい気分でありましょう」

海軍機関学校時代の博司の後輩は、「黒木さんの美質は、お母さんの影響が大きい」と、筆者に語っている。博司の真っすぐな感受性は、この教訓をしっかりと受けいれたのだろう。

戦後、山口放送の若い記者が来て、わきと寛弥に、家で博司にどんな教育をしたのかと尋ねている。質問にとがめるようなとげを感じて、二人は当惑した。忠君愛国であるとか国家主義の思想は、学校では習ったかもしれないが、家では話したことがない。

「特別なにもしませんでしたよ。普通の家庭ですから」

と、わきは答えるしかなかった。

博司の一年一月期が終わる。通信簿をもらった。現在のオール五にあたる全甲である。うれしくて、見せてくれという級友には誰にでも見せた。帰途、農家の人にまで見せた。父母と兄、妹にも見せて喜ばれ、その夜は枕元に通信簿を置いて寝た。五学年は全九科目が全甲。操行は一学年からずっと甲となっている。

昭和八年（一九三三）十月、博司一家は故郷の飛騨《ひだ》に帰る。下呂町湯之島の博司の生誕地に近い場所に、父は黒木医院を開いた。博司は下呂小学校に転校し、六年生の残された短い期間をこの学校で過ごす。

担任の西準一郎は博司について、

「学科は全体的に冴《さ》え、特に算術が緻密《ちみつ》であった。また技能に優れ、図案は秀でていた。卒業のときの概評に確か、技術者になったらよかろうと書いたように覚えています。性質は明朗」と、知人に語っている。

昭和九年、学級から進学率の高い県立岐阜中学を推薦順位一位で受験し、合格。岐中に在学していた兄寛弥のあとを追って、岐阜市西野町に寄留した。

岐中の五年間、博司が最も興味を示したのは、科学的な工作である。

寛弥が岐中を卒業して日大医学部に入ったころ、弟の下宿を訪ねてみた。机の上にモーターが一台置いてあり、なにかしている。

「勉強じゃないのか」

「うん、いたずらさ」

　悪いところを見られて、博司は茶目っ気たっぷりに照れ隠しの笑いを見せ、モーターを取りあげた。

「失敗したんだ」といって、被覆銅線をモーターに取り付けながら話した。

「この間ね、このモーターに電灯線から電流を通したのさ。そうしたら、このモーター、天井板へものすごい音をたてて飛び上がっちまった。それだけならまだいいんだが、ヒューズが切れて真っ暗闇さ。あのときはひどい目にあったよ」

　大口を開けて笑った。

　飛行機の絵を巧みに描いたこともある。先にみた下呂小の西担任の話にあるように、博司は図工に向いていた。技術者の素質が芽生えていたのかもしれない。が、寛弥は博司について、「小、中学校を通じて、リーダーシップをとるでもない、際立って目立つ成績でもない、普通の少年でしたよ。頑張り屋ではあるけど、けっして秀才ではありません」と、控え目に語る。小学生のときはともかく、県下指折りの進学校である岐中に上がってからの博司は、勉強の方は兄がいうように、とりわけ目立つほどの成果をあげなかったようだ。

　進級するにつれ、将来の進路を考えるようになる。理数系に関心があるので、まずは海軍兵学校か機関学校を受けようかと考え、担任の教師に相談した。

　教師は「おまえの成績じゃ、あんな難しい学校は無理だ」とにべもない。家でも父弥一が

「入れるわけがないだろう」という。本人も心得たもので、「僕もそう思うよ。ただね、高校受験の腕試しに受けてみるんだよ」と、けろっとしていた。

海軍には幹部である士官を養成する学校として、兵学校、機関学校、経理学校があり、海軍三学校と呼ばれた。いずれも当時、全国三十余カ所にあった第一高等学校（一高）をはじめとする高等学校、および陸軍士官学校などとともに、難関として聞こえていた。

海軍三学校出身者の役割だが、兵学校出はフネを操り、戦時には戦闘を直接指揮して戦う。最高位は元帥、大将である。これに対して機関学校出は、軍艦の汽缶（ボイラー）と機械（エンジン）を整備、運転して航行に万全を期するのを主たる職務とする。経理学校出は、武器、弾薬、食料の補給など後方任務にあたる。

兵学校出の士官は兵科将校、機関学校出の士官は機関科将校と呼ばれるが、経理学校出の主計科士官は将校とは呼ばない。機関学校と経理学校の出身者は最高位が中将までで、のちに示すように、兵学校と機関、経理両学校との格差解消が大きな課題であった。

この三学校間で、「学校は違うが同期生」という関係を「コレス」と呼ぶ。「対応」を意味する「コレスポンド」の略称。同じ学校の同期生たちが強い連帯感をもっていたのはもちろんだが、コレス同士にもそれに近い連帯感があった。

三学校の入試日がまちまちの年度もあったが、博司の年度では同日に実施され、出題内容も三学校共通だった。高校入試が翌年の春なので、確かに腕試しではある。

博司は、名古屋の八高を近くて便利とみて狙っていた。八高理科から京都帝大（京大）か東京帝大（東大）の理工系に進み、将来は技術者になる道が彼の視野に入っていたはずである。海軍の学校に入る気はなかった。第一、彼は泳げないのである。山梨では鶴川、故郷の下呂では益田川と、川の水に恵まれているのに、危ないからと母親に止められていたのか、水泳だけは手をそめていなかった。

兄の寛弥とは反対で、魚釣りも好まなかった。寛弥に伴われて川に行っても、釣りざおを持たず、魚籠《びく》を持った。魚釣りが嫌いなのに、自分の自由な時間を犠牲にしてでも、兄が誘えば必ずお伴をした。川辺でも、兄が釣るのを見ているか、少し離れた所で網で魚を追ったり、餌にする虫をとってあげたりしているだけ。

兄に逆らわない弟を、寛弥はいじらしく思った。兄に逆らわないほどだから、父母にも絶対に逆らわず素直に従った。

博司は、八高合格を目標にして受験勉強に力を入れた。五年生になっていた。夏休み、夕食が済むと自宅に近い温泉寺に行き、静かな部屋を借りて明け方まで集中して勉強を続けた。

自分でもどのくらい学力が上がったか分からない。父親に「おまえは勉強が戦争だよ」とはっぱをかけられ、素直に「おれは勉強が戦争だ」と大書し、部屋の壁に張った。東京で医学を学ぶ兄にあてた手紙によると、受験勉強は冬でも「夕方に寝て十一時に起き、四時まで」の馬力で、「石に矢の立つためしあり。力の限りやる覚悟です」と宣言している。

腕試しとはいえ、非常な覚悟で受験戦争に臨んだ。

機関学校四号生徒の冬

昭和十三年（一九三八）七月二十五日、全国四十八カ所でいっせいに海軍三学校共通の入校試験が行なわれた。それまでは四月入校だったが、日中戦争の勃発《ぼっぱつ》後、国際間の情勢が風雲急を告げてきたので、海軍省は十三年から十二月に繰り上げ入校と決め、これに伴い試験日、出題内容とも共通となった。黒木は県立岐阜図書館で受験した。

この日は体格検査。一六五センチ、五一キロの細身の体を気にして水をたくさん飲んだ体格検査を無事クリア。八月五日、筆記試験の第一日を迎えた。ここで黒木はぽかをやる。試験開始時刻を一時間間違え、遅く出かけたのである。

本人はそれでも三十分早く着くつもりで、ゆうゆうと出かけていった。だが、試験場に到着したとき、試験はすでに始まって三十分ほどたっていた。案の定、試験官の大尉は、「こんなに遅刻しては駄目だ」と、黒木に帰るように促した。黒木はいった。

「受験はあきらめますが、せっかく来たのですから、問題を見せてください。教室に入らず、外の廊下で書きますから」と。腕試しに来たのだから受からなくてもよい。問題のレベルさえ分かれば八高受験に役立つのである。

しげしげと黒木の顔を見ていた試験官は、「入れ」と指示した。

寛大な措置に感激したものの、黒木の頭のなかは真っ白である。大急ぎで数学の問題と格闘した。さっきの大尉が見回りながら黒木の机に来て、手にしていた鉛筆の頭を立てて彼の答案用紙をとんとんと軽くたたいて、通り過ぎていった。大尉はぐるりと回って、また黒木の机に立ち止まり、ふたたびとんとんとたたいた。はっと黒木は気づいた。たたかれた問題を間違って解いていたのだ。落ち着きを取り戻し、消しゴムできれいに消して正しく書き直した。数学、物理、化学、英語と四日間、次々にハードルを越えていった。

親切な大尉が誰であったかは、終生分からないままであった。

最後が口頭試問。

「戦場で、どうしても退却しなければならなくなってきたら、その場合どうするか」

「はい、切腹します」

「それは早い」

「最後まで戦い抜きます」

「そうだ。味方が苦しいときは敵も苦しい。双方ともに苦しいのだ。そしてちょっとでも相手より頑張った者が勝つのだ。最後の五分という言葉があるが、軍人は最後の一分間を大切にせねばならぬ」

明治節（明治天皇の誕生日）の十一月三日、機関学校合格の電報が届いた。難関を突破したのだから八高にこだわる必要はなくなり、高校受験にさっさと見切りをつけた。

海軍機関学校は舞鶴にあり、外部からは海機《かいき》、内部では機校《きこう》と略称で呼ばれる。最後の身体検査があった。これではねられる者が毎年二、三人はいるので安心できない。入校前の帰り、旅館に向かう途中、黒木は札幌一中から来た山鳥次郎を誘い、舞鶴工廠《こうしょう》の近くに浮かぶ古い軍艦を指さして、見にいこうといった。まだ正式に採用と決まったわけではないのにと、山鳥は黒木の自信の強いのに驚いた。もっと驚いたのは、黒木が船の構造にやたらと詳しいことで、「この男、頭が切れるなあ」と、山鳥は内心舌を巻いた。

十三年十二月一日、日本海側の舞鶴湾の一角、小高い丘の上にそびえる白亜の生徒館前広場で、黒木博司ら五十一期の新入生百人の入校式があった。「生徒」の身分を与えられ、軍人生活の第一歩を踏み出す。

この百人を入れて、最上級である四十八期の四年生（一号生徒）以下、全校生徒は三百三十五人。これを十二個分隊に分け、黒木は第十分隊に編入された。第十分隊の新入生（四号生徒）は九人。一日から三週間にわたる入校特別教育がスタートした。

これに先立ち、前日の三十日に自己紹介式があって、四号は度肝を抜かれた。それは百雷一気にとどろき、落下してくるような言葉の炸裂《さくれつ》であり、しゃばっ気と怠惰な心を吹き飛ばす生命の雄たけびなのである。四号はぼうぜんとし、身を震わす。

黒木たちが上級生からどんな紹介を受けたかは、のちに黒木ら自身が一号になった年に自己紹介した次の言葉から想像することができる。その年、制度が三学年制に変わったので最下級生は三号生徒の五十三期だった。

おれは岐阜県益田の産、姓は黒木、名は博司。出身は軍神広瀬中佐の後輩、岐阜県岐阜中学校だ。借問す。貴様たちはなにを願って入ってきたか。もし一片だに自己の立身栄達を願ってきたら、このおれが承知せん。殴って殴って殴り倒してやる。よいか。利己心は捨てろ。

今、日本は貴様らの命を要求しているのだ。

話を黒木の入校時に戻す。

紹介式に続き、特別教育期間のなかでモーション・レース、略してM・Rが分隊ごとに四号を待ち構えている。脱衣して床をとる就寝の準備を競技として行なうのである。起床時とは反対の動作。一刻を争う激しいもので、機校名物である。名物にうまいものはない。

黒木は十二月九日の日記で、次のように所感を述べている。

「着物ヲ脱グノニアワテタラ靴下ガ脱ゲヌ。ソレ草履ガハケヌ。寝衣ガ裏表ワカラヌ。毛布ガ広ガラヌ。ホレホレシーツ(上布団の襟の部分にかける白い布)ガ、クシャクシャニナッテカカラヌ。入ラヌ。サンザンアワテタ末ガビリッコダ。アワテルトドコマデモアワテモノダ。始メガ第一」

M・Rが二分を過ぎたといっては殴られたり、腕立て伏せをやらされたり。腕が棒のようになって、ようやく「やめ」と生徒長の声がかかる。やれやれと立ちあがると、「つまらなそうな顔をしているやつがいる」と、また一声。殴られるよりもつらい。黒木は、一着になったり最下位になったりぶれが大きかったが、十二月二十二日に一分四十秒を記録し、四号のなかで一位となった。黒木はその後、一分半を切るようになる。

同じく新入生を驚かす機校名物に「招集」がある。黒木は十二月二十日の日記に「記念スベキ日ナリキ」と記している。

夕食後、「一学年、剣道場に集まれ」と、一号の怒声がいっせいに炸裂。すわとばかり駆けていくと、途中の廊下に一号が大勢いて、「こら、なんだ、その駆け足は」とやり直しを命じたうえに、ポカリと一、二発。幸い黒木は食わなかった。黒木の日記はつづる。

「整列後、案ノ定、叱《しか》ルハ、怒鳴ルハ、木刀デ床ヲ叩《たた》クハ、足デ踏ミナラスハ。喧々囂々《けんけんごうごう》タル中ニ四号ハ青ザメテシマッタコトダロウ。サンザン不規律、不徹底ノ例ヲアゲラレタ後『貴様達、シッカリ歯ヲ食イシバリ、腹ニ力ヲ入レテ覚悟セヨ、活ヲ入レテヤル、軍人精神ヲ叩キ込ンデヤル』ト言ッテ『一号掛カレ』ノ声。

取リ囲ンデイタ一号ハ四列ニナッテイル四号ノ左右カラ殴ルハ殴ルハ。将棋倒シミタイニ。ソコココデススリ泣ク。シャクリ泣キガ始マッタ。『何ダ、貴様ハ軍人ダ。泣クナ』ト言イツツカマハズ殴ッテイク。俺《おれ》ハ最前列ダッタノデ一番当タリモヨカッタ。自ラ進ンデ最前列ニナッタノダ。試胆ノ決心デ」

途中、生徒長が来て、「黒木、苦しくても泣くなよ」といって、涙を浮かべて励ます。黒木は、「はい、大丈夫であります」と、元気に答えた。

一号は一号で、手加減すると、「貴様、四号の機嫌をとる気か」と同期生にとがめられるから、手を抜けない。

そういう一号は目にいっぱい涙を浮かべている。絶叫するようにいった。

「貴様たちとは同じ軍艦内でともに骨を拾い、拾われする戦友だ。おれたちの殴る、この気持ちを知れ！」

この言葉に四号は皆泣いた。黒木も「有リ難イ、何トモ言エヌ感激ノ念ニ一杯トナッテ泣イタ」。黒木は、自分でもよく辛抱したものと感心した。小さいときの黒木は人並みに泣いたものだが、ここにすっかり変身を遂げた自分を見いだした。

日中戦争が泥沼の様相を深め、それにつれて日米関係が抜き差しならなくなってきた時代の機校の教育は、兵学校、経理学校と同じく、生易しいものではなかった。学術教育や肉体の鍛錬、精神教育が心身の限度いっぱいに課せられ、薄志弱行の少年にはとても耐えられるものではない。

鉄拳修正の実態だが、先にみた「招集」は別として、新入生の初めのころ、まず起床ラッパで飛び起きて洗面所に下りる中央廊下で遅いと一発食うのをはじめ、なんだかんだと一日七、八発。機校、兵学校それぞれの教官を務めたことのある上村嵐《かみむらあらし》（機校四十七期）によると、鉄拳修正の数は機校の方が多いようだ。

鉄拳指導について、当時、二分隊の一号だった井星英は、

「四号時代は脅威であったが、海軍軍人となるための鍛錬という点からいえば、けっして厳格なばかりのものではなく、あるいはむしろ、将来の運命をともにする同志的な先輩後輩の、さらには肉親的情愛の交流さえ感じられた。相手構わず殴るというのではない。一号と四号の関係のなかで、気の合った者同士の場合に一号はよく修正した」と語っている。

殴らないで指導するにこしたことはない。校長命令で鉄拳修正が禁じられた時期もあるが、いつのまにか復活した。体を痛めて覚える方が手っ取り早い。平時でもちょっとした油断で

命を落とすからである。船縁《ふなべり》に寄りかかって大波にのみこまれることもある。そのため、三学校とも下級生が窓際に寄りかかろうものなら、徹底してどやされ、一発は必ずちょうだいする。

肩で風を切って歩く。まじめで積極的、利かぬ気で異彩を放っていた黒木は、手荒く元気のよい、海軍用語でいえば「頼もしいやつ。鍛えがいがある」として目をつけられ、よく殴られた。

黒木は、新入生のなかでも目立ってファイトにあふれ、海軍用語でいう「ゆきあしの強い」生徒と見なされるようになった（ゆきあしとは機関の停止後も続く艦の前進惰力のことで、そこから積極性、ファイトのことをいう）。

昭和十四年七月から四号生徒の水泳が始まった。十分隊一号の生徒長権藤安行《ごんどうやすゆき》は、四号生徒をプールの飛びこみ台の下に集めた（生徒長は分隊のリーダーで、その補佐役を生徒次長という。一方、兵学校では、伍長、伍長補と、なぜか陸軍式で呼ぶ）。

権藤はいった。

「泳げない者は手を上げろ」

黒木ら二、三人が手を上げた。

「貴様は金づちか」

「そうであります」と、黒木は素直に答える。

「柄ぐらいは木だろう」と権藤。

「いえ、柄も鉄であります」というので、

「ちょっと飛びこんでみろ」

権藤が命じると、黒木は飛びこみ台の下のいちばん深い、四メートルぐらいの所に行って飛びこみ、そのまま沈んでしまった。

一号は驚いて、何人もが飛びこんで救いあげた。

水をしたたか飲んでいた黒木に、権藤が、

「なぜ泳げんのに飛びこんだんだ」とただすと、

「生徒長の命令ですから」と澄ましている。

権藤は怒鳴った。

「おれはこんな深い所に飛びこめといったのではない。普通の場所（水深約一メートル）に飛びこんでみろといったのだ。こんな深い場所に飛びこんで、万一のことがあったらどうするか！」

その日の夕食後、黒木は権藤の前に来て頼みこんだ。

「できるだけ早く泳ぎを覚えたいと思いますので、夜、巡検後（消灯後）にプールで練習させてください」

「それは校則上できない」

「二、三日でよいですから、ぜひお願いします」

黒木の熱意に押されて、権藤は黒木を伴い、当直監事の所に行って事情を説明し許可を得た。巡検後、プールで一時間ほど教えた。二、三日で二百メートル以上は泳げるようになり、権藤は黒木のど根性に感心した。

先にみた水泳や招集の場面はほんの片りんであって、黒木の頑張り精神は超人的ですらあった。昭和十四年一月八日から寒げいこが始まる。黒木の竹刀は、激しいけいこのために次々と割れた。

一月二十九日の日記。

「二十五分ノ間ニ十人トヤル。シカシマダヤレバヤレタ。遂《つい》ニ最後ノ日マデ竹刀ヲ折ッテ一ダースニナッタ。竹刀ノ数デ進級サセテクレルナラ、俺ガ一番ノ事ハ疑《うたがい》モナイ」

彼の剣の荒っぽさについて、後年、特殊潜航艇「甲標的」の井元・山田部隊にいたときを顧みて、コレスで兵学校の西等《にしひとし》（のちに近藤姓）は、

「およそ無茶な剣道。腕であろうと足であろうと、大上段に振りかぶったままドスンと振りおろす、そのすごさ。小手先の者にはいい見本だった」と述べている。

しかし、黒木は時に熱を出し病床に伏せることもあったりして、あまり頑健とはいえなかった。一号になる少し前にはジフテリアで入院している。そんな彼が、よく耐え常に先頭に立ってあらゆる訓練に励んでいった裏には、のちにみるように、伝統的校風と、東京帝大教授で国史学者の平泉澄《ひらいずみきよし》博士の精神面での指導を見逃すことができない。

機関科魂をつくるもの

海軍関係を描いた著書のうち、兵学校が広く紹介されているのに比べ、機関学校は影が薄い。それは、機関科将士の任務が艦の底で働くなど地味であり、目立たないからであろう。そこで、機校の生活を一とおりみてみることにしよう。

機校の学科時間はすこぶる多く、学科六時間に対し訓練一時間の割合。一学年の四号は一年間に数学、物理、化学、力学の理数系および歴史、地理、国漢、英語、法律、経済の文科系の普通学のほかに、主機械、缶、航空機概論、工作、作図の機関科必修科目、それに航海術、運用術、砲術の軍事学、合わせて三十に近い科目が課せられる。

学年が上がるにつれ、各種力学などを専門的に学ぶ。その一つとして、機構学の習得に力を入れるのもこの学校の特色である。機構学とは、構造物に外力を作用させた場合の構造物の内部応力とその変化を研究する学問で、船の構造であれば造船学、船体力学の基礎をなすもの。機械各部間の複雑な機構を取り扱う。機校の学力レベルは高い。

一方、訓練では、冬は武道、短艇、スキー行進、春と秋は陸戦（銃をかついでのマラソン）、ラグビー、体操、射撃。夏は水泳、相撲。これに遠泳、遠漕《えんそう》、マラソン、棒倒しが加わり、体力、気力の限界に挑む。

ラグビーは機校独特のもので、京大、三高と他流試合をする。黒木が機校時代の京大は全国でもトップレベルで機校は善戦及ばずだったが、三高戦ではトライをいくつも重ねて勝利を収めた。試合時間の長いラグビーは、耐久力、不屈の精神力を養うのにもってこいである。

体力、精神力に優れた者がうらやましがられるが、よくしたもので、これだけレパートリーが広いと、つわものにも必ず泣き所が出てくる。

　学科だけからみると、機校は高級技術者の養成校のようだ。訓練だけからでは、まるで体育学校と見まがう。苦行に耐える僧林さえ連想させる。生徒はむろんそれらのどれにも属さない。一にも二にも彼らは軍人なのである。それも、艦底で黙々と戦うよう自らを仕向けていく戦士なのである。

　高温と、汚れた空気と、噴き出す汗と。艦底の劣悪な環境のなか、汽缶や機械を守り、戦闘にあたっては、生存の確率の低い機関科員を率いて、平然と死所に赴かせる指揮官になること、縁の下の力もちに徹することが要求される。それに耐えられる強い心と体が、突きつめれば没我の犠牲的精神が、機関科将士の心がけとして必須の条件となってくる。

　指揮官広瀬武夫中佐の名で日露海戦に残っている旅順《りょじゅん》港閉塞《へいそく》戦。その決死隊七十七人のうち、六十一人が機関科員（うち機校出身の五人が戦死）であった。

　海戦となった場合、兵学校出身の兵科将校が艦橋や砲台（大砲と水雷）など上甲板から上の配置にあって戦うのに対し、機関科将校は下甲板から下の軍艦の心臓部である汽缶室（ボイラー室）や内火機関、電力機関などの機械室（エンジンルーム）の配置に就く。

　敵の魚雷で水線下、艦底に大きな穴があくと、海水が恐ろしい勢いで流れこんでくる。さらに、敵の飛行機が爆弾を落とし、これが缶室や機械室を貫通して炸裂すると、高温、高圧の蒸気が噴出し、配置は焦熱地獄と化す。火攻め、水攻め、逃げ場を失い、パニックを起こしそうになる。そんなとき兵たちを落ち着かせるのは、機関長をはじめとする機関科将校が、慌てず、騒がず、配置を離れないことである。

ここに一つの例がある。昭和十七年（一九四二）十一月十五日、第三次ソロモン海戦の際に、戦艦「霧島」の機械分隊士西川嘉門少尉は、部下とともに戦闘中の速力を少しも落とさずに任務を果たしていた。そこへ一弾が機械室に命中し、蒸気の噴出が甚だしくなって多数の戦死者が出た。

西川少尉は冷静に残った部下を指揮し、人の顔が見えないほどの濃い蒸気のなかで必死の応急修理を続けた。持ち場を離れる部下は一人もいなかった。艦が沈没にひんし、退艦命令が下ったが、彼らの配置は脱出不可能だったのか、通風口を通して聞こえるのは、部下とともに静かに合唱する「君が代」の声だった。それが二回繰り返され、「天皇陛下万歳」の声が聞こえた。そのあとは蒸気が噴きだす激しい音だけだった。

この状況は、上甲板へ抜ける通風口から手にとるように聞きとれた。帰還後、海軍大臣に報告した上官は、感極まってなにもいえなくなってしまった。西川は、黒木と同期の機校五十一期である。

修羅場にあって、機関科将校がまゆ一つ動かさなければ、部下は、「機関長も分隊長、分隊士も、一緒に死なれるんだ。おれたちだけが死ぬのではないんだ」と、落ち着けるのである。ことに、その将校が人情に厚く、いつも部下によく目をかけていたような場合は、死に立ち向かう人のスクラムが生まれる。

「みんな、よくやった。さあ、一緒に死のう。みんな魂魄《こんぱく》になって祖国を守ろう」と、運命共同体の間柄を確認しあうことができるのである。
「機関長というのは、部下の前で立派に死んでみせるのが任務なんだ」と、機関科の元中佐木山正義はいいきっている。平時からこのような場面を想定して、黒木が在校していたころも機校の教官は、「軍人として命を賭けよ。下積みになれ。名利を求めるな。死をもっておのれの職責を果たせ」と説いた。

一号は親身も及ばぬほど四号の面倒をみてやり、一号のなかでも分隊のリーダーである生徒長の感化には、計り知れないものがあった。黒木が四号時代の生徒長は交代制で、一号の半数近くが経験している。生徒長は、成績や人格、誕生日順は関係なく、学校当局が無作為に任命した。成績が優秀でも生徒長にならなかった者も多い。厳しい訓練のあと、生徒長は、「よくやった」と温かい言葉をかけるなど、きめ細かい心配りを忘れない。これもこの学校の特色である。

機校では、成績順位は自分にも誰にも分からない。卒業時に初めて本人にだけ知らされる。卒業すれば、学校の成績がどうであろうと、皆それぞれの長になり指揮官になる。成績が分かるようにして、そのために無用の競争心を起こさせてはならない、という方針であった。機校の席順や整列順は五十音順となっていて、これがもし江田島（兵学校）のように成績順で定められていたならば、分隊の空気も大きく変わっていたであろうし、黒木に対する影響もおのずから異なっていたかもしれないと、期友の北畑正はいっている。

意気に感ずること熱烈な黒木を成長させるうえで、厳しいなかにも心配りのある機校のこうした教育環境は得難いものであった。機校の校風は、黒木にぴったりであったといえる。艦底のボイラールームで黙々として死んでいくのが機関科の宿命である。いつも死と隣り合わせに座っている。そこから独特の面魂《つらだましい》が生まれてくる。

兵学校と機校の生徒は同格であり、生徒の服装や態度、ベグ（かばん）を小脇に抱え、胸を反らし、手を高く振り、歩調をそろえて行進するりりしい姿も変わりはない。

作家の岩田豊雄（筆名・獅子《しし》文六）は、『海軍随筆』（原書房）のなかで機関学校に触れ、「江田島の生徒を緋縅《ひおどし》の鎧《よろい》の若武者にたとえるなら、ここの生徒は黒糸縅《くろいとおどし》を着ているような印象を受けた」といっている。機関科の任務から浮かびあがってくるイメージであり、評し得て妙といえる。

神経質にはならないが、いつも死を考えるようになる。機関科将校にはクリスチャンや禅書に凝る者が多いという。そういえば、機関科の最高位である海軍中将に就いた小野徳三郎は、プロテスタントの東京富士見町教会に長老として奉仕する人格、識見ともに優れたクリスチャンであった。戦時下の思想統制でキリスト教会に対しても弾圧が激しくなってくるなか、小野はキリスト教系の青山学院院長に迎えられた。政府当局と交渉して信教の自由を守るために、学院側は武官クリスチャンの小野を必要としたのである。

真実の学問を目指して

「必死」の心構えを養うには、日ごろから私心、私欲を離れるように努めねばならない。黒木の精神面での指導者平泉澄《ひらいずみきよし》が、ここに登場する。平泉によれば、学問の第一の目的は志をたてることにある。志、それは己一身の安楽を求めよう、立身出世しようとすることではない。一身一己の利を捨て、皇国を護持しようとすること。日本人としてこれ以外に志があろうかと、平泉は説く。黒木は平泉を知ってから、尊皇殉国、日本精神の遵奉者《じゅんぽうしゃ》への道をひた走る。

平泉は、金沢の四高から東京帝大国史学科を経てドイツに留学し、東大教授として教壇に立つ傍ら、全国の団体、陸海軍を含む学校を回って「真実の学問」を説いた。

彼によれば、真実の学問の方法とは、正確に物の本質に徹してその真相を知り、これを正しく批判することにあって、このような真実の学問を「正学《せいがく》」と呼ぶ。これと反対に、ただ漫然と書を読み、人の話を聞き、付和雷同し、流行の思想にかぶれるだけで物事の本質が見えず、正しい批判ができない知的混乱の場を、「雑学」として退ける。

正学をもとにして、物を見、行動する。これが実は容易でない。なにが、誰が、正しいか正しくないかの判断は、私心や私欲があっては得られない。そこで平泉は、中世では楠木正《くすのきまさ》成《しげ》、近世では山崎闇斎《あんさい》と弟子の谷秦山《じんざん》、本居宣長《もとおりのりなが》、幕末では吉田松陰、橋本左内らを正学の代表的人物として掲げ、彼ら先哲の道に学ぼうと全国各地で訴えた。

平泉のこの思想は、直接には昭和初期にベルリンに留学していたときに深められた。ベルリンで日本人の友人から、ある師範学校の授業で歴史の教授がフィヒテの話をしたことを聞かされたのがきっかけだった。

フィヒテは、ナポレオン占領下のベルリンで、「ドイツ国民に告ぐ」と題して講演し、「ドイツは非常な困窮に陥って、今まさに滅亡せんとしているのであるが、これは誰の責任であるか」との問いを発し、「われわれドイツ人自身の罪である。ドイツ人自身の飽くことを知らざる利己心の増長が、ついに祖国を滅亡にまで追いこんだのである」と説明する。では、どうすれば祖国を復興することができるか。フィヒテはいう。「誰の力も頼ってはならない。頼むべきはただ自分自らの力である。われわれが直ちにドイッチェ、すなわちドイツ人になることである」と。「ドイツ人になる」というのは、単に国籍だけがドイツというのでなく、「ドイツの歴史と文化を正しく理解する人になれ。内に深く反省し、そのうえでドイツ人が心を一つにしたとき、ドイツはふたたび立ちあがれる」という意味である。平泉はフィヒテに触発され、義に就き利を去るスタンスで日本史を掘り下げ、傑出した人物を広く紹介しようとした。

平泉は、自由主義者、共産主義者から、神懸かりの右翼、ファシストとまで極論された。それは、彼が天皇を崇敬し、天皇を中心に国家の命脈を図ろうと主張する国体明徴論《めいちょうろん》にたつ国史学者だったからである。

機関学校では昭和七年（一九三二）ごろから、平泉を信ずること厚い上田宗重校長の裁断で毎年一回、平泉に講演を頼んだ。平泉と親しく交わったのは四十八期の生徒である。

昭和十二年五月八日に行なわれた講演「楠公《なんこう》の精神」は、四十八期のなかに非常な感動を与えた。楠公とは楠木正成である。石川徳正は日記に、「ああこの感激、一生を貫かざるべからず。真の日本人たるの信念の確立に努めざるべからず。忘れるな、昭和十二年五月八日、吾《われ》の一大変換時なり」と記し、同じ分隊の親友大川淳雄と連名で平泉に感謝の手紙を出している。

四十八期とは一号対四号の関係で濃密な後輩にあたる黒木は、四十八期より遅れて聴講に参加。平泉は石川を信頼していて、黒木が大成するようにと石川に頼み、石川も期待に応えて黒木の指導に力を入れた。四十八期ではさらに、小川清、金盛良治、広瀬保行、原田周三の四人が昭和十二年の暮れ、冬の休暇を利用して上京し、本郷曙《あけぼの》町の平泉宅を訪問して、講演記録「真実の学問」のパンフレットを贈られている。

といって、黒木は固い一方ではなく、茶目っ気たっぷりな振る舞いもあった。同期生の北畑正が三部長（雑用係の主務部長）として風呂場の掃除をしていると、黒木は温習開始間際に入浴にやってきて、北畑を冷やかしながら水鉄砲を浴びせたりしたあと、時間すれすれに温習室に飛びこんで澄ました顔で机に向かう、といった調子であった。

平泉に人としての生きかたを学ぶ四十八期の有志約十人が、十四年七月の卒業式直前に、原田の呼びかけでグループ「風古会」をつくった。黒木が風古会に入会したのは二号生徒のころらしい。黒木は十五年八月十三日に上京し、初めて平泉宅を訪れて教えを受けている。それ以後、文通したり寸暇を惜しんで訪問したりして、平泉に精神的、思想的指導を乞うている。

十二年の暮れ、原田たち四人が訪ねたとき、平泉は時世、学問について次のように所感を伝えている。

「真実の学問をするにあたり、天下第一等の書物として松陰先生の『講孟劄記《こうもうさつき》』（劄記は随筆の意味）を薦める。実に驚くべきよい本である。再読、三読、繰り返し読まれよ。真実の学問を六ヵ月もやれば、その人の人物は見違えるほど立派になるであろう」

平泉を通じて黒木も吉田松陰を深く崇拝し、『講孟劄記』を同志と輪読し、切磋《せっさ》して松陰の道を歩もうと努める。先輩の原田も四号のころから松陰を学んできており、志操において原田と黒木は通じるものがあった。

『講孟劄記』は松陰の獄中記である。国禁を破ってまで外国の国情を見てまわろうとした松陰が願いかなわず捕らえられ、囚人を相手にした講義録をもとにしたもので、松陰はこのなかで、君父のために生命を捨てて省みないという殉国の志さえあれば、欧米列強の極東、アジアの侵略など恐れるに足りないと力説している。

松陰の志をさかのぼれば、崎門《きもん》と呼ばれる山崎闇斎とその一門に至り、さらにさかのぼれば楠木正成に及ぶ。専横、腐敗の北条幕府。これを倒し延喜《えんぎ》、天暦《てんりゃく》の黄金期に倣って親政を敷き、国家を統一していこうと、後醍醐《ごだいご》天皇は政治改革に手をつけた。建武新政（期間四年）である。

正成は負け戦と知りつつ湊川《みなとがわ》に走り、弟正季《まさすえ》と刺し違えて最期を遂げる。正成が自身の軍略に反して湊川に出陣した訳を知るには、聖徳太子の十七条の憲法にさかのぼる。第三条に「詔《みことのり》を承けてはかならず謹《つつし》め」とある。

力は統一から生まれる。正成も松陰も、天皇を中心に国民が一つにまとまって初めて、日本という国が安定し発展していくと信じて行動した。

黒木は二人の生きかたに心酔した。それは、黒木の並外れて強い血気だけでは説明がつかない。日本が国際的に窮地に追いこまれつつある、のっぴきならない背景があった。それは、松陰が生きた幕末の日本をめぐる世界の動きとよく似ていた。

第二章　潜水艦戦の敗北まで

ハル・ノートが開戦の引き金に

ここで、黒木博司が機関学校の一号生徒として昭和十六年（一九四一）六月末、二等巡洋艦「木曾《きそ》」に乗って舞鶴港から九州方面へ巡航している間、それまでの世界の動きに駆け足で触れてみよう。

黒木が海機に入校する前年の昭和十二年七月七日午後十時四十分、北京（当時は北平《ペーピン》）郊外の盧溝橋《ろこうきょう》北側、永定河《えいていが》左岸の要地で演習を終えた日本の中国駐屯軍の一部隊に突如、数発の小銃弾が撃ちこまれた。続いて十数発。日中戦争の始まりである。その前日、橋の欄干に中国兵がたむろしていたのを日本軍兵士が目撃している。

事件から三日たった七月十日午後二時ごろ、埼玉県南にある海軍軍令部直属の大和田傍受所に勤務していた和智恒蔵中佐が傍受所長官舎にいたとき、傍受員先任者が、北京駐在のアメリカ海軍武官からアメリカ海軍作戦部長にあてた緊急通信をもって飛びこんできた。解読してみると、「中国側二十九軍の宗哲元麾下《きか》の過激分子が停戦協議に不満で、日本軍を攻撃する」という緊急情報である。

和智はすぐ海軍省副官の柳沢蔵之助中佐を通じて陸軍省副官に連絡したが、陸軍省側は「現地で停戦協定ができたばかりだ。デマではないか」といって意に介さず、この情報は現地軍に届かなかった。結果的に情報どおりとなり、ついに全面戦争に広がる。

昭和二十二年（一九四七）四月二十三日、和智は、東京市ヶ谷の極東国際軍事裁判所の軍事法廷に証人として出廷した。和智は仏門に入っていた。翌二十四日付の朝日新聞は、「僧形の和智証人〝拡大〟の真相暴露」という見出しで、次の記事を載せている。

「……陸軍は信用せず、そのうちに夕方から中国軍の攻撃が始まって事件は拡大したという興味ある事実を述べたのち、反対尋問なく退廷」

証拠を十分にそろえて出したので、検察側は反論できなかった。

日本側は事変を「不拡大」として局地解決を図ったが、武力衝突を繰り返して戦線はたちまち上海へ飛び火する。初めのうちは、遠いよその国の出来事ぐらいにしか思っていなかった国民は、北京東方の通州にいた日本人居留民二百数十人が虐殺された事件（七月二十九日）、続いて上海海軍特別陸戦隊西部派遣隊長の大山勇夫中尉が虐殺された事件（八月九日）を知り、事の重大性に気づいた。国民は激高し、「暴支膺懲《ようちょう》」の抗議の声が国内の各地から沸きおこった。日中戦争、日米開戦へつながる激変の素因が形づくられていく。

中国駐在のドイツ大使トラウトマンが和平のあっせんに乗りだしたが、和平条件に対する中国側の回答が遅れているうちに、日本軍は十二月十三日、首都南京を占領。

翌十三年一月、日本側は蒋介石《しょうかいせき》政権に誠意なしと見なして、「帝国政府は爾後《じご》国民政府を対手《あいて》とせず」との近衛首相の声明を出して、和平交渉を打ちきった。

敵対している当の政府を、相手にしないというのである。和平交渉の扉を自ら一方的に閉ざした近衛声明は慎重さを欠くものであり、これで日中戦争は決定的に長期化してしまう。この声明を発案したのは外務省である（『外務省の百年・下巻』外務省百年史編纂《へんさん》委員会編）。

近衛声明で日中戦争が長期化するにつれ、事態は世界戦争の様相を帯びてくる。アメリカは日本を警戒し、アメリカ、ソ連の戦闘機が中国の応援に現れて日本軍機を苦しめ、互いに宣戦布告こそしないものの、昭和十三年から日本はアメリカ、ソ連を相手に航空戦に入っていった。

翌十四年（一九三九）八月、モスクワで独ソ不可侵条約調印。ソ連を目標にして、先にドイツと防共協定を結んでいた日本としては、ドイツにだまされたわけで、平沼内閣は「欧州の情勢は複雑怪奇」という声明を出して総辞職する。「複雑怪奇」は長い間、流行語となる。

この条約には、「ポーランドに独ソ両国が侵攻する」、「バルチック沿岸諸国を独ソの勢力圏に分割する」という秘密条項が含まれていた。二人の強盗が分け前を事前に密約したようなものである。日本はそれを知らず、天敵同士がなぜ手をとりあったのかと、どんでん返しに仰天するだけであった。

九月一日、ドイツがポーランドに侵入し、第二次大戦が始まる。それでなくてもドイツびいきの日本陸軍は、ドイツの電撃作戦に気をよくし、ドイツの勝利は近いと信じた。新聞も似たようなものだった。

朝日新聞特派員の笠信太郎が「この戦争は長期化する」と書き送ったところ、本社デスクにしかられた。ドイツをバスに見立てた「バスに乗り遅れるな」が流行語となる。

あと知恵になるが、ドイツが暴れだしてからアメリカの目がヨーロッパに向いていたこの時期に、日本は中国からの撤兵に全力をあげるべきであった。ドイツが近々イギリスを倒してヨーロッパの覇者になるだろう、そうなれば世界の動きは日本に有利に展開すると思いこんでいたところに、大きな誤算があった。

松岡洋右外相が乗りだし、ついには海軍も同調して昭和十五年九月、日、独、伊の三国同盟が調印され、英、米への対決姿勢を打ちだした。

これに対抗して翌十六年三月十一日、アメリカは武器貸与法を成立させ、反枢軸国のイギリス、中国、ギリシャに対する総額七十億ドル（邦貨換算三百億円）の援助を特別予算に計上した。これによりアメリカの国防費総額は五百億ドル（二千百五十億円）に達し、第一次大戦でアメリカが消費した国防費総額の二倍を超えた。この邦貨換算額を平成二十二年（二〇一〇）現在の企業物価でみると八十七兆円（昭和十五年比四百五倍）。同年度のわが国の一般会計予算額に近い。

これはひとえに英、米の国防一体化政策であり、アメリカは日本とドイツを敵対目標にして、参戦へ大きく踏みだした。武貸法の発動は、事実上の宣戦布告であった。

続いて四月十三日、モスクワで日ソ中立条約調印。スターリン首相と固い握手を交わした松岡外相は、これで日、独、伊、ソの四カ国の同盟ができたとし、英、米の圧力排除に確信を抱いて意気揚々と帰国した。

ところが、である。またまた、どんでん返しに見舞われる。

二ヵ月後の六月二十二日、独ソ戦が始まった。ドイツは日本の大方の予想に反してイギリスには攻めこまず、大砲という大砲のすべてをソ連に撃ちこんだのである。枢軸国の日、独、伊対連合国の英、米、ソへと世界の対立構図は急転回し、日本を圧迫しにかかってくる。

ドイツのヒトラー総統は、以前から共産主義のソ連はわがドイツの年来の敵であって許せないと、日本の外交官や駐在武官らに語っていた。その言葉どおりに彼は実行したのであって、うそはついていなかった。三国同盟を結んで三ヵ月後の十五年十二月、ヒトラーは翌年五月までに対ソ戦準備を終えるよう命令していた。松岡がそれを見抜けなかっただけである。

近衛は松岡を外し、七月十六日、後任に海軍大将豊田貞次郎を起用した。が、遅すぎた。日本は抜き差しならないところへ追いつめられ、やがてハル・ノートを突きつけられる。

日中戦争がこじれるにつれて日米関係も緊迫し、四月十六日からワシントンで、国務長官のコーデル・ハルと駐米大使野村吉三郎（海軍大将）との間で、関係打開のための正式な交渉が始まっていた。交渉が難航している間、日本軍の南部仏印進駐（六月二十五日）、米、英、蘭による在外日本資産の凍結（七月二十五日から二十七日）などを経て、八月一日、アメリカは日本向け石油輸出の全面禁止を打ちだす。日本は、国の動脈を断たれることになるのである。

十一月二十六日、ハル国務長官が野村大使らに強硬な新提案を示した。それは、「日本は中国から全部隊を撤兵させて、日中戦争における完全な敗北を認めること」、「重慶（蒋政権）以外の政府を支持しないこと」、「日本は日、独、伊三国同盟条約に規定された独、伊両国に対する義務を事実上廃棄すること」などを骨子としている。日本が独立国家であることを無視した、高飛車で露骨すぎる主権侵害の通告であった。

大本営政府連絡会議は翌二十七日、これを最後通牒《つうちょう》とみて開戦を決意する。これに先立つ二十六日、ハワイ攻撃の機動部隊が南千島《ちしま》・択捉島《えとろふ》の単冠湾《ひとかっぷ》から出撃。十二月一日、御前会議で対米、英、蘭開戦が決まった。

ハルが最後通牒を日本側に手渡したあと、スチムソン陸軍長官に語った次の言葉が国務省の記録文書にある。ハルは日本が提案をのむはずがないとみて、対日戦争をすでに予期していたのである。

「I have washed my hands of it (the dispute with Japan), and it is now in the hands of you and Knox, the army and the navy.」

（私は日本を相手の議論から手を引いたよ。これは今や君とノックス〔海軍長官〕の手にある。陸軍と海軍の手にね）

一方、ソ連に侵攻したドイツ軍は、冬将軍に遮られ苦戦を強いられた。その現場を取材した朝日新聞の守山義雄記者は、積雪でドイツ軍の戦車が進まず、兵士は凍傷で銃の引き金を引くことができない惨状を見て、取って返してドイツ駐在の大島浩大使に説明した。大島は事もなげにいった。

「君、ヒトラーがね、この戦争はドイツが勝つといってるんだよ。だから、ドイツが結局は勝つんだよ」と。陸軍出身で、ドイツ崇拝主義者の大島に、ドイツ敗北の考えは起こりえなかった。

守山が見たとおり、ドイツの侵攻は止まり、ヒトラーは十二月八日、モスクワ攻撃の放棄を命令する。この日、日本は対米宣戦を布告し、ハワイの真珠湾を攻撃した。

実は、陸軍省軍務局と大本営参謀本部（陸軍）作戦課では、昭和十四年の暮れ、中国大陸にいた八十五万の兵を六十万に縮小する計画をたて、実行に移す予定でいた。近い将来には全面撤退も視野に入れていたのだが、ドイツ軍の攻勢に気をよくして立ち消えとなってしまった。ドイツ軍の劣勢化がもう少し早ければ、撤兵が実現して日米間の険悪な空気は解消できたかもしれない。

ハル・ノートを受けとった日本側はショックのあまり言葉を失い、東郷茂徳外相は、「目もくらむばかりの失望にうたれた。米国の非妥協的態度はかねてから予期していたことではあるが、その内容の厳しさには少なからず驚かされた」と、手記に書いている。

東京裁判のインド代表判事ラドハビノット・パール博士が、その判決書のなかで、「（ハル・ノートを）受けとったら、モナコやルクセンブルク大公国でさえも、合衆国に対して矛をとって立ち上がったであろう」と述べているのは、あまりにも有名である。

ハル・ノートの手交を頂点とする日米交渉の経過は、開戦後の十二月九日付の新聞各紙に外務省から初めて公表され、日本国民は米側の原則を曲げない険しい対応を知った。

ヨーロッパ参戦を企図していたルーズヴェルト大統領は、開戦の口実を設けるために日本を挑発し、日本をして最初の一撃をアメリカに撃ちこませる謀略を練っていた。ハル・ノートに怒って日本は開戦を決めるだろう、その日は切りのよい十二月一日と彼は予想していたが、当てが外れた。そこで二日、三隻の小船を軍艦に擬装し、日本海軍の進路にあたる仏印海域に派遣するよう、スターク海軍作戦部長に命令した。

ルーズヴェルトはこの三隻が日本側に撃沈されることを予想し、そのときこそ日本を非難してこれを討つと同時にヨーロッパに参戦しようとたくらんでいた。実際には、これらの擬装軍艦が目的地に着くより先に、日本側の真珠湾攻撃により戦いは始まったのだが、そのなかの一隻であるラニカイ号の艦長だったケンプ・トーリーが戦後、米国海軍学会の一九六二年九月号の紀要に「ラニカイ号の異様な任務」と題する一文を載せ、陰謀が公にされた。

二十世紀末は、新しいデータを次々に提供してくれた。

平成十一年（一九九九）七月に至って、アメリカが中国機を装って日本を無差別に爆撃する計画をもち、ルーズヴェルトがこれに署名した文献が、米国立公文書館で発見された。真珠湾攻撃より五ヵ月前の計画で、対日参戦を求めていた蒋介石政権支援のため、九月に二百機の戦闘機と百機の爆撃機を中国に輸送し、対日爆撃を実施する予定であった。

この計画は、ヨーロッパ戦線でイギリスがアメリカの爆撃機を大量に必要としていたため、爆撃機の対中輸送が遅れて実施できずに終わった。

日本は、苦し紛れに先制の一撃を真珠湾に見舞った。そのうえ不幸なことに、日米交渉打ち切りの最後通告書が、ワシントン駐在日本大使館の失態により、米側に手渡す約束の時刻より一時間二十分も遅れるという、取り返しのつかない結果を招く。

野村がハルに通告書を手渡したとき、真珠湾の艦船群や基地は破壊されている最中であった。参事官、一等書記官ら日本大使館責任者の時局認識が甘く、「いつでも通告書を手交できるように準備せよ」という本省の訓令を無視し、肝心な時間帯に大使館を空けてしまったのである。

大使館責任者の無反応ぶりにもう一つの例がある。現地時間の十二月五日、つまり日米開戦の二日前、シカゴ・デイリー・トリビューン紙のトップに、大きな活字で端から端までいっぱいに「ルーズヴェルトの戦争計画」という見出しが出た。大統領の陰謀を暴いたチェスリー・マンリー記者のスクープ記事で、要旨は次のとおり。

「ルーズヴェルト大統領の命令により、陸海軍統合最高司令部が計画した秘密報告書によると、総計五百万に上るアメリカ遠征軍が、ドイツおよびその衛星国に対し、決定的な地上攻勢にでるために、動員されるよう要求されている（中略）。この計画は、これまでに経験しなかった規模の、少なくとも二つの海洋と三つの大陸、すなわちヨーロッパ、アフリカ、およびアジアにわたる全面戦争の青写真である」

アメリカ政府が秘密にしていた戦争計画は、この記事によって世界の知るところとなった。

その九日前には、アメリカの対日宣戦布告ともいうべきハル・ノートが出されている。こうした一連の切迫した動きをみれば、当然、母国日本は戦争突入に踏みきらざるをえまいと考えるのが普通だが、大使館員にはそうした感覚はなかった。そのことは戦後の彼らの証言を聞いても明らかである。

米政権担当者たちが戦争を計画して挑発したにもかかわらず、大使館員たちはいずれも平和の使徒であるかのごとく振る舞った。

改造を待たず特殊潜航艇出撃

愛媛県北西部から西へ、豊後《ぶんご》水道に向けて細長くのびた佐多岬半島。そのなかほど、伊予《いよ》灘《なだ》に面した西宇和郡三机《みつくえ》村（現瀬戸町）は湾の奥にあって、純朴な人情に支えられた小さな漁村である。

石炭の煙を黒々と吐く数隻の小さな船と、全体にカバーをかけた異様な物体を載せた団平《だんぺい》船《せん》、クレーン船からなる謎の船団が、波穏やかな伊予灘を渡って三机湾に進入し、湾中央部に錨《いかり》を下ろした。昭和十六年（一九四一）春のことである。

その翌朝、異様な物体はカバーをかけられたままクレーンによって海に降ろされ、そのまま待機していた曳船《えいせん》（タグボート）に横抱きされて湾外へ向かった。夕刻になると、同じ姿で物体は港に帰り、団平船に収容された。団平船に横づけしている動力船のエンジンや空気圧縮ポンプの音が響いて、この物体に向けて補気と充電が始まる。多数の作業員が深夜まで整備作業に追われていた。

この物体の訓練搭乗員や整備作業員は、夜になると油にまみれた作業服のまま上陸し、旅館か銭湯で入浴を済ませ、ふたたび曳船や雑役船の狭い寝室へ戻っていった。彼らは村人たちに丁寧にあいさつをした。

村人はみんな親切であった。いつしか搭乗員たちは旅館に宿泊して入浴や食事をとり、翌朝、船に帰るようになっていた。主に士官が岩宮旅館、下士官以下が近くの松本旅館を利用した。

小さな船は、呉海軍工廠の雑役船呉丸。異様な物体は、これから登場する特殊潜航艇である。

岩宮旅館のあるじ岩宮茂雄と妻千代は五男二女に恵まれて、明るく活気のある家庭を営んでいた。夏休みの八月十七日、三男の陸軍大学校学生岩宮満大尉が帰郷した。このところ客が多く、妹の笑と緑も夕食の支度に大忙しで、かいがいしく手伝っている。満は二階の客間で歓声や笑い声が絶えないのに気づいて、父に尋ねた。

「二階、えらくにぎやかだね。どこのお客さん?」

「呉の海軍さんたちだよ。なんでも、秘密の訓練をしているらしい」

「そうか、よし。二階へ上がって陸海軍合同の会食といこう」

満は自己紹介をし、杯を交わして時局を論じ、深夜まで痛飲した。

このときの「海軍さん」のメンバーは、特殊潜航艇訓練部隊の指揮官で母艦「千代田」の艦長原田覚大佐、訓練指導官加藤良之助中佐をトップに、岩佐直治中尉ら十二人の第一、二期の艇長講習員たちであった。彼らはその部下（艇付）とともに、海軍省から特に目をかけられ選抜された人材である。

このうち岩佐中尉ら五人が、四ヵ月後にハワイ・真珠湾に突入する。このほか、特潜艇の訓練状況を視察に来ていた軍令部第一部（作戦担当）の潜水艦主務部員有泉竜之助中佐も客間に居合わせていた。

特殊潜航艇は、潜水艦を縮小し簡略にした豆潜水艦（ミゼット・サブマリン）で、終戦間際まで改造、開発が進められた。第一次大戦後の軍縮会議で日本の主力艦保有量が対米・英比五・五・三に制限されたのにかんがみ、劣勢の日本の海軍力を補う秘密兵器として特潜は考案された。特潜を母艦の「千代田」、「日進」などに搭載し、戦艦群を主力とする艦隊とともに戦場に進出させる。主力艦隊の決戦に先立ち、母艦から発進して敵の主力艦隊を奇襲するという構想のもとに、昭和六年（一九三一）、艦政本部が起案した。

十五年（一九四〇）十一月、兵器として正式に採用され、秘匿名を「甲標的《こうひょうてき》」（略称「的《てき》」）とした。現在では特殊潜航艇の略称「特潜《とくせん》」の方が一般的呼称として分かりやすいが、本書では状況に応じて適宜使い分けることにする。

甲標的は、初期の甲型から、「蛟竜《こうりゅう》」と呼ばれる丁型まで改造された。丁型とは別の経緯で開発された画期的な特潜が有翼潜水艇の「海竜」で、終戦の四ヵ月前に量産が始まったが実戦には間に合わなかった。

甲標的の甲型は、重量四十六トン、全長二十四メートル、直径二メートル弱。原動力は電池だけで自己充電能力（発動機）をもたず、潜望鏡は特眼鏡という短いもの。羅針盤としてのジャイロ・コンパスもごく小型のものであった。

岩佐は海兵六十五期。涼しい瞳をもち、剣の遣い手で、三机に来る前は、いつも上陸しては防具を担いでけいこに励んでいた。

甲標的は決死隊用の兵器であって、多少は生還の可能性があるのに対し、のちに生まれる「回天」は、空の「神風」や飛行機から放つ人間爆弾「桜花《おうか》」と並ぶ必死の特攻兵器で、生還の見込みはゼロである。

ちなみに、黒木博司は初めは甲標的の第五期講習員となる。

甲標的は第一級の極秘扱いとされており、海軍当局が三机を実験訓練場所に選んだのは、周囲から隔絶した漁村であり、波静かな湾で航行量も少なく、実験に最適とみたためである。艇長は中、少尉の若い士官だが、普通の潜水艦艦長と同等の技量を要した。

十六年十月四日、原田は図面の上で勝敗を争う図上演習を見学するために、山口県の室積《むろづみ》沖錨地《びょうち》に停泊していた戦艦「陸奥《むつ》」に行った。同僚と雑談中、山本五十六《いそろく》長官が、「千代田艦長、ちょっと」と原田を呼んだ。山本は後甲板右舷の人のいない場所で、

「（甲）標的を潜水艦で運び、パールハーバーに潜入できるか、その可能性および収容（するための艇、母潜の）改造すべき要点を至急調査せよ」と命じた。

翌五日午前、原田は岩佐を伴って「陸奥」の後部公室に行き、まず、大型潜水艦であれば

「的」一筒を載せるのは十分に可能である旨を山本長官に説明した。ただし、潜水艦の復元性能と船体の強度は、専門家の研究を要すると付け加えた。

次に岩佐中尉が、真珠湾、サンフランシスコ、シンガポールの地図などを記載した軍機図面を示し、それらの行程、離脱位置、進入法、襲撃法、脱出計画、収容位置について説明。真珠湾襲撃は確実にできるが、シンガポールはやや困難と具申した。山本が「進入後、脱出の確信はあるか」とただしたのに対し、岩佐は、「十分に確信があります」ときっぱり答えた。

このあと原田は、

「もし真珠湾進入が決行されるようでしたら、甲標的の改造と乗員の訓練に相当の日時を要しますから、その実現を促進してください」と、念をおすように山本に申告している。山本は「そうか」とだけ答えた。

真珠湾外は、潮の流れが四ノット（秒速二メートル）と速い。防潜網（鉄のワイヤーの網）が張られている。湾内に入るだけでも至難の業である。入って攻撃したとしても、敵にやられて脱出できないだろう。そうでなくても、甲標的は港湾襲撃をするには小回りが利かず、湾口の幅がわずか二百メートルの真珠湾では出るに出られまい。惰力、後進力も弱い。航続距離も短いのだ。

このような欠陥をもっていて、攻撃後に収容できる見通しはあるのか。艤装《ぎそう》（船体完成後の装備）そのほかにもまだ不備の個所が多い。母艦「千代田」も改造が済んだばかりで改善の必要がある。原田が恐れていたのはこのように欠陥が目につく現状であり、山本もこれをよく承知していた。若い人たちの意気と情熱だけを頼りにしてはいけないのである。

実は原田、岩佐が山本に会うのに先立って、この年の三月、愛媛県長浜に出向いて「千代田」艦橋から甲標的の訓練を視察した軍令部第一部長の宇垣纏《うがきまとめ》少将が、十分に検討しないまま甲標的に全幅の信頼をおき、「画期的な新兵器だ」として実用に太鼓判を押していた。

宇垣は開戦前の八月に連合艦隊参謀長に着任し、後輩の先任参謀黒島亀人大佐にもそのように説明した。先輩の宇垣に対して異論のあろうはずはなく、黒島も実態をよく知らないまま山本に甲標的の採用を具申した。

その一方で、作戦担当の軍令部員である有泉は、九月に入った時点で、すでに真珠湾を討つ山本長官の作戦方針を知っていたらしく、特潜の実験搭乗員として多年尽くしてきた加藤に、特潜の使途を聞いた。加藤は、「特潜は体が小さいから波の高い外洋で使うのは無理。むしろ基地攻撃に向いている」と答える。

この話が原田の耳に入ってきた。港湾、泊地攻撃をあおる周辺のこうした動きに対し、原田は「使用可能になるまでしばらく待ってほしい」といいたいところだが、上層部の決定とあっては表立っては反論できずに苦しんだ。

岩佐中尉は山本長官に誓った。

「小官以下十名は、一身を顧みず、真珠湾に突入し、戦果をあげるべくまい進します」

岩佐の口から、日米開戦に至れば大義名分はわれにあり、自分たちは殉国の至情に燃え捨て身の決意であると、山本長官に直々に意見具申した。

結果論になるが、岩佐が真珠湾攻撃を主張したことにより、トップへの責めが軽くなった。連合艦隊の末期に通信・情報参謀を務めた中島親孝中佐は、「下からの盛り上がりによる作戦だとすれば、上層部としては収まりがつく」と説明している。表面的には岩佐、原田、山本の線で特殊潜航艇の真珠湾攻撃が決まったようにみえるが、宇垣、黒島ら上層部の工作が大きく関与していたといえる。

甲標的の港湾襲撃を詳しく調べている豪州のシドニー・モーニング・ヘラルド紙のD・ジエンキンス記者の質問に対し、初期の特潜艇長の生存者の一人は、次のように答えている。

「岩佐、原田、山本の線は誤りとはいえぬかもしれぬが、百パーセント正しくはない。この案は上から示され、われわれは議論の末に了承したものである。港湾進入は大変危険なので、上の方では命令を出さず、ただ訓練をするように仕向けた。そして上の方は、青年士官がこの訓練を強く望んでいることを知った。つまり、公式には下級者が発案し、非公式には上級者が命令した」

若い人たちにげたを預けた無責任なシステムである。構造的な官僚システムというか、一度決めた方針は覆すことができない体質が、進歩的な組織といわれる海軍にもあった。結局、黒島の三回目の具申で長官の暗黙の承認を得た。十月上旬である。攻撃後の収容の方策を棚上げにした決定であった。

十一月十日、搭乗員らの人事が発令された。しかし、十一月下旬、真珠湾に向かう前、択《えと》捉島《ろふ》の単冠湾《ひとかっぷ》に集結した機動部隊の空母「赤城《あかぎ》」で、飛行部隊総指揮官の淵田美津雄中佐は、甲標的の参加を聞き、隠密性《おんみつ》が阻害されるとして激怒した。

特別攻撃隊の搭乗員の編制は次のとおりである。

搭載潜水艦	特潜指揮官	艇付（乗組員）
伊二二潜	岩佐直治大尉	佐々木直吉一曹
伊一六潜	横山正治中尉	上田　定二曹
伊一八潜	古野繁実中尉	横山　薫範一曹
伊二〇潜	広尾　彰少尉	片山　義雄二曹
伊二四潜	酒巻和男少尉	稲垣　清二曹

十一月十四日、呉《くれ》鎮守府会議室で特別攻撃隊の作戦の打ち合わせをし、航空部隊の第一撃後、直ちに特潜が攻撃することを決めた。

特別攻撃隊は、日本時間の十二月七日二〇〇〇（午後八時）から二三〇〇（現地時間七日〇一〇〇から〇四〇〇）、真珠湾口から五海里ないし十三海里離れた海面から、特潜五隻を発進させた。全艇帰還せず。

真珠湾に突入した五隻の特潜は、戦後、酒巻、岩佐、広尾、古野、横山の各艇の順に湾内外から発見、確認された。湾内に入れたのは岩佐、横山の二艇だけである。横山艇が確認されたのは平成二十一年（二〇〇九）三月で、ハワイ大学の深海調査船が、湾港外六キロの海底に沈んでいる艇頭部を見つけた。特徴のある8の字型のネットカッターが装着されていて、米公式文書に当時、巡洋艦「セントルイス」が魚雷攻撃を受けたという記録（被害なし）が見えるところから、横山艇は攻撃後、湾外に脱出を試みたが失敗したらしい。確認までに六十八年の歳月を要した。

五艇のうち、横山艇一隻だけが攻撃に成功したという説がこれまで流布されていた。それは、横山艇から「トラ」という奇襲成功を意味する無線通信が発信され、それを伊一六潜が受信したというところから広がったものである。しかし、最近になって、当時の電信兵が「キラ」と受信したのを「トラ」と思いこんで報告したことが明らかになった。電信兵自身が告白したもので、「キラ」にはなんの意味もない。発信のミスであったのか、渾身《こんしん》の勇を振るった十名の攻撃であったが、戦果はむなしく水泡に帰した。肝脳を絞っての訓練の結末であるだけに、返す返すも痛恨の極みであった。

しかし、敵艦隊の大根拠地の奥深くを狙った突撃は、世界の戦史に例をみない破天荒な壮挙であり、敵に与えたショックは大きかった。

真珠湾の湾岸は低地のため、海からではどこが湾の入り口なのか分かりにくい。しかも、未明の暗い時間帯、速い潮流という悪条件。それに耐え、防潜網があいたすきに二隻が入りこんだ。よく進入できたものだと、敵も嘆声を上げた。

建前としての帰還収容の方策は講じてあったにせよ、搭乗員は皆必死の心構えで臨んだのであった。

岩佐にはいいなずけがいた。十六年十月初めに結婚願いを出していたことが、原田の日記にもみえる。潜水艦幕僚の立場にあった「千代田」の原田艦長のもと、十月二十九日に真珠湾攻撃の特別攻撃隊の人選が内定した。その日までの間に、岩佐は婚約を解消している。若い健康な男性として、好きな人と婚約したのは自然の成り行きであった。しかし、幾重にも困難の立ちはだかる作戦を前にして、岩佐の心は揺れた。若すぎる未亡人をつくってはならない、岩佐はそう決断したのだった。

一般国民だけでなく大多数の軍人も九軍神の壮絶な戦いに感動し、その「戦果」を信じた。そのなかに、少尉候補生の黒木博司と江田島一号生徒の仁科関夫がいた。二人は早々に特潜志願を決めた。

甲標的は真珠湾攻撃のあと、昭和十七年（一九四二）五月三十日、アフリカ東方、マダガスカル島北端の要港ディエゴスワレスで戦艦一隻を大破、タンカー一隻を撃沈という「第二次大戦中で最高の技量と勇気」（C・ホール英王室潜水艦記念館館長）を示した。

翌三十一日には、防潜網と磁気探知機で守られた豪州東岸のシドニー港に、甲標的三隻のうち二隻が進入した。水深十二メートルの浅い海域で、艇体をさらしながら暴れまわり、一隻が自沈、一隻が爆雷攻撃を受けて沈んだ。残りの一隻は魚雷を発射して、宿泊船兼物資集積船一隻を撃沈して港外に脱出したが、行方不明となった。

シドニー海軍区司令官ムアーヘッド・グールド少将は「勇気はいずれの国の独占物でもない」と嘆賞し、オーストラリア海軍は四人のためにシドニー郊外のロックウッド墓地で海軍葬を行ない、最高栄誉礼をささげた。四人の遺骨は交換船で同年中に日本に返された。

その後、甲標的はガダルカナル、セブ（フィリピン）、沖縄と広範囲に活躍したものの、厳重に護衛されている敵艦を攻撃するのは至難の業であった。

このうちフィリピンの甲標的隊は、十九年十二月から二十年三月までに輸送船十三、駆逐艦四、巡洋艦二など、合わせて二十一隻撃沈の大戦果をあげたとしているが、米側では確認していない。

大艦巨砲主義に偏っていた海軍は、潜水艦を軽視し、緒戦のころ、連合艦隊に潜水艦参謀は配置されておらず、水雷参謀が兼務していた。これが、甲標的を含む潜水艦の運用を粗雑なものにしてしまう原因となった。その端的な例が、真珠湾攻撃であった。結果論ではあるが、開戦時は空母機動部隊による攻撃だけで大戦果をあげることができたのだから、潜水攻撃が難しい真珠湾にあえて特別攻撃隊を出す必要はなかった。原田が山本に進言したように、改善に改善を重ね、ゆとりをもってこの貴重な戦力を投入すべきであった。

制度の壁を克服し甲標的へ

黒木博司の身辺も慌ただしくなってきた。日本海の巡航を終え、昭和十六年十一月十五日に機校を卒業して海軍機関少尉候補生に。在校中の成績は中位だったらしい。彼は日曜日には民家のクラブで期友とくつろぐなど、付き合いを欠かさなかった。素質がよいのだから、ガリ勉に徹すればトップクラスに入れただろうにと、期友の山鳥はいっている。

黒木には、黒木独自の学習法があった。彼の読書熱はすさまじく、世界中で最も忙しい場所といわれている海軍三学校のなかの一校にあって、平泉澄という太いパイプを通じて集めた「正学」に関する書物のほとんどに目を通している。厠《かわや》を読書の場所にしていた。在校中だった日米開戦の一年前、母わきに次のように書き送っている。

「日米戦起こるならば近くである。ぜひそれまでには一流に劣らぬ立派な日本人の考えをもち、また他に劣らぬ実力を有し、かつ人一倍の胆力と死生観をもって臨みたいと思うと、夜も日も猶《なお》足らざるの焦慮のみにて、仲々《なかなか》に修養は六ケ《むつか》敷《し》きものであります」

休み時間も公の生活では自由に使えず、決められた自習時間では足りないので、読書は夜起きて厠に行って実行。毎朝二時に起きシャツを着こんで、三時間半ほどかけて目的を遂げるのである。夜中に起きるために、夜床に就く前に水をコップに一杯半飲むことにしていた。

　正学をもとにした考えかたとして、

「一大事を行なうために生と死があり、そのほかの生涯はただ単に、そのことのためにある手段に過ぎない」、「人間五十年というが、たいていは酔生夢死である。その半分に満たなくてもよいから充実した、価値ある生きかたをすべきだ」

と、黒木は期友に語り、非常時下、だらだらと長生きする考えを切り捨てている。

　正学を胸に、黒木候補生は戦艦「山城《やましろ》」に乗り組み、分隊士として率先躬行《そっせんきゅうこう》に徹し勤務した。最も早く起きる兵より早く起き、最も遅く寝る兵よりもっと遅く寝る。部下とともに同じハンモックに夢を結んでいた。機関の取り扱いでも、若い士官によくある、自分はやらないで部下に任せっぱなしというようなことはなく、実地に腕を磨いた。

総員起こしがあると、艦内総員が上甲板に出て体操を始める。機関科員は前甲板の最も寒い場所で体操をする。寒風吹きすさぶなかで、黒木は真っ先に上半身裸になり、部下にもシャツを脱がせ、汗がでるまで体操をやらせた。なんでも部下の先頭にたってやった。

彼は勤務の余暇にも相変わらず読書に専念し、給料の大半を書籍の購入に充てた。黒木が「山城」に乗り組んで三週間後に、対米英蘭戦争が始まった。「大東亜戦争」が正式呼称だが、主戦場が太平洋であるため「太平洋戦争」と呼ばれている。

開戦後、さっそく彼は次の歌を詠んだ。

すめろぎの国亡ぶるか興るかの戦いなるぞ征《い》けや益良夫《ますらお》

黒木は十二月末、両親あての手紙のなかで、この戦争を、

「神武肇国《ちょうこく》以来の最大の国難にして、長期の困苦に堪《た》うる忍堪《にんかん》の力こそ最後の決と存じ候」

と、自戒の心を述べるとともに、わが国民性に触れ、

「熱しやすく冷めやすきわが国民性に憂うるところに候。これに反し、獣の如《ごと》き図体の英米人は鈍重にして、性は即戦即決よりも長期抗争こそ望み、得意と致すところならずやと存じ候」

としたためている。

真珠湾、マレー沖海戦と緒戦の大戦果に日本中が興奮し、戦果を発表するたびにラジオか

ら流れてくる軍艦マーチに酔いしれているとき、連合艦隊司令長官の山本五十六大将はさすがにさめていた。山本は、「開戦の通告（日米交渉打ち切りの最後通告）は攻撃までに間に合ったろうな」と気にしていた。山本以外にもさめて戦いの前途を憂うる人物がいた。まだ少尉候補生の黒木がその一人だった。彼は妹の教子に、

「日本にとっては長期戦が心配だ。日本人は熱しやすく冷めやすしだからな。教子はしっかり好《よ》い子になって、これからの日本の女の範となるように修養第一に心掛けられたい」

と書き送っている。

十七年（一九四二）六月、黒木は機関少尉に任ぜられ、翌七月、潜水艦志望が聞き入れられ、「山城」を退艦した。部下の兵たちは泣いて別れを惜しんだ。兵隊はなかなか涙を流すものではない。「泣かれるなんて、貴様は本当に幸せなやつだ」と、同僚にうらやましがられた。

八月から九月にかけて、広島県大竹の潜水学校に学んでいた黒木は、

「今、潜水艦はその任務の三分の二が偵察、捜索にあって、本務たる通商（交通）破壊はわずかに三分の一に過ぎない。だから近ごろ、艦の戦闘精神はとみに弱くなっている。一潜艦の小といえども艦の精神を革新すれば、その影響は大きいと思う」

と、熱い心情を吐露している。潜校に入る二ヵ月前、日本はミッドウェー海戦で空母四隻を失い惨敗している。そのときも潜水艦が活用されていない現実に、黒木はいらだっていた。

九月十五日に卒業。潜校を出たからには巨艦をも屠《ほふ》りうる甲標的（略称「的《てき》」）、いわゆる

特殊潜航艇の講習員を「熱望」した（最初は講習員で、講習終了後に指導員になる）。真珠湾に、シドニーに、ディエゴスワレスに突進し、壮絶無比の戦いに果てた先輩たちのあとを追うのは、ごく自然の道筋ではないかと。だが、組織の壁に阻まれ、事は簡単には運ばなかった。


十八年の一月ごろ、黒木は偶然に出会った先輩の権藤安行に、

「今度、甲標的講習員になることができました」といった。

「それはよかったな。しかし、よく機関科（出身）でなれたな」と聞く権藤に、彼はそれまでの苦心を話している。それをまとめると、次のような経過になる。


候補生教育が終わるころ、黒木は「次の勤務地の志望を出せ」といわれ、「第一志望甲標的指導員、第二志望ナシ」と書いて出したところ、分隊長から「第二志望ナシ」とはどういう意味かと聞かれたので、

「甲標的以外は考えていないということであります」

と答えた。分隊長はいった。

「機関科の人事は（海軍省の）人事局の機関科局員が握っている。人事局に甲標的指導員の配置がなければ、おまえがいかに熱望しようとも発令されることはない。どうしても指導員になりたければ、教育局長の所にいって、『甲標的指導員の定員は、従来は兵科だけだったものを、機関科も若干名採用するよう、採用規則を改定していただきたい』とお願いすることだ。教育局長が機関科も何人かは採用すると規則を改めれば、人事局は自動的に適当な人

物を選抜、発令するだろうが、規則がなければ人事局ではどうすることもできないことが分かるだろう」

これは、一少尉の分際で規則の改定などできるわけがない、無茶をいうな、という忠告に等しい。教育局を説得する以外に手はないと、黒木は意を決する。

大竹で待機している間に教育局の機関科に長文の手紙を出したあと、上京して局員に会い、口頭で詳しく志望理由を説明し、局長にも会いたいと申し出たが、体よく断られて帰竹した。が、再度上京し、また教育局へ。局員は黒木の心情にうたれ、局長の所へ案内してくれた。

次のやりとりがあった。

「君の情熱はよく分かるが、機関科には指導員の配置がないのだ」

「その配置をつくってください。旧来の規定を順守するだけでなく、非常のときには非常の方策をとるべきだと思います」

黒木は畳みかけるように迫った。

「まず私を一人だけ指導員として採用してください。もし私が成績をあげることができなければ、即刻辞めさせてください。成績をあげることができたら、指導員の採用規則を改定して、機関科も採用できるようにしてください。そして、私のクラスの者二、三人を次の機会に採用していただきたい」

局長は気押されたのか、

「今期の指導員の定員は発令が終わったので、次の機会に考慮しよう」といった。

それでも黒木はあきらめない。

「今期の定員のなかに私を一名増員してください。十五名が十六名になっても教育訓練にはそれほど支障はないと思いますので、ぜひ今期採用者のなかに入れていただきたい」

と、誠意のありったけをこめて懇願した。しばらく黙っていた局長は、

「よし、分かった。十分考慮しよう」と、反応を示した。

帰竹して二ヵ月近く発令がないので、何度か局員に電話して聞いた。ようやく十二月に希望がかなって発令され、呉工廠魚雷実験部・井元事務所に赴任した。

井元事務所というのは、井元正之少佐が部隊長をしている甲標的訓練部隊の仮の名称で、十七年九月に呉の対岸、倉橋島の大浦崎に開設された。通称「P基地」。隣接地に魚雷実験部の分工場があり、甲標的の講習と訓練、「的」の整備に便利な場所であった。

黒木はこの地で、第五期講習員として訓練を受けることになる。P基地で基礎教育を受けたあと、三机湾で実地の講習に参加した。軍神宿の次女岩宮緑は黒木を、

「とてもしっかりした人。求心力があって、人をぐんぐん引きこんでいく。第二の岩佐さんという印象でした」と、筆者に語っている。

権藤は、黒木と別れたあとで考えてみた。表向きは黒木の強硬な申し出に教育局長が特別の配慮をしたということだが、別の理由があったのではないかと。

建軍以来、海軍には戦略、戦術はもちろんのこと、戦闘を指揮するのは兵学校出身の兵科将校でなければならぬという、いわゆる兵科万能思想があり、兵科将校はこれを当然だと考

えていた。甲標的講習員も、訓練を終えて作戦に従事すれば小なりといえども艇長となり、戦闘を指揮することになる。機関少尉が戦闘を指揮することは、兵科万能主義を曲げる大事件なのである。

誠意、情熱を傾けて教育局長を説得したくらいで解決できることではない。海軍大臣、軍令部総長が納得しなければ通らないほどの組織変更にかかわる大問題であった。それでは別の理由とはなにか。

権藤は考えてみた。黒木は一号生徒のとき以来、候補生のころも上京すると平泉澄を訪ねた。英米流の自由主義を主流とする海軍内部では、平泉を要注意人物もしくは敬遠すべき人物とみる向きがあった。

そのほかにも、黒木は機校の先輩の萱沼洋（権藤の期友で過激派と目されていた）に誘われて、犬養首相らを襲った五・一五事件の首謀者の一人で海軍中尉の古賀清の所に行って親しく話をしていた。古賀の紹介で、同じくこの事件に加担した三上卓中尉にも会ったらしい。これらの人物は、危険分子として憲兵、特高に厳しく監視されていた。また、海軍省には法務局長が指揮する海軍だけの秘密警察隊があって、海軍部内の要注意人物には常に尾行をつけていたので、黒木の行動は逐一海軍省に報告されていたのではないか、と権藤はみている。

要注意人物や過激派は、冷暖房付きの超大型戦艦をそれぞれ「大和ホテル」、「武蔵旅館」と皮肉をこめて呼び、前線の苦労を知らずに、きれいな服装でこれらの巨艦にいる参謀クラスを弾の飛んでくる前線に出せ、と非難の声をあげていた。権藤と萱沼も、海軍省人事局に出向いて、ダラカン、すなわち堕落した幹部の名をあげて追放を求め、にらまれていたのである。

黒木はそこまではしていないが、二号、一号のころは平泉の感化による精神的な運動で、また候補生のときは指導官にマークされ、そのまま人事局、法務局にマークされたと権藤は推測するわけである。

権藤のこうした見方を引きのばしていくと、黒木がマークされているとすれば、次のようになる。黒木は甲標的のほかは望んでいないといっているので、ほかの部署に発令したらなにをするか分からない。幸い甲標的の訓練地は呉だから東京から離れているし、海軍省もいくらか安心である。そこで人事局は黒木を甲標的に採用してもらうよう、教育局に働きかけたと推察することができる。権藤が萱沼から聞いた話によると、教育局員は「そんなこともあったかもしれない」と、否定はしなかったという。

では、なぜ兵科万能主義になったのかといえば、それは日本が明治期に海軍を創設するにあたって、身分制の強いイギリス海軍を模範として制度や組織、運用法を採用し、特に将校を養成するためにつくった海軍兵学校寮にイギリス海軍兵学校の制度、教育方針、教科などを、そのままとりいれたことからきている。

その内容は、戦闘に際して、艦長が指揮不能となれば副長が指揮を執る。副長が指揮不能となれば、以下、兵科将校が先任順に指揮を執る。そして、兵科の少尉が指揮不能となれば機関科が先任順に指揮を執る。さらに、少機関士（機関少尉のこと）が指揮不能となれば主計科が先任順にと引き継いでいくというもの。極端な話だが、戦闘に際して、兵科の少尉は機関科や主計科の各大佐をも指揮することができる制度となっている。これを軍令承行令という。

軍令承行令は、平時でも式次第の序列などに適用されていた。海兵六十二期の壹岐春記は、新任の中尉として観艦式で艦上に整列した際、兵科の末尾の自分の次に機関中佐がいて、すっかり恐縮した覚えがある。

兵科は、機関科は艦橋から命令する速力を正確に出しさえすればよい、という考えかたをもっている。これはちょうど、人力車夫とお客との関係のようなものである。車夫は、お客の命ずるままに走り、止まらなければならない。機関科は車夫で、艦橋はお客のようなものである。

軍令承行令を解消し、「機関科」の名称を取り外して兵科と機関科を一本化したのは昭和十九年秋に至ってからである。海軍部内では「一系化」という。解決をみるまでに、このような長い年月を要してきただけに、黒木が兵科将校並みの「的」講習員に任ぜられた人事は、前代未聞の試みといってよかった。

しかし、念願かなって晴れて「的」講習員に任ぜられた黒木の歩んだ道は、けっして平坦なものではなかった。訓練時、兵科の指導員は潜望鏡を握って目標を定め、敵艦に対する襲撃運動に入るのだが、彼はそのとき下士官の仕事である推進係の仕事をしていた。

そのころ、黒木は兄寛弥に、「機関科は差別されているんだよ」と、不満をあらわにしている。非常な屈辱と感じたに違いない。

　黒木と兵学校のコレスは、七十期である。七十期の真嶋《まじま》四郎少尉は、指導官の井元少佐に、「コレスのすごいのが来るぞ。おまえに教育を任せるぞ」といわれていた。が、大浦崎のP基地に黒木が着任早々、真嶋はその人懐っこさに驚いた。悪くいえば心臓が強くずうずうしく、よくいえば純真であり、天真らんまんなのだ。

　真嶋は接してみて、黒木の学識の深さ、将校としての強い自覚、職務に対する熱意、研究心と、どれをとってみても彼の実力を認めるのにやぶさかではなかった。

　ただ、その片意地なところを直し、皆と一緒に愉快に談笑できるような、固いうちにも円満な人物になってほしいと真嶋は思った。

「レス（料亭）に行かんか」と誘っても、「レスみたいなエス（芸者）のような汚らわしい者の出る所に行けるか」といった調子。

　真嶋は、「エスが汚いものか」と、無理やり黒木を引っ張りだした。

ところが、実際に騒ぎだすと黒木の方が一枚上手で、得意の「男なら」をふんどし一つになって歌うのには、コレス一同顔負けした。「男なら」は、黒木がよく歌った愛唱歌の一つだった。

　男なら　男なら
　未練のこすな　昔の夢に

もとをただせば裸じゃないか
度胸ひとつで　押して行け
男ならやってみな　（西岡水朗作詞）

Ｐ基地周辺に広がる十二月の安芸灘は、しけて波の高い日が多い。慣れていても心身ともに参ってしまい、精根尽き果てて帰ってくるのだが、黒木だけはさっそうと引きあげてきて指揮官に報告していた。

「的」の習熟の方は、機構はさすがにお手の物で、直ちに青写真で研究にかかり、不明の点はコレスによく尋ねていた。その熱心さと電気関係に詳しいのとで、まもなくコレスの方が黒木に尋ねるようになっていた。

しかし、信号、通信、航法には、初めのうちは手を焼いた。航法で学ぶことの一つに、地測がある。フネの上にいて自艦の位置をつかむ方法で、岬の方向と山頂の二点を結んで（三点ならもっと正確に分かる）計算する。地文航法という。兵科出身者なら、生徒時代にすでに習得しているので今さらどうということはないのだが、初心者は苦労する。兵学校出で先輩の士官がからかって、

「おい黒木、早く位置をださんか」

と、棒の先で背中を突っつく。黒木の打ちこみようは、はたで見ていても涙ぐましくなるようだったと、真嶋はいっている。

黒木は屈しなかった。油まみれの搭乗服のそでをまくりあげ、軍帽目深、図面を片手に持つ姿は、勝ち誇った若武者そのものだった。機関科には縁遠い航海、水雷の知識をはじめ、「的」の操縦から襲撃運動に至るまで、彼は超人的な熱意と緻密《ちみつ》な頭脳で身につけていった。井元は西郷隆盛の言葉をひいて、「黒木は始末に困るやつだ」と褒めた。

特潜搭乗員の訓練は厳しく、絶えず殉職を覚悟させられる。十八年一月、黒木は機校の先輩原田周三、喜代子夫妻に、ずきんと目隠しを作ってほしいと手紙で頼んだ。殉職した際に、醜い顔をさらしたくない、水圧で眼球が飛びださないようにしたい、というもので、別便で布を届ける。喜代子は心をこめてずきんを作った。原田は要望に応え、表に七生報皇と墨書して送った。

黒木は喜代子を「姉さん、姉さん」と、実の姉のように慕い、原田に「先輩の奥さんの妹さんと結婚したいですね」と、まだ会ったこともない原田の義妹に夢を託していた。この年の夏ごろ、結婚の申し込み状を夫妻あてに出している。原田はこのとき、空母「龍鳳《りゅうほう》」に乗り組んで出撃中で、喜代子は一人で思いあぐねていたが、黒木からのこの件での連絡はそれきりになった。

黒木は血書のなかで、「吾《わ》が志を継ぐは子に然《しか》ず」と述べている。そうはいっても、過酷な戦局。戦死か殉職をして未亡人をつくるのはかわいそうだ、男としてあまりにも無責任ではないか――。黒木が結婚をあきらめた心境が理解できる。彼は、軍神岩佐と同じ道を選んだのであった。

このころ兵学校出は井元部隊に十六人いたが、黒木は戦争の将来に対する危惧《きぐ》とその対策に関しては、誰に対しても、おそらくは教官に対してすらも、自己の信念を曲げてまで妥協はしなかった。その結果は、彼を理解する幾人かとは親しくなっても、多数の同僚は彼を敬遠したに違いない。

「黒木は神懸かりの感じがあった。甲標的のグループから浮いていた」と評する、先輩で兵学校出の将校もいる。

「彼が同僚に嫌われ人気がなかったとしても当然と思う。彼は他人にどう思われようと、意に介するような人間ではなかった」と、権藤は述懐している。

伊はそむき独は敗れん物なけんはづきながつき近きを如何《いか》に

黒木が、十八年二月に平泉にあてた書簡のなかにしたためた一首である。イタリアはこの年の八月（葉月《はづき》）、九月（長月《ながつき》）を過ぎ、十月に至って降伏し、連合国側に寝返った。ドイツも物資が窮乏し、いずれ屈服するだろうという歌の洞察のとおりに、戦局は枢軸国に不利な方向に動いていく。祖国の危急にどう対処すべきか腐心している黒木に、他人の目を気にする余地はなかった。

ミッドウェー海戦敗北の陰に

黒木博司機関少尉が甲標的の訓練にとりかかるまでの一年間は、ちょうど開戦後の一年間に相当する。戦争全体の推移を一とおりたどってみよう。

緒戦のハワイ、マレー沖海戦の大勝利に連動してフィリピン進撃、インド洋、南洋方面制圧と、綿密に練られた計画どおり、日本の作戦は太平洋、インド洋の広い範囲にわたって有利に展開し、連戦連勝とどまるところを知らなかった。

破竹の快進撃に陰りがでたのは、第二段作戦初期の昭和十七年（一九四二）五月七日、八日、ソロモン諸島とニューギニアの中間海域、珊瑚《さんご》海で行なわれた海戦である。

これは日米初の空母決戦で、戦術的には日本の優勢勝ちではあったが、ニューギニア東部南岸のポートモレスビーに陸軍部隊を上陸させる目的を果たせなかったことで、米海軍に反撃の機会を与えてしまった。このとき大破させた空母「ヨークタウン」が、のちのミッドウェー（ＭＩ）海戦で反撃に転じてくる。

インド洋制圧までの第一段作戦が順調すぎるほど順調に進んだため、わが海軍は珊瑚海海戦が終わった段階でまだ危機感をもたず、ミッドウェー海戦を迎えることになる。この海戦で、わが方は主力空母四隻を一挙に失う。

ミッドウェー島は、日本からはるか東方に離れてハワイ西方海上、アメリカ海軍の勢力圏内にある。この島を占領して敵空母を撃滅する作戦は、山本五十六《いそろく》長官の連合艦隊司令部が十七年三月中旬に大本営に連絡し、四月二日に正式に意見具申をしている。これに対して大本営海軍部が同意したのは、同月五日である。

ミッドウェー作戦に最も強く反対したのは、第二航空戦隊司令官山口多聞《たもん》少将である。山口は豪放で明敏、将来の連合艦隊司令長官に擬せられた人で、この作戦の中止または二、三ヵ月間の延期をしばしば山本に進言したが入れられなかった。

この作戦の主体となる前進部隊と機動部隊がインド洋作戦（三月二十六日以降）を終えて帰投したのは、四月二十二日前後。船体の修理や軍需品の補給、乗員の補充、交代などを済ませて瀬戸内海西部の柱島に勢ぞろいしたのは五月十八日で、出撃するまで十日ほどを残すだけであった。全乗員の一割が入れ替わった。そのため、艦隊の総合戦力が低下し、その影響は特に航空戦力に著しかった。

たとえば第八戦隊についてみると、水上偵察機十機を搭載していたが、夜間飛行や海面着水ができるパイロットはほとんどいなくなっていた。このため重大な作戦の遂行は無理と、山口は危惧していたのである。

山口のほかにも、連合艦隊の次席指揮官である第二艦隊司令長官の近藤信竹中将、第一航空艦隊司令長官の南雲忠一中将が、やはり乗員の疲労、準備不足を理由に反対した。

山本は昼飯一つでも賭け事の対象にするほどのばくち好きで、若いころから「ばくちの五十六」と呼ばれていた。先の真珠湾作戦も、賭博《とばく》性が強いとして軍令部（大本営海軍部の主体）は大反対したが押し切った。

ここで海軍三首脳の関係についてみると、

「連合艦隊司令長官は天皇に直隷《ちょくれい》し、軍政に関しては海軍大臣の指示を受け、麾下《きか》艦隊の軍紀、風紀、教育訓練を統監し、作戦計画に関しては軍令部総長の指示を受く」

と定められている。

しかし、真珠湾の大戦果以来、声望高まるいっぽうの山本には、軍令部総長といえども遠慮があり、そのために、思いつきを押し通すようなこの作戦のずさんさを知りながらも抑えかねた。

このような空気のなかで五月一日から四日間、柱島泊地にある旗艦「大和」で図上演習が行なわれた。第一日目に近藤第二艦隊司令長官が山本にただした。

「アメリカ空母部隊はほとんど無傷であり、さらにアメリカはミッドウェーを基地とする基地航空部隊を作戦に投入できるのに対し、日本はそれができない。よってミッドウェー作戦をやめて、アメリカとオーストラリアとの連絡線を遮断することに集中すべきである」

これに対し山本は、奇襲ができれば勝てない理由はないと反論した。だが、腰の引けた言い方で、内容も具体性に乏しかった。

近藤はなおも追及の手を緩めず、たとえミッドウェーを占領し守備隊をおいたとしても、補給を続ける方策はあるのかと問いただした。

この質問には、山本に代わって参謀長の宇垣纏少将が弱々しく、

「補給が不可能になった場合には、守備隊はあらゆる施設を破壊して撤退する」

と答えた。この答えは、連合艦隊司令部が、補給についてなにも考えていなかったことを図らずも実証したものであった。

（千早正隆著『日本海軍の驕《おご》り症候群』＝プレジデント社）

三日の図上演習では、敵空母が現れ日本の空母に大きな被害が出た。宇垣は、「実際にはこんなことにならないようにする」といって、その場を収めた。第一航空艦隊（南雲長官）の航空甲参謀で、ハワイ作戦以来の航空作戦の立案者源田実中佐は、「敵空母が出てきたら鎧袖《がいしゅう》一触です」と、あっさり答えた。

山本司令部もその下の南雲司令部も、敵空母は準備不足でミッドウェー海域には出てこないだろうと思っていた。「だろう」は、間違いのもと。完ぺきに仕事をせよ、と「初級士官の心得」にある。彼らは、この基本的な心がけをすでに失っていた。恐るべき慢心、油断であった。

ミッドウェー海戦の結果、わが方は虎の子の四空母を失った。敗因の主たるものとして、暗号が解読されていたことと空母偵察機の索敵の失敗があげられているが、実は潜水艦作戦の失敗も大きい。

空母機動部隊を中心に据えたわが連合艦隊の主力が、山口県沖の柱島を出て豊後水道に差しかかったとき、すでに一隻のアメリカの潜水艦がこれを見ていた。総計十数隻に及ぶ潜水艦が目視探知の網を張り、日本艦隊の航路を刻々と真珠湾の太平洋艦隊司令部に報告していたのである。

これに対し、わが潜水艦十五隻は、ミッドウェー攻略予定日の五日前にあたる六月二日に、真珠湾とミッドウェー島との中間、すなわちハワイ諸島のおおむね南北に散開し、真珠湾から西進してくる米艦隊を迎え撃つ計画であった。が、潜水艦の整備が遅れ、予定された散開線に就くのが六月四日になってしまった。

そのうえ、日本側の企図を事前に察知していた米艦隊は、日本潜水艦の散開線を避けるため、ハワイ軍港を早々に出港し、わが潜水艦が散開線に就いたときには、すでに敵は西方に通過してしまったあとだった。

戦後の調査によると、潜水艦の散開線到着が予定どおりであったら、敵大部隊の通過を察知することができたという。そうなれば、敵の情報を機動部隊に伝えられたわけで、この海戦はみるも無残な敗北を喫して攻守所を変えることなく、もう少しましな様相になっていたはずである。

潜水艦の運用を誤る

開戦時の日本の潜水艦勢力は六十二隻で、その性能はアメリカと並び世界一級の実力をもっていた。アメリカは当初、魚雷の不調に苦しんだが、次第に回復し、磁気頭部を開発、併せてレーダーの装備を進めていった。

レーダー、飛行機による対潜能力に差の少なかった十七年(一九四二)末まで、日本潜水艦の活躍は米潜水艦に比べて劣るものではなかった。ソロモンの消耗戦が最高潮であった十七年八月から年末までの潜水艦による戦果は次に述べるとおりで、機動部隊の戦果に匹敵している。

［日本潜水艦の戦果］

対艦艇　撃沈＝空母二「ワスプ」、軽巡一、駆逐艦一

撃破＝空母一「サラトガ」、戦艦一「ノースカロライナ」、重巡一

対船舶　撃沈＝太平洋六隻、インド洋十一隻、計十七隻

［米潜水艦の戦果］

対艦艇　撃沈＝重巡一

対船舶　撃沈＝六十二隻

（日本海軍潜水艦史による）

これで分かるように、日本は、潜水艦を艦隊決戦の補助役として、あくまでも艦艇攻撃に使っている。対する米潜水艦は、対艦艇戦果こそ少ないが、対船舶（輸送船、商船主体）の戦果は日本潜水艦の四倍に近く、武器、弾薬、食糧、燃料の補給路遮断、つまり海上交通破壊に圧倒的な力を注いでいることが分かる。のど元を締めさえすれば勝てる兵糧攻めに出てきたのである。合理的な戦法である。これに対し日本は、丸腰のフネを沈めても手柄にならないという、サムライ社会以来の古い戦争観にこだわりつづけていた。

ソロモン、ニューギニア、さらには北方のアッツ、キスカの部隊が孤立し、敵の制空、制海権下での補給を潜水艦が受けもたされることになった。本来は攻撃作戦のための潜水艦を、輸送任務に回すのである。

「まるで日通（運送会社）の仕事だな」とのぼやきも海軍部内に起こったが、陸軍からの切

実な要求であった。陸兵を見殺しにすることはできない。連合艦隊司令部は、十七年の暮れから潜水艦のほとんどを輸送任務に回した。

輸送回数は、太平洋戦争の全期間を通じ、十八年を頂点に三百十二回に及んでいる。

（呉鎮守府潜水艦戦没者顕彰会発行『メインタンクブロー』）

十八年一月、ガダルカナル島撤退作戦がようやく終了して、この方面の輸送が打ち切りになり、次期作戦に備えることになった。軍令部が強く望んでいた交通破壊作戦である。開戦後一年半近くを経た十八年三月までに、わが潜水艦は事故で沈んだものを含め十九隻を失ったが、二十隻以上を新造して総勢六十四隻となっていた。開戦時と変わらない隻数である。新たな希望をもって、交通破壊作戦を始めようとしていた。

ところが、ここに不幸な事件が起こった。アリューシャン方面の戦況の急変である。五月中旬にアッツ島に米軍の攻勢が展開されてから、同年の八月上旬にキスカからの撤退が終わるまで、精鋭潜水艦の半数にあたる十三隻がアリューシャン方面の救援に向けられ、せっかく張り切ってスタートしたばかりの交通破壊作戦は、中途半端なものになってしまった。

五月から八月までのこの期間にソロモン海域などの南太平洋で、わが潜水艦は九隻を失う大被害を被った。アメリカ海軍の対潜攻撃能力は、十八年度に入ってから急速に威力を発揮しはじめてきたのである。特にヘッジホッグという二十四連装のロケット爆雷に、わが潜水艦は散々な目に遭った。これは、爆雷一個が命中すれば、その衝撃でほかの二十三個も同時に爆発し、潜水艦に逃げ場を与えず破壊しつくしてしまう、恐ろしい兵器なのである。

また、敵のレーダーが十分に普及しているのに、わが方のレーダーはまだ稚拙なレベルで、米軍の対潜掃討のしつこさ、徹底ぶりにてこずらされた。
その結果、戦争の全期間を通じ、わが方の潜水艦の保有総数は、開戦時の六十二隻に開戦後の新造百十七隻、ドイツからの譲渡、接収八隻を加えて百八十七隻に及んだものの、このうち喪失数は百二十七隻に上り、戦没した人員は一万人を超えた。喪失状況からみて、レーダーで発見され、爆雷攻撃によって撃沈された潜水艦が圧倒的に多い。敗戦時に残っていた潜水艦は六十隻（うち老朽のため除籍されたもの二隻）で、このうち実戦に出られる艦は十隻程度に過ぎなかった。

（戦史叢書《そうしょ》『潜水艦史』防衛庁防衛研修所戦史室編）

ここで今次大戦中に日米それぞれの潜水艦があげた戦果を比較してみる。

	艦艇撃沈	船舶撃沈
日本	一五隻	一七一隻
米国	一八九隻	一一五〇隻

（学研パブリッシング『歴史群像』太平洋戦史シリーズ第三巻「勇進インド洋作戦」中「日本海軍の潜水艦作戦」＝鳥巣建之助）

アメリカの潜水艦は、日本に比べ艦艇で十二・七倍、船舶で六・八倍という驚くべき戦果をあげている。特に注目すべきことは、日本の被害総船舶の六十パーセントを、米潜水艦が撃沈したことである。戦争資材の大半が海底に葬り去られたわけである。

第三章　甲標的から人間魚雷へ

救国兵器の採用を血書嘆願

近江誠中尉（戦後、山地姓に）は伊一六五潜の砲術長で、引き続き航海長として昭和十八年五月からインド洋、豪州北西部の交通破壊作戦に従事していた。

十八年の後半に入り、インド洋セイシェル諸島に向かって水上航走していたときのこと。真っ暗闇の海面を走っている伊一六五潜に突然、大音響が起きた。哨戒長をしていた近江は左上方を見た。敵機が急降下してくる。爆撃態勢である。夜目にも、エンジンからの白い排気煙がはっきりと見える。

「急速潜航急げ！」

近江の号令が飛ぶ。約三十メートル潜ったころ、左舷後方の近距離に爆発音が響いた。危機一髪であった。敵のレーダーにつかまったのだ。わが方にはまだレーダーがなかった。

今度は北上し、セイシェル諸島からインド洋へ。哨戒長はまた近江である。真っ暗な闇、

なにも見えない。と、

「てきかーん！」

一番見張りがけたたましく叫んだ。

敵駆逐艦らしい。距離は近かった。敵艦に確実に捕捉されていたのである。

急速潜航。五十秒で五十メートル潜る。爆雷攻撃を受けることを予測し、近江は号令をかけた。

「爆雷防御！」

ほぼ同時に、百雷が一度に落ちたような大爆発、大震動である。艦は大きく揺れ、近江は転びそうになる。電灯が消えて、艦は不気味な音をたててきしむ。

攻撃はなおも続いた。敵は執拗《しつよう》である。ついに深度百三十メートルまで落とされた。老朽艦伊一六五潜の安全潜航深度は七十五メートルである。耐圧限度をはるかに超え、水圧で艦側の一部が破損し、海水が艦内へ噴き出してきた。圧壊する一歩手前である。

戦闘帽の額に取り付けた電灯を頼りに、各自が懸命に作業をする。爆雷の音は続いた。米俵を運び出して、傾いた艦の釣り合いをとる。

敵のスクリュー音が消えていく——と思う間もなく、

「艦尾左三十度、音源上がった。感四、感五」

「取りかじいっぱい、水中全速！」

間髪を入れず、司令塔から清水鶴造艦長の号令が飛ぶ。前方でさらに十数発の爆発音が起こり、艦を揺さぶった。

近江はそれまで、日本の潜水艦は世界一優れた性能をもっていると思っていた。ところが、駆逐艦ごときに攻撃されて逃げまわってばかりだ。戦果を得られず、敵にやられっぱなしである。潜水艦の運用を誤り、レーダーなどの開発を怠ったつけがきたのである。

近江は考えた。インド洋でさえ、これだけひどい目にあっている。南太平洋辺りでは、もっと過酷な運命が待ち構えているに違いない。こちら一人が相手を道連れにして死に、味方の九十九人が助かる方法はないものか。

近江の頭に、人間そのものが魚雷に乗って体当たりする、一死千殺の人間魚雷がひらめいた。そして、まず自分が搭乗員になろうと決心した。実現すれば、日本海軍の圧勝は確実である。先任将校の同艦水雷長入沢三輝大尉に相談した。

「やるべきだよ」と、入沢はもろ手をあげて賛成した。

近江は試案をまとめ、ナイフで人さし指の先を切り、滴る血を筆に受けて人間魚雷を兵器として採用されたいと嘆願書を書き、主計科経由で直接、連合艦隊司令長官あてに提出した。十八年の末か十九年の初めごろである。

試案は、潜水艦に積み、針路、速力、深度が自由に調整でき、炸薬《さくやく》量三トン、速力三十五ノットで一人乗り。くしくも、のちに完成する回天によく似た案であった。

近江中尉は、のちに山口県沖の大津島回天基地に赴任し、搭乗員の教育訓練に従事していたが、本土決戦に備えて高知県須崎に展開した第二十三嵐部隊回天特攻隊隊長となり、そこで敗戦を迎えた。入沢大尉はのちに伊三六八潜艦長になり、二十年二月、硫黄島に侵攻してくる敵を求めて回天特別攻撃隊千早隊の一艦として出撃し、散華した。

近江とは別に、人間魚雷の構想を描き、意見書を提出した人物がいる。竹間忠三《ちくまちゅうぞう》大尉である。竹間は、戦勢を立て直して勝利をつかむには、この兵器による肉弾攻撃のほかに良策なしとし、十八年の初めごろ、大本営潜水艦担当参謀の井浦祥二郎中佐に意見書を出した。井浦は、これを艦政本部の魚雷兵器担当部員と潜水艦関係者にもっていき、検討してもらった。しかし、「ちょっと難しい」ということで立ち消えとなる。軍令部の首脳部としても、当時、このような必死必殺の兵器を用いる意図はなかった。第一、必死必殺の兵器など、人命尊重を旨とする日本海軍の伝統に反するものなのである。十九年八月、竹間は呂一一五艦長になり、インド洋で交通破壊作戦に従事していたが、フィリピン方面に転戦して消息を絶った。

近江より約十ヵ月前の十八年三月五日、黒木博司機関少尉が、同じく連合艦隊司令長官（当時は山本長官）に、

「必死必殺ノ策　征《ゆ》キテ必ズ還《かえ》ラザルノ死ヲ以《もつ》テセバ回天ノ大効何ゾ成ラザラン」と血書の嘆願書を出し、特攻兵器の差し迫った必要性を訴えている。

「回天」の文字が、ここに初めて見える。黒木が熟読した太平記や幕末の志士藤田東湖の詩文に出てくる文字であり、衰えた時勢や国勢を盛り返すという意味である。ただし、まだこの段階で黒木は、近江のように人間魚雷を具体的にイメージしてはいない。精神的な意味で「回天」の文字を使うにとどまっている。

黒木の血書は有名で、十八年四月一日から「鉄石之心」と血書した標題の日記をつけはじめた。全文血書の日記で、十九年三月三十一日まで一年間、一日も欠かさずに続けている。その黒木少尉だが、十七年末に熱望かない倉橋島の大浦崎にある通称P基地、井元部隊に入って以来、特殊潜航艇すなわち甲標的の搭乗訓練に励みながら、その改良に打ちこんでいた。真珠湾で使用された初期の甲標的甲型である。

甲型は自己発電装置をもたないため、電池の充電を母潜に求めねばならない。したがって、航続距離が短く、泊地攻撃などの局地戦力として活用できないことが分かってきた。

艦政本部がこの欠点を克服すべく呉工廠に改造を命じたところへ、黒木の意見が伝わり、自前の発電機を搭載してやや大型化される。

これが乙型（甲標的五十三号艇）で、十八年七月、黒木と兵科出身の篠倉治《きたえ》中尉の二人が実験搭乗員に選ばれ、三机湾を基地として、伊予灘から豊後水道にかけて性能テスト（試運転）を実施した。人間がどれだけこの兵器に耐えられるかを調べるのが主目的であった。

この型では、充電時の発電機の煙や騒音が常人には耐えられないと思われていた。篠倉がエネルギーの塊のようながっしりとした体格なのに対して、黒木中尉は優形《やさがた》である。四日、五日と充電航走をして、二人とも疲れてきた。途中で軍医官が診察し、黒木には中止して交代するようにいったが、「大丈夫、やります」といって続けた。性能試験を完全に成し遂げ、その体験を兵器改革に生かそうという決意であった。

最後の長時間航走の際、摂氏五十二度の機械室に三十八時間頑張り、心臓に少し異常があ

右から2人目が黒木博司少尉。鉛筆を持っている人物が指導官の篠倉治中尉で、真ん中が甲標的の艇付(乗組員)として最優秀と称された小川兵曹長。場所は倉橋島大浦崎のP基地士官室で、艇長教育期間中の黒木少尉が、篠倉中尉から説明を受けているところのようだ。昭和18年前半と思われる。

ると診断されても、「まったく健康で自覚症状はない」と笑って答えた。

このテストに先立ち、黒木は先輩の権藤安行に会って、甲標的(適宜「的」と表記)を次のように厳しく批判している。山本長官に血書の嘆願書を出したあとである。

「的の魚雷の炸薬量は三百キロです。これでは戦艦、空母はおろか軽巡ぐらいを撃沈するのがやっとでしょう。攻撃後、敵の警戒が厳重になり、母潜艦が撃沈される恐れがあります」

「的は母潜に帰還することを前提にしているので、母潜は敵の停泊港からあまり遠い所で待機するわけにはいきません。しかも、的が帰るまで待っていれば、母潜は敵に発見され攻撃される恐れがあります」

要するに、敵に与える損害は大したことがなく、味方の損害が大きい。だから、「的」は現状のままではほとんど役にたたないと、黒木は指摘する。敵の反撃が日を追って熾烈《しれつ》化する現状では、黒木があれほど熱を上げていた「的」も、決定的な兵器とはなりにくくなっていた。黒木が「的」の改良に心身をすり減らした裏には、このような経緯があった。

五十三号艇は乙型最初の艇で、乙型はこのあと四隻造られラバウルに向かったが、四隻とも途中で撃沈され、先発の五十三号艇だけが戦後まで残った。

甲標的の改良にかける黒木の研究心は、倦《う》むことを知らなかった。黒木は、のちに「蛟《こう》竜《りゅう》」と呼ばれる甲標的の丁型（この間に丙型があるが、これは乙型をわずかに改良したもの）に最初の原案からかかわった。丁型は、ほとんど黒木の力によってできたといっても過言ではない。丁型は、航続距離が長く、特潜兵器というよりも小型高速潜水艦の名にふさわしい性能をもち、昭和二十年に建造され、沖縄に一部が投入されたが、ほとんど真価を発揮する機会に恵まれないまま終戦を迎えた。

黒木と肝胆相照らした仲に、呉工廠の潜水艦関係の技術士官緒明亮乍《おあけりようさく》がいる。その緒明が、理路整然として思慮周到、納得のいくまで突っこむ黒木の専門家はだしの研究態度に舌を巻き、次の手記を寄せている。

「黒木は乙型の実験の体験から蛟竜の基本計画にきわめて適切な助言を数多くしてくれました。特潜が夜戦に使用されるようになったとき、水上状態では発射管が水面すれすれになって（バランスを欠き）、『魚雷の発射がうまくゆかない』と喧嘩《けんか》腰で阻止する工廠水雷部員の反対をおしきり、実験発射をして良好な駛走《しそう》を確認したのも彼でした。

蛟竜の基本計画の原案を私の手元に送ってきたことも、三度におよびました。激務の余暇に、重量計算から強度計算まで、一人でやってのける。いかほどの勉強と努力だったでしょうか。感にたえぬ私が、高等造船学の参考書を贈って、お株をとられそうだと、笑ったことがありました」

十八年四月、山本長官戦死。日本崩壊の前触れである。その戦死は国民全体に大きなショックを与えた。甲標的にとどまらず、必死必殺の兵器を開発してわが国体を護持せんと、黒木は焦慮を深めていく。十八年の半ばを過ぎるまで、黒木は甲標的の改良、とりわけ母潜を離れても自己充電が完ぺきにできるようにと、ディーゼルエンジンの馬力を向上させるのに熱心で、この面からしばしば上層部に進言している。

黒木は十八年八月から十月まで、電気電信兵の艇の教育や訓練の指導官を務めた。黒木の情熱は手荒いもので、起きてから寝るまでほとんどつきっきりで、ともに走り、ともに乗り、一人一人を親身になって世話した。これら十人を各艇長の下に振り当てるときは、それぞれの個性を知りつくしているので、うるさ型の艇長にはのんき型を、おとなし型には張り切り型をと、見事な配置ぶりであった。

死につくまで互いに満足できる関係をつくることに、彼は心を砕いた。日曜日には彼らを連れて登山にでかける。兵隊は心から彼に懐いた。兵隊と一緒に飲むときでも、黒木は大もてであった。このころになると、黒木は片意地なところがなくなり、皆と調和するようになっていた。仕事をするときはとことん打ちこみ、遊ぶときは底抜けに遊ぶ。烈々たる闘魂をもちながらも、温容人を魅する風格が備わっていた。

黒木に人間魚雷の構想

黒木がP基地に来てから一年ほどして、本書序章にみたとおり、一期後輩の兵学校出の深佐、久良知、久戸、仁科の四人の少尉（七十一期）が前後して部隊に着任してきた。

四人が潜水艦を希望した理由には、兵学校で新入生の四号時代に、一号の六十八期で痩軀《そうく》長身、精悍《せいかん》な顔をした高橋真吾から受けた言葉があった。昭和十七年三月ごろ、第一生徒館の前の「千代田」艦橋に近い校庭で、高橋は居合わせた一号生徒たちに、こんな檄《げき》を飛ばしたのだった。

「大きなフネに乗っていれば負けないなんて考えは古いぞ。新時代の兵器は飛行機と潜水艦であることに気をつけろ。飛行機はともかく、日本の潜水艦の性能は外国に比べて、残念ながら遅れているんだぞ。どうだ、われと思わん者は潜水艦を志願しろ。おれもいく」

高橋は、常に一、二番の成績を維持し、どこか老成した風があって四号の信頼が厚く、説得力も強烈だった。潜水艦界に海軍大学校出が少なく、人材が乏しいことを嘆いていた。高橋はマリアナ沖海戦のあと伊三七二潜艦長に補《ほ》され、戦後は海上自衛隊に入って対潜水艦指揮官として卓越した力を振るい、「まるで映画『眼下の敵』のドイツ潜水艦艦長とアメリカ駆逐艦艦長の二役を演じているような指揮官」といわれた。

その檄を聞いたなかに右の四人がいて、早くも「潜水艦熱望」の意思を固めた。久良知は、教官は戦闘機乗りにさせたかったが、志望を問われるたびに九回も潜水艦と答えて初志を貫徹した。

人間魚雷を志願する五人がそろったのは、近江誠中尉が血書で嘆願したのとほぼ同じ時期である。この五人はその後、人間魚雷の採用を海軍上層部に求めて血判を押す。十八年の暮れごろ、黒木は、七月の甲標的乙型のテスト前に相談した権藤とふたたび会っている。このとき、黒木は簡単な図面を示し、権藤に説明した。

「これは九三式魚雷です。これに人間が乗って、もちろん私が最初に乗りますが、これを操縦して敵艦に体当たりするというものです。炸薬量はＴＮＡ火薬が一・五トンあるので、戦艦、空母でも撃沈できます。幸いなことに、呉工廠に平泉博士の門下で島田東助という少佐がおられるし、優秀な技術中尉が私の話を聞いて協力しようといってくれました」

（注・ＴＮＡは在来のＴＮＴと同種系統の強力な火薬）

黒木は図面を見ながら、力をこめて説明した。

「この付近に私が座って操縦し、この付近に潜望鏡を取り付けます」

初めて明かす「回天」の構想である。権藤は尋ねた。

「日本海軍は乗員の生還が果たせない兵器は採用しないことになっているし、甲標的の場合でも兵器としての採用がなかなか決まらなかったぐらいだから、このような自殺兵器を海軍省が採用するだろうか」

黒木は力強く返事をした。

「至誠にして動かざる者はいまだかつて居らざるなり、という言葉もあります。必ず海軍省を動かします」

十八年の十二月に入ったころ、黒木は上京して新婚の兄寛弥宅を不意に訪ねた。

「兄さん、ちょっと計算してよ。お人払いを」と、新妻を遠ざけて二人きりになり、なにかの図面をとりだした。図形の前半と後半にそれぞれ書きこまれた数字を寛弥に計算してもらい、その数字を見て黒木は、「ああ、釣り合いがとれてるな」と満足そうにいい、「秘密兵器だよ。カンポン（艦政本部）に要求するんだ」と、勇んで出かけていった。艦政本部は、艦船に関する行政、教育、技術の中央統一機関である。

一中尉の分際で、艦政本部の偉い人にものがいえるのか、と寛弥はいぶかった。案の定、「駄目だったよ」といって帰ってきた。寛弥は戦後になって、戦記関係の本を読んで、あのときの図形は「回天」そのものであったと了解した。

設計技師の側面をもつ黒木は、甲標的丁型（蛟竜）の設計に打ちこんでいた。同時に「回天」の原案をも考えていたわけである。

また、同年十二月二十八日には、仁科と二人で海軍省軍務局に出かけているが、血書の日記には記載がない。人間魚雷の要求を図面で提出したらしい。しかし、この段階ではまだ煮詰めたものではなく、年末休暇を利用したあいさつ程度とみるのが自然のようだ。

権藤にも一応の説明をしてはいるが、人間魚雷の構想が黒木の頭に具体的に兆したのは、十九年一月、深佐、久良知らに刺激され、本格的な図面を描くようになってからとみてよい。

仁科中尉との出会い

兵学校七十一期、黒木のコレスより一期後輩の仁科関夫《にしなせきお》中尉が、潜水学校を卒業して甲標的の第六期講習員としてP基地に着任したのは昭和十八年十月。十二月に士官宿舎の部屋割りが変更されて、黒木と仁科は同室となる。運命の出会いに先立ち、仁科の生い立ちをたどってみる。

仁科は、大正十二年（一九二三）四月十日、琵琶《びわ》湖畔の大津市鹿関町で生まれた。彼のルーツは長野県で、父染三は同県南佐久《さく》部前山村（現佐久市前山）の出身。仁科家は代々小作人を数人雇う富農で材木商も営み、染三の兄嘉太郎《かたろう》は農業には携わらず、中学校の教員から転身して前山村村長を務めている。仁科家の宗旨は道元《どうげん》が伝えた曹洞宗《そうとう》で、代々熱心な檀家《だんか》であった。道元の『正法眼蔵《しょうぼうげんぞう》』に「愛語よく廻天《かいてん》の力あることを学すべきなり」という一節がある。

うっそうとした高い樹林に囲まれた菩提寺《ぼだいじ》貞祥寺の境内には、昭和五十一年（一九七六）六月、長野県回天会によって建立された「回天之碑」が建ち、そばに回天の模型が置かれている。記念碑の除幕に際し、仁科家は道元のこの言葉を参会者に贈った。愛語、すなわち慈愛の心から出た言葉は天下の形勢を一変させるほどの力があるという意味だと、寺の住職は教えてくれた。

父染三は、広島高等師範学校を出て広島県立呉中学校を振り出しに数学教師として教壇にたち、山口県女子師範学校、大阪府女子師範学校などで校長を務めた。染三は檀家の出らしく道元禅に関心が深く、西田哲学にも理解があり、二畳ほどの狭い応接間には毎晩のように若い弟子たちが集まり、染三を中心に人生を語った。

筆者が佐久平《さくだいら》高地を訪ねたのは、平成十年（一九九八）六月末の汗ばむ時期であった。案内してくださったのは、仁科と海兵同期で佐久平出身の小須田佐太郎氏である。清澄な空気と緑滴るこの土地の冬の気温は氷点下十度以下に及ぶと、小須田氏からうかがった。

「仁科のお父さんのころは、今と違って障子の家ですきま風が吹きぬけ、暖房も火鉢一つだったから、冬の生活は厳しかったでしょう。冬の室内温度は零度でしたからね。仁科は関西育ちですが、彼の我慢強さは父親譲りだと思います」と、小須田氏は続けた。仁科の人格形成に、父親の性格が深くかかわっている。

母初枝も抜群の才媛《さいえん》だったらしく、東京女子高等師範学校（現お茶の水女子大）を卒業し、県立大津高女、女子師範学校教諭で同じく数学を教えた。

関夫は、まじめな学究である両親の四男一女の長男である。清潔で知的レベルが高く温容、経済的にも困らない理想的な家庭環境に恵まれ、しかも自ら玉を磨いて関夫は成長した。

関夫は一歳のころ、大津市の健康優良児に入賞。五歳のとき、母に冷水摩擦がよいといわれ、合格して兵学校に出発する朝まで毎日欠かさなかった。幼いころから神棚に朝夕お参りする。神社や寺の前を通るたび、小さな両手を合わせ頭を下げる。それも、石段の上とか少し高い所に上がって拝む面白い癖があった。よいと思ったことは徹底的にやりとおした。

父染三が大阪府女子師範に校長として着任し、関夫はその付属小学校に転入した。官舎が女子師範の校舎に隣接していた。父親は息子にいった。

「こんなに学校が近くては運動不足になる。毎朝、食前にあの二百メートルのトラックの運動場を一、二周回ってみてはどうだ」

関夫はさっそく実行した。中学に入るまでの四年間に千九百二十回トラックを回ったと、彼は記録を書き残している。

大阪府立天王寺中学校に上がってからの仁科は、南北朝の歴史にゆかりの金剛山、千早城、生駒山といった近畿の山々を姉や弟とよく登り、美しい自然のなかで楠木正成《まさしげ》、その子正行《まさつら》の故事に思いをはせ、『太平記』の章句を口ずさんでは若い血をたぎらせた。

日曜日には姉弟それぞれが自慢の紙芝居を作り、卓上で演じた。仁科の作った紙芝居に「小楠公《しょうなんこう》（楠木正行）の合戦」というのがある。最後の一枚に描かれた四條畷《しじょうなわて》の社を東京九段の靖国神社と差し替えると、彼自らの短い将来を暗示しているようである。仁科は、有名な「桜井の訣別《けつべつ》」を弟たちに歌わせ語りだす。「そんなこと知っとる、知っとる」と、抗議する弟たちを黙殺して続けた。

「主上すなわち南殿の御簾《みすだれ》を高く巻かせて、玉顔ことに麗しく、正行を近く召して」

「朕《ちん》、汝《なんじ》をもって股肱《ここう》とす。謹んで命《めい》を全うすべし」（股肱はもともとひじ。すなわち手足となって働く臣）

彼の大好きな場面である。この紙芝居は、のちに彼がウルシー泊地に突入して壮烈な最期を遂げた場面を想像するとき、不思議に符合するものを感じさせる。

ある晩、仁科は数学の問題にとりくんでいた。ちょうど父親が部屋に入ってきた。助けを求められ、うれしくなった父親は息子と代わった。もともと数学教師である。が、長い管理職が災いし、さっぱり進まない。

「まだ、できんの」

「もうすぐだ。待て」

「もういいです。僕が考えます。お父さんだとのろい」

父親は不満顔で引き下がったが、息子の言いぐさが頼もしくもあった。

「おれも年かなあ」と、ほおを緩めながら初枝にこぼしている。

先祖に剣の達人がいたと父親から聞き、仁科は剣道には特に熱心であった。中学四年で初段。五年生になったら主将になって剣道部をもりたてるよう頼まれていたが、四年の二学期から海兵に入校したため果たせなかった。兵学校入校後、めきめき上達し、卒業の年、十九歳で四段の允許書《いんきよしよ》をもらっている。

仁科は中学時代に、文化文政の太平の世に捨て身必殺の剣法を編みだした平山行蔵という剣客を知り、興味をもつ。後年、黒木大尉から必死必殺の兵器の相談をもちかけられ、打てば響くように賛同したのは、捨て身必殺の剣法を体得していたからでもあった。

仁科は小、中学校をほとんど首席で通した。大津島の回天記念館に、彼の中一時代の成績

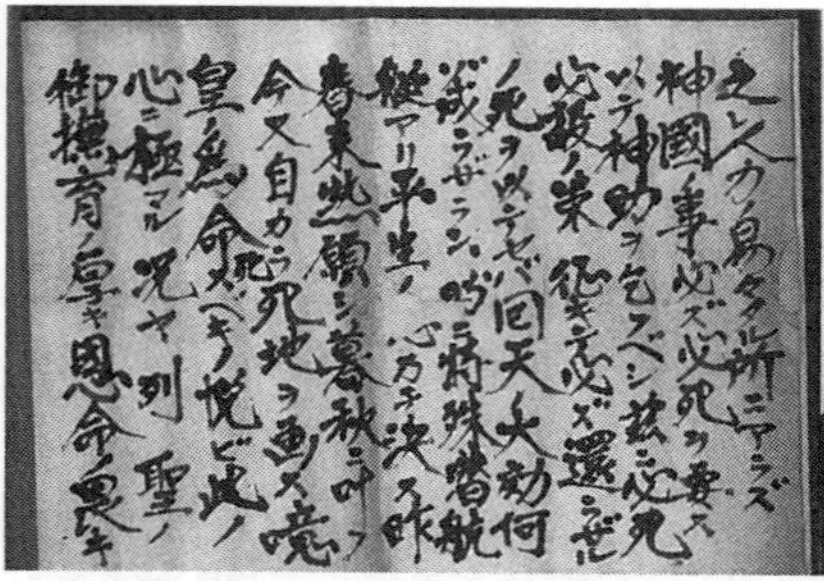

（右）少尉時代の黒木博司。回天の生みの親で、甲標的の改良、回天の開発・訓練に心血を注いだ。（左）黒木少尉が昭和18年３月に山本五十六連合艦隊司令長官にあてて提出した血書「請願」。「必死必殺ノ策　征キテ必ズ還ラザルノ死ヲ以テセバ回天ノ大効何ゾ成ラザラン」とあり、戦況を一変させるという意味で「回天」という言葉が使われている。

が展示されている。三学期の平均は九十三点をとり一位。父親は、数学が得意なので一高から東大の理工系へ進んでもらいたいと期待していた。が、案に相違して、息子は軍人の学校を志望した。昭和十四年である。

息子は、この国家非常時に高等学校を選ぶのは、自己本位の自分を優先させた生きかたであるとして退けた。彼は楠子《なんし》（楠木正成）の功業を思い、武をもって国家に貢献しようと決める。四年から海軍兵学校と陸軍士官学校の両方を受験して両方とも合格し、海兵に決める。

晴れの入校に、せめて継ぎはぎのない学生服を新調してやろうと両親は思ったが、

「こう物の不足しているときに、無理して作る必要はありません。洗濯して継ぎをしてあればいいです」と、ミシンの糸が交錯している服を着て出発した。同年十二月、七十一期生として入校する。

仁科は、兵学校もトップに近い成績で入った。

兵学校生徒時代の仁科関夫。回天の具体策を練って上申書を送ったなかの1人で、黒木とともに、回天創始期の実験や訓練の先頭に立った。のちに、回天作戦の先陣を切ってウルシー泊地に突撃する。

夏休みで兵学校から帰省中の仁科関夫を囲んでの仁科家の家族写真。父染三、母初枝、姉、弟たちの姿がある。

まじめだが、こちこちではない。頭は柔軟。まゆ根涼しく口を真一文字に結んだこの少年を、同じ分隊の生徒林冨士夫は尊敬の目で見つめた。

四号から三号に上がるとき、六百人中四番の成績で、優秀な生徒であることを表すチェリーマークを襟につけていた。

一年先輩の三号が新入生の四号を、衣服の着かたや毛布の畳みかた、隊務そのほか細かい作業まで手をとって教える、対番制度というのがある。成績番号が一致している後輩を教えるその関係を対番という。仁科と対番の生徒沢本倫《つね》生《お》は、「仁科さんのご指導はきめ細かい、優しい、無駄のないやりかたでした」と懐かしむ。上級に進むにつれ、仁科は教官、教員に代わって剣道を教えるようになる。

兵学校のある江田島には、標高三百九十二メートルの険しい古鷹山《ふるたかやま》がそびえている。仁科は日曜、祭日を利用して、卒業までの三年間に百回登山を志した。卒業の日に九十回目。卒業後に五回登って九十五回とした。ほかにも数人の生徒が同じように試みたが、一人減り二人減りして、結局、仁科だけが黙々として三年間、初志を貫きとおした。彼の兵学校時代の教官であり分隊監事であった渡辺久少佐あての手紙のなかに、「小官古鷹山登山百回をこころざし、あますこと五回、なにとぞ登山五回を補い、乾杯をあげられたし」という文字が見える。これはウルシー奇襲への航海中に記したもので、万事この調子。仁科の日常生活は、徹底せずんばやまず、の気迫あふれるものであった。

仁科は、まれにみる優れた精神力、肉体、頭脳の持ち主であり、加えて、きりりと引き締まった美少年でもあった。

それにもまして特筆すべきは、彼が家族や友人に対して限りない愛情をもっていたことで、この点でも黒木博司と相通じるものがあった。姉と相談して時々母の日をつくり、弟たちを督励して家事一切を子どもたちだけで済ませ、両親を一日ゆっくり休養させてやったりした。姉や弟たちにとっては、優しい弟であり兄であった。

兵学校は、将来の日本海軍を背負う将校を養成する学校にふさわしく、学業、訓育ともに十分すぎるほど充実していて、学業の面では旧制高校の理科並みの教科に天文、海洋、電気、機械工学を加え、さらに砲術、水雷、運用、航海、通信、機関などの軍事学の初歩を教える。

訓育ではあらゆる武技、体技を一応習得させ、年に数回、精根尽き果てるかと思われるまでの猛訓練を課する。厳島《いつくしま》の弥山《みせん》登山競争、兵学校沖から厳島北端までの十マイル遠泳、宮島遠漕《えんそう》競技などである。

精進に精進を重ね益荒男《ますらお》の道をひた走る息子にあてた、父染三の愛情深い手紙がある。

（前略）人は高遠なる理想を捧持《ほうじ》し、常に一歩宛《ずつ》それに近づくことを心がくべきものと存じ候。されど、急ぐことは大禁物と存じ候。偉大なる人物は、大器晩成を企図し居る様に存ぜられ候。

徳川家康の遺訓にも「人の一生は重荷を負いて遠き道を行くが如《ごと》し、急ぐべからず」と。西洋の語にも「おもむろに、されど確実に」と申し居り候。誠に味わうべきことと存じ候。自己を偉ならしむるの道は種々あることと存じ候えども、「腹」をつくること、他人の追従を許さざる「長所」を有することの修養肝要と存じ候。

学級中、何者かに於《お》いて断然、頭角を表す特徴を有する様、努力すること肝要と存じ候。小生は、「誰がなすもよきことにして、誰もがなし得ざることをなす」べく念願致し居り候。

昭和十五年六月一日

続く八月三十一日付で、染三は息子の成績が優れている（このときは五番）ことを喜ぶとともに、「慢心を生じないか。今の成績を維持するためにあせり、人間が小さくなりはしないか。健康を害しないか」と心配していると述べ、次のように訓戒している。

これらの事項につきては、万事に沈着にして思慮周密なる御身には、すでに熟考、将来に向かって執《と》るべき方針も決定、勝算胸にあることと存じ候。私はつねに思う。人生のことは、公人たると私人たると生徒たると否とに関せず、唯《ただ》、敬神を第一とし、誠心をもって神に対し、人に対し、事に対し、遠謀深慮の下に最善を尽くし自己を大ならしめ、もってよく皇恩に報ずるを念願して、終始一貫の態度を持するにありと存じ候。神は、己を大ならしむべく努力するものを助け、確固たる意志に道を与うるものと信じ候。

染三はまた、息子に「無」に帰一する要諦《ようてい》を教え、「生死を超越するには、敬神により神と一体となるほかない」と書き送っている。

仁科は剣で心身を鍛えることに軸足をおき、そのため成績は一号のとき十八番に下がり、点取り虫になりはしないかという父親の不安は杞憂《きゆう》に終わった。

仁科は十七年十一月に卒業して少尉候補生となり、戦艦「長門《ながと》」乗組を命ぜられた。二ヵ月間の乗艦実習のあと空母「瑞鳳《ずいほう》」乗組に補せられ、十八年六月、かねて熱望していた潜水学校普通科学生に採用された。

大竹の潜水学校に入学し、広島湾で訓練を受ける。潜水学校を卒業し、第六期艇長講習員としてP基地に着任したのは、その年の十月である。

十二月に黒木と同室になった。黒木が実績を上げたおかげで、黒木の次のクラス、機校五十二期からも三人が甲標的の講習員になってP基地に来ていた。部屋割りの順は、兵学校出の次にコレスの機校出、その次に一期後輩の兵学校出が来る。兵学校出は卒業時の成績順、いわゆるハンモックナンバーの順。成績最上位の仁科が、黒木とたまたま一緒になったわけである。

黒木は仁科にほれこんだ。黒木は甲標的の基地に来て兵科出身のコレスにもまれ、付き合い酒にもなじむようになっていたが、仁科はあくまでも品行方正であって、遊びには一切手をそめなかった。しかも、秀才で端正な顔だち。黒木の好むタイプである。

仁科は仁科で、黒木について、一見普通と変わらない青年でいて、国家や民族に対する圧倒的な忠誠心を抱き、血を搾って日記をつづる異常な情熱、深夜、なにかぶつぶついいながらベッドをけとばす奇矯とも見える行動に、ものすごい人がいるものだと驚き、海軍で一年先輩のこの人物に畏敬《いけい》の念を抱いた。

仁科は、子どものころから南朝の悲史を色濃く残す近辺の山々に分け入り、楠公精神に感じいってきただけに、黒木とは精神面で共鳴していた。一方、深佐と久良知は黒木のペースには乗らず、酒席で黒木が七生報国、尊皇愛国などといいだすと話題をそらした。「今」を燃焼しきって生きればよい。この祖国存亡の危機に際し、必要なのは一身を投げうって戦うこと、明日必要なのも戦うことである。それ以上に生きることの理由づけをする必要はあるまいと、二人は考えていた。

黒木もそこは心得ていて、深入りして二人を不快がらせることは慎んだ。久良知は、黒木の純粋さを敬愛し、黒木と等しく歴史にも親しむが、精神構造を異にしていた。「精神構造の違い」を、久良知は終生意識していた。久戸も、黒木とは一線を画していた。

それぞれ性格に違いはあるものの、人間魚雷で体当たりするほかに日本を救う方途は見つからないという一点で、五人は共通していた。

血判事件からマル六兵器へ

昭和十九年に入り、P基地にいる五人の少、中尉の人間魚雷実現を目指す動きが、黒木を中心に活発になってくる。実用化するための計器類やモーターが造れるか、造れるとして量産できるのか、などが検討課題であった。そこで、機械のメカニズムに詳しい黒木が、自費で転輪羅針儀（ジャイロコンパス）メーカーの東京蒲田の北辰電機をはじめ、新潟や関西など遠隔地の民間メーカーにまで足を運んで調べてまわった。極秘の行動である。

整備長でもある黒木は、搭乗員と離れた場所に勤務しているので、三、四日いなくても目立たない。訓練、雑務が終わり、夜の十一時ごろから士官食堂に五人が集まる。黒木の出張報告をもとに打ち合わせは午前二時、三時過ぎにまで及んだ。

何枚も書き直し、黒木の手で詳細な概念図がまとまった。これに、久良知が四人の声を入れて「人間魚雷の戦略的戦術的用途について」という標題をつけた上申書にまとめ、それぞれ青焼きの複写にして一そろえにし、先任将校の篠倉治大尉の所に行き、「これを採用してください」といって差し出した。

上申書の趣旨は、「甲標的は、局地（泊地）進入用として使っていたのをやめ、今後は潜水艦を補完するための兵器として開発する。一方、人間魚雷は局地進入用に使う要あり」というもの。

甲標的の最初の甲型を局地戦力として使う場合の欠陥は、電池の充電を母潜に頼らねばならなかったことである。これでは、随時、随所に配備して戦うことはできない。そこで、自己充電能力を備えた乙型（五十三号艇）が丙型への移行実験用に一隻造られ、これをもとに丙型の量産にかかり、十九年からラバウル、トラックから内南洋を結ぶ南方要地に配備された。右の五人が上申書を出したのと、ほぼ同じ時期にあたる。

五人の差し出した上申書を見て、篠倉はうなった。

「あなたが考えこむことはないでしょう。われわれも一緒に行きますから、司令に頼んでください」

と、久良知は食い下がった。

司令の中佐に差し出した。説明を聞いて、司令は気の進まぬ顔で、

「そこに置いておけ。あとで読むよ」

といって、引き出しにしまった。それだけならまだよい。その日か翌日、従兵が済まなそうに士官室にやってきた。深佐と久良知の二人がいた。

「司令からあの書類を焼けといわれましたが、よろしいでしょうか」

という。二人は言葉が出ず、しばらく顔を見合わせた。

粒々辛苦、汗みどろになって生みだした設計図である。面と向かって使えないというのなら、まだしも、こっそり処分しようとはなんという仕打ちだろう。が、司令の意向がそうであるなら仕方がない。焼かせよう、と決めた。

複写した図面は五部あって、一部は司令、そのほかは軍令部、海軍省軍務局、連合艦隊、呉鎮守府の四ヵ所あて。いずれも、P基地の要望として検討してほしいと、司令を通じて送りたいと願いでたものであった。

焼却処分と知って、五人はまたまた忙しくなった。手分けして図面と趣意書を謄写版で刷り、先の四ヵ所のほか第一艦隊から第六艦隊までと、各地の根拠地隊合わせて何十という個所に、司令に感づかれないように発送した。一部は正印、ほかは写しとし、正印の分は軍令部あてとして五人が連署するとともに、深佐の提案で血判を押した（久良知は、もう一人いたかもしれないといっている）。

十九年二月に入っていた。軍務局員で潜水艦や甲標的などの戦備、補給を担当していた吉松田守《たもり》中佐が図面と趣意書を見て、かんかんに怒ってP基地の司令に電話をかけてきた。吉松は兵学校五十五期。この前後のクラスのうち、潜水艦乗りではごく少数の海軍大学校出である。吉松には、大佐を呼びつけてものをいう勢いがあった。

「これはなんだ。おまえんとこの部下がこんなものをよこしたぞ」というわけである。

司令は多分、「おれは知らん。若いやつらが勝手にやったんだろう」と、弁解したに違いない。

五人は、代わる代わる受話器に呼びだされた。五人とも、いきなり頭からガーンとやられた。吉松はいった。

「なんだ、これは。司令を通さずにこんなことをいってくるとは。ルール違反は許せない。軍法会議ものだぞ」

五人も負けてはいなかった。

「結構です。しかし、ほかによい方法がありますか」

三時間以上の長電話だった。

「首を洗って待っとけ」

とくぎを刺され、五人はそれぞれ異口同音に、

「待ってます」

と返事をした。

ところが、風向きが変わった。三、四日たって、吉松が軍令部員の藤森康雄中佐と連れだってP基地にやってきた。吉松は五人と顔を合わせても、とがめる様子は素振りにもみせない。

五人はなにかあったのかと、藤森にそれとなく尋ねてみた。ややあって藤森は、「GF（連合艦隊）から連絡があってね。君らからきたあの図面を見て、そんなによい兵器ならすぐ送れというんだ」と説明した。

連合艦隊の潜水艦関係者が人間魚雷に乗り気になり、それを受けて藤森が吉松と打ち合わせ、実情をみようということで基地を訪れたと分かった。藤森は五人に理解を示し、「えらいものを考えたな。君らに加勢しよう」と励ました。

人間魚雷の採用要求と合わせて、甲標的の使用方法についても、深佐が急先鋒《きゅうせんぽう》となって藤森に迫った。というのは、そのころ、遠方から順にトラック、テニヤン、サイパンの内南洋防衛ラインに甲標的を配備しようという海軍上層部の計画があって、それにP基地の若手士官が猛反対していた。その反対理由を、深佐が代弁したのである。

「戦争をするには出撃基地を造らねばなりません。今から甲標的の基地を造ると、サイパンのラインまでは時間がかかって間に合いません。それよりも、フィリピンに配備し、フィリピンの戦力を増強することが急務です」

深佐は、日ごろ司令に訴えていたこの持論を、藤森にもいった。

「甲標的をサイパン、トラックの局地にもっていったら犬死にで終わってしまいますよ」

藤森は、これに対してはあいまいな態度で、いなした形で帰っていった。

当初、海軍当局が人間魚雷の採用に難色を示したのは、この兵器が必死必殺の特攻兵器であったためである。脱出装置のない自殺兵器は日本海軍の伝統に反し、東郷元帥の遺訓にも背くとして許されなかった。それが急転回した。

二月十七、十八日に国防の一大拠点であるトラック島が空襲で壊滅的な打撃を受け、さらにその後も空爆が続いていた。こうした状況下で、当局側が深刻に若い士官たちの提案を考えるようになってきたのである。血判騒動の効果は大きかった。

二月二十六日、軍務局第一課長の山本善雄大佐は、呉工廠魚雷実験部に仮称「人間魚雷」という呼び名で、黒木らの提案した人間魚雷を三基、試作するよう命じた。これを受けて実験部は、渡辺清水技術大佐をトップに四人の技術者を据え、呉工廠から少し離れた大入《だいにゆう》にある魚雷調整工場内分室を極秘区画とし、ここに缶詰め状態となって昼夜兼行《けんこう》で設計、試作作業を始めた。

面目をなくしたのは司令である。自分が握りつぶした部下の進言が上層部に高く評価されて、立場に困った。司令は深佐を呼び、「作戦上の問題で一甲標的の艇長が口を出すとは何事か」と、ひどく怒った。

深佐は強く反論した。「司令、部下をこれだけもっていて、犬死にさせるんですか」と。

深佐は、この顚末《てんまつ》を久良知と久戸に話した。

「おれたちが行って、司令と話をつける」と、二人はいきりたった。

「もういいよ、やめとけ。司令にはおれがきちんと説明したから」

深佐は、二人を懸命になだめた。

司令はこのとき、トラック島に進出する甲標的搭乗員の人選を、潜水艦の第六艦隊司令部から命じられていた。

二、三日後、深佐は司令からトラック行きを指示された。深佐は一言も反論せず、「行きます」とだけいった。

それを聞いて、久良知は怒り心頭に発した。これこそ犬死にではないかと。司令は、人間魚雷の採用や甲標的の投入方法でいちばんうるさい深佐を飛ばす気だ、と久良知は思った。

「貴様に迷惑がかかるかもしらんが、これからおれが司令の所に乗りこんでいって、こんな人事は撤回させてやる」と憤る久良知を、深佐はなだめていった。

「クラッチ、やるなよ。おれは行く。たとえ犬死にでもおれは行くよ」

久良知は兵学校一号生徒のとき、最下級生の三号の指導に積極果敢だったため、姓をもじってクラッチ（かみあい＝咬合《こうごう》クラッチ）と呼ばれていた。

結局、深佐はトラック行きと決まり、横須賀に出て隊を編成し、四月にサイパンに到着する。そこで待機しているうちにマリアナ沖海戦が始まり、六月にサイパンの陸上戦で玉砕した。

甲標的で戦死するならまだしも、海軍軍人が陸戦で戦死するのは不本意であったに違いない。深佐は、戦史にこそ名をとどめていないが、彼こそ回天を生み出した最初の世話役であり、スターターであった。深佐の呼びかけによる血判の上申書が連合艦隊を動かした事実も、あまり知られてはいない。

深佐の戦死を聞いた日、久良知は午後十時ごろ、司令室に怒鳴りこんでいった。

篠倉大尉が心配そうに、部屋を出たり入ったりしている。司令の前でやりあうと、篠倉に迷惑をかけることになる。

「篠倉さん、あなたは関係ないのです。席を外してください」と、久良知は頼んだ。

「トラックに甲標的を使うことにあれだけ反対していた本人を、なぜ行かせたのですか」

久良知は腹を据えて追及した。「上申書をなぜ焼かせたのですか。焼却するなら、かくかくしかじかの理由でと、きちんとした説明がなければいけないでしょう。われわれの仕事を邪魔するなんて、なにもしないよりもっと悪い。海上軍人の風上にもおけぬ行為です」と。

司令も、「無礼なことをいうな」と怒鳴りかえす。午前三時まで五時間やりあった末、久良知は「早朝訓練に行きます」といって退出し、眠らずそのまま訓練の教官勤務に出た。

午前八時ごろ戻ってくると、司令が呼んでいるという。徹底的にいうべきことをいったあとなので、久良知はさっぱりした気分で司令室に入った。

「海竜に行ってくれ。今日の昼までにたて」と、司令は早々に命じた。

海竜は、甲標的と並び称された特殊潜航艇で、浅野卯一郎機関大佐の手で開発された。飛行機のような翼を取り付け、その揚力によって潜航、浮上の時間を短縮することのできる画期的な水中兵器である。本土決戦に備えて昭和二十年四月から量産を始めたが、実戦には間に合わなかった。

同期の前田冬樹中尉が横須賀の海軍工作学校に派遣され、海竜の実験搭乗員として開発・改良に従事していたが、自分一人では手に負えないので誰か応援が欲しいと、久良知が司令とけんかした二日前に要請してきていたことが分かった。渡りに船と、久良知は厄介払いされたらしい。人間魚雷に熱中していた久良知にとって、海竜は興味を引く対象ではなかったが、努めてさばさばした気分で赴任していった。

深佐と久良知はいなくなったが、久戸は先の二人と違って柔軟性があるとみられたようで甲標的に残された。この結果、黒木と仁科が回天の主役として登場することになる。

黒木は、仁科から兵科出身者でなければ知らない魚雷の性能を学び、仁科の助言で回天の設計図を無数に書き直していく。

黒木は血書の日記「鉄石之心」の十九年元旦に、「死ノ戦法ヲ達シ誓ッテ皇国ヲ護持セン」と記している。甲標的に飽き足りず、必死の兵器を模索し、やがて〇六《まるろく》兵器（回天）の創案に至る。

マル六、航走テストに成功

黒木を助ける仁科だが、十九年二月のある日の午後、「的《てき》」の訓練で大きな事故を起こす。当直にたっていた同期の神山政之《こうやままさゆき》少尉は、「的が海底に突っこんだ」との知らせを受けた。呉工廠からクレーンが届いてつり上げる。事故が発生してから十五時間。炭酸ガスが充満する艇内で、搭乗員はかすかに息をしていた。救出成功である。それまで神山は、その搭乗員が誰なのか知らなかった。

その日、しばらくして神山は、木造の士官宿舎の二階に悄然《しょうぜん》として上がってくる仁科とばったり顔を合わせる。仁科はばつが悪そうに、にやっとした。「遭難したのは仁科だったのか」と、神山は確認した。

しかし、その後、仁科は以前にもまして明るく作業を続けた。一度失った命なのだと、腹をくっているようにみえた。だが、事故の際に炭酸ガスで視神経が損なわれたのか、視力が一・二から〇・一へと急速に衰えたため、訓練には出られず座学（教室内授業）の教官を続けた。

八月ごろ、久良知が海竜の要員を求めに横須賀からP基地に来て再会し、「目の調子はどうだ」と尋ねたところ、「〇・四か〇・五ぐらいに回復した」と答えているが、この時点では実戦には厳しい視力となっていた。

十九年五月八日に黒木が具申した「現戦局に対し急務所見」と題した血書に、「人間魚雷ヲ完成シ徹底的連続攻撃ヲ敢行シ以《もっ》テ敵ガ海上勢力ヲ完封スベキナリ」という文字がみえる。彼が人間魚雷を本格的にイメージしたのが、十九年に入ってからであることを裏付けている。この血書は四百字詰め原稿用紙八枚分もある長文で、ほとばしる筆勢、文字どおり心血を注いで記した憂国の大文字である。

生産力の巨大なアメリカとまともに戦って勝てるわけはない。だが、人口比は一億二千万人対一億人でわずかな違いである。こちらが一人で千人の敵を殺せば勝てる。そのためには、体当たりして一艦を沈めうる強力な爆薬を抱えた魚雷が必要だ、と黒木は考えた。彼が「的」に食い足りなかったことは、先述した機校の先輩権藤安行に明かした理由でも明らかである。この結論に至るには、久良知や深佐たちと活発に意見交換したことが大きく影響している。

黒木は二十三年の短い生涯を閉じるまでの間、血書を七、八件も残している。彼の左手の指は常に包帯が巻かれていた。十九年のある日、権藤が呉の水交社で黒木と会い、そこから近くの料亭徳田屋に行ったときのこと。奥まった六畳の部屋で、黒木が口火を切った。

「高松宮と海軍大臣に血書でこの兵器の採用を嘆願しようと思います。訂正のいる個所があれば教えてください」

そういって権藤に原稿を見せた。権藤が一読して、「異議なし」といって返すと、黒木は仲居に小皿を二枚もってこさせた。

黒木は巻紙を広げて、左手の薬指の内側の先を剃刀《かみそり》で切った。何度も切っているらしく、少し深めの傷であった。右手で押し、流れでた血を小皿に受けた。四ccか五ccぐらい出ると、毛筆につけて字を書きはじめた。少したつと筆が固くなって書きづらくなる。権藤が筆を洗う。その間に、また血をとる。たくさんとると固まるので、それ以後は二ccか三ccずつにした。

この血書は、島田東助技術少佐に託して在京の平泉澄に届け、平泉から高松宮邸に持参されると、黒木は語った。「急務所見」と題した建白書である。

人間魚雷の設計と試作は三月から五ヵ月間にわたり、渡辺技術大佐ら四人が担当し、死に物狂いで進められた。九三式魚雷そのものの改造も必要であり、これは魚雷設計担当グループで進められ、また、各機能の設計データを確定するための実験グループも活動した。

黒木、仁科はこれらの人々と一緒になって、昼夜分かたず働いた。技術者には個性の強い人がいて交渉には難しい相手であったが、黒木はどんな相手の懐にも飛びこんでいき、実戦に即した数々の提案をして、実現するよう説き伏せた。憂国の情がほとばしっていた。

ある工廠電気部員は、「黒木に何度も足を運ばれて、涙を流して頼みこまれたら、ほかにどんな急用があろうと、あらゆるものに優先して、あいつのいうことをやってやらずにはおられない気持ちになる。結局、熱がものをいうのだ。あれが本当の偉さというものだろう」と、黒木の殉職後に嘆息をもらした。

五月末か六月ごろ、仁科と同期の花田賢司中尉が、P基地に赴任した。特潜隊（甲標的）の士官は一人三役の激務である。仁科は艇長兼指導官兼人事課長をこなしながら、黒木大尉と組んで、得体の知れない大マグロのようなものの中に入り、点検、整備に余念がなかった。そして、無人航走テスト。試作途上の人間魚雷である。基地に帰ると、二人で図面を見ながら深夜まで議論していた。花田が聞くと、ここ一週間ほど、二人は毎日一、二時間ぐらいしか睡眠をとっていないという。試走して具合の悪い個所を設計図に書きこみ、呉工廠にもちこんで改善を求めているのである。

ある日、花田が当直士官にたっていると、仁科が、「二時間だけ寝かせてくれ」と、机にうつ伏せになった。二時間後、「時間ですから起こしましょう」という副直士官に、花田は仁科がかわいそうなので、「放っとけ。一週間も十日も徹夜していると戦争に行く前に死んじゃうよ」と止めた。

仁科は二十六時間熟睡して、晴れ晴れとした顔で訓練に戻っていった。数日後、「どうも日程がおかしい。花田、貴様は」と、拳を振りあげてみせた。

黒木と仁科は、実験訓練と装置の改善で徹夜につぐ徹夜である。

「従兵、握り飯を頼む」といった調子で、散髪はおろか、風呂にもろくに入らなかった。回天隊員の汚い髪の毛を肩まで伸ばすという〝伝統〟が、このようにして生まれた。

六月、脱出装置の取り付けが物理的に難しくて試作基の設計が進まず、黒木と仁科の主張によって脱出装置を取り付けないことになる。脱出できたら捕虜になってしまうとして、二人は取り付けに反対した。

七月下旬、二基の試作基が完成し、秘密保持のため「〇六金物一型《まるろくかなもの》」と命名された。二十五日、呉軍港に近い大入《だいにゅう》沖の魚雷射場で航走試験が一号艇黒木、二号艇仁科の二人によって行なわれた。当日の朝、

「おい、真嶋」

黒木が、「的」の搭乗員でコレスの親友真嶋に声をかけた。

「おれの葬式はやらんでくれよ」

「そんな無茶なことといっても困るな。死んだら葬式するのは当たり前だし、やったらどう、やらなかったらどうということもないじゃないか」

「いや、全然やってくれるなというのじゃない。マル六が戦果をあげるまでだ。おれの心境ぐらい分かるだろう」

自分が考案したとはいえ、魚雷に人間が初めて乗るのである。黒木が死を覚悟するのは当然だろう。

真嶋が聞いた。

「変なことをいうことになるが、おれは、マル六なるものにそう期待をかけていないんでね。貴様と仁科がいればこそ、ここまでもってきたけれどもさ。大丈夫とは思うが、もし貴様が今日の初搭乗でのびてしまうようなことが万一にもあったならだ、マル六の命もこれまでなんじゃないか」

「もちろん、おれもマル六が決定的なものになるとは思っていない。が、ここまでくれば、おれがもし参っても大丈夫、ある程度の役にたつ兵器として発展すると思う。仁科もいることだし、的（甲標的）が中攻、マル六が戦闘機といった意味で、存在価値はあると思う。しかし、なんといっても飛行機さ。飛行機の連中がおれと一心になってくれたら文句はないのだ。むしろその方が目的といえるのだ。（戦争は）量と速力の世界だからな」

「それは同感だ。が、飛行機の連中も相当やっているということをちょっと聞いた。そう心配したものでもないだろう」

関係者が期待、不安、敬意、痛ましさの入り交じったまなざしでハッチが閉められるのを見守るなか、黒木の一号艇がすっと動き、あっという間に白い航跡を残して海面下に消えた。二隻の高速艇が赤い旗をなびかせ、汽笛を吹き鳴らして追跡していく。じりじりするなか、五分を少し過ぎて前方の海上に艇体が飛び出した。

「浮いた！」

「浮上！」

一斉に歓声が上がる。安堵《あんど》のため息をつく者もいる。食い入るように見つめていた仁科の顔に笑みが浮かんだ。

続く仁科の二号艇も、順調に発進。高速艇で追跡するが、マル六は原動力が酸素であるため、排気はほとんど水に吸収されて雷跡は見えない。五分後、高速艇の前方八百メートルの海面に、二号艇が飛び出す。

「浮いたぞ！」

歓声が上がり、これもテストに成功する。三十ノット（時速五十五キロ余）、一秒間に十五メートルの高速で、人間が水中を自由に走ったのである。

内火艇が横づけされ、一号艇、二号艇のハッチが開かれた。黙々と上がってくる二人はさすがに疲れた様子だったが、満足の色が眉宇《びう》に浮かんでいた。

真嶋はほっとした。

「冥土《めいど》行きは嫌われたか」

冗談をいうと、黒木はいつものさばさばした調子で答えた。

「大したことなかった。的の原速ぐらいかな、もうちょっとかな」

その日の午後、P基地で〇六兵器の研究打ち合わせ会が開かれた。出席者は海軍省軍務局、軍令部、潜水艦部、艦政本部などの中央関係者、第六艦隊（潜水艦隊）参謀、司令、潜水艦艦長、潜水学校教官、呉工廠関係官、黒木大尉、仁科中尉らである。

渡辺技術大佐の説明で、出席者は初めて〇六兵器の全貌《ぜんぼう》を知る。第六艦隊水雷参謀の鳥巣建之助少佐は、名状しがたい感動を受けたのを覚えている。

　魚雷の中に人間を一人だけ乗せて百発百中を図るこの兵器は、長さ十四・七五メートル、直径一メートル、全重量八・三トンで、上げ下げ自由な約一メートルの特眼鏡（潜望鏡）を備え、潜航、浮上、変針、変速が自在。搭乗員の操作した一定の深度、速力で直進できる。行動能力は三十ノットで二十三キロ、十ノットで七十八キロ。

　推進機関の構造。回天の後部に魚雷を一本差し込む。さらに前部にもう一本ボンベを入れる。いずれも気室と呼ばれ、燃料をおさめる。海水に溶けると航跡を残さない純粋酸素と、それに加えケロシン（灯油）が燃料。発動桿を押すと燃料が操縦席の向かい側にある燃焼室に噴射され、発動装置によって点火、高温で燃焼し、高温ガスが発生する。そこに霧状にした海水を噴射すると高温、高圧の蒸気が発生し、その蒸気によって二気筒のピストンを動かし、高馬力のエネルギーを生み出す。これを熱走状態と呼び、順調に発進できる。逆に火がつかず、装填空気圧のみで動くのを冷走といい、速力は落ちる。

　超高温だと気筒爆破を起こす危険性があるため、まず、消火力のある四塩化炭素を混入し、酸素の純度を下げてから点火し、徐々に酸素と灯油の濃度を上げていく。速力は三十ノット（時速五十五・六キロ）が最高で駆逐艦並みに早く、航続距離は魚雷よりも遥かに長い。

　頭部に一・五五トンの強力なTNA炸薬《さくやく》を装備。一発でいかなる巨艦をも轟沈《ごうちん》させうる威力をもった、恐るべき兵器である。脱出装置を設ける課題がふたたび検討されたが、敵地に単独で乗りこんで奇襲するこの兵器からの脱出は、捕虜になることを意味する。黒木と仁科はここでも強く反対し、取りやめが最終的に決まった。

航走試験に先立つ七月二十日ごろ、黒木は機校先輩の原田周三を訪ねた。そして、先にみた平泉澄に託した建白書「急務所見」が高松宮に届けられたと話している。また黒木は、一、四、五月と三回上京して軍令部に意見を具申し、技術士官と協議してきたこと、六月に入って軍令部の艦政本部が「仮称・人間魚雷戦法」として採用を決めたことなどを語った。（平泉は、黒木の「急務所見」を島田技術少佐を通じて受けとった。そして、まず文面を書き写し大切に手元に残した。「原本は、第一に高松宮の御台覧に供しました。そしてその後、海軍次官に、誰と誰には必ず見せておいてもらいたいと指名して頼んでおいた。大西（瀧治郎）中将も見ているはずです」と、戦後話している。大西瀧治郎中将は航空特攻「神風特別攻撃隊」の創始者。本書では第三章「神風特攻と人間爆弾の出現」で紹介している）

正式採用、「回天一型」と命名

先にみた大入沖《だいにゅう》のマル六金物一型の航走試験に先立つ七月半ばのある日。第六艦隊（潜水艦隊）水雷参謀の鳥巣建之助少佐は、呉に在泊中の旗艦「筑紫丸」の幕僚室に戻って、力なくいすに腰かけ、放心したように今し方の研究会を反すうした。

場所は呉鎮守府の講堂である。マリアナ沖海戦（あ号作戦）の敗北後、第六艦隊の立て直しにとりかかるにあたって、まず潜水艦戦の敗因を検討することから始めた。レーダーやソナーによる敵の攻撃のすさまじさが語られた。第一機動艦隊参謀長の古村《こむら》啓蔵少将が憤然として立ち、「アメリカの潜水艦が大活躍したのに、日本の潜水艦はいったいなにをしていたのか」と問い詰めた。潜水艦乗りたちは収まらない。殺気だち、ごうごうたる反論が続出した。

しかし、それでは潜水艦の用法をいかにすべきか。意見は数多く出されたが、これという名案がなく、鳥巣は過去の潜水艦戦の作戦全般に思いをはせ、気がめいるばかりであった。

そこへノックの音がした。

「入れ！」と怒鳴った。取り次ぎの兵が暗号電報でも届けにきたのだろうと思い、振り向きもしなかった。すると、りんとした「入ります」の声とともに、二人の若い士官が入ってきた。

鳥巣は思わず立ちあがり、この二人をまじまじと見つめた。

P基地の黒木大尉と仁科中尉であると名乗った。真剣勝負に似た、息をのむような思いを鳥巣は感じた。仁科は頭髪を長く垂らしている。そのまなざしはしっかりと鳥巣をとらえていた。まるで宮本武蔵である。

「参謀に見ていただきたいものがあります」と、黒木が口を開いた。

「見てくれ？　なにを」

「特攻兵器です」

「特攻兵器？」

鳥巣はそれまで、水中特攻兵器に類するものには反対してきていたのである。

まず、「竜巻作戦」と呼ばれた特四内火艇《とくよん》作戦である。特四内火艇はキャタピラのついた水陸両用の戦車で、二本の魚雷を両脇に抱えている。大型潜水艦がこれを載せて、敵の基地近くで浮上して海面に放つ。内火艇は環礁に向かって水上を走り、キャタピラを使ってサンゴ礁をかみくだきながら乗り越えてふたたび海面に浮かび、突進して敵機動部隊に魚雷を発射し、壊滅させせようという作戦である。

特四内火艇は、物資輸送用の運貨艇として呉工廠の造船実験部が設計したものだが、戦局が一変したためにお蔵入りとなっていた。十八年末、実験部を訪ねた藤森参謀が設計図を見つけ、「これはものになる」と持ち帰った。この図面は翌日、軍令部第二部長の黒島亀人少将の前に広げられた。

黒島はすでにみたとおり、真珠湾の奇襲作戦を画策した一人である。黒島は、理詰めで作戦を練るよりも、深い瞑想《めいそう》のうちにひらめく直感を重視するタイプで、やや独善的なところがあった。

「これだ!」と、黒島はひざをたたいた。黒島と藤森の二人が中心となって竜巻作戦をたて、内火艇を急造した。十九年五月、P基地沖の情島で性能実験が行なわれたが、エンジンの音がものすごく高い。夜間訓練が始まると、対岸の甲標的隊員がこの音を聞いて、「あれでは隠密もくそもないな」と笑っていた。速力も四ノット前後と遅いうえ、すぐにキャタピラが外れてしまう。機関室が浸水するなど事故も多い。結局、竜巻作戦は中止となった。

鳥巣にはもう一つ、嫌な記憶がある。別称「震海」、「Y標的」の名のある「マル九金物」

である。特四内火艇と前後して試作された。この兵器は、イタリアの人間魚雷にヒントを得て造った。イタリアの人間魚雷は日本のそれのような特攻ではなく、潜水服を着た二人が時限爆薬を頭部に取り付けた魚雷の背中にまたがり、敵艦にたどりついて爆薬を切り離し、艦の底に磁石を使って接着して帰ってくる方法である。これはかなりの成功を収め、乗員はほとんどが生還しているといわれた。

マル九金物も、要するに潜水艦の背に載せて敵の基地付近まで運び、港内に潜入して奇襲しようというもので、艇首に離脱可能な爆薬をもっていた。試作艇を大浦崎の工場で検分し、鳥巣は一見して、とても使い物にならないと直感した。大海亀そっくりの形をしていてスピードがなく、操縦性能が重く、運動性能が悪い。潮流の速い狭水道を通るのが難しいという。敵艦船の船底にたどりつくのは容易でないと分かった。潜水艦を殺して使う愚策であるというのが、鳥巣の実感であった。

第六艦隊の意見を求められた鳥巣は、とても使い物にならないと直言した。この兵器の採用に最も熱心な黒島少将は色をなし、戦局の急迫を説明した。国賊という言葉も飛び出し、鳥巣は国賊呼ばわりされた。

黒島は開戦から戦争の中期まで、連合艦隊の先任参謀という要職にあった。戦時には、一国の運命を実質的に左右する重職である。それが、彼に限ったことではないが、海軍のトップは潜水艦運用の理解に欠けていた。結局、マル九も雲散霧消した。それから、あ号作戦すなわちマリアナ沖海戦で大敗の憂き目をみて、先にあげた険悪な第六艦隊再建の研究会が開かれたのであった。

そのすぐあとに、青年士官二人が、鳥巣の部屋をノックしたのである。

次の朝、鳥巣は内火艇で音戸《おんど》の瀬戸を通ってP基地に到着。黒木、仁科の部屋に案内されて、一枚の青写真を見せられ詳細な説明を聞いた。子細に検討していくと、これまでの特殊潜航艇や特四内火艇、震海といった軍令部が考えてきた兵器とは、雲泥の差があった。しかも、この兵器は伊号甲、乙型潜水艦には四基から六基の搭載が可能である。鳥巣は、初めて満足に近い兵器の説明を聞き、国難を救いうる可能性を秘めた兵器を知って、形容しがたい感動に襲われた。

「さすがだ。若い人は違うなあ」

航走試験が成功したのは、先にみたとおりである。そのあとの研究打ち合わせ会で、説明から討議に入った。軍令部員の藤森中佐が、耐圧深度を問題にした。この兵器を搭載する潜水艦の耐圧深度は百メートルである。したがって、この兵器も八十メートルの耐圧深度を百メートルに改善すべきだという要求である。

息詰まる沈黙ののち、鳥巣が立って弁明した。

「要求はごもっともですが、ここであくまで百メートルを要求すれば、おそらくこの兵器の出番は遅れ、この危急存亡のときに間に合わぬことになるでしょう」

戦局を詳述しながら、八十メートルはやむをえないと強硬に主張した。軍令部参謀も納得した。後ろの席で心配そうにしていた黒木と仁科も、ほおを緩めた。

こうして試作基マル六金物一型は、十九年八月一日、海軍大臣の決裁が下りて正式に兵器に採用され、「回天一型」と命名された。

これに先立ち、これまでの甲標的と合わせて回天の搭乗員の養成、すなわち回天の戦力化を目的として、七月十日、特別基地隊令が制定され、P基地を「第一特別基地隊」と改称して呉鎮守府長官の麾下《きか》におき、司令官に佐伯（大分県）航空隊司令の長井満少将が就任した。

これに合わせて、回天作戦の主体になる第六艦隊は、全力をあげて再建されていった。空席だった司令長官には海軍省潜水艦部部長の三輪茂義中将が親補され、参謀長仁科宏造中将以下の陣容が決まった。水雷参謀の鳥巣少佐は、回天担当参謀の役割を担う。

海軍省人事局が頭をひねったのは、困難な訓練と教育の直接の担当者である。よほど実力のある人物でないと務まらない。

八月五日付で、伊四一潜艦長の板倉光馬少佐が「第一特別基地隊水雷参謀に補す」という辞令に接し、この最もありがたくない仕事をやらされることになった。

板倉は海兵六十一期。闘志満々の侍で、真珠湾作戦に始まって、ソロモン、キスカ作戦、ブイン輸送、マリアナ沖海戦、グアム島での搭乗員収容作戦など、ありとあらゆる危険な任務に従事し、生き永らえたのが不思議という体験を経て、八月二日、呉軍港に帰り着いたところであった。

開戦以来二年八ヵ月、武運つたなく商船二隻を撃沈しただけで、あとは作戦輸送に終始しなければならなかった。今度こそはと気負っていたのだが、事もあろうに陸上勤務とは。それも苦手の参謀である。板倉は、現場勤務（両舷直、または車引きという）が最適と自任していた。それだけにカッパが陸に上がったような配置は、悔しく情けなかった。

第六艦隊司令部へあいさつに行ったとき、豪放磊落《らいらく》な井浦先任参謀が、いつになく改まった表情でいった。

「君は、このたび重要な職に就くことになった。水雷参謀とは表向きで、回天兵器の戦力化が君に課せられた仕事なのだ」

板倉は強い衝撃を受けた。実は辞令交付に先立ち、七月末、潜水母艦「迅鯨《じんげい》」で図上演習があった。テーマは「沖縄攻防戦における〇六兵器の用法と効果」というもので、板倉は配付された資料に目を通してがくぜんとした。〇六兵器とは、人間魚雷である。板倉は身震いするような感動を覚えた。ついに必死必殺の兵器ができたのだと。しかし、まさか自分がこのような兵器を戦力化するという衝《しょう》にあたるとは、考えもつかなかったのである。その夜は眠れなかった。

酸素魚雷がいかに危険な兵器であるか、いまさらいうまでもない。その兵器に人間が乗って操縦するのである。しかも、出撃搭乗員は絶対に生還することはできないのだ。そのような隊員を育成する自信は、やはりない。それでなくても、板倉は中尉のころ、教官不適の烙印《らくいん》を押されたことがあるのだ。といって、任命を断ることはできない。なまじ生還した身がうらめしかった。考えぬいた末、部下だけを死地に追いやることはできない、指揮官の自分が真っ先に出撃することだ、と自らにいいきかせた。

大津島に回天基地が誕生

第一特別基地隊（一特基）は、のちに第二特攻戦隊と改称されるまで、P基地の司令であった山田薫中佐が先任参謀を兼ねて甲標的隊の訓練指導官を務め、板倉が水雷参謀として回天の戦力化を担当した。

組織面で注意したいのは、一特基は呉鎮守府の麾下であり、第六艦隊は連合艦隊の指揮下にあることである。したがって、両者を統合指揮するのは、その上にいる軍令部（大本営海軍部）しかない。そのため、回天作戦では軍令部が主導権を握り、トラブルも起こってくるのである。

後任者との引き継ぎが遅れ、八月十五日、板倉はP基地差し回しの内火艇で大浦崎の土を踏んだ。紺ぺきの空に翻る少将旗が司令部の所在を表していた。板倉は長井司令官に、自分が真っ先に出撃したい、そのために自分の後継者を早く決めてほしい、と頼んだ。長井は温顔に笑みをたたえ「よく分かった。考えておこう」といいはしたが、一枚の書面を渡して、「ご苦労だが、回天の戦力化を図ってもらいたい」と付け加えた。

目をおとして、板倉は息をのんだ。

「尋常一様の戦術では、この戦いに勝つことはできない。一日も早く回天の訓練を開始し、その作戦を断行してほしい」という内容の嘆願が、鮮血でしたためられ、

海軍大尉　黒木博司

海軍中尉　仁科関夫

と、二人連名の署名があった。

私室に落ち着いてから、板倉は二人を呼んだ。二人ともひどい蓬髪《ほうはつ》で、搭乗服は汗と油にまみれている。

「基地にいながら、その髪はどうしたのだ」

「この髪は、回天で敵艦に体当たりするまでは切りません」

黒木が、はじきかえすようにいった。

「仁科もか」

「はい、断じて」

板倉には、いうべき言葉がなかった。開戦以来、幾たびか死線を越え不死身とまでいわれてきた板倉だが、この二人の純粋さと情熱には心をうたれた。

二人の案内で大入の射場に行き、薄暗い格納庫に横たわる回天を見たとき、さすがの板倉も背筋がぞくっとした。回天と呼ぶにふさわしい性能と威力を秘めていることは、一目で分かった。

回天の戦力化にあたり、難問の第一は人事であった。

搭乗員の予定者として兵科三期予備士官十四名が倉橋島のQ基地（大迫）で待機していた。整備員として水雷学校で選抜された八十余名も、すでに呉工廠で実習中であった。だが、肝心の中・少尉の指導官の配置が遅れていた。本省からの連絡では甲標的から配転するという

(右)山口県の徳山湾湾口に造られた大津島基地跡。ここから回天を搭載した潜水艦が出撃していった。(左)大津島基地時代の板倉光馬少佐。水雷参謀として、回天の戦力化を担当した。

ことだったので、板倉は人選を黒木と仁科に頼んだ。

二人は顔を見合わせ、「たぶん駄目でしょう」といったきり、口をつぐんだ。

なにかいわくありげな態度にひっかかるものを感じたが確かめず、板倉は山田先任参謀に相談することにした。山田は、「さあ、難しい問題だなあ」と腕組みしながら、「わしから話すよりも」といって、担当の将校にあたるように指示した。

「人ごとみたいな態度」に板倉はあぜんとした。やむをえず担当者に諮ってみた。その彼も、板倉によれば、「おそらく回天を希望する者は一人もいないでしょう。私も無理に押しつける気はありません」と、けんもほろろ。さらに、「まさか回天の訓練は、この近くの海面ではやらないでしょうね」と念を押した。

板倉は二の句が継げなかった。私室に戻って、板倉は自分のうかつさに気づいた。

黒木と仁科は、もともと甲標的の艇長であった。その二人が甲標的から飛び出たのである。担当者は後ろ

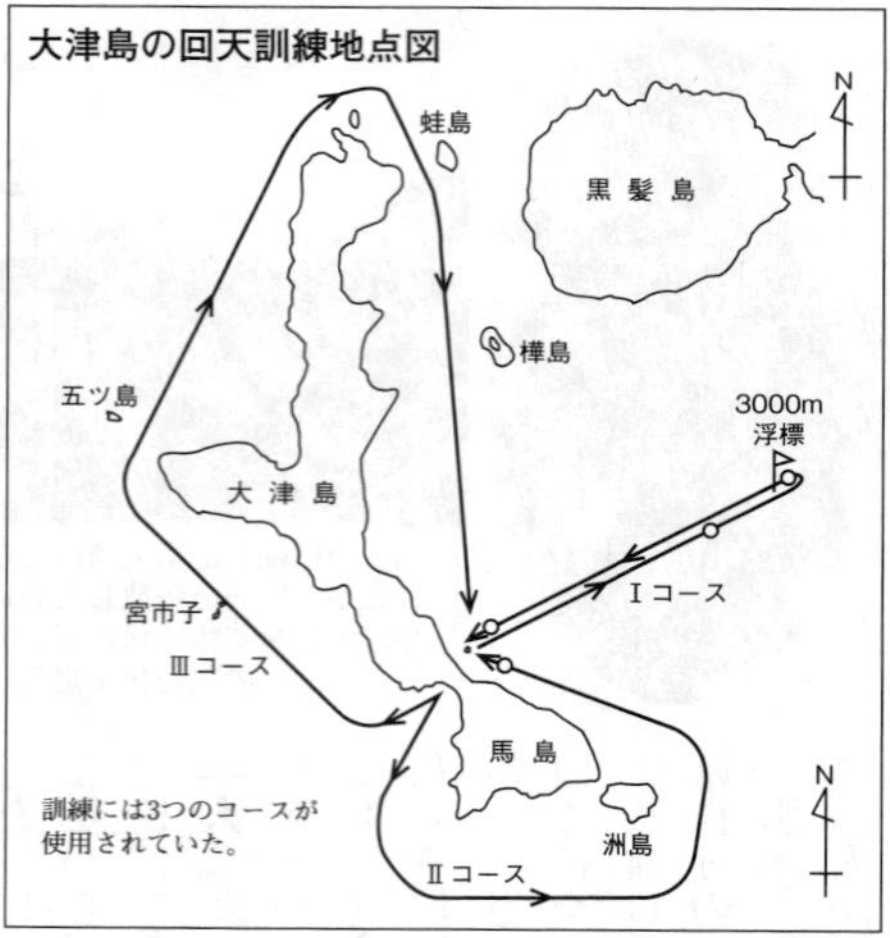

足で砂をかけられた思いがしたのではないか。「岩佐たち九軍神に続け」を合言葉にひたすら訓練に精進する隊員に、回天に行けとは担当者の口からはいえなかったのだろうと、板倉は著書のなかで回想している。

甲標的側の言い分はこうだ。

「回天は後進できない。小回りが利かない。航続距離が短い。特眼鏡が小さいから目標を確認しにくい。搭載する母潜を犠牲にする。一度発進したら必ず搭乗員を死なせる戦術は不合理で、反復攻撃してこそ戦果が得られる。要するにお粗末な兵器である」

これに対して回天側には、もはや甲標的では戦局の打開は望めないとする黒木、仁科の思想が根底にある。次のようにいう。

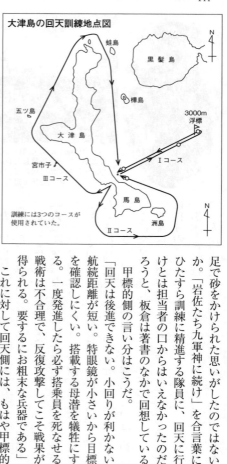

「現実の問題として、敵の対潜能力が格段に強化された今、甲標的で反復攻撃ができるのか。帰ってこられるのは限られた条件下だけである。刺し違えるつもりでなければ相手に近づくことすらできないではないか。

回天の航続力は確かに甲標的より短い。魚雷の原理を応用しているからスクリューに後進が利かない難点もあるが、水中の最大速力は三十ノットで、甲標的の十九ノット（甲型）を大きく引き離している。旋回圏は四百メートルで駆逐艦よりは小さい。回天の特眼鏡は視界、観測能力とも潜水艦や甲標的と比べて大差はない。甲標的は大量生産が難しいし、大型潜水艦でも一隻しか搭載できない。だが、回天だと四基から六基は積みこめる。そして、一発爆沈の強力な炸薬《さくやく》がある」

当初、回天の隊はP基地で甲標的の特潜隊と数日同居していたが、教育や訓練に支障があった。甲標的と回天が同じ海面で訓練するのは危険であり、機密保持の点からも問題がある。また、必死兵器の回天搭乗員と特潜隊員との間には、当然ながら異なった空気が生じてくる。死を覚悟して出撃し助かる可能性が多少はある甲標的と、死ぬことでしか任務が達成できない回天とでは、根本的に性格が異なる。

なにをおいても回天の基地を造らなければならなかった。板倉少佐は長井司令官に申し出て、山口県徳山湾の入り口にある大津島《おおづしま》に回天の基地を設けることにした。大津島には九三式魚雷の調整工場と発射場があり、外部と隔離されていて、回天の訓練基地としてはうってつけの場所である。

最重要課題は、この特攻兵器に搭乗する要員確保である。結局、海軍省が搭乗員の募集を始め、まず、長崎県川棚にある水雷学校の臨時魚雷艇訓練所、茨城県土浦、奈良の各予科練部隊に通達が出された。

なかでも、案じていた指導官となる士官では、まず回天の創始者黒木、仁科の二人を筆頭に、特四内火艇搭乗員だった上別府宜紀《かみべっぷよしのり》、樋口孝の両大尉、潜水艦そのほかから十六名で総勢二十名。その内訳は、黒木、仁科の同期生に兵学校七十二期が加わる。海機五十三期（兵学校のコレスは七十二期）から五名の参加が決まった。黒木の実績が評価されたものである。

これに、Q基地で待機していた学徒出身の予備中、少尉と、甲標的の艇付配置であった上等兵曹ら十名の水雷科下士官が加わり、ようやく陣容の見通しがついた。合計四十四名が相前後して着任。

こうして、九月一日付で大津島基地が開隊した。板倉は、第一特別基地隊の第二部隊大津島指揮官である。九月下旬に甲飛十三期の十八、九の若者百名が着任した。開隊時の模様を、秋空に映える島の緑のように爽快《そうかい》な気分であったと、生き残りの人たちは伝えている。

回天隊と甲標的の特潜隊が別れる前後、互いに大津島と大浦崎を行ったり来たりしていたのだが、特潜隊から見た回天隊員の顔は、短期間に一変していた。

「もうわれわれとは比べものになりません。神様の顔、目でした。彼らの尽忠というか、国に殉ずる真心には、死を覚悟していたわれわれも驚きの目で見ていました」

と、当時の特潜隊将校は語る。

海軍では暇に飽かして、「ヘル談義」といってあまり品のよくない話もするのだが、回天隊員の周囲はそのヘル談義すらできない空気であったという。

しかし、大津島基地の前途は多難であった。回天の生産が遅れていた。訓練用の「的《てき》」（回天も甲標的と同じく通称「的」と呼ぶ）がまだ三基しかない。しかも、三基とも試作基なのである。完成品ではないので、操縦席の前後に取り付けてある燃料用の酸素気室のうち、前部にはまだ気室を入れておらず、代わりにバラスト（鉄のインゴット）を入れて釣り合いを保つことにしていた。しかし、気室が一個だけなので、航走して酸素を消費するにつれて後部がどんどん軽くなっていき、釣り合いが保てなくなって航続距離は半分に。特眼鏡も、倍率が三基ばらばらであった。無理を承知で、板倉は整備長の浜口米市大尉にいった。

「一基の回天で、三日間に二回訓練しなければならない。やってくれないか」

「できません。いくらなんでも」

浜口は憤然として、体を震わせながら答えた。予期していた返事であった。酸素魚雷の調整は、どんなに急いでも三日はかかる。時には、酸素の爆発で大事故を起こすこともある。

板倉は続けた。

「不可能なことを強いるわけにはいかない。できるだけのことをやってもらいたい」

そして、つい口に出してしまった。

「実は、ここだけの話にしてほしいが、最初の作戦には私も出撃する。よろしく頼む」

黙って下を向いていた整備長は、顔を上げ、「よく分かりました。やってみましょう」と約束してくれた。

後日、浜口少佐は、「あのとき、私は指揮官を恨みましたが、人間の力には限界がないことを教えていただきました」と述懐している。浜口が手がけた回天はおびただしい数だが、整備不良で事故を起こした回天は一基もなかった。

九月五日から航走訓練が始まった。

「一〇〇〇《ひとまるまるまる》（午前十時）訓練を開始する。第一回搭乗員仁科中尉、訓練海面東射場。かかれ！」

板倉指揮官の号令一下、全員が駆け足で持ち場に就いた。

五分前、七つ道具を携えた仁科中尉が、指揮所の前に直立し申告した。

「仁科中尉、訓練に出発します。使用的一号、訓練海面東射場、主要訓練項目、隠密潜航ならびに航法、発進予定一〇〇〇、終わり」

一号的がクレーンにつられ、キャッチャーボートに横抱きにされてから射点についた。発進係が回天の外板を三回たたいて合図を送り、赤旗を倒した。一号的は水しぶきをあげ、水面下に没した。酸素魚雷だから航跡は見えない。これを帖佐《ちょうさ》裕中尉の監視艇が追う。しばらくして、回頭浮標の近くでかすかにしぶきがあがった。予定の浮上点に姿を現すまでの三十分間、全員がかたずをのんで見守っていた。見事に成功。続く黒木の訓練も、順調に経過した。

兵学校七十二期（潜水学校十二期）の小灘利春、石川誠三、柿崎実、川久保輝夫、土井秀夫、福島誠二、吉本健太郎の七名の少尉が、大型曳船《えいせん》に乗って大津島に着いたのは翌六日午後である。七名はつい二日前に、潜校教官から第一特別基地隊に行けと命令されたが、その一特基がどこにあるのかも知らされず、呉鎮守府に行けば分かるだろうと汽車で広島を経て呉に向かい、倉橋島の一特基桟橋に着いたのであった。そして、通りすがりに同期の甲標的艇長の後藤脩少尉に会って、こう聞かされた。「貴様らは人間魚雷だ」。お互い〝血わき肉躍る〝名作を載せた月刊雑誌「少年倶楽部《くらぶ》」を愛読して育った世代である。いっぺんに「ああ、そうか」と了解した。後藤は、少年漫画の豪傑になぞらえた「タンクタンクロー」のあだ名のあるタフガイである。

その夜、七人は畳敷きの一室で、夜の更けるのも知らず語りあった。

マリアナを失陥した今、米軍は日本沿岸のどこにでも上陸できる。日本本土が戦場となれば、国民が大量に殺りくされる陸上戦が続く。日本民族が滅びることは必至である。七人はなにか大逆転の戦法はないかと焦っていた。そこへ、「人間魚雷」と後藤から聞いた。まさに天の啓示であった。「目をもつ魚雷」が五十本、百本と敵の大艦隊に命中し全滅させれば、敗勢は一挙に挽回《ばんかい》できるのだ。敵艦隊覆滅の光景が目に見えるようであった。

「これだ。この新兵器で日本は救われる」

真っ暗と思われた日本の将来に、ようやく光明を見いだすことができた。

体当たり兵器であるからには、任務達成の瞬間に自分の肉体は飛散する。が、そのことによって、かけがえのない美しい日本の自然と民族をこの地上に残すことができるのならば、はるかに価値のあることだと七人は確信した。

九月六日午後、七人は曳船で徳山湾出口西側の大津島に着いた。岸壁の上を歩いていくと、クレーンが真っ黒な大型魚雷を引きあげていた。胴体中央に潜望鏡がある。

「これが人間魚雷だ。われわれが一命を託す兵器なのだ」と、小灘利春少尉は身の引き締まるのを感じた。ちょうどその日の夕刻に、不幸な事件が発生した。

黒木、樋口両大尉の殉職

回天は一人乗りだが、最初の訓練のときだけは指導官が同乗する必要があった。座席の周囲はほぼ一メートル四方の空間で、この中に特眼鏡や各種の機器があり、一人でも窮屈な艇内に、訓練では大の男が二人、身を寄せあうように向きあって乗る。

指導官は、操縦席の左前方にあるわずかな空間に、体を折り曲げるように座って指示をしなければならない。この重責を果たしうるのは、まだ黒木と仁科の二人だけであった。

二人とも、それまで試作艇に乗り、回を重ねて自信を深めてきたのである。黒木は親友の真嶋に、「二人で乗って指導しようにも狭くてね。結局、前でがんがんいうだけで、間違った操作をしたとき、すぐ後ろから手を出して直接直せないのだ。これが心細いといえば心細いが」と、余裕をもって語るようになっていた。

九月六日。風が出て、明け方は穏やかだった海面に白波がたちはじめた。午前十時、上別府大尉が操縦し仁科中尉が同乗して指導する三号的が、第二射場から発進した。

上別府は特四内火艇の部隊で死を決していただけに、落ち着いた操縦ぶりであった。それでも徳山湾口付近は三角波が高く、潜入時はしぶきをあげて肝を冷やしたが、無事に終了した。

樋口孝大尉が操縦して黒木大尉が同乗する一号的の訓練は、午後四時に予定されていた。前日使用したため、夜を徹しての整備作業がまだ続いていた。危険な酸素魚雷を連日使うなど、常識では考えられないことである。そのうえ、三基とも設備不全の試作艇なのである。

午後になると、風はますます強くなった。白波にうねりが加わった。板倉は危険だと判断し、中止することにした。

黒木が語気荒く、「指揮官、どうして中止するのですか。この程度で操縦したことは、今までに何回もあります」と、一歩も引こうとしない。

岸壁のしぶきを浴びながら、海面を凝視していた仁科がいった。

「今日はやめた方がいいでしょう。私のときも湾口で波にたたかれ、潜入時、二十度近いダウン（こう配）がかかって危なかった」

「黙れ！　天候が悪いからといって敵は待ってくれないぞ」

黒木が怒鳴った。先輩の一喝に仁科は口をつぐんだ。

「指揮官、やらせてください。お願いです」

樋口もりんとした口調でいった。彼もまた回天隊員になる前日まで、期友の上別府とともに特四内火艇の搭乗員として、南海で散華する覚悟を固めていたのである。

板倉は、黒木の気迫に押しきられた。板倉は着任して以来、計画に業務にと忙殺され、指揮官とはいっても回天に関する限りは黒木と仁科の後塵《こうじん》を拝しており、彼の構想には二人の意見が大きな比重を占めていた。このとき、板倉はまだ回天を操縦していないこともあって、

「よし、決行しよう。ただし、湾外はやめて湾内の第一コースで行なう」と、前令を翻した。

これが板倉にとって生涯の痛恨事となった。

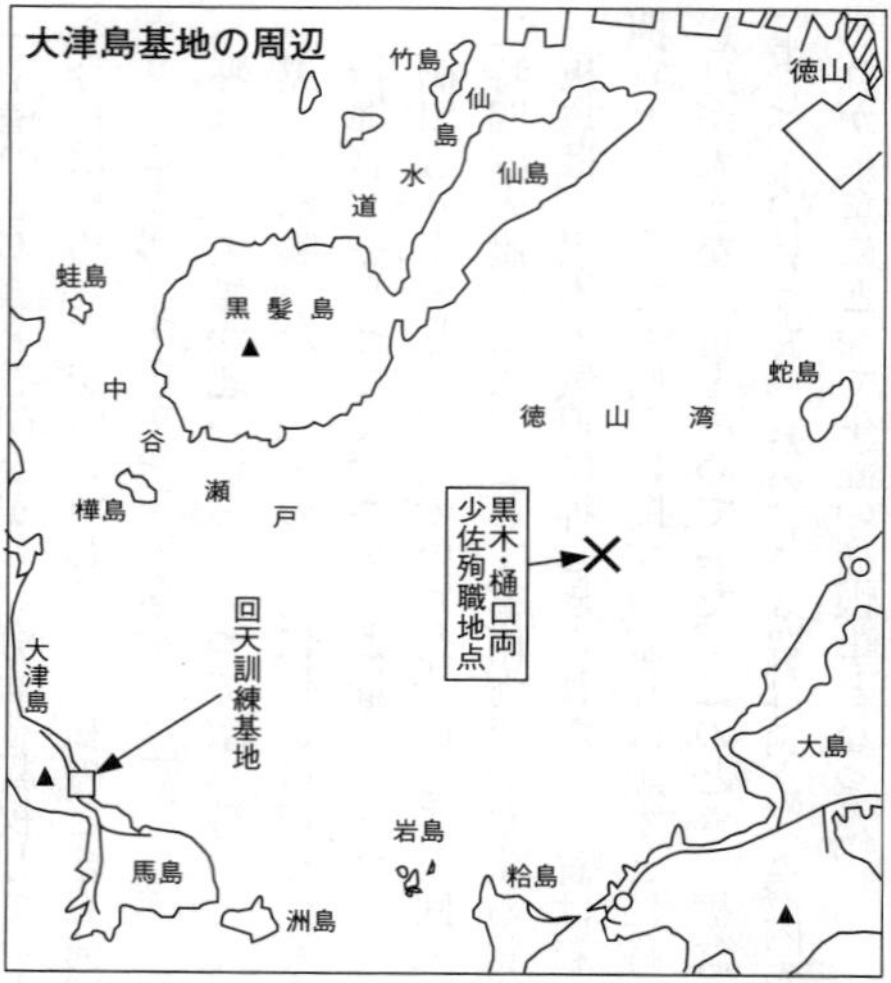

一号的は、逆風をついて発進した。イルカのような背がキラリと光った瞬間、水面下に潜った。これを、板倉指揮官と仁科中尉が乗ったそれぞれの追蹑艇《ついじょうてい》（追跡艇）が追いかけるが、向かい波をかぶって前方が見えない。速力も落ちる。一時間がたち、浮上の予定時刻を大幅に過ぎているのに、それらしい姿はどこにも発見できない。夜を徹して捜索が続けられたが徒労に終わった。

七日午前九時過ぎ、射点と回頭点のほぼ中間に気泡が出ているのを発見。潜水夫によって、一号的は水深二十メートル余りの海底に突き刺さっていることが分かった。ロープをかけ、ランチで引きあげた。発進後、十六時間たっていた。

ハッチを開くと、操縦席に樋口大尉がうつ伏せに倒れ、その奥に黒木大尉がうずくまってこと切れていた。二人とも取り乱した様子はなく、従容《しょうよう》とした最期であった。

訓練開始と同時に起きたこの事故は、隊員に大きなショックを与えた。特に回天を創案し

(右)樋口孝大尉。
(左)黒木博司大尉。

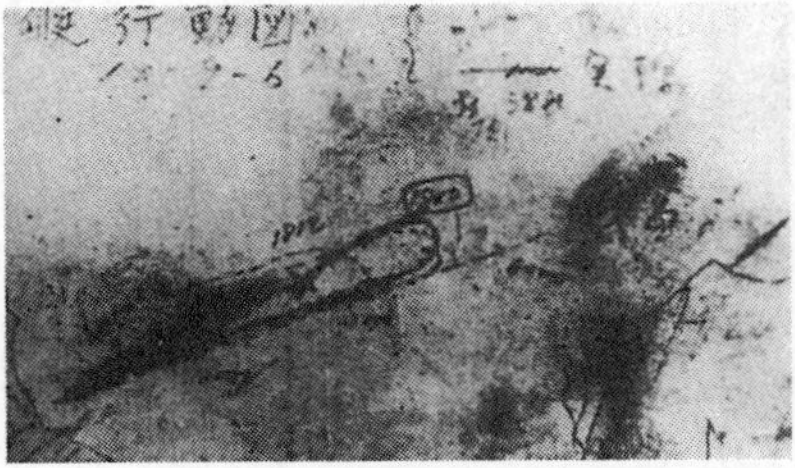

艇内で記した事故記録
の一部、「艇行動図」

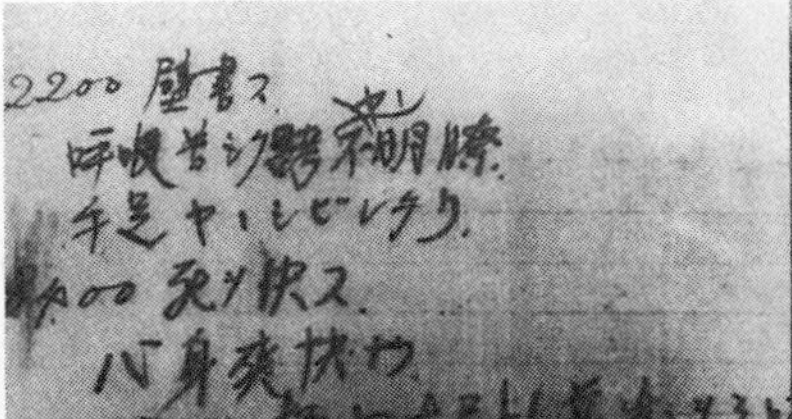

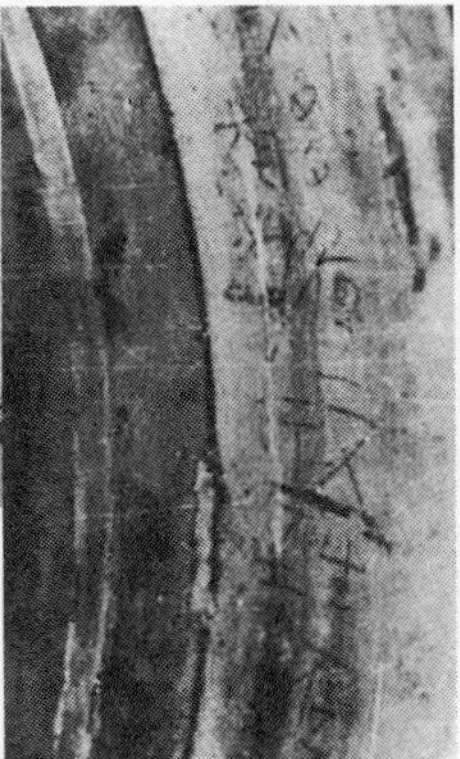

(左)事故後、黒木大尉が艇内に残した文字。「呼吸苦シク……手足ヤヽシビレタリ」「死ヲ決ス、心身爽快ナリ、心ヨリ樋口大尉ト萬歳ヲ唱ス」など、刻々と迫る状況が綴られている。(右)事故艇内の内壁に記された壁書き。「〇六〇〇　猶二人生存ス……」とある。

た黒木大尉の死は、作戦の前途に暗いものを感じさせた。しかし、二人の最期が平静であったことを知り、二人が艇内でしたためた遺書に接したとき、全隊員は慟哭《どうこく》し、闘志をかきたてられた。

次に、二人の遺書を紹介する。黒木大尉の遺書は膨大なので簡略にする。

［樋口孝大尉の遺書］

一九―九―六　一七四〇発動

　　　一八一二沈座

指揮官に報告

予定ノ如《ごと》ク航走、一八一二潜入時突如傾斜DOWN《ダウン》二十度トナリ、海底ニ沈座ス。ソノ状況、推定原因、処置等ハ、同乗指導官黒木大尉ノ手記セル通リナリ、事故ノタメ訓練ニ支障ヲ来シ、マコトニ申訳ナキ次第ナリ。

　後輩諸君ニ

犠牲ヲ踏ミ越エテ突進セヨ。

七日〇四〇五　呼吸困難ナリ。

訓練中事故ヲ起シタルハ、戦場ニ散ルベキ我々ノ最モ遺憾トスルトコロナリ、シカレドモ、犠牲ヲ乗リ越ヘテコソ、発展アリ、進歩アリ、我々ノ失敗セシ原因ヲ探究シ、帝国ヲ護《まも》ルコノ種兵器ノ発展ノ基ヲ得ンコトヲ。

周密ナル計画、大胆ナル実施。
生即死　〇四四〇　国歌奉唱ス。〇四四五、〇六〇〇猶《なお》二人生ク。行ヲ共ニセン。
大日本帝国万歳　六時十分
十九年九月七日　海軍大尉　樋口　孝

[黒木博司大尉の遺書]

当日、十八時十二分、樋口大尉操縦、黒木大尉同乗ノ第一号艇、海底ニ突入セリ。前後ノ状況及ビ所見次ノ如シ。

一、事前ノ状況当日、徳山湾ニテ樋口大尉ノ回天操縦訓練ニ同乗、一七四〇発射、針路蛇島向首、一八〇〇頃《ごろ》一八〇度取舵、大津島「クレーン」ニ向ケ帰途ノ途中、一八一〇頃ヨリ二十ノット潜航、調深五ニ対シテ実深二米《メートル》、前後傾斜ハD（注・ダウン＝こう配）二―三度、時ニハD四―五度トナリシコトアリ。

当日、第三次操縦訓練同乗者仁科中尉ノ所見ニ波浪大ナル時、同様二十ノット浅深度潜航中、俯《ふ》角《かく》大トナリ十三米マデ突込ミタル由ノ報告アリ、之《これ》ヲ想起シ、充分ニ注意ナシアリシ所、約二分ヲ経過シ、浮上ヲ決意シ、操縦者ニ浮上ヲ令セントシテ傾斜計ヨリ目ヲ離シ、電動縦舵機等所要個所ニ注目シツツアリシ時、急激ニ傾斜大トナレルヲ感ゼシヲ以《もっ》テ、傾斜計ヲ注目セルニ、D一杯トナリアリ。

察スルニD十五度程度ナラン。直チニ速力ヲ急速低下セシモ、若干時ノ後、ナホ傾斜ノ戻ル気配ナシ。此《こ》ノ間操縦者ニ深度改調ヲ○トナスコトヲ命ゼシモ、間ニ合ワズ。傾斜計ヲ見ルニD七度、深度十八米ナリ。海底ニ突入セルコトヲ知リ、直チニ停止ス。突入時衝撃ナシ。

（注・このあと応急措置、事後の経過、事故防止対策などの所見、追伸が続く）

天皇陛下万歳
大日本帝国万歳
帝国陸海軍万歳

追伸のなかで、

「駆水頭部ヲ完備スベキ事。今回ノ事故ハ小官ノ指導不良ニアリ、何人モ責メラルルコトナク、又之ヲ以テ、○六ノ訓練ニ聯《いささ》カノ支障ナカランコトヲ熱望ス」

「仁科中尉ニ　万事小官ノ後事ニ関シ、武人トシテ、恥ナキ様頼ミ候。御健闘ヲ祈ル。○六諸士、並ビニ甲標的諸士ノ御勇健ヲ祈ル。機五一期級友切ニ後事を嘱《しょく》ス」と強調している。

辞世

男子やも我が事ならず朽ちぬとも留《とど》め置かまし大和魂

国を思ひ死ぬに死なれぬ益良男《ますらお》が友々呼びつ死してゆくらん

このあと両親、兄、妹への気遣い、ふたたび「万歳」の文字、辞世一首。呼吸苦しく、手足がしびれてきたこと、樋口大尉と万歳を三唱したことなどが記述されている。

「樋口大尉ノ最後従容トシテ見事ナリ。我又彼ト同ジクセン。

○四四五、君ガ代斉唱。神州ノ尊、神州ノ美我今疑ハズ、莞爾《かんじ》トシテユク。万歳。

○六〇〇、猶《なお》二人生存ス。相約シ行ヲ共ニス。万歳」

これが、あと五日で二十三歳になる男の遺書である。

酸素が欠乏していく狭い筒内で、あえぎつつ、思考力のありったけを奮い、黒木は事細かく事故の顛末《てんまつ》をつづっている。その所見と今後への提言は完璧というほかない。

樋口は、簡潔に二十度傾いたと書いている。黒木は焦っていたのか、水深十二メートルから十五メートルの浅い海面を、二十ノット（時速三十七キロ）の高速で走ったのは無謀に近かった。しかも荒天下である。これでは海底に突入してしまう。

この遺書から思い浮かぶのは、佐久間勉艇長の故事である。

明治四十三年（一九一〇）四月十五日、山口県岩国沖で演習中の第六潜水艇が沈没、艇長の佐久間大尉以下十四人が殉職した。死に直面しながらも、佐久間は沈没原因、処置、提言、最後までそれぞれの配置を守って一糸乱れず職務を全うした部下の働きを、詳しく記している。「小官ノ不注意ニヨリ」で始まるこの遺書のなかで、佐久間は天皇にまで「我部下ノ遺族ヲシテ窮《きゅう》スルモノ無カラシメ給《たま》ワランコトヲ」と訴えている。

その責任感、沈着、勇気が世界中の人々の胸を打った。実はこれに先立ち、ある国で同様の事故が起こった際、艇員が死を逃れようと争って一個所に走って折り重なったまま死に、これがまだ人々の記憶に新しかったからである。

夏目漱石は「文芸とヒロイック」と題する一文を朝日新聞に寄せ、本能の赴くままに動く人間の醜悪な一面を暴きだし、これが人間のすべてであるかのように読者に示す自然主義の文芸思想を、佐久間の遺書をもとに批判している。漱石は「名文の遺書」を読みかえしてみたとして、

「自然派の諸君子に、此の文字の（注・「ヒロイック」という文字）、今日の日本に於《お》いて猶真個の生命あるを事実の上に於て証拠立て得たるを賀するものである」

と、感動をあらわにしている（明治四十三年七月十九日付東京朝日新聞）。

第六潜水艇の殉難は、日本では戦前、戦時中の小学校（国民学校）の修身の教科書に載った。イギリスでは、遺書の写しと英訳がポーツマス対岸のゴスポート基地にある王室海軍潜水史料館に展示され、第二次大戦で日英が相戦った期間中にも展示が中断されることなく現在に至っている。イギリス潜水艦乗員の精神教本である。

佐久間と黒木。三十四年の歳月を越え、二つの魂は解けあっていた。

「黒木に続け」

この合言葉のもと、仁科を先頭に、全隊員が一丸となって訓練にまい進していく。開隊間もない大津島基地には、はじけるような闘志と活気があふれていた。

ある日の朝、島の丘陵の中腹にある士官宿舎の前の道を、数人の女子挺身《ていしん》隊員が魚雷整備工場へ向かって歩いていた。窓から顔を出した石川誠三少尉（海兵七十二期）が、「おーい」と奇声をあげてはやした。たちまち、一期先輩の仁科、帖佐裕《ちょうさ》、加賀谷武《かがやたける》の三中尉と二期先輩の上別府大尉の四人に呼び出された。当の石川だけでなく、連帯責任として七十二期、およびコレスの海機五十三期合わせて十四人である。

「貴様らは！」と、大喝一声。

「この超非常時になんというざまだ」、「国民に申し訳がたつのか」と怒声を浴び、次々に鉄拳を見舞われる。村上克巳《かつとも》、都所静世《とどころしずよ》の巨体が宙に浮いた。

しかし、総員修正はこれきりか、せいぜいあと一回あった程度にとどまる。主力となる兵学校七十二期（機校のコレス五十三期）、甲飛予科練十三期は、元気いっぱいで使命感にあふれ、水雷学校（川棚）から来た十四人の予備学生兵科三期も、気品のある人格を備えていた。小灘利春少尉（当時）は、「帝国海軍広しといえども大津島ほど素晴らしい部隊はあるまい」と、この部隊に配属されたことに感謝していた。この一件以後、「修正」はまずなかったとみてよい。ただし、のちにみるように、機校出身者のなかには猛者がいて、リンチともいえる挙に出たことはあった。

黒木と樋口の葬儀があった日かその翌日か、板倉少佐は搭乗員全員を集め、「ここにいる者は、これより一ヵ月ののち、敵艦隊目がけて突撃する」と、大音声で宣言した。肝心の兵器が待っていた反撃の機である。全員、粛然として聞いた。ところが、である。

来ない。これでは訓練がろくにできない。海軍中央は、回天百基を八月中に造るといっていたのだが……。

戦後、小灘が調べたところ、呉工廠水雷部は百基生産の命令を「不可能と思い、努力目標」と受けとり、しかも一型は過渡的な試作艇に過ぎないと思いこんでいた。工廠水雷部は、むしろ回天二型に関心を向けていた。これは、海軍省軍務局が性能的に十分に満足できる回天の開発を企図して、最大速力五十ノットの二型の優先開発を艦政本部に要求していたからである。艦政本部はこれに応えて二型と四型の開発に力を入れ、そのために一型の生産が著しく遅れたのであった。

生産の遅れを搭乗員から指摘された工廠側は、工員向けに一日三個の握り飯の特配を呉鎮守府に要求し実現した。民間の食料難は深刻化しつつあった。回天の生産は少しずつピッチが上がったが、最初から一型の大量投入に全力を注ぐべきであった。仁科は歯がみして、生産の遅れを悔しがった。

回天の最初の訓練は、水中を二千メートル直進して戻ってくる。途中で浮上し、自分の位置を確認して戻るのだが、時には、方向がずれたり、海岸の岸壁にぶつかったり、砂浜に乗り上げたりする。これが済むと島回り。次いで、泊地に泊まっている艦船を狙う停泊艦襲撃に移る。艦底を通過すれば命中と見なすのである。艦底通過は、艇体の上部が白く塗られていて光るのでよく分かる。

これをマスターすると、航行艦襲撃である。方位角測定や斜針角（射角）をとるのが難しい。終了後は研究会で徹底的にやりあう。失敗しても失敗に至るプロセスや原因を説明できれば納得してもらえるが、それができないと厳しく叱責《しっせき》される。階級の上下に関係なく、回天隊では操縦が巧みなほど偉いのである。

黒木は仁科とともに、戦局打開の方策として人間魚雷による必死必殺の戦法を編み出したが、その実、いちばん期待したのは飛行機による体当たり攻撃であった。そのことは、遺書、血書、真嶋との対話に顕著である。回天は、時機に合った兵器ではあるが、あくまでも航空特攻が出てくるまでの「つなぎ」と位置づけていた。黒木は仁科に、「回天が戦果をあげれば、必ず航空隊は同調する。おれが回天の戦力化を急ぐのはこのためだ」と打ち明けている。

仁科は出撃するとき、板倉に、「飛行機に先手を打たれましたが、黒木少佐は宿願がかなえられて本望でしょう」と語っている。

黒木の殉職後、彼の予測どおり、空の神風特攻が実現し、さらには一式陸上攻撃機につるして放つロケット噴射の人間爆弾「桜花《おうか》」、水上特攻「震洋」と、さまざまな特攻隊が出撃し、何千という若者が太平洋を血に染めた。これほど大勢の血が流れるとは、黒木といえども想像の埒外《らちがい》ではなかっただろうか。各種の特攻の動きを以下、順を追ってみることにする。

神風特攻と人間爆弾の出現

昭和十九年（一九四四）六月、ドイツは、報復兵器である無人飛行爆弾のV1号《ブイイチ》を発射して世界を驚かせた。軍需省詰めの朝日新聞報道第一部（政経部）の熊倉正弥記者が、航空兵器総局で航空兵器総務長官の陸軍中将遠藤三郎の記者会見に出席したときに、V1号の話が出た。熊倉は、あとから考えると、V1号の話は日本の飛行機の特攻隊のことを暗示していたように思えたという。

それから数ヵ月後、遠藤を補佐していた総務局長の海軍中将大西瀧治郎が南方方面に転補と決まり、記者クラブにあいさつに来た。口をきっと結び、背を真っすぐに伸ばしたこの軍人を、熊倉は畏敬《いけい》の目で見た。二、三の記者が「おめでとうございます」というと、大西はにこりともせず、「これから自分の命令で若い者を死なせます。めでたいことはありません」といって、手短に話をし敬礼して部屋を出ていった。

熊倉は、「われわれとは格が違うな」と感じ入った。

大西は、航空特攻の神風特別攻撃隊の創始者である。洞察力、胆力、度量の大きさ、義侠心《ぎきょうしん》、責任に殉ずる覚悟を、彼はことごとく備えていた。十月に入り、第一航空艦隊司令長官としてフィリピンのマニラに赴任し、特攻隊を創設して指揮した。大西は着任前に、及川古志郎軍令部総長、豊田副武連合艦隊司令長官に、体当たり攻撃の決意を伝えている。マル六兵器の設計、試作が昼夜兼行で進んでいたとき、海軍部内では航空特攻を真剣に考えだした。マリアナ沖海戦に惨敗した直後からである。

ここにもう一つ、見落とせない空の特攻兵器、人間爆弾「桜花」がある。輸送部隊の一〇八一空分隊長の大田正一特務少尉が考えついたもので、東大工学部の小川太一郎教授が設計した。文字どおり、人間が操縦する爆弾である。液体燃料ロケットを原動力とし、大型爆弾に翼を付けたもので、一式陸上攻撃機の胴体の下に取り付けられ、敵艦隊の上空近くまで運ばれて投下され敵艦に突入するという、「必死、必中、必殺」を狙った兵器である。

五月か六月、隊司令菅原英雄中佐の推薦で、大田少尉はこの構想を航空技術廠長の和田操中将に提案し、中将はこれを航空本部に進達。航本担当者の伊藤裕満中佐と軍令部員で航空担当の源田実中佐が、協議して研究を進めることになった。

こうした動きと併行して、六月十六日、館山航空隊司令の岡村基春大佐が、隊を巡視中の第二航空艦隊司令長官の福留繁中将に、大田少尉のこの構想を進言している。岡村はさらに、この必死必中の新兵器とは別に、航空特攻の必要性を六月十九日、先の福留中将に具申し、「体当たり機三百機をもって特殊部隊を編成し、その指揮官として私を任命してください」と、強く迫っている。岡村はまた、遠藤、大西両中将にも同様の進言をしている。岡村は源田の二期先輩で、戦闘機の名パイロットとしてならした仲である。岡村が源田に頼まれ、航空の大御所である福留、大西のねじを巻いて特攻に踏みきらせたと考えることもできる。岡村は、航空特攻と人間爆弾の二つを使うよう上層部に要求した。

八月初め、大田少尉が、東大航空研究所と三菱名古屋発動機製作所の協力を得た「人間爆弾の私案」を航空本部に提出した。

東大側の窓口は、工学博士の小川太一郎教授である。

消去法で関係者を洗ってみると、ここにも源田中佐の影が浮かぶ。実際に小川と交渉したのは、大田ではなく源田ではないかとの推理も生まれてくる。この新兵器は発案者の名をとって「マル大部品」という秘匿名をつけられ、八月十六日、航空技術廠で製造が開始される。八月下旬、第一線部隊を除く全国航空隊で、内密に「生還不能の新兵器」の搭乗員を募集した。航空本部は、マル大を「桜花《おうか》」と命名した。

十月一日、桜花作戦部隊として第七二一航空隊が茨城県百里原基地に創設され、岡村大佐が司令に任命された。

潜水艦に話を戻す。

軍令部総長は連合艦隊司令長官に対し、七月二十一日、大海指（大本営海軍部指示）第四三一号を出した。このなかの作戦要領に、「潜水艦、飛行機、特殊奇襲兵器などをもってする各種奇襲戦の実施に努む」など、特攻作戦を表す語句が出ている。

この七月に、マル六兵器の試作が完了し航走試験にも成功して、八月一日、正式に兵器に採用された。

これに合わせて、全海軍が空、海上、海中にわたる、あらゆる特攻に踏みきった。

回天搭乗員の場合、予備学生と予科練は志願制とし、兵学校と機関学校出身者は、潜水学校普通科学生の教程を終えた者などのなかから任命された。

予備学生は兵科四期採用の場合、海兵団で基礎訓練を受けたあと、横須賀の対潜学校、航海学校、長崎県川棚の水雷学校臨時魚雷艇訓練所の三校に振り分けられていた。その各校から回天隊員が募集された。

予備学生（兵科四期）の募集要項は、防衛庁戦史部の書庫内に保管されている軍人養成関係つづりの人事局第三課調製のなかにとじられている。元大佐末国正雄が見つけた。選抜要項として、「志願者から選抜する」、「気力攻撃精神特に旺盛なる者」、「理解力判断力及び決断力の秀でたる者」、「後顧の憂いなき者」と、明記されている。別紙の説明には、「右特殊兵器は挺身《ていしん》肉薄一撃必殺を期するものにして、その性能上特に危険を伴う」とある。この募集要項が発布されたのは八月三十一日付で、海軍大臣（米内光政大将）、次官（井上成美中将）、軍令部総長（及川古志郎大将）らの捺印《なついん》がある。

四期予備学生で航海学校在学中に志願した藤沢善郎は、同期で病気のため少尉任官が遅れた山崎喜暉《よしてる》に、平成五年（一九九三）、当時を回顧して、「非常に大事なことは、志願はあくまで自主的に行なわれたことです」と書き送り、志願の名を借りた暗黙の強制であったとする一部の批判を退けている。

マーシャル、トラック、マリアナと絶対国防圏を失陥したあと、日本はアメリカの無条件降伏の要求をのまない限り、あらゆる手段を使ってでも戦いぬくほかはなかった。悲痛極まりない決定ではあるが、行き着いた先が特攻であった。

特攻兵器の計画は回天が先駆けだが、実戦では航空特攻の「神風」が第一撃を放った。

大海指（大本営海軍部指示）に基づく捷《しょう》一号作戦（フィリピン作戦）が発令されていた。大西中将は、十月十九日、マニラ北方、マバラカット基地の第二〇一航空隊に玉井浅一副長ら幹部を集め、全員の賛成を得て、歴史にその名をとどめる神風特別攻撃隊を編成した。回天は若い士官たちの発想が実を結んだものだが、神風特攻隊は空軍最高指揮官の決断により、わずか一日で実現した。翌二十日、大西は第一航空艦隊司令長官に任命され、寺岡謹平中将と交代した。

二十日早朝、二〇一空本部の前で、関行男大尉ら二十四人の第一次神風特攻隊員を前に、大西長官は訓示をした。どんなときでも沈着な勇将大西の顔が青ざめている。

「日本はまさに危機である。しかも、この危機を救いうる者は、大臣でも、大将でも、軍令部総長でもない。もちろん、自分のような長官でもない。それは諸子のごとき純真にして気力に満ちた若い人々のみである。したがって、自分は一億国民に代わって皆にお願いする。どうか成功を祈る。おれも一緒に行きたいんだが……」

最後にまた、「しっかり頼む」といって、大西は涙ぐんだ。陪席していた先任参謀の猪口力平中佐（戦後、詫間姓に）は、これほど深刻な訓示を聞いたことはなかった。青年の自負心をあおる言葉でも、こびる言葉でもなかった。事実、日本がその運命を託し、希望をつなぐに値する力、それはこれら青年の捨て身の行動のみにあった。この訓示は、回天を含む全特攻隊員に対する悲壮なまでに切実な声であった。

訓示を受けて宿舎へ立ち去っていく隊員の足どりは確かで、しっかりと地を踏みしめていた。彼らを見送りながら猪口は、このような運命に陥った国家に対しても、これら青年将兵の心にも、大西長官、そして自分自身の境涯にも、悲痛な思いを禁ずることができなかった。

フィリピン沖海戦（レイテ沖海戦）が始まった十月二十五日、関大尉、中野盤雄、谷暢夫両一等飛行兵曹、永峰肇飛行兵長、大黒繁男上等飛行兵の五人の神風特攻敷島隊は、敵護衛空母に体当たりして二隻を撃沈破した。

このあと、空の特攻では、人間爆弾「桜花」を基幹とする第七二一航空隊が十一月七日、茨城県鹿島郡の神ノ池基地に移り、「海軍神雷部隊」の門札を掲げた。

第四章　先陣を切る菊水隊、続く金剛隊

敵主力基地ウルシーへ

昭和十九年十月下旬、連合艦隊司令長官から回天の特別攻撃作戦命令が出され、これに基づいて第六艦隊司令部が作戦計画を立案し、呉に在泊中の旗艦「筑紫丸」で作戦会議が開かれた。この作戦を玄作戦と称し、攻撃隊は楠木正成の家紋をとって菊水隊と命名された。第十五潜水隊翼下の三隻の潜水艦に計十二基の回天（十二人）を載せ、十一月二十日の黎明《れいめい》を攻撃日時と決した。

敵のフィリピン攻略部隊の前進基地で、常時、機動部隊を含む多数の艦艇と補給部隊がたむろしている西太平洋の西カロリン諸島のウルシー泊地を伊三六潜と伊四七潜が、パラオ島コッソル水道を伊三七潜が担当する。第一回の出撃は、「士官先頭」の海軍の伝統から全員士官を充てるという中央の指示により、すでに人選は終わっていた。兵科、機関科、予備学生出身者で構成され、仁科が推薦しただけに、さすがと思われる人材ぞろいである。

その仁科は、壮行会の前夜遅く一人で調整場に行き、十二基の回天全部のハッチを開け、中に入って一心に機器の状態を調べていた。その場へ点検にやってきた整備班長は、思わず仁科の姿に合掌した。

仁科といえば、出撃の少し前のこと。久良知が海竜の要員確保のため、横須賀から大浦崎のP基地に来ていた。たまたま仁科が大津島からP基地に来ていて、二人は再会した。そこへ呉鎮守府から電話があり、仁科の母と姉が呉の小早川という、久良知たちが使っていた下宿に来ているとの知らせを受ける。

仁科はそのときには出撃が決まっていた。久良知もそれを知っていたので、「せっかくだから会いにいけ」と勧めたが、いくらいっても仁科は、「おれは知らん。おれは呼んでないから行かぬ」と、首を縦に振らない。

そこで久良知は、最終便のフネに仁科の軍服と短剣を積みこんで、「最終便が出るから行け」とせかしたが、それでも聞かない。仕方なく久良知は、「貴様の代わりにおれが行く」といって、最終便に飛び乗り、やや窮屈な仁科の軍服を着て下宿に行った。

三人で布団を並べて寝て、「あんな親不幸者はほっときなさいよ」といって、久良知は息子の代わりを務め、翌日は気晴らしにと呉の焼山に二人を案内した。

十月末ごろのこと、搭乗員予定者には最後の休暇が与えられ、わずか一日か二日、帰郷して家族と顔を合わせて帰任している。仁科も十一月三日に帰宅し、母と短い会話を交わした。「恐ろしい顔になったものね。疲れているの」と母は聞き、息子は無言のままだった。

菊水隊出撃記念写真。後列左より工藤・宇都宮・佐藤・渡辺各少尉。前列左より村上・石川各中尉、上別府大尉、柿崎中尉。

仁科が、出撃を間近に控えて再度母や姉に会うことを拒んだのは、自分の顔つきからなにか悪いことを想像しはしないか、心配をかけまいとの思いがあったのだろう。

三隻の潜水艦に配乗する回天搭乗員の編成は次のとおり。

（各搭乗員の筆頭は先任搭乗員＝隊長）

指揮官　第十五潜水隊司令　大佐　揚田清猪

伊三六潜　艦長　少佐　寺本　巌

回天搭乗員　中尉　吉本健太郎

中尉　豊住和寿《とよずみかずとし》

少尉　今西太一《たいち》

少尉　工藤義彦

伊三七潜　艦長　中佐　神本信雄

回天搭乗員　大尉　上別府宜紀

中尉　村上克巴

少尉　宇都宮秀一《ひでかず》

少尉　近藤和彦

伊四七潜　艦長　少佐　折田善次

回天搭乗員　中尉　仁科関夫

中尉　福田　斎《ひとし》

少尉　佐藤　章
少尉　渡辺幸三

出撃前夜、第六艦隊による壮行会があり、三輪茂義長官があいさつした。

「今や祖国は容易ならぬ危機に直面している。この重大な局面に、起死回生の秘策を秘めて出撃する諸子は、軍人として本懐これに過ぎるものはないであろう。しかし、万が一にも生還を期しえない攻撃に、従容《しょうよう》として大義に就かんとする諸子の至純至高の心情を思うと断腸の極みである」

その声はとぎれがちであった。

先任搭乗員の上別府がこれに答えた。

「必ず敵艦に命中します」

割れるような拍手が起こった。

やがて酒席が乱れ、いつしか「同期の桜」の合唱がわきおこる。帖佐裕大尉作詞のこの歌は、哀調を帯びていて切なく、勇壮活発とはほど遠い旋律ではあるが、この場にはぴったりだった。替え歌へと変わっていく。

一度死んだら二度とは死なぬ
　たった一つのこの命
同じ死ぬなら敵戦艦に

魚雷抱《いだ》いて体当たり

明けて十一月八日、「七生報国」と墨痕鮮やかな白鉢巻きを締めた出撃隊員は、黒木少佐の遺骨を胸に抱いた仁科中尉を先頭に、満面に笑みを浮かべ、隊員の人垣を分けるようにして大津島の緑濃い山を下り、待機している潜水艦に乗り組んだ。

その模様を、板倉指揮官は著書のなかで次のように描いている。

「征《ゆ》くもの、送るもの、寂として声はない。ただうなずきあうだけである。それですべてが通じる。言葉は必要なかった。

整備員、基地要員、それに女子挺身《ていしん》隊員が、こみあげてくる嗚咽《おえつ》をけんめいにこらえている。

里道は、島の男女で黒山のように埋まっていた。

午前九時。『出港用意』のラッパが鳴り、三隻の潜水艦はいっせいに抜錨《ばつびょう》した。一杯上げた潜望鏡に、楠氏の旗印である菊水の紋章に、『非理法権天』(注・人間は天道に従って生きるものという正成の信条)と大書した幟《のぼり》をひるがえし、イ三六潜を先頭に波を蹴《け》った。そのあとを慕うようにして、隊員であふれたランチや高速艇が追ってゆく。

『総員、帽を振れ!』

最後の訣別《けつべつ》である。

潜水艦の後甲板に搭載した回天の上では、両足を踏みしめた搭乗員が軍刀をかざして、一《いっ》閃《せん》、二閃――恩愛の絆《きずな》を断ち切るように振られている。

やがて、後甲板の人影が消えたとき、艦尾波はひときは高く盛りあがり、湾口の彼方《かなた》に消えていった。

そのときになって、不覚にも、涙が滂沱《ぼうだ》とあふれてきた。十二名の若人が風のように――去った。二度と還《かえ》ってこないのだ。虚になった私の胸の中を、秋風が音をたてて吹き抜けていった」

（『続・あゝ伊号潜水艦』光人社）

回天は、四基ずつ三隻の伊号潜水艦の甲板にバンドで固縛された（バンドは、外側は鉄の鎖、内側は艇体との摩擦を防ぐため厚い角材を入れて組み合わせてある）。三隻は大津島基地を出撃。周防灘《すおう》を横ぎり、豊後水道を抜けて列を解き、伊四七潜はそのまま直進、黒潮をけって二十ノットの高速で南下した。

伊四七潜は、名艦長折田善次少佐の指揮下、その名から「シナナイ」とか「シナズ」とか呼ばれ、同じく回天を発進地点に運んだ伊号潜水艦三六、五三、五八と並び、終戦時まで生き永らえる。

これら四隻のうち、伊四七潜は、伊三六潜とともに出撃回数五回と最多で戦果をあげた。

九日の午後から北東の風が募り、艦は左右に大きく揺れはじめた。波浪は左舷から後甲板に跳ねあがり、仁科中尉の一号艇と佐藤少尉の三号艇に襲いかかってくる。水漬けになったままで、目的地に着くまでの間、故障しないで済むか。出撃前の研究会で問題になったことが現実となった。

心配した仁科が、夜明けを待たずに艦橋に出て見守るうち、一号艇の後部の留め金が解けているのを発見。このまま放っておくと、回天の後部気室ががたがたになり本体から外れてしまう。

大津島回天基地で訓練中の仁科中尉(左)と上別府大尉。仁科は出撃時、訓練中に不慮の事故で殉職した盟友黒木大尉の遺骨を胸に抱いて、勇躍伊47潜に乗りこんだ。

「艦長、行って見てきます！」

仁科は叫ぶなり、艦橋を飛びおりて後甲板へ。艇付の整備員も続いた。三角波がうねる合間を縫って緩んだ留め金を締め、縦舵（針路）、横舵（深度）の固縛状態を確認するなど、一基ずつ機敏に点検し、びしょ濡れになって艦橋に戻ってきた。

ほかの回天搭乗員三人をスケッチする。

福田は、福岡県糸島郡元岡村出身。村役場職員の父藤太郎、母タミの三男。おとなしく素直な性格で、自慢の息子であった。県立糸島中時代は普通の成績だったが、卒業時には二番。努力家である。人のよい父が金銭関係の保証を引き受けて失敗したため、金のかからない海機に進んだ。五十三期。仁科に似て長身、きびきびした言動が目立つ。航海長の重本俊一大尉によると、彼の体からは、間もなく死地に赴く人とは思えない明るさが発散していた。作戦の成功を祈って幸運のカードを引こうとでもしているのか、トランプの一人遊びをよくやっていた。黒木の遺志を体し、機関学校の名誉を担って、特攻の第一陣に参加したのである。

佐藤は、大正七年（一九一八）生まれで四人のなかで最年長。九大法学部に在学中に逼迫《ひっぱく》する戦局をみて、いずれは自分にも降りかかってくるに違いない生死の苦悩を克服しようと、久留米の梅林寺で雲水となり、老師に小さな悩みに至るまで教えを乞うた。ひたすら座禅に打ちこむことによって生死を解脱しようと励む。

「おれは短気だ。大事なときに適切な判断ができないといけない」と妹たちにいい、自分との戦いのなかに禅を求めた。

ある日、托鉢《たくはつ》修行に各地を回っているうち、栄養失調と日射病で道端に倒れ、ある家に担ぎこまれて手当てを受けた。健康を取り戻した佐藤は、禅行の功徳を知った。

世俗的な欲望を一切捨てて絶対の境地に達するための瞑想《めいそう》、すなわち、座禅とその行の一つである托鉢とは、人々に幸せを得るための真理を教えることにより、人もまた自分を幸せにしてくれるものだと、佐藤は悟ることができた。これが縁で、やがてその家の娘と結婚する。

佐藤は日本の一青年としての義務を感じ、予備学生を志願して海軍に身を投じた。兵科三期。すでにこのとき、「日本は負けるよ」と父にいっている。しかし、国難を救うための自分の最良の配置は回天しかないと信じた。彼は日記に、「われただ死せんのみ、死なんのみ。日本民族は、われわれの死によって永遠に生きるのだ」と書いている。

また、妻まりえにあてて、「小生はどこに居ろうとも、君の身辺を守っている」、「充分《じゆうぶん》に体に気をつけて栄えゆく日本の姿を小生の姿と思いつつ、強く正しく生き抜いてくれ」と書き送っている。

自分たち若者の生命を与えることにより、戦後の日本は栄えるのだと断言している。出撃前、彼は次の手紙をまりえに送った。

「他《ほか》に嫁ぐもよし。ただ汝《なんじ》は私の永久の妻なり。この世において、たとえ他人の妻たるの名を仮せられようとも、余の妻たるにかわりはない。極楽にて待っている」

「子のなきはくれぐれも残念なり。一子をもらい受け、余の遺志をつがしむるもよし。亦《また》他に嫁ぎ、一子をあげて余の志をつがしむるもよし。日本の運命を背負って、地下百尺の捨石となる男子を育て上げよ」

「困ったことがあったら、ぜひ兄に相談してくれ」といい残し、妻への配慮を示している。特攻にゆくことこそが、国民に対してだけでなく、妻に対しても最大の愛であり奉仕であると確信していた。余談になるが、まりえは戦後再婚し、円満な家庭生活を営む傍ら、佐藤の妹弘子とも親しく交際してきた。

渡辺も、兵科三期の予備学生出身である。慶大経済学部出身。三男一女の末っ子。医師だった父親が早くに亡くなり、四人離れ離れとなり、渡辺は五、六歳で兄と一緒に一時、大阪の伯父の家に引きとられ、のちに東京の祖母の家で過ごした。苦労して育ったが、そんな素振りはみせなかった。すっきりした目鼻だちで、静かな物言いをする。

在学中はヨット部の選手として活躍した。レースでは多くを語らないが、先輩が一言要点だけをいえば、渡辺は期待どおりに動く。クルーの仕事は動きすぎてはいけない、動き足りなくてはなおいけない、ぴったりはまっていなければならないところに難しさがある。渡辺はその辺の呼吸をよく心得ていて、優秀なクルーだった。手先が器用で、練習のない日でも一人ハーバーにやってきて艇庫の脇で終日ロープや帆の繕いに余念がなく、「便利屋の渡辺君」として名が通っていた。ヨットや家の模型を作ったり、バリカンで自分の頭を散髪したりした。

幼いころから自分でものを考え処理する習慣がついていて、真っすぐに回天を志した。生まれつき海とフネが好きなのである。

上官に「なにかいい残すことはないか」と聞かれ、「覚悟はできていますから、なにもいうことはありません」と、平静な態度で答えている。

渡辺は「的」の訓練後の研究会で、周囲が目を見張るような所論を展開したことがある。的は、潜入時に尾部から大きな水しぶきをあげる。最初に派手なしぶきをあげるだけならまだしも、困るのは前進を始めて横舵が利き潜入するまでの間、尾部をどんどん右に振る。

(右)機関学校時代の福田齋中尉。明朗快活、機関学校の名誉を担って特攻作戦の第一陣に参加した。(中)佐藤章少尉。大学時代、雲水となって禅の修行に打ちこんだ。(左)渡辺幸三少尉。大学時代はヨット部で活躍。海とフネを愛する好漢であった。

つまり、頭が左に回っていく。三十度から四十度も左に向いて潜入すると、旋回圏が大きくなって航路が左にずれてしまう。

「なぜ、しっぽを右に振るのか」。研究会でこの問題がとりあげられた。誰もすぐには答えられないとき、ほっそりとした予備士官が立ちあがり、静かに意見を述べた。

「二重反転プロペラの前の方は右回り、後ろは左回りである。マル六金物が頭部を下げて潜入を始めるとき、まず、前の方のプロペラが水面下に入る。その羽根が海水をたたく力は、反対方向に回る後ろのプロペラよりも強い。そのため、潜りおえるまでの間、艇尾を右に振り続けるのである」

皆が納得する。この兵器に触れて互いに日が浅いのに、観察の鋭い人物がいるものだと感心した。その予備士官が渡辺幸三少尉であった。

「渡辺理論」により、大しぶきと首の左振りの対策をたてることができた。居合わせた兵科出身の小灘利春少尉には、分かりやすく淡々と説明する渡辺の端正な気品のある横顔、身についたシーマンシップが、半世紀を経てなお鮮やかに印象に残っている。渡辺がヨット部の選手であったことを小灘は戦後になって知り、なるほどと合点した。

渡辺は艦橋に上がってきては、重本航海長の天測を珍しそうに眺めていた。この人のどこに強烈な特攻魂があるのかと、重本は疑うほどだった。

渡辺は姉の大日方《おびかた》なみ子にあてた遺書のなかで、伯父が出してくれた奨学金は、自分の遺産のなかから利子を加えて返してほしいと頼んでいる。苦労人の彼は、人生に借りを残してはならないと考えたのだろう。遺書の終わりに次の辞世が書き記されていた。

身はたとひ敵艦橋に砕くとも御国安かれ兵我《つわもの》は

航行中の仁科以下四人の起居動作は、乗り組む前とまったく変わった様子がない。乗員の邪魔にならないようにして、米軍の艦船の模型を出し、向きをさまざまに変えて測的の訓練をし、海図を広げてはどこをどう進むか熱心に研究する。攻撃日が迫っても淡々として、にこやかで落ち着いている。食事のあとでは、軍医長や手すきの乗員を相手に囲碁や将棋に興じていた。

福田は絵筆に巧みで、よく即興的にユーモアあふれる絵を描いて乗員一同を楽しませた。

折田艦長ら乗員の方が緊張した。折田は乗艦の前から食欲が衰えていたが、ますます食が細くなった。どんなことがあっても、四人を無駄死にさせてはならないと思いつめていった。

ともすると、フネのなかが重苦しくなる。回天の四人は、そんな空気を感じてか明るく振る舞った。それを見るのが、また乗員にはつらかった。

油槽艦「ミシシネワ」撃沈

ウルシー環礁は、東京のほとんど真南へ千五百海里（約二千八百キロ、一海里は千八百五十二メートル）。サイパンの南西四百五十海里にあって、沖縄、台湾、フィリピンへ広げた扇の要にあたる地点。昭和十九年九月に米軍がここを占領してから、大小無数の艦艇が出入りしている。潟を含む面積五百五十平方キロ、世界四位の広さ。米機動部隊最大の前進基地である。

十一月十六日に飛行偵察の報告が入電。環礁内に戦艦、空母、輸送船など約二百隻がいると分かり、艦内に喜びと引き締まった空気が流れる。

十九日未明。潜望鏡をのぞいていた折田が、「おっ、敵艦がいる。大型だ。たくさんいる。七千（メートル）、航海長、見ろ」と、重本に観測を命じた。

リーフ（環礁）越しに、直線距離で七千メートルの近距離に敵艦がいる。懐中深く飛びこんだためか、監視の哨戒艇はいない。ウルシーには十ほども小さな島があり、その間にリーフが横たわっている。

折田は慎重に島を回り、リーフを避け、敵艦に最も近い発射地点を選んだ。敵のいちばん手前の艦と伊四七潜との距離は、一万余メートルと推定された。

折田は、まず仁科に潜望鏡を譲った。息をのんで凝視すること二分。仁科は、「よしっ」と力強くいって福田に代わった。続いて佐藤と渡辺が観測する。雲霞《うんか》のようなという形容がぴったりの大艦隊を望み、四人の顔に満足の笑みが浮かぶ。

仁科は、日誌に次のように記している。

「在泊艦無慮百数十隻なり。見事轟沈《ごうちん》、明朝を期す。わが回天使用の好機なるに、潜水艦僅《わず》かに二隻、回天八基のみ。百基の回天あらば——。遺憾の極み」

同日午後から、最後の作戦打ち合わせに入る。最後の夕食後、清水で体を清めひげをそった。仁科だけは、「敵艦に体当たりするまではこのまま」と予告していたとおり、蓬髪《ほうはつ》のままであった。最後の時を惜しんで彼は筆を走らせた。

「十一月二十日、六尺褌《ふんどし》に、搭乗服に身を固め、日本刀をぶち込み、七生報国の白鉢巻を額に、黒木少佐の遺影を左手に、右手には爆薬悍《かん》、背には可愛《かわ》いい女の子の贈物ふとんを当て、いざ抜き放った日本刀、怒髪天をつき、神州の曙《あけぼの》を胸に、大元帥陛下の万歳を唱えて、全力三十ノット、大型空母に体当り」

力強い筆跡である。

二十日午前零時三十分、折田艦長は「三号艇、四号艇乗艇用意」を下令した。一、二号艇は潜航中も機械室の交通筒から乗艇できるが、交通筒のない三、四号艇は、いったん浮上して上甲板から乗艇しなければならない。佐藤、渡辺の両少尉は、白鉢巻きを締め直して艦橋に上がった。ハッチのふたが開かれる。

暗闇の甲板から、まず三号艇に佐藤、四号艇に渡辺両少尉がそれぞれ入り、操縦装置や計器に異常がないことを確認した。

小さないすに腰を下ろし、左足を伸ばして右足は曲げたままである。狭い艇の中ではこの姿勢しかとれない。これがそのまま彼らのひつぎなのである。背部、座席には女子挺身隊員《ていしん》が心をこめて編んだ綿入れ座布団がある。

整備員はすくみ、しばらく金縛りにあったように動かない。動けなかった。

二人の搭乗員を背中に乗せた母潜は、船体を前後に傾斜させないように、水平を保ったままゆっくりと潜った。愛児を背負った母親のようだ。次いで、福田中尉がほおを紅潮させ、背筋を真っすぐ伸ばして挙手の礼をした。

「お世話になりました。行きます」

いつもの元気な声で別れのあいさつを残し、交通筒を上って二号艇へ。

その後ろ姿を全員がかたずをのんで見送り、そして瞑目《めいもく》した。

最後に仁科中尉が、黒木少佐の遺骨の入った白木の小箱を首につるし、ゆっくりと敬礼した。

「お世話になりました。ありがとうございました」

謝辞を述べて、一号艇の人となった。

いよいよ発進である。仁科艇をトップに、五分おきに出発していくのだ。

（以下、百八十五ページ十四行目「……複雑などよめきであった」までの記述は折田の手記の

要約によるものだが、発進時刻、命中したとする時刻などに矛盾、錯誤がある。その理由は後述する）

「会心の突撃を祈る。なにかいうことはないか」

電話で折田が問うた。

仁科中尉は、いつもと変わらぬ淡々とした口調で答えた。

「お世話になりました。後続艇をよろしく願います。あとを頼みます。——出発します」

四時十五分、用意、発進、を令した。日出《にちしゅつ》は五時三十七分だから、海上はまだ闇に包まれている。北東方向のウルシー泊地へ、仁科中尉は、史上未曾有の水中特攻の先陣を切って突進していく。

次いで、三号艇の佐藤少尉。

「無事にここまで連れてきていただいて、ありがとうございました。昼間見た、あのデッカイ戦艦に必ず命中します。艦長以下乗員一同の武運長久を祈ります。——出発します」

渡辺少尉は、「お世話になりました。落ち着いて行きますからご心配なく。伊四七潜、万歳」と。

艦からも叫ぶ。

「渡辺少尉万歳！」

最後は二号艇の福田中尉。

「操舵機の調子はよいか」

「ご心配かけました。作動良好です。──出発します」

四時三十分、用意、発進、を令すると、艦に固定していたバンドが外れて回天が起動し、電話線が切れた。その瞬間、雄たけびが折田の耳を打った。が、よく聞きとれなかった。

「多分、〝必ず敵をやっつけます。日本海軍万歳！〟というものだったに違いない」と、航海長の重本は回想している。

それぞれの艇は、見事な発進ぶりで駛走《しそう》していった。

水平線が白みかけていた。「あっ！」と、艦長、通信長、見張り員が同時に叫んだ。艦尾方向の水平線上、泊地の真ん中に、真っ赤な火の塊が噴き上がり、大きな火柱となった。「命中」である。五時七分。

続いて五時十一分、同じ方向に火柱。折田は、これを二発目の命中とみた。

五時五十二分、艦体に鈍い震動を感じ、折田は三発目か四発目の命中音と推測した。

折田艦長は、回天の命中をすぐ艦内に知らせた。その瞬間、艦内はどよめいた。喜びと悲しみをないまぜにした複雑などよめきであった。

油槽艦「ミシシネワ」撃沈である。

ウルシー攻撃の誤伝

結論を先にいうと、指揮官たちは日の出の二時間もまえの午前三時半、真っ暗闇の時刻に回天を発進させてしまった。回天には夜間用の潜望鏡がなく、湾口（水道）に近づくまで困難をきわめた。リーフ（珊瑚礁）の間の狭い水道を見つけ、そこを通過して敵艦を攻撃しなければならない。二基がリーフに乗り上げ、自爆してしまった。発進時刻を一時間も読みちがえた回天作戦参謀、艦長らの失策であった。

ここで、伊四七潜艦長の折田少佐の手記を検討してみる。

まず、基本的な疑問点をあげる。油槽艦「ミシシネワ」の撃沈時刻である。十一月二十日〇五〇七（まるご・まるなな＝午前五時七分）とこれまでの回天戦記は伝えてきたが、後述するように〇五四七（まるご・よんなな＝午前五時四十七分）が妥当である。間違いの原因を調べてみる。

戦後、週刊朝日が記録文学を募集。これに折田の「人間魚雷」が入選し、昭和二十四年（一九四九）九月十五日発行の別冊に掲載された。これが回天戦記の原典とされてきた。

折田はこのなかで、「発進地点はホドライ島の南西（筆者注・南東の誤り）四海里《カイリ》（七・四キロ）。発進時刻は一号艇（仁科）四時十五分、三号艇（佐藤）、四号艇（渡辺）、二号艇（福田）の順に五分間隔。進入水道（湾口）はホドライ島の北の無名水道（筆者注・北東のザウ水道）」と記している。

繰り返しになるが、折田は命中の状況を次のように描写している。

「艦尾の方向遠距離ウルシー錨地の真ん中に突然大火柱が上がるのを認めた。五時七分だ。背景が赤くボーッと染まる。確かに命中だ。直ちに艦内に『命中一発確認』を報《しら》せる。

『歓声まだ消えぬ五時十一分、又も同一方向に第二の火柱が上がった。命中だ』として『命中二発目確認』を大声で艦内に報せた」

海上を高速避退中である。

さらに、「五時五十二分、ウルシー方向遠距離に鈍い爆発音が聞こえることを聴音室が報せた」と述べ、折田はこれを「恐らく三発目か四発目の命中音であろう」とみている。

ウルシー泊地交戦状況図

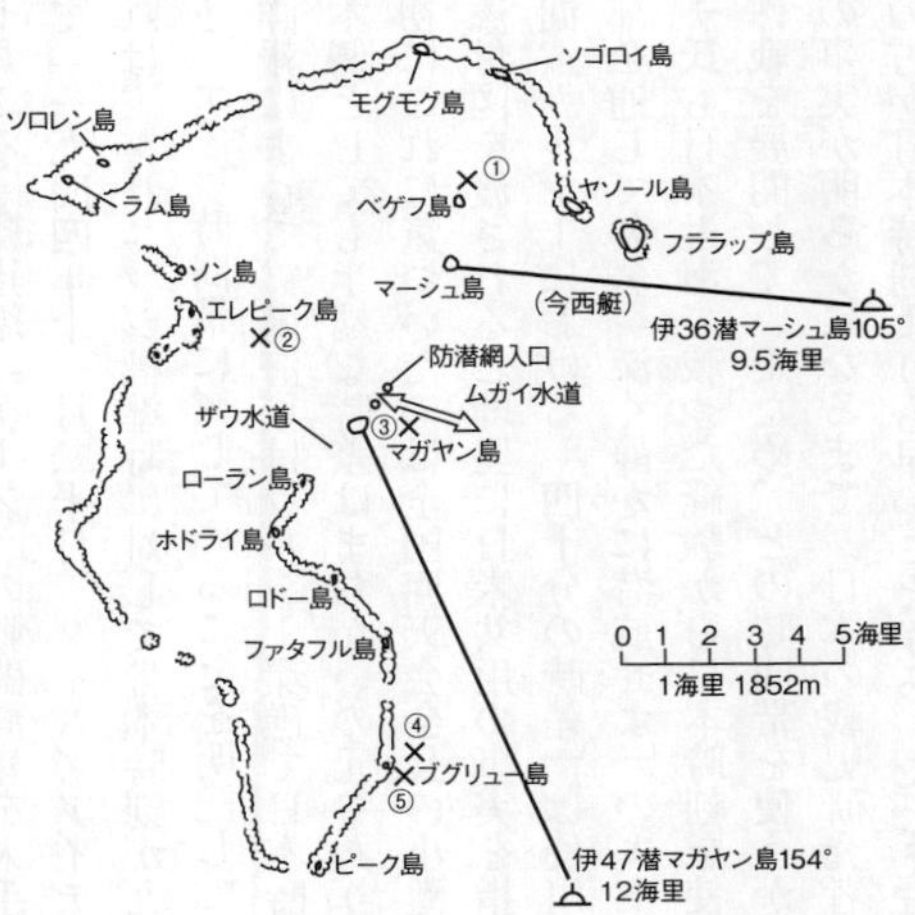

被撃沈地点：①＝０６００ごろ、回天１基。②＝０５４７、「ミシシネワ」。③＝０５３８、回天１基。回天自爆地点：④＝０４１８、回天１基。⑤＝１１３２、回天１基。本図は、米国の戦史研究家マイク・メア氏が作成し、全国回天会会長だった小灘利春氏が平成１２年８月に修正を加えたもの。

本論に入る。米海軍は、日本時刻を使用していた。当時、環礁にいた米軍の各艦艇が戦闘詳報、航海日誌を合衆国艦隊と太平洋艦隊の各司令長官に提出している。筆者は、後述するアメリカの戦史研究家マイク・メア氏を通じて平成十二年（二〇〇

○）七月ごろ、駆逐艦「ケース」の戦闘詳報を入手した。その詳報添付図の欄外に摘要記事として「一九四四年十一月二十日　タイムズアイテム（マイナス９）」の文字があった。

これは、グリニッジ標準時に対して日本時刻が九時間の差があること、そして日本は九番目のＩ（アイ）時間帯に属していることを明記しているのである（テムはタイムの意）。この戦闘詳報によって、米海軍はウルシー環礁で日本時刻を使用していたことが明らかになった。日本側としても半端な時差はまちがいの元であり、艦隊内では時差を設定しない。

最初にこれに気づいたのは全国回天会会長の小灘利春元大尉である。小灘氏は、筆者からこの添付図を渡されると即座に日米共用の事実を指摘した。時に平成十二年七月。それまで長い間、ウルシーにおける「四十分の時差」は使用されてきたのである。筆者も在日米海軍司令部を通じて名著「深く静かに潜航せよ」のエドワード・ビーチ氏に問い合わせたところ、ビーチ氏も日本近海で戦った経験から日本時刻を使用していたことを認めた。米軍は世界各地で作戦を展開していたため、どの時間帯を使うかは、その都度決めていたのである。

この事実が明らかになるまで、日本の戦史研究者はウルシーにおける時差、すなわち現地時刻の方が日本時刻よりも早いことから、たとえば「午前六時二十五分（日本時間五時四十五分）、巡洋艦モービルが艦首すれすれを魚雷が通過したと報じた」（鳥巣建之助著「人間魚雷」＝新潮社）と書くなど、「四十分の時差」を採用していた。筆者もその一人であった。

伊四七潜は当然のことながら日本時刻を使って、すなわち後日判明したことだが日米共通時刻を使って航行していた。それでいて、折田はなぜ執筆にあたって四十分を加え、ウルシー時刻にして書いたのか。

その理由を推測する。経度は十五度ごとに一時間進む。マリアナ諸島一帯を東経百四十五度とすると日本の経度との差は十度となるから、三分の二の四十分、ウルシー時刻が日本時刻よりも早いと考えたのではないか。しかし、そうであるならば五時七分に「ミシシネワ」撃沈という折田手記は日米共通の撃沈時刻五時四十七分よりも短くなっていて矛盾している。初発の仁科艇を四時十五分発進としていながら、折田のいう「ミシシネワ」撃沈時の五時七分までに五十二分しかたっていない。実際には二時間余りも過ごしているのである。現地のウルシー時刻を使ったりするのは、戦闘場面を子細に観察するうえでまぎらわしい。「五時七分」には意味が感じられない。

「ミシシネワ」の撃沈時刻は、米軍の記録で「〇五四七」が正しいことが分かった。日本側の記録では、「〇五五〇ごろから〇六〇〇ごろの間」としている。米側は日本時刻を使っているのだから、大差がないのは当然である。折田の手記には、このほかに回天の発進時刻、現場までの発進距離などについて疑問をもたせる個所があるが、それらは後述するとして、ひとまず米側の「ミシシネワ」撃沈の記録をみよう。

マガヤン島西方、一三一バースに停泊していた「ミシシネワ」のフィリップ・G・ベック艦長は、被雷時の状況を、合衆国艦隊司令長官にあてて次のように述べている。

「〇五四五、起床ラッパがいつものように鳴った。私は起床しようとして簡易ベッドにいた。そのとき大きな爆発が起きた。最初は左舷前部から起きたようにみえたが、その後、すぐに

第二回目のさらに大きな爆発を伴った。私は艦長室の後方の隔壁に対して、寝台から爆風により飛ばされ、甲板の上に横向きに倒れた。雷撃を受けた衝撃であると感じた」

これで、衝突、炎上が〇五四五から〇五四七ごろの間であったことが立証できる。

さて、ここに先遣部隊、すなわち第六艦隊（潜水艦隊）の戦闘詳報がある。帰投後、折田たち艦長が直ちに艦隊司令部に出した報告書をもとに司令部がつくった公文書なので、記憶が新しいうちにまとめられており、最も信頼できる報告書である。

それによると、伊四七潜の発進地点はマガヤン島一五四度（南東）の十二海里（二十二キロ）、発進時刻は〇三二八（まるさん・ふたはち）から〇三四二（まるさん・よんふた）の間である。回天は水中では原速十二ノット（一ノットは時速一海里＝千八百五十二メートル）だから、詳報によればマガヤン島西側のザウ水道まで一時間を要する。

これに対し、折田艦長の週刊朝日の手記では、発進地点がホドライ島の南東四海里。発進時刻は先にみたとおりで、先遣部隊詳報よりも約四十分の遅れとしている。しかし、ホドライ島南東四海里では、暗闇のなか、おそらくリーフ（サンゴ礁）に乗り上げてしまうだろうし、こんな近距離（航程二十分）では母潜が敵に見つかってしまうから、この距離は成り立たない。原速十二ノットだから、水道到着時刻は日の出（〇五三八）より一時間も前。月齢四・一。半月に近いその月も、黎明時にはまだ出ていなくて真っ暗。泊地内の敵艦に迫ることは不可能。周囲は真っ暗闇である。回天は構造上、停止することはできないから、搭乗員は、水道の入り口付近から手探りで突き進んでいったことだろう。

先遣部隊詳報は続ける。「伊四七は第一目標到達予想時刻たる〇四一六および〇四二三ウルシー島中部又は北部泊地において大火柱の昇騰するを認め――」。また、米海洋観測艦「サムナー」の報告書には、「〇四一八、大きな閃光《せんこう》を伴った爆発を視認した。プグリュー島

ウルシーのプグリュー島南1.5海里のリーフ上で撮影された自爆した「回天」。胴体の後半部分で、昭和19年12月末に発見された。左側の人物は海洋観測艦「サムナー」艦長アービン・ジョンソン少佐で、リーフ上で自爆した回天を目撃した当人。中央は信号兵で、右側は海軍報道班員。〔マイク・メア氏提供〕

の南一・五海里（二・八キロ）のリーフ上で起こったとみられる」とあり、さらに、「一一三三、プグリュー島の南、一・五海里のリーフ上で閃光を伴う爆発があり、水柱が高く立ち上がるのを視認した」とある。

二基の回天が座礁し、自爆したと考えると分かりやすい。戦闘記録に一、二分の誤差は付き物で、先遣部隊詳報の〇四一六と「サムナー」報告書の〇四一八は同じとみてよい。〇四二二（詳報）は、自爆した回天から、やがて二百二十五気圧の猛烈な圧力で酸素が一気に噴出し、大火柱となって炎上した時刻とみることができる。折田の手記には、これらの時刻や自爆の記述がみられない。自爆した一基が十二月八日以降、「サムナー」艦長のアービン・ジョンソン少佐らの手で発見され回収された。

ここで物理的な疑問に突きあたる。折田艦長らが「ミシシネワ」の爆発、炎上を目撃したという時刻は実際には〇五四七だから、日の出（〇五三八）から八分か九分後。明けた時刻である。小灘は、「こんな時間に水上航行は考えられない。伊四七が爆発を視認したことはありえない」と断言する。

小灘が、伊四七潜の当時の先任将校だった大堀正に平成十二年ごろに尋ねたところ、「自分は水雷長の配置にあったので、司令塔内の動きは知らない。ただ、〇四一五という時刻だけは覚えている。しかし、それがなんであったかは思いだせない。仁科少佐（戦死後、二階級特進）が発進した時刻であったかどうかもはっきりしない。そうでないように思う」と答えた。小灘は、この時刻がリーフ上の自爆（〇四一六）と推察した。

要するに、伊四七潜は最初に一基目の回天の自爆音を、その後、「ミシシネワ」の爆沈音を聞いたという推理が成り立つ。二基目が自爆したのは七時間以上もたってからである。気温の上昇とともに耐えきれない環境のなか、リーフから脱出しようとして果たせず、機密保持のため、やむなく自爆信管のスイッチを押したであろう搭乗員の言語に絶する労苦と無念を、知る人は思いやるのである。先にみた折田戦記の時刻「〇五一一、〇五五二」は、いずれも爆発時との整合性がとりにくい。家族の話によると、折田は手元に資料を置かず、記憶を頼りに綴ったという。思い違いがあったのだろうか。米第一〇補給部隊司令官カーター少将は、「リーフで二基自爆」と戦闘詳報に記している。

現場は、北赤道海流が東から西へ一ノットの速さで流れている。そのため、水中を北北西へ二ノットから三ノットで前進する母潜は、推測位置よりもかなり西へ寄った地点から回天を発進させることになり、この結果、回天はリーフに乗り上げてしまった。海図で潮流をよく調べ、もっと東寄りの針路を指示して発進させるべきであったが、はたして海図は整備されていたのだろうか。

もうひとつ。〇三三〇が、もし、潜水艦自体の安全のために早く避退すべき発進時刻であったならば、おなじ発進時刻であっても一時間半をかける十八海里（三十三キロ）手前から発進させるべきだった。湾口到達時の視界がかなりよくなるのである。

気になることがある。母潜の艦首方向にあるホドライ島の紅色の航空標識灯を発進前に確認しておけば、発進地点が東西のどちらかに片寄りすぎていないか、偏位を検知できたかもしれない。が、前記の鳥巣本には「標識灯を見た」と記されているのに対して、原本の折田手記にも航海長の重本俊一著「回天発進」にも標識灯を見たという記載がない。多分、見なかったのだろう。要するに、推測航法による発進なのである。その場合、決められたように十二ノット、深度五メートルで水中進撃すると、電動縦舵機（ジャイロコンパス）が正常であれば、リーフに衝突、座礁するのは自然の成り行きである。回天の縦舵機は信頼性が高く、作動が狂うことはめったになかったという。

また、伊四七潜が自艦の位置を正しく確認するには、航海長が標識灯の位置から方位を測定し、これを海図にマークするのだが、当時の海図は不正確で島の高さがはっきりつかめず、ずれたりもしていると推察できる。ほかに目印があればともかく、こうした状況では、伊四七潜が適切な方向に進んで、リーフにぶつからない位置から回天を発進させるのは困難であったに違いない。まずは無事に発進させることに気をとられてしまう。これが戦場心理というものであって、事前に海流まで検討する余裕は現場にも司令部にもなかったことだろう。

駆逐艦「ケース」の激突

昭和十九年十一月二十日〇五三八、一基の回天が駆逐艦「ケース」に撃沈された。別掲の交戦図をもとにその戦闘経過をたどってみる。

これに先立つ〇五二三、哨戒艇「ビジランス」が、ムガイ水道の防潜網入り口外側の東二〇〇〇ヤード（約二キロ）で、小型潜航艇の潜望鏡の波を発見した。その針路約六〇度（北東）、速力七ノットから十ノット。

この日の朝、米第五巡洋艦部隊と第七駆逐艦部隊からなるＴＧ（任務群）計七隻が、ムガイ水道を経て、ウルシー環礁からサイパンへ向けて出撃するところだった。

〇五三二、「ケース」が潜望鏡を発見。まだ暗いので航跡かも知れない。このとき、「ケース」は哨戒行動のために本隊と逆航していた。第五巡洋艦部隊の旗艦「チェスター」が、湾口で防潜網を通過して変針した直後だった。潜望鏡は「ケース」からの真方位二九五度（北西）、距離七百ヤード（約七百メートル）、潜望鏡の推定進行方向一八〇度（北から南へ）、速力四〜六ノット。「ケース」はこれを沈めようと、右に舵をとるとともに、「潜水艦、チェスターの右舷方向、近い」と、隊内

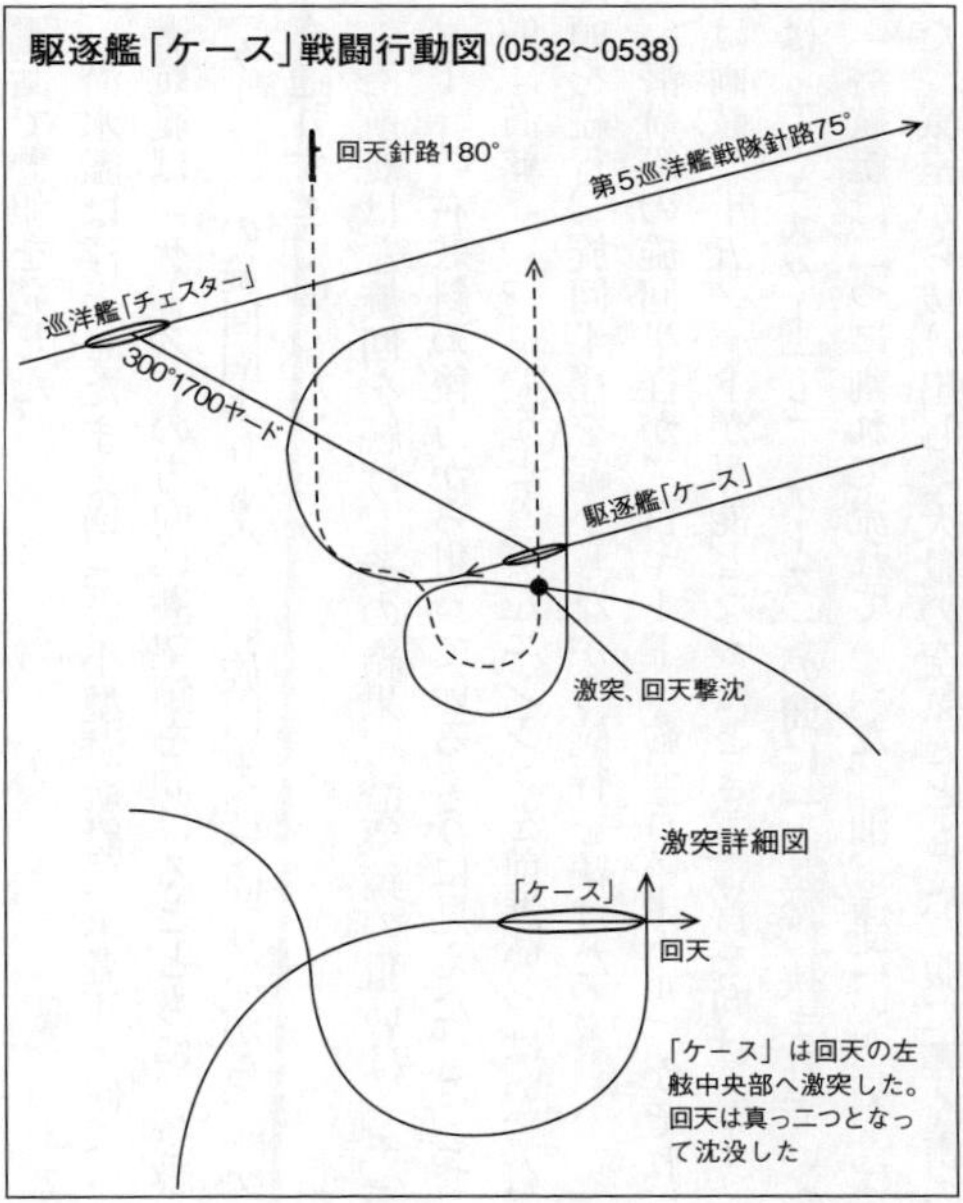

電話で警報を発した。

潜水艦は浮上したまま増速。小型潜航艇（筆者注・回天のこと）であることが分かった。潜航艇は「ケース」の方向に潜望鏡を向けるとともに、急激に左に向きを変える。潜航艇は「ケース」の旋回圏よりも小さい旋回半径で回りながら、「ケース」の右舷側の非常に近い所を通りすぎていった。

潜航艇は左旋回を続け、その結果、潜望鏡の狙いは「チェスター」に固定され、「チェスター」の右舷斜め後方から狙っているように見えた。ここで「ケース」は潜航艇に沿って面舵（右舷）いっぱいをとり、左エンジンを前進いっぱい、右エンジンを後進全速にして右回頭を続行、旋回半径を縮小しながら航行を続けた。

潜航艇の旋回半径が二百ヤード（約二百メートル）かそれ以下と分かったため、「ケース」は両舷二十五ノットが可能となったとき、艦首を向けるようにして衝突を決行した。潜航艇は、「チェスター」と「ケース」の間に一直線に挟まれていた。

「潜航艇は二つに割れて流れていった。油、煙たい空気、ばらばらな破片などが辺りに見えた。気室から抜け出した大量の空気とともに、腹に響く雷のような音が聞こえた」と、「ケース」の戦闘詳報は細部を非情につづっている。ちょうど日の出の時刻であった。

ところで、この回天は、「ビジランス」に見つけられてから九分後、「ケース」に発見されたときは真南に走っていた。最初は北へ、その後は南へムガイ水道を迷走している。おそらく、入るべきザウ水道が分からなくて、暗闇のなかを手探りで北上し、行けども行けども海面ばかりなので湾口を通りすぎたかと思って引き返してきたものと推測できる。そのとき重巡「チェスター」を発見して突撃の好機を得たものの、その寸前に「ケース」に激突されたのであろう。

回天の頭部に取り付けられた爆薬の信管の安全装置が外されていて、そこにぶつかったとしたら、「ケース」の方が確実に轟沈《ごうちん》していたはずである。惜しんでも余りある機会を逃してしまったのだった。水道到着時刻が暗闇ではなくいくらか薄明かり程度の時刻になるよう、〇四三〇ごろに発進させるべきであった。

そのあとである。「ミシシネワ」撃沈から十三分後の〇六〇〇、環礁北方のベゲフ島付近の十五番バースで、巡洋艦「モービル」が防潜網に沿った水面に白い水煙を発見し、その直後に接近してくる潜望鏡とその航波を認めた。「モービル」は射撃を開始。六基の四十ミリ機銃から二分間に百八十発の弾丸を発射した。潜航艇（回天）は水没し、「モービル」は距離五百ヤード（約五百メートル）に直径約二十五フィート（約八十メートル）の渦を発見した。「モービル」の知らせで護衛駆逐艦「ロール」が接近、〇六四七、渦の中に爆雷一個を投下、続けて二個を投下した。

「ロール」は爆雷の爆発後、海面に「人間二人が泳いでいるのを発見した」と報告。〇七二四、護衛駆逐艦「ハローラン」が、「海面に二人の日本兵を見た。長くは浮かんでいなかった。爆雷を一発ずつ投下した」と報告している。「モービル」は、枕と日本の文字が書かれた座席の木片を拾いあげた。

この回天は、いったん浮上して防潜網を乗り越えることに成功したが、その後、潜入する際に大きなしぶきをあげて発見された。「モービル」に射撃され、浸水したためか三十メートルの浅い海底に頭から突っこむ。エンジンは止まらずに回って渦を巻き起こしたのである。

訓練基地の徳山湾でも、米軍の敷設した機雷に接触しそのショックでハッチが開く事故があった。「日本兵二人」とあるのは一人の錯覚である。真珠湾開戦以来、米側は日本の潜航艇は二人乗りだと思い続けていた。回天が一人乗りと気づいたのは十九年十二月以降である。

ところで、ウルシー作戦の片方、伊三六潜の動きはどうであったか。

伊三六潜は三基が架台から離れない事故があり、回天搭乗員四人のうち、今西艇だけが〇四五四、マーシュ島一〇五度（東方）の九・五海里（十七・六キロ）から発進し、指示どおり環礁内の北方を目指した。方向関係から「ケース」に衝突されたのは今西艇ではないかとも考えられるが、艇の到達距離、航走時間の関係からみて不自然である。今西艇は任務に従い、マガヤン島の北、マーシュ島の南を経由して、北へ向かったのであろう。「モービル」に撃沈され浮き上がったのが今西艇であると想像するのはつらいことだが、その公算がなしとはいえない。

余談になるが、伊三六潜はウルシーからの帰途、豊後水道の宿毛湾沖で米潜の放った魚雷が危うく命中するところだった。米潜が「惜しくも外れてしまった」と平文で通信連絡しているのを傍受した。日本側はすっかりなめられていた。伊三六潜は強運に恵まれた潜水艦で、終戦まで生き残った。

「ミシシネワ」内の驚愕、混乱

戦後に判明したところでは、菊水隊の戦果は「ミシシネワ」一隻の撃沈にとどまった。しかし、視点を変えると、敵油槽艦の乗員の驚愕《きょうがく》と混乱は想像に難くない。巨大な炎と黒煙が天に沖し、辺りは火の海となり、艦内は焦熱地獄である。以下は、「ミシシネワ」の二等機関士ジョン・メア氏が、令息でウィスコンシン州プラットビルに住む戦史研究家マイク・メア氏に語ったもので、令息が筆者に送ってきた記録である。それによると、一基の回天が艦首に命中したという。

私は左舷凹甲板上の簡易寝台で睡眠をとっていた。第二船室への出入りハッチから艦尾方向へ三十フィートの所である。自分のロッカーのある乗員船室は、暑すぎてとても眠れたものではなかった。凹甲板にはたいてい心地よい風が吹いていて、そうできるときは、たいがい多くの乗員が船室の外へ出て睡眠をとっていたのである。

「ミシシネワ」が攻撃を受けたとき、まさか自分の選んだ寝場所が自分の命を救おうとは、あとあとになるまで信じられなかった。私はそのとき、第一船室に移動を命じられていたにもかかわらず、自分のロッカーと道具をまだ、その艦橋直下の中央部に位置する船室に移していなかったのである。中央部の船室で寝ていた乗員のほとんどが、二十日早朝の日本軍の攻撃によって命を落とした。ちょっとした運命のおせっかいで、私は災難を逃れたのである。

午前五時五十四分、私は左舷前方で起こった大爆発の衝撃でたたき起こされた。寝台から放りだされ、床にたたきつけられた。頭上の貨物甲板に阻まれて前方の視界ははっきりしなかったが、なにかとてつもなく恐ろしいことが起こったことだけは分かった。爆発による炎と煙は、艦の前方からあっという間に「ミシシネワ」を包んでしまった。

寝間着一枚だった私は、ロッカーから靴とズボンをとりだすため、あわてて乗員船室に飛びこんだ。急いでズボンをはき、靴をひっかけた。そのころから、乗員たちが船室を出て、艦尾方向へ向かいはじめていた。そして、誰かが叫んだ。

「総員退艦！」

私は救命用具をとりに機関室に向かった。しかし、ない。誰かが私の救命用具を持っていってしまったに違いない。私は船室の後方のはしご段を上り、艦尾甲板のハッチに手をかけた。

私は、艦橋から前方が炎と煙に包まれているのを見た。火のついた燃料と破片が貨物甲板の上にボタボタと落ちていた。私は艦側の手すりから乗り出して、水面に浮きだした燃料に火がつき、それがほとんど右舷側全体に燃え広がって、艦尾に回りこもうとしているのを見た。

左舷側に浮いて発火している燃料も、急速に艦尾方向へ流れていた。艦全体が火のついた燃料に取り囲まれようとしていた。

私は二十度下方を見下し、三隻の救命ボートが艦尾にくくりつけられているのに気づいて水面に飛びこんだ。私は初期にボートにたどりついたうちの一人となった。私が乗ったボートには十五名が乗り合わせていた。ボートの乗員は十五分の間に三十名になって返し、すぐにほかの乗員を連れて引き返した。ボートの乗員は「ミシシネワ」に取って返し、すぐにほかの乗員を連れて引き返した。

われわれがようやく「ミシシネワ」から数百ヤード（数百メートル）離れたところで、炎が後方に延焼するにつれ積載されていた砲弾から発生する小規模の爆発が続いた。午前六時を少し回ったところで、二回目の大規模な爆発が「ミシシネワ」の後方で起こった。弾薬庫が爆発したのである。火柱は百フィート（約三十メートル）にも噴き上がり、煙が空を覆った。

「ミシシネワ」が艦尾から沈んでいくのが見えた。午前九時二十八分、完全に沈んだ。多くの駆逐艦や護衛駆逐艦が、停泊地のなかで爆雷投射を続けていた。乗員が「日本軍の豆潜に攻撃された」といいだしたからである。しかし、どうやって？　われわれはそのときまで、停泊地のなかは堅固に護衛されており安全であると信じていた。しかし、それはまさにそのなかで起こったのである。われわれは、日本軍が停泊地に進入してくるとはにわかには信じ難かった。

日本軍が新たに開発した特攻兵器（suicide weapon）で、「カイテン」と呼ばれる人間魚雷（manned torpedo）が「ミシシネワ」を撃沈したことを、私は長い間、知らずにいたのである。

三名の将校と四十七名の乗員が犠牲になっていた。十七名の将校と二百二十一名の乗員の生存が確認されたが、そのうち八十一名が重軽傷を負っていた。

水上機のパイロットが海面から二十名を救出し、一躍ヒーローとなった。彼は着水し、海面で炎上する燃料の縁まで飛行機を誘導し、浮きをつけたロープを投げて生存者につかまらせ、燃え盛る燃料の外へ引っ張りだしたのである。


二回目の「大火柱」の噴出だが、これも「ミシシネワ」から噴出した火柱であってほかの艦船のものではないことが、マイク・メア氏の手記で裏付けられている。日本側は、二つの火柱から二隻轟沈と誤判断したのである。菊水隊をはじめとして回天を発進地点まで運んだ母潜は、敵艦が沈んだか否かを潜望鏡で確認する余裕はなく、火柱か音響だけで推測していた。潜望鏡を出したら、たちまち発見され攻撃されるからである。

ウルシー攻撃における最大の関心事。それは、誰が「ミシシネワ」に体当たりしたかである。前記のマイク・メア氏は一時、発進地点や目標との距離から伊三六潜の今西太一少尉をあげていた。これを受けて、旧回天搭乗員による全国回天会でもあらためて検証してみたが、今西艇の線ははっきりしない。回天会によると、今西艇が成功するには発進してから十三分で命中しなければならない。水道入り口までだけでも九・五海里（十七・六キロ）、水中十二ノットで四十七分かかるので、命中した艇が今西少尉であるとは考え難いという（泊地攻撃の場合、湾口に接近する水中速力は通常は十二ノットであった。二十ノットに上げても二十八分かかる）。

発進順位からみると、同会は、命中したのは伊四七潜から二番目に出た佐藤艇か最初に出た仁科艇ではないかとみている。

米海軍真珠湾基地内にある潜水艦基地に回天の最新鋭の四型が展示され、「カイテン――第二次世界大戦の日本の自殺魚雷」と題した説明板が添えてある。それには、「一隻の米海軍の船を沈めたことで知られる唯一のカイテンは、セキオ・ニシナ中尉によって操縦された。彼は油槽艦『ミシシネワ』に命中（ヒット）した」と明記してある。

このような断定は、仁科が黒木とともに回天の創案に最初からかかわっていたこと、第一回菊水隊の先任搭乗員（隊長）であったことがアメリカに伝わり、仁科命中説となったものと思われる。「誰それと特定しなくてよい。全員が力を合わせた成果です」とは、回天会会長小灘の懐抱である。

満載排水量二万三千トンのこのタンカーは、第三八機動部隊に補給するための八万五千バレルの重油、九千バレルのディーゼル油、四十万五千ガロンの航空用ガソリンを積んでいたが、大爆発によってすべてが失われた。四十万五千ガロンは、一航空基地の戦闘機一ヵ月分の消費量に相当すると、米軍横須賀基地の広報担当者は話している。

「ミシシネワ」は米海軍で最新、最大の油槽艦だった。空母の身代わりにされてしまい、災難、気の毒であったが、わが方としてはウルシー攻撃で五基の回天が出撃して一基だけが戦果をあげるにとどまり、残念なことであった。

当初、海軍省は昭和十九年八月末までに回天を少なくとも百基製造する命令を出した。が、八月末になってもゼロ。九月末にやっと六基という有様。その原因は、一つは搭乗員が必ず死ぬ兵器を造るのを呉工廠の技術者が嫌がったこと、もう一つは「五十ノットは出る、より理想的な回天を造れ」という上層部の命令。同時に二つの命令を出されたら、技術者はどうしても新型の開発に目が向いてしまう。「八月末までに初期の一型を百基造ってウルシーに大量投入していれば、米軍はフィリピンに進出できなかったはず」とは、小灘の見解である。

軍令部も、当初はウルシー作戦に潜水艦八隻、回天三十二隻を用意しろといっていた。そのとおり実行されていたら多大の効果があったはずだが、ぐずぐずしているうちに米海軍はフィリピンに進出し、日本の主力潜水艦はほとんどが沈められてしまったのである。

事故発生か、伊三七潜、敵前に浮上

菊水隊の一翼を担う伊三七潜は、ウルシーの南西パラオ島の北部、コッソル水道を目指して潜航していた。だが、不幸な事態に直面する。敵艦に発見されてしまったのである。

十一月十九日〇八五八（I＝アイ時間帯、日本時間のこと）、水道西口で防潜網敷設艦「ウインターベリー」が魚雷防止網を敷設していたとき、浮上している潜水艦一隻を二五〇〇ヤード（約二三〇〇メートル）の至近距離で発見した。一分後、潜水艦は見えなくなったが、潜水艦発見の報告は「ウインターベリー」から水道の港湾指揮官に送られ、同時に西口の監視にあたっていた掃海艇に伝えられ、掃海艇も調査を始めた。

二十秒後、潜水艦はほぼ同じ海面に浮上し、またしても潜航、浮上を二回繰り返した。発見の情報は第57・6任務群司令官に伝達され、司令官は〇九一四、水道に停泊中の護衛駆逐艦「コンクリン」、「マッコイ・レイノルズ」の二隻に潜水艦の撃沈を命じた。一〇五五、両艦は現場に到着し、音波探信儀（ソナー）を使って探査を始めた。機上からもすでに捜索を開始していた。一五〇四、「コンクリン」のソナーが潜水艦の感度を捕捉した。それから二時間にわたって、二隻はこの目標に対してヘッジホッグを浴びせた。「マッコイ・レイノルズ」が最初に三回攻撃したが効果なく、「コンクリン」が続いて四回目、五回目と投射した。五回目の「コンクリン」の二十四発の一斉投射は失敗したが、続く「レイノルズ」の攻撃が命中した。「レイノルズ」は爆雷も続けざまに投げこんだ。一七〇一、「非常に激しい水中爆発がコンクリンの近くで起こった」（「コンクリン」戦闘詳報）。

戦闘詳報は続ける。「無数の油じみた布切れが広い海面を覆っているのが観察された。また、各種寸法の多数のコルク材、小幅な甲板の張り板の断片などが見かけられた。きれいな布が数枚、重油のなかに浮いていた。戦闘後に観察された大量の品々は、潜水艦が破壊されたことを実証するものである。マッコイ・レイノルズの救難艇は、これらの決定的な分量を回収した。なかには、人間の肉体の一部と判断されるものも含まれている」。

「レイノルズ」の戦友会記録も、「二つの巨大な爆発が海面をかきまぜた。その結果、明るいブルーの海水が、刺激的なにおいの強い臭気を拡散しはじめた。さらに時間がたつと（中略）人間の肉片らしき細切れなどが重油のぎらつく海面に散乱していた」と、惨烈を極める状況を述べている。

伊三七潜の最期であった。では、なぜ敵前で浮上したのか。それも、「コンクリン」の航海日誌によると、艦首を垂直に近いほど急角度にもちあげて立ちあがるように見えたという。小灘の海兵の同期生山田穣《みのる》は、「急速浮上を断行しなければ艦の安全が保たれない、なんらかの物理的原因が突然、発生したとしか考えられない」とみている。バルブの取り扱いに起因するのではないかという見方もある。海水に通じるバルブの取り扱いは、潜水艦の死命を左右する重大な問題である。

一九九九年に出版された護衛駆逐艦艦長レウイス・アンドリュース著「大火事と敵」のなかで、専門家のカード・ボイド教授は次のように説明している。「この潜水艦が最初に潜航したとき、空気誘導弁のたぐいの一つが完全に閉まらなかったか、またはなんらかの緊急事態が起き、圧力の急激な減少を図らなければならないために、急速浮上をする必要が発生したことが考えられる」。

ボイド教授は続ける。「急速に圧力の減圧を必要とするのは、たぶん、障害物を取り除かなければならないときだろう。潜水艦が潜航するときは、当然のことながらバルブをきっちり締めて、海水が入らないようにしなければならない。もし問題個所の修正が直ちに行なわれないときは、おそらく、五分ほどで、増加する水量によって安全深度以上に潜水艦を沈下させ、艦の内殻を圧壊し、乗員は全員死亡、艦体は海底にまで沈下する」。

潜航中の潜水艦にとって、一発三百十六キロの爆雷の間断なき攻撃を受けるショックは筆舌に尽くし難い。が、それにも増して、ヘッジホッグは恐ろしい。これはたるの栓のような形をした発射体で、爆薬の重さは十六キロと爆雷よりもずっと軽いが、一個が命中して爆発するとほかの二十三個がすべて誘爆し、爆雷一個の至近弾と同じ効果をあげるのである。

敵陣までわずか十数海里。不測の事態に、神本艦長以下、必死の復旧作業が続いたことだろう。最悪の場合に備えて、先任の上別府大尉と村上中尉の二人が交通筒を上り、回天戦を用意していたと想像することができる。

上別府は、第三章第六節でみた特攻兵器の特四《とくよん》内火艇の要員だった。特四内火艇とは海軍軍令部が考案した必死必殺の水陸両用戦車だが、事故が続出して兵器に採用されずに終わった。望みが絶たれた上別府は回天に着目し、勇躍志願してきたのだった。責任感の塊のような性格。

頭上の狼《おおかみ》の攻撃に艦体が激しく揺れる。もはやこれまでと、二人の戦士が自爆のスイッチを押したのではないか。浮遊物のなかに人間の肉片があったという事実は、回天頭部の一・五五トン火薬の爆発を想定しないと説明がつかない。

村上克巴中尉。武芸に秀でていて仁科中尉の信頼も厚く、あだ名は「無法松」。

事故さえなければ、必ずや期するべき戦果をあげられたであろう。潜水艦はバルブ一個の事故、故障、不始末によって沈没の事態に直面してしまう。

「上別府よ、安らかに眠れ」

伊四七潜の航海長重本大尉は、期友のなかでも特に親しかった友の死を悼み、西の方、パラオの空に手を合わせた。

伊三七潜が搭載した回天の搭乗員村上克巴中尉は、武技、体技をなんでもこなし、柔剣術も二段か三段の腕前。スケールの大きな行動と誠実な心、そんななかに細やかな気配りも感じられる人物で、「無法松」のあだ名があった。村上の機校同期の佐丸幹男は、「自分自身が訓練に励んでいるとき、あるいは下級生を鍛えているときの彼の姿は、そのタフで力強い感じがそのまま表に出ていて、押し寄せる波濤《はとう》のような勢いを感じさせた」と語っている。

村上の操縦は、彼のあだ名「無法松」のように一見、荒っぽい印象を与えた。板倉指揮官はそれを危惧《きぐ》したが、彼の「的」を追跡してみて驚いた。潮流が速く水路が狭くて曲がっている隘路《あいろ》を、村上は平然と潜航したまま走るのである。大胆すぎるが、けっして座礁するようなことはない。しかも、潜入時に水煙もあげない。「的」の使用速力は二十ノットに制限してあるが、追躡艇《ついじょうてい》は村上艇を追うのに精いっぱいだった。緻密《ちみつ》で豪放、というよりは放胆に近い。さすが仁科が推薦しただけあると、板倉は舌を巻いた。

回天搭乗員になったある日、村上は潜水学校の自習室に佐丸を訪ねた。いつになく村上は沈みがちで、佐丸が回天について聞いても、機密に触れることもあってか口数は少なかった。余計なことはなにもいわないといった感じで、急に手近にあったトランプをパラパラと切りはじめた。よほど力が入ったとみえ、二つに折れ目が入った。いつもとは違う様子が気にはなったが、佐丸には親友の気持ちが痛いほど分かっていた。

しばらくして村上は、携えてきた大きな黒かばんを佐丸に渡した。

「これは、おれがおやじからもらって愛用してきたものだ。おれの気持ちを知っていて、あとを継いでくれるのは貴様だと思う。貴様に、このかばんを受けとってもらいたい。もし、貴様も出撃するような情勢になったら、われわれの志を理解してあとを継いでくれる者に譲ってくれ」

村上は出撃が決まって、別れのあいさつをしに佐丸を訪ねたのだった。

先輩の田村賢雄大尉（海機四十九期）に、村上をしのぶ次の歌がある。

うつそみの生命捧《ささ》ぐときほひ立ち征《ゆ》きし益荒《ますら》雄《お》とかへらず

十二月二日、呉在泊の第六艦隊旗艦「筑紫丸」で菊水隊作戦の研究会が開かれた。伊三六潜と伊四七潜の両艦長の報告に続いて戦果が検討され、戦艦二隻、正規空母三隻轟沈《ごうちん》と推定して発表した。これを発表したのは通信参謀の坂本文一少佐である。多分に景気づけの意図があったと思われる。

研究会の圧巻は、搭乗員が潜水艦から発進する前後の状況説明であった。とりわけ全四基の発進を成功させた折田艦長の報告は、詳細で周到、並み居る長官、参謀らを粛然とさせた。

「紅顔多感な若人たちは、国を憂える心の一筋に、『あとのことは頼みます』のただ一言を潜水艦に託し、雲霞《うんか》のような敵艦隊の真っただ中へ、『万歳！』と絶叫し、怒髪を逆立て、まっしぐらに突入していった」

折田艦長の説明に、満堂声もなく、三輪長官はハンカチを取り出して目頭をぬぐっていた。

感動のあまり、なぜ伊三七潜が帰らなかったのか、伊三六潜がどうして回天を一基しか出せなかったのか、冷静に検討する努力を欠いた。

米海軍の戦闘報告はウルシーの交戦について、さらに次のように伝えている。

「一基のカイテンが、環礁の外の砂州に激突して爆発、沈没し、その後、米海軍によって復元されている。この復元によって、日本軍の新型特攻兵器の事実が暴露された。このとき諜《ちょう》報《ほう》機関によって発出されたウルトラ文書は、この種の特攻兵器運用の可能性について警告している。さらに、一基のカイテンは故障と目される原因により、砂州の外側で米海兵隊の飛行機によって撃沈されたことが確認されている」

この報告から、ウルシーでは二基の回天が環礁に乗りあげ、うち一基が自爆、一基が空爆で破壊されたことが推測できる。

あこがれの空から海中へ

飛行予科練習生の制度が発足したのは昭和五年（一九三〇）である。当時は少年飛行兵と呼ばれていた。十二年に新制度が採用され、それまでの練習生を乙種飛行予科練習生、新設制度のものを甲種飛行予科練習生（略称甲飛）と称し、これらを総称して予科練と呼んだ。甲飛は中学三年修了時から受験資格があった。

十八、十九年に予科練の教育を受け修了した甲飛十三期以降の搭乗員は、もともと空の戦士となって国を守ろうと志願したのだが、敗北につぐ敗北で飛行機の生産が思うに任せず、空への夢は絶たれ、すでに特攻時代に入りつつあった。この結果、彼らは回天や震洋の特攻隊、海竜隊へと水中、水上に戦いの場を求めたほか、大半は本土決戦の陸上部隊に編入された。二十歳前の若さであった。

　昭和十八年秋のよく晴れたある日、山梨県立甲府中学校の校庭に五年一組の全員が集まった。これは、副組長の三枝直《さえぐさまこと》が組長と相談して、「日ごとに苛烈《かれつ》化し悲報相次ぐ戦局に対し、われら中学生はいかに処するべきか」を、卒業を控えて討議するためであった。

　議論が百出したがまとまらない。そこへ、普段は寡黙な三枝がおもむろにいいだした。

「われわれ学生がこの未曾有の国難に命を惜しむならば、日本は負ける。そして日本民族は滅亡する。われわれの軽い命で重い日本の大義が守れるならば、日本男児の本懐ではないか。おれは行く。真剣に日本の平和を願う道はこれしかないのだ。どうだ、おれに続いてくれないか」

　静まりかえった空気を破って、組長が真っ向から反対論を打ちだした。激論を交わしているうちに授業時間となった。五年生にとって将来進む道としては、海兵、陸士、高等学校、専門学校などの選択肢があった。

　しかし、この年には山本五十六連合艦隊司令長官の戦死、山梨県出身の山崎保代陸軍大佐を部隊長とするアッツ島部隊の玉砕と、敗報が相次いでいる。今、そんなのんびりした選択をする暇はない。退勢挽回《ばんかい》の切り札は飛行機だ。予科練に進みパイロットになろう、というのが三枝の意見であった。

この日に先立つ七月初め、八ヶ岳山麓一帯の旧十五カ村を管轄する長坂警察署長の三枝一止が、一日の仕事を終えて官舎に帰ってきたときのこと。次男の直が、父の前に手をついていいだした。

「お願いがあります。私を予科練に出してください。飛行機でなければ今の戦争は勝てません」

「おまえのようなひょろひょろした体は軍人には不向きだ。学問に精をだして、銃後の一員として立派に働くことだ。そんな危険千万なことは承知できない」

向こう意気が強い署長は、言下に拒絶した。

「現状をみるに、男という男は皆、戦場に出るのは当然です。妻子を捨て家業を捨てて出征する人のことを考えると、安閑と勉強などしておられません」

「それが悪いというのではない。ただ、前線へわれもわれもと繰りだしたところで、軍需生産から輸送補給、第一に食糧増産もやらねばならない。また、治安維持も大切だ。おまえたちは、ゆっくり腰を落ち着けて学生らしく勉強するのだ。高等学校受験も考えているではないか」

「しかし、飛行機の訓練は、少なくとも一、二年はかかります。学問をいくらしても、祖国日本が負けたらなんの用にたちますか。私はどうしても飛行機を志願します」

双方譲らず、父親の声が大きくなってきたので、夕食の支度をしていた母親のいちが台所から走りでてきてなだめ、父子の衝突はいったんは避けられた。

三週間後、父親が仕事から帰ると、直の部屋が騒々しい。そっとのぞいた。学友六、七人を前に、直がハッパをかけている。

「君らも必ず予科練に志願するんだぞ。おれにやれることが、君らにやれないはずがない」

父親は、三週間前の息子の頑張りと思いあわせて、ああ、これでは駄目だと悟った。

学友が帰ったあと、息子は父親の前にかしこまって座った。

「お父さん、この前の話は家中で相談して決めるといったのに、あれからなにも話がないので、申し訳ありませんが十日ぐらい前に、お父さんの認め印を持ちだして願書を出してしまいました。私の一生のお願いです。両親に背く不孝は必ずなにかでお返しします。今日の非常時は、並大抵のことでは切りぬけられないのです。どうか許してください」

馬鹿者、と父親は大喝しようとした。が、両手をついてわびる姿がいじらしく尊くも見えて、言葉をのんだ。

出征していく若者に対して、これまで警察官として、「家族のことは引き受けたぞ」と励ましてきた。そのくせ、わが子が決戦場へ躍り出ようとするのを阻止しようとする。こんな無責任な官吏が、よくもここまで勤まってきたものだ、と父親は面はゆい気がした。息子はまだ畳に手をついていた。

「ようし。飛行機乗り、許してやる。だが、条件がある。ただの一兵卒で死ぬなよ。三枝家の名誉にかけて、将校になって帰ってこい」

「はい、必ず不孝のおわびはいたします。しかし、口答えのようで済みませんが、この際、名誉も階級も必要ありません。たとえ一兵卒でも本当に立派な行動をとったなら、その方が偉いと思います。若い人でなければやれないことを私は実行します。もしこれができたなら、形式だけの大将や中将より偉いと思います」

押し問答は父親の完敗であった。かつては名刑事として県下の社会運動史に令名をはせた署長も、返す言葉が見つからなかった。しばらく瞑目《めいもく》していた父親は、

「お前の真意はよく分かった。もはやなにもいわない。ただ、お母さんがなんというか、それが心配だ」と論点をずらした。

台所で聞き耳をたてていた母親が、心配そうに姿を見せた。実は父親は、息子の意志を阻止するわけにはいかないが、女親の涙で思いとどまらせる作戦だった。が、打ち合わせをしないまま入ってこられたので、具合の悪いことになった。

息子はえんえんと力をこめて、両親を前に訴えた。

「この肉体は、戦争に行かなくとも五十年か六十年でなくなります。そのとき、なにが残りますか。私は、死んでも必ず残るものが欲しいのです。

金銭とか財宝、名誉や階級などは、一生懸命に血眼になって求めても、死の瞬間にその人から離れてなくなるものでしょう。私はもっともっと尊いものを、永遠に人の心に刻まれて感謝される、消滅しない語り草を残したいのです。

この戦争で、山本元帥や真珠湾攻撃の九軍神、山崎中将、こういう人々は日本民族が滅び

ない限り、永遠に語り伝えられて名が残るのです。日本民族という大支柱を倒してはならないから、喜んでその犠牲となります。民族のため、国のため、最高の犠牲を払った人を忘れるような民族はありません。この犠牲心が、国を救い、国を興隆せしめるのです。私の決心は、あこがれとか感激とかいうような浮薄なものではありません。どうか、お父さまもお母さまもお許し願います」

説得の一言一言が、両親の胸を打った。

父親はなにを考えたか、いったん脱いだ警部の制服を着て剣を帯び、わが子の前に端座した。

「直、父の不明をわびる。さあ、お母さんもなにか返事をしなさい」

母親は静かにいった。

「直、おまえが本当にその気持ちなら、私はなにもいいません。人と生まれてそれだけの決心がつけば、八十歳、百歳と生きた人より長生きしたことになりましょう。ただ、母としては、十八歳ぐらいのおまえでは（この時代は数え年。満年齢では十七歳）その決心が本心だろうかと心配になるのです。真実の決心なら、承知してあげるのが当然です。私はお父さんがいいというのなら、反対も後悔もしません」

父親もあきらめ、

「直、おまえは実に偉い。おまえをこれまで育てたかいがあるというものだ。必ず立派に希望を果たしてくれ」と、制服帯剣の頑固署長が、わが子に手をついて頭を下げた。

このようにして、三枝直は甲飛志願の宿願を達した。学科には自信があったが、父親に指摘されるまでもなく、やせてひょろひょろした体である。三ヵ月間、ランニングで体を鍛え体重を増やすように心掛けたが、それでもまだ気になって、魚釣り用の鉛の玉をパンツの内側に縫いこんで身体検査を受けた。そして、県内で行なわれた十三期甲飛採用試験に、首位の成績で合格した。

十二月一日付で三重海軍航空隊に入隊、十九年五月末、土浦航空隊に転じ飛行兵長に進級。成績のよさを認められて教育主任賞を受けた。

八月末、白の軍服に七つボタンの三枝は帰宅して、両親に飛行機が不足していること、そのため海軍当局は体当たりの特攻作戦を考えていることを話し、自分もこれに志願するので了承してほしいと申し出た。

戦局はそこまで深刻なのかと、父親は反問する気力を失ってうなだれた。

三枝は、我慢しきれないように上着の内ポケットから四つ折りの半紙を取り出し、「これがただ今の私の気持ちです」と、父親の前に開いて差し出した。

鮮血が滴るような血書で、「大日本帝国万歳」と書いてあった。そのまだ生血のにおう文字を、両親と帰宅していた千葉農大生の兄正徳の三人は無言で見つめた。

森稔が、北海道空知《そらち》郡赤平《あかびら》町（現赤平市）に生まれたのは、三枝直より三ヵ月早い大正十五年（一九二六）五月である。遠く隔たっていた二人は、やがて十三期甲飛として相知るようになる。

稔は、父秀蔵、母たけの三男。秀蔵は赤平郵便局長を務め、在郷軍人会分会長、歌志内《うたしない》と赤平の各村会議員など多くの公職にも就いた。戦後は、北海道連合遺族会副会長として遺族会の組織拡大、年金制度の確立など、戦没者遺族の福祉のために尽くし、昭和六十二年（一九八七）秋、九十八歳で天寿を全うした。

森稔は幼少のころから活発で、スキーや野球をはじめスポーツはなんでも試みた。四、五歳のころから、近所の子どもと遊ぶにも自分より年下の子は相手にしなかった。年上の大きな子を自分の子分のようにして得意になっていた。勝気でもある。一年生に入学のとき、「僕は一年生には上がらない。三年生でなければ学校に行かん」と駄々をこねて、母たけを困らせた。学校で運動会や遠足があると、母親は一苦労した。弁当をたくさん持っていき、自分の子分に食べさせては喜ぶのである。家が裕福なせいもあるが、気前のよい性格だった。六年生当時の成績表には「優良賞」の判が押されている。習字、図画の才もあり、のちの遺書もきれいな文字でしたためている。

滝川中学時代は、一年のときから生き生きとしたまなざし、明朗活発な口調が級友に注目された。剣道部の選手として腕を振るい、夏は空知川で泳いで体を鍛えた。

中学五年の五月、雪解け水で冷たい川へ一人で行って左岸で泳いだ。上がって服を着ていると、右岸に国民学校（小学校）の児童五、六人が泳いでいて、一人が誤って深みにはまって流された。森は着はじめた服をまた脱いで川幅百メートルの水中へ飛びこみ、向こう岸で流されている子どもに向かって泳ぎつき、百メートル以上流されながら救いあげた。自分はまたこちらの岸へ泳ぎついて帰宅する。父親に、「よくやった。そのくらいの勇気がなくては駄目だ」と褒められた。

中学時代には、よく上級生が下級生をいじめる悪習があったが、森は下級生をかわいがった。「いじめるやつがいたらおれが引きうけた」と踏み出す侠客風《きょうかく》がほかの父母から信頼され、「稔さんがおられるから安心だ」と、父親は感謝された。それでいて、いつも微笑を絶やさぬ少年で、人あたりがよく、「母さんが家にいますから、お茶を飲みにおいでください」と、あまり知らない婦人にも話しかけたりして、町の人々から親しまれた。

四年か五年の春、靖国神社臨時大祭の奉納行事として、旭川の護国神社から札幌の護国神社に至るコースを三日二晩かけて歩く百五十キロ完歩大会が挙行された。森は数多い志願者から選ばれた二十名のなかに入り、完歩者七名の一人として名をあげた。鉄脚の持ち主でもあった。この大会の苦しさをほかの参加者はいろいろに語ったが、森は一言もいわずににこにこしている。彼の闘志の盛んなこと、功名に恬淡《てんたん》たるその性格に、滝川中学の巻口教頭も感じ入った。

学友の話によると、中学に上がってからの森は、初めのうちは陸軍士官学校を希望していた。それが、戦雲急を告げ全国にわきおこった「海鷲《うみわし》に続け」の掛け声に応え、予科練に切り替えた。十八年五月ごろである。四男四女の五番目の彼は兄弟姉妹に、「おれは万人に仰がれる人になる」といった。「誰が仰ぐの」と妹たちが聞くと、「飛行機乗りになるのだ。飛行機が頭上を飛べば、誰でも必ず仰ぐよ」と笑わせた。

土浦航空隊に入隊が決まったある日、下校の途中、一年生で背嚢《はいのう》を持たない少年を見つけ、「おれはもういらないから」と、五年間背負ってきた自分の背嚢をあっさり譲り渡し、中の教科書類をひもで縛って持ち帰ったことがある。土浦に出発する数日前、母親に、「お世話ばかりかけて申し訳ありません。せめても、朝のたきつけのまきを割っておきましょう」と声をかけた。しかし、壮行会やあいさつ回りが続き、約束を果たせずに出発した。心残りであったらしく、入隊した翌年の三月ごろ、「まき割りをするといいながら、ついに実行しませんでした。お許しください」と書き送っている。妹の昭子に、父母に十分に孝養を尽くすよう手紙で頼んでいる。母親は、こんな息子を友人に、「うちの稔はよい宝物です」と、うれしそうに語った。

予科練時代の十九年六月に休暇で帰省し、郵便局長の叔父の富田住友を訪ねたとき、「何年ぐらいで少尉に任官できるのか」と聞かれた。森は言下に、「僕は少尉になんてなれっこないよ。まもなく死んでしまうんだもの。僕たちは今、その死ぬ方法を練っているんですから」といった。

富田は赤面し、次の言葉が出なかった。三枝直も、同じことを父親にいっている。

甲飛に採用された少年たちを待ちうけていたのは、予想にたがわぬ激しい訓練であった。真冬の裸体操、武道の寒げいこ、一万メートル競走、分隊対抗の棒倒し、闘球と続く。伸び盛りの少年の体から火花が散るような毎日で、少年たちはこれに耐えた。三枝直と森稔もそのなかにいた。

十三期生が卒業を控えた十九年八月のある日、土浦航空隊で朝食後、総員集合がかかった。練習機格納庫で整列して番号をかけおわったあと、白の第二種軍装に身を固めた渡辺司令が、副長と一緒に入ってきた。司令は壇上に立ち全員を見渡して、「本日突然、諸子を集合させたのは、ほかでもない」と切りだした。

司令は、すでにサイパンが落ち、ラバウルに孤立した海軍航空隊にすら補給ができない窮状を述べ、打開するために新兵器が考案されたことを明らかにした。司令の話を、同期生の横田寛は著書のなかで次のように書いている。


殉国の熱情に燃える諸子のなかから、この兵器に乗って戦闘に参加したい者があったら、のちほど紙をくばるから、分隊名と名前を書いたうえ、二重マルを書いて分隊長まで提出しろ。どちらでもいい者はただのマル、いきたくない者は用紙は捨ててよろしい。ただし、最後にことわっておくが、この兵器は、生還を期するという考えは抜きにして製作されたものであるから、後顧の憂いなきか否かを、一晩よく考えたうえで提出するように。

（『あ、回天特攻隊』＝光人社）


司令の話を聞いていた横田は、血がたぎりたつのを感じた。華やかなゼロ戦乗りの夢を捨てるのは惜しいと思ったが、次の瞬間にはもうはっきりと心を決めていた。新兵器の搭乗員に選ばれたのは百名である。横田は、二千余名のなかからたった百名のなかの一人に選ばれたことがうれしかった。

大多数が二重丸をつけて出した。発表後、選に漏れた者は悔しがり、血相を変えて分隊長室に飛びこんでひざ詰め談判に及んだがどうにもならなかった。

選に入った百名は、九月一日の卒業と同時に、汽車に揺られて呉潜水艦基地隊に向かった。三枝と森も選ばれていた。そうとは知らない森の家族であったが、森がまだ人間魚雷の話を司令から聞いていない時期であるにもかかわらず、家族の直感で、六月に森が帰省した際に覚悟の帰省ではないかと思った。

息子の身辺にただならぬものを感じて、父の森秀蔵は八月三十日、土浦空に行って一時間の面会時間を得た。別れのとき、森は挙手の礼で父親を見送った。息子のその姿は、秀蔵のまぶたに終生焼きついていた。

募集の事情は、奈良航空隊（三重空奈良分遣隊）も同じで、岡田純・二飛曹（当時）は、全員が武道場に呼ばれ、「必死必殺の新兵器ができた」と、司令から聞かされたことを覚えている。飛行機ではないが、水上、水中であるともいわれなかった。飛行機にあこがれて予科練に入ったのに、飛行機の搭乗訓練はまったく受けていない。岡田は思いきりよく新兵器に応募し、奈良空一万余名のなかから回天の第一次配属二百五十名の一人に選ばれた（このほか甲標的が四百名）。

土浦航空隊の百名は、横田寛によると、卒業と同時に汽車で呉潜水艦基地に向かい、そこから内火艇に分乗して瀬戸内海を西へ、新兵器の基地大津島に着く。大きな建物に案内された。魚雷調整場であった。とてつもなく大きな魚雷が目に映った。潜望鏡が付いている。

「これが新兵器か」

いきなり度肝を抜かれて目を見張った。潜水艦基地隊に着いたときから、「新しい特殊潜航艇だろうか、人間魚雷だろうか」と想像していたが、かなり正確に当たっていた。

整備員らしい油だらけの服を着た兵隊たちと、髪の毛はぼうぼうで垢《あか》だらけの顔をした鋭い眼光の青年士官が、忙しそうに飛び回っている。青年士官はあとで仁科中尉と分かった。

そして、得体の知れない機械がゴウゴウとうなりをたてていた。これは酸素製造装置で、全基が稼動していた。

指揮官の板倉少佐がいった。

「これが人間魚雷だ。敵艦に体当たりする兵器である。そんなつもりでなかったと思う者があったら、今日のうちに申し出ろ。もともと飛行機乗りとして訓練を積んできた貴様たちだ。今からでも、希望者は黙って航空隊に返してやる。おれにいえないなら、今日から貴様たちの面倒をみてくれる分隊長に申し出ろ」

傍らの帖佐裕中尉を紹介した。が、なにをいまさらという顔をして、一人も申し出る者はいなかった。

訓練用の回天は、甲標的と同じように「訓練的」または「的」という。クレーンで運ばれてきた「的」に乗り、電動縦舵機を起動して「発動用意よし」と報告するまでには、二十項目もの操作を必要とする。その順序を覚えるだけでも容易でなかった。

操縦席を一周する形で、二十もの弁や計器が取り付けてある。これらを的確に指で動かして進ませなければならない。しかし、回天は、イルカが海面に浮いたり潜ったりするのに似た「イルカ運動」を起こす癖があり、水深が浅いと海底に突入する恐れがある。深度とスピードの調整が大事である。また、潜入時にスピードを出すと大きな水煙がたち、遠距離からでも発見される。水煙を防ぐには、調深装置の深度をゼロに調定してスタートし、徐々にスピードアップしていく必要があった。

予科練は、フネの操艦をしたことがない。そこで、板倉少佐は手始めに、水上特攻兵器「震洋」に目をつけた。これは炸薬《さくやく》を艇首につけたモーターボートで、非爆装のものを二十隻もらいうけ、予科練の操縦訓練用に充てた。彼らはめきめき腕を上げ、「的」を乗りこなすようになっていく。

基地攻撃にこだわる中央

昭和十九年（一九四四）十二月二日、呉在泊の旗艦「筑紫丸」で、菊水隊作戦研究会が開かれた。出席者は、日本潜水艦の軍令、軍政、教育を担当する要員で、戦訓対策と今後の計画が主な議題であった。

第六艦隊水雷参謀の鳥巣中佐（回天担当）が、「二十年正月を期して、菊水隊作戦のことを公表されてはと思うのですが」と提案した。鳥巣参謀の提案には、二つの狙いがあった。一つは、回天作戦の発表によって全軍の士気を鼓舞し国民に海軍の必死の決意を知ってもらう。もう一つは、回天を洋上攻撃に転換することであった。菊水隊作戦の結果、敵は今後は泊地（基地）を厳重に警戒することは必定で、したがって泊地奇襲作戦では成功の算はきわめて少ないからである。

潜水艦戦の目的は、補給路遮断にある。回天はこれに利用可能であって、従来の魚雷では困難になりつつある敵艦船撃滅の主役を果たしうると、鳥巣は考えていた。

しかし、ここでまた軍令部主務部員の藤森康雄参謀が、軍令部の黒島亀人第二部長の意を酌んで反対した。連合艦隊や第六艦隊も、回天は動かない目標を攻撃する兵器であるとの考えに固執していた。

このような論争があったとは露知らず、大津島では、漏れ聞いた菊水隊の戦果に意気が大いに上がった。「黒木に続け」の合言葉は、「黒木と仁科に続け」に変わり、当たらざるべからずの勢いに燃えていた。

十二月中旬、第二次特別攻撃命令が出された。潜水艦五隻、回天二十基である。出撃搭乗員は、予科練を含む各層から選抜された。士官だけに絞ると、出撃後の訓練に支障を来すからである。予科練のなかにも、士官に伍《ご》して遜色《そんしょく》のない人材が育ちつつあった。ところが、人選のさなかに、思いがけない問題が起きて板倉指揮官を悩ませた。

先の伊三六潜で発進できなかった吉本中尉と豊住中尉、工藤少尉の三名が、再度出撃を申し出てきたのである。これを認めるわけにはいかなかった。

菊水隊の人選のときから、一度出撃してやむをえず戻ってきた者は二度と出撃できないと決められていた。一度死を決した者が、死ねなかったときの心境の変化――たとえ心境が変わらなかったとしても、無視できない問題である。

板倉としては、帰還した三名は部隊に残って後輩の育成に専念してほしかった。菊水隊の出撃を急いだために、指導官が払底していたからである。発進できなかったとはいえ、彼らは実戦の体験者であり、教育に資するところは大きいのである。

しかし、三名はあくまで出撃を主張して譲らず、ついには長井司令官に直訴し了解をとった。長井は板倉に対し、「わしが許した。無理に引きとめると自決しかねないぞ」と、むしろ板倉の思いやりのなさを非難するような口調だった。そのうち、伊四八潜が急に追加出撃と決まり、搭乗員を養成する時間がなく、三名を再度出撃させることとなった。

これが前例となり、攻撃のチャンスに恵まれなかったり、故障で発進できなかったりした搭乗員が、複数回出撃するようになってしまう。板倉は顧みて、「あくまで初一念を貫かんとする発露とはいえ、なかには心境の起伏に苦悩した者もいたでしょう」と述懐している。

第二次攻撃隊は、楠木正成の奮戦の地金剛山にちなんで金剛隊と命名された。潜水艦六隻、回天二十四名の出撃と決まる。

伊三六潜　攻撃目標　ウルシー泊地

艦長　少佐　寺本　巌

回天搭乗員　大尉　加賀谷武《かがやたける》

中尉　都所静世《とどころしずよ》

少尉　本井《もとい》文哉《ぶんや》
上曹　福本百合満《ゆりみつ》
伊四七潜　フンボルト湾ホーランジア泊地
（ニューギニア北岸）
艦長　少佐　折田　善次
回天搭乗員　中尉　川久保輝夫
中尉　原　郭郎《あつろう》
上曹　村松　実
一曹　佐藤　勝美
伊五三潜　パラオ島コッソル水道
艦長　少佐　豊増　清八
回天搭乗員　中尉　久住《くすみ》　宏
少尉　伊東　修
少尉　久家《くげ》　稔
上曹　有森　文吉
伊五六潜　セアドラ泊地（アドミラルティ諸島）
艦長　少佐　森永　正彦
回天搭乗員　中尉　柿崎　実

中尉　前田　肇
上曹　古川　七郎
一曹　山口　重雄
伊五八潜　グアム島アプラ港
艦長　少佐　橋本　以行《もちつら》
回天搭乗員　中尉　石川　誠三
中尉　工藤　義彦
二飛曹　森　稔
二飛曹　三枝　直
以上五隻の攻撃日は二十年一月十一日。
伊四八潜　ウルシー泊地
艦長　少佐　当山　全信
回天搭乗員　中尉　吉本健太郎
中尉　豊住　和寿
少尉　塚本　太郎
二曹　井芹　勝見
攻撃日は二十年一月二十日。

伊53潜の艦上で長官の訓示に聞きいる金剛隊の回天搭乗員たち。

おれたちの身代わりだ
十九年十二月二十五日、ニューギニア北岸の攻撃目標であるホーランジア泊地を目指し、伊四七潜が先陣を切って出撃した。乗艦してみて折田艦長は驚いた。川久保輝夫中尉は折田と同郷の鹿児島出身で、しかも、彼の兄川久保尚忠少佐が折田と同期で、日中戦争で戦死しているのである。

その尚忠の四番目の弟が輝夫だった。折田が兵学校生徒のころ、川久保の家に遊びにいくと、輝夫はよだれかけをかけてよちよちと歩いていた。輝夫は、折田を「おじさん」と呼んでいた。

「おまえ、大きくなったなあ。ものもようしゃべれん子どもだったのが、大それた人間魚雷の搭乗員になろうとは」と折田がいうと、「済みません」といって川久保は笑った。上の方の配慮で乗り合わせたのだろうか。

三十日朝、グアム島の西三百海里の洋上で、ドラム缶をつなぎあわせた筏《いかだ》に八名がうつ伏せになっているのを発見した。先任将校の大堀正大尉が「おーい！」と怒鳴ると跳ね起きた。日本兵である。海軍の略帽をかぶっている。骨と皮だけで息も絶え絶えだ。

折田は考えこんだ。これから死ににいく伊四七潜である。救助しても生命の保証はしかねる。助けても結局、殺すことになるかもしれない。食料と水を与えていちばん近いフィリピンの方向を教えて突き放す方がいいだろうと、先任将校の大堀大尉と相談していたところへ、川久保が控え目に割って入っていった。

「おじさん、頼むからあの八人を助けてやってください。われわれ四人は確実に死ぬんだ。四人の代わりに八人の海軍軍人が生還するというのはめでたいことです」

この一言で折田は決心がつき、筏を引きよせて全員を救助した。聞けば、米軍の進攻でグアム島の日本軍は島の北部に追いつめられ、生存者はジャングル生活を送っていた。

この八人の軍人、軍属は、米軍飛行場の焼き打ちを図り、海から進撃しようと筏を組んで海岸に近づいたが、風と潮流に妨げられて沖へ流されてしまう。漂流三十一日目で助けられたのだった。八人は戦後を生き抜き、伊四七潜のOB会には欠かさず出席した。

先任搭乗員の川久保中尉らは、「私たちの身代わりに二倍の八人が生還してくれた。めでたいことだ」と手をたたき、「どうせ不要になるのだから」と、自分たちの衣服や日用品を与えた。

川久保輝夫中尉。６男４女の５男だが、次男から輝夫までの４人が戦死している。

奇跡的に助かった喜びで感極まって泣く八人と、必死突入を控えた四人を見比べて、そのあまりにも対照的な情景に、折田艦長は言葉をなくした。

あの幼児がたくましく成長し、死を眼前に私というものを去り、快活に振る舞っている。折田はこみあげてくるものを抑え、そのおっとりした横顔を見つめた。

川久保は、大津島基地が開隊した当時、三十四名いた士官搭乗員のなかでいちばん背が低かったが、いつも人の輪の真ん中にいて、堂々と意見を述べて貫禄《かんろく》があった。

詩情豊かな川久保は、航行中に「金剛隊の歌」を作詞し、これに水雷長で先任将校の大堀大尉が曲をつけ、全員で歌って士気を盛り上げた。

一、沖の島過ぎ祖国を離れ
　敵をもとめて波万里
　空母戦艦ただ一撃と
　いまぞいでたつ金剛隊
　　（二、三節省略）

四、若き血はわき肉おどるかな
　挺身《ていしん》必殺醜敵を
　砕き沈めて千代八千代にも
　すめらみくにを守りなん
　すめらみくにを守りなん

年が明けた二十年一月八日、「ホーランジア泊地に巡洋艦、駆逐艦、大小輸送船約五十隻が密集停泊中」との飛行偵察報告が入電。十一日、フンボルト湾の北五十海里に到着する。十二日午前一時、搭乗員が乗艇していく。

「一号艇、用意」

「発進」

四時十五分、折田は下令した。

川久保、村松、佐藤、原の順に発進。電話線が切れる瞬間、口々に、「大日本帝国万歳！」と絶叫していくのを折田は聞いた。

五時十一分、ホーランジア方向の水平線に大きな赤みがかった閃光《せんこう》が噴出した。一発命中を確認する。

間もなく電信室が、「われ潜水艦の攻撃を受けつつあり」を意味する敵のS連送の緊急電波をキャッチ。泊地が大混乱に陥った状況から全基突入に成功と認め、伊四七潜は急速潜航して帰途に就いた。

戦後に判明したところでは、輸送船「ポンタス・ロス」に回天一基が命中したが、その瞬間には爆発せず、少し離れて大爆発を起こした。船体に斜めに当たったため、起爆装置が作動しなかったものと思われる。輸送船の横腹に、回天の頭部が激突してへこんだ跡が残った。

川久保は六男四女の五男。長男は病死で、次男から五男の輝夫中尉まで四人が戦死している。四人とも兵学校に進んで戦死し、少佐に進級した。兄弟四人が戦死して、そろって海軍少佐という例はまれだろう。

平素から健康の優れなかった母静にとって、相次ぐ息子の戦死は耐えがたいものであったに違いない。彼女は、輝夫中尉が戦死する前の十九年九月、六十歳で病死した。父二之介は、日露戦争に小隊長として旅順二〇三高地の激戦に参加した陸軍退役大佐。戦後、折田が鹿児島の川久保宅を訪ねた際、一句を示された。

子らはみな国に捧《ささ》げて秋の空

弾薬運搬艦「マザマ」損傷

ウルシー泊地を目指す伊三六潜搭載の回天搭乗員加賀谷大尉は、仁科と同期で、泰然自若、重厚な風ぼう。身辺には常にほのぼのとした温かさが漂っていた。後輩を怒鳴りつけるようなことは一度もなく、それでいて彼が指導した者はめきめきと腕を上げた。加賀谷は、訓練事故で艇が海底に突入したことがある。潜水夫が艇を捜して引き揚げたところ、気つけ用のウイスキーで酔っ払って高いびきで寝ていた。腹の座った、まさに大物の風格であった。あとの三人の将校も、いずれ劣らず情に深く、乗員に慕われ、発進のときは涙を流して別れを惜しまれた。

都所静世中尉は、幼少期に母を亡くし、継母との折りあいが悪く、苦労して人となったが、ゆがまずに刻苦勉励し、海機五十三期から十八年暮れに卒業した。南下していく艦内で都所が義姉に送った書簡には、心優しい人柄がにじんでいる。

——三十日の一七〇〇豊後水道通過。迫りくる暮色に消えゆく故国の山々へ最後の訣別《けつべつ》をしたとき、真に感慨無量でした。日本の国というものが、これほど神々しく見えたことはありません。神国、断じて護《まも》らざるべからずの感を深くしました。

姉上様の面影が、ちらっと脳裏をかすめ、もう一度お会いしたかったと心のどこかで思いましたが、いやこれも私事、必ず思うまいと決心しました。人と生まれ誰か故郷を思わず、私事私欲にとらわれぬ者がありましょう。しかし、それら諸々の私欲煩悩を超えて、厳然としてそびゆるもの、悠久の大義に生きることこそ、最も大いなる私を顕現することなのです。

――母親もなく、帰るべき家もなく、もちろん子なき私には、改めて決心などせずとも、大君のためには喜んで、真っ先に死ねる人間ですが、姉上様はこの短い私の生涯に私の母の如《ごと》く、また真の姉の如く、大きな光明を与えてくださいました。

いつも心のどこかに、うつろな心持ちでいた私が、姉上様があると知ったときの喜び、いまにしてはっきり申します。姉上様、それがどんなに嬉《うれ》しいものであったかご想像もつきますまい。おそらく弟も（注・戦死した清江）同じ気持ちで死んでいったに相違ありません。

都所静世中尉。海機53期で、伊36潜搭載の回天搭乗員の一員として、一路ウルシー泊地を目指し出撃した。

幸福という青い鳥は、決して他《ほか》にいるのではありません。自分の家の木の枝におりました。真の幸福は他より来らず、自己の心に見ゆるなりとか、いまその鳥を見つけました。

――艦内で作戦電報を読むにつけても、この戦はまだまだ容易なことではないように思われます。若い者がまだどしどし死ななければ完遂《かんすい》は遠いことでしょう。

それにつけてもいたいけな子供たちを護らねばいけません。私は玲ちゃんや美ちゃんを見るたびにいつも思いました。こんなかわいい純真無垢《むく》な子供を洋鬼から絶対に護らねばならない。私は国のためというよりむしろ、この可憐《かれん》な子供たちのために死のうと思いました。

生意気なようですが、無にちかい境地です。攻撃決行の日は、日一日と迫って参りますが、別に急ぐでもなく、日々平常です。太陽に当たらないのでだんだん食欲もなくなり、やせて肌が白くなってきましたが、日々訓練整備のかたわらトランプをやったり、蓄音機に暇をつぶしています。

――姉上様もうお休みのことでしょうね。いま、『総員配置につけ』がありました。ではさようならします。姉上様の末永くご幸福でありますよう、南海の中よりお祈り申し上げます。

一月六日　　静世

姉上様

本井少尉は、海機で都所の一年後輩。都所に似て心優しい性格であった。姉一人、妹一人の間で育ち、体の不自由な姉をいたわる様子には涙ぐましいものがあった。旅行や機校から帰省のときは、必ず姉に人形や土地の名産を買って帰るのを忘れなかった。

本井は小、中学校時代、よく勉強ができるので級長に選ばれ、試験前には学友が教えてもらいにきた。いつも丁寧に分かるまで教えるので、絶大な人望があった。人の悪口は絶対にいわない少年であった。出撃を控えた十九年十二月二十八日、両親にあてて次のような手紙を出している。

「生をうけてここに二十年、松陰先生の、

親思う心にまさる親心きょうの訪れなんと聞くらん

この歌のごとくに（私は和歌もろくにつくれませんが）私の思いも同じであります。山よりも高きこの御恩に万分の一もお返しできなかったのは私の不孝なる所以《ゆえん》でありましたが、いまここに深くお詫《わ》び致します。

先日出撃ときまり、一日帰省するを得ました。陰ながら皆様の御健康をお祈り致します。皆健康なれば家如何《いか》に貧しくとも可。一家の団欒《だんらん》は即ち国家の円満となります。（中略）天が私に与えてくだされたこの大いなる仕事、私は本当に本当に幸福者であります。

機関学校生徒時代の本井文哉少尉。

私は死にものぐるいで、必ず敵空母か戦艦に体当たりして、ともに南海の海に皇国の永久の発展を祈って征《ゆ》きます。

思えば長い又短い、楽しい又悲しいことも多かった二十年でした。（後略）」

本井は死が二十数時間後に迫った二十年一月十日の夜、艦内で妹昌子に最後の手紙をつづった。
「(前略)人情は浮薄なものです。人に頼るな。これから本井家はますます困苦となるでしょう。しかし、軍国の家は雄々しくそれに堪《た》えてください。(中略)長男として、兄として家に何らなすことなく、お前に何も出来なかったのを残念に思う。お詫びする。いつか『少女の友』で見たのだが、ある南洋の島の土人は雨降りの日を喜ぶそうだ。それは、その後には必ず晴天の日がくるから――それは何日後、何年後にくるか知れない。しかし必ずくる。よく堪えて頑張ってくれ。

昭和二十年一月十日　　　　　　昌子殿」

一月九日、伊三六潜は菊水隊が突進したのと同じウルシーの外側にたどり着き、潜航のまま近づいた際、艦首が環礁に衝突して座礁する。離礁したが、艦尾から浮き上がって海面上に姿を暴露した。敵の眼前である。血の凍る二十秒間であった。運よく気づかれずに済んだ。

十二日朝、予定どおり全基発進。歩兵揚陸艇LCI―六〇〇を撃沈した。

米側の記録には、未確認の爆発源によるものと記されている。

さらに、米海軍少将リヤー・カーター著「豆と弾丸と重油(太平洋海上補給戦記)」によれば、二十年一月十二日午前七時前、ウルシーで弾薬運搬艦「マザマ」が豆潜水艦の魚雷か自爆によって損傷を受けたとし、浸水、傾斜、人員損傷(行方不明一、負傷七)など大破の記述が出ている。この攻撃が、金剛隊伊三六潜によるものであることは間違いない。

久住中尉、気筒爆発で無念の死

伊五三潜に乗り組んできた久住中尉ら四人は、物静かな好青年たちで、寝食を忘れる熱心な訓練ぶりに艦の乗員は頭が下がった。下士官から昇進した掌電機長の小家喜久雄中尉は、四人と親しく語り合う機会をもったが、四人はいずれも数日後には帰らぬ人となるのに、実に淡々たる立ち居振る舞いで、いつも乗員に冗談を飛ばし、悲壮ぶるところがなかった。しかも規律正しく、心の陰りめいたものはついぞ見ることがなかった。四人は食欲も盛んで、最後まで出したものを喜んで平らげた。人間、生死を達観するとこうもなるものかと、小家は敬服に堪えなかった。

四人はそろって艦内を回り、全乗員に別れを告げた。小家にも、「電機長、お世話になりました。私たちのあとに、立派な後輩たちが続くことを固く信じながら突撃します」と声をかけた。頭のてっぺんからつま先へジーンと突っ走るものを感じながら、「なにか思い残したものはありませんか」と小家が尋ねると、久住は白い歯を見せてほほ笑みながら、「なにもありませんが、ただ、もう一度、タイの刺し身が食べたかったですな」と答えて、僚友と顔を見合わせた。その表情に、小家はますます胸の熱くなるのを感じた。

久住宏中尉。コッソル水道入り口で発進したが、その直後、気筒爆発を起こして無念の死を遂げた。

（余談になるが、戦後、小家は四人の命日にはその写真や遺墨を飾り、霊前にタイの刺し身を供え、約束を果たして

きた）

刻々と近づく彼らの死を思って、艦の乗員の心はこわばっていく。それを感じとってか、四人は努めて明るい話題を引き出して笑いを誘った。

一月十二日午前三時四十九分、先に伊三七潜を失い、再度攻撃が命じられたパラオ島のコッソル水道入り口の南方十海里の地点で、まず久住中尉搭乗の一号艇から順次発進しようとした。が、発進直後に一号艇は気筒爆発を起こし、母潜から数メートル離れた所で炎をあげながら水道入り口の海底深く没した。気筒爆発とは、推進機関の気筒が始動して間もなく破裂する事故で、訓練中も時々発生した。回天の炸薬《さくやく》の爆発ではない。

悲嘆に暮れている場合ではなかった。二号艇（伊東少尉）と四号艇（有森上等兵曹）が発進していった。続いて三号艇の久家少尉に発進を下令。

が、大きな呼吸音が受話器に聞こえるだけで応答がない。人事不省に陥っていると推定された。敵前だが、豊増艦長は危険を覚悟で浮上しての救助を決断。「メーンタンクブロー」（圧搾空気をタンク内に送りこんでタンク内にある海水を排出し、浮き上がる操作）を下令した。

浮上と同時に、波に洗われている甲板に近藤潜航長（兵曹長）ら二、三人が飛び出して三号艇に駆け寄り、上部ハッチを開くや、ぐったりしている久家少尉を引き上げた。敵艦影を見張り員が発見。急速潜航する。遠距離で爆雷の音が数発聞こえたが、追跡されずに済んだ。

三号艇は、海水ビルジ（船底の汚水）と油とが混合して悪性のガスを発生し、そのため久家は人事不省となったのであった。伊五三潜はそれから南下し、爆発音二を聴取した。

ここに、米海軍歴史資料センター作戦資料部所有の「戦車揚陸船LST—二二五戦闘報告」がある。マイク・メア氏が筆者に送ってきたもので、発進した二基の回天のうちの一基の戦いぶりを次のように述べている。

この日午前八時、ペリリュー島への物資輸送に忙しい輸送船団の一隻、LST—二二五の船首五百ヤード（四百五十メートル）付近を一基の回天が通過し、大型工作艦「プロメテウス」の攻撃に向かおうとしていた（注・「プロメテウス」は一万トンに近い修理専門の大型艦）。しかし、LST—二二五の二十ミリと四十ミリの機銃、五十口径砲の激しい射撃を受けて回天は特眼鏡に被弾してしまう。

浮上してLST—二二五に近づこうとした回天を、跳ね飛び炸裂《さくれつ》する多数の砲弾が襲った。そして、LST—二二五の右舷の真横わずか五十ヤード（四十五メートル）の所で「注ぎこまれるような砲撃」がさらに命中し、回天は爆発した。その爆発は、LST—二二五の乗員を甲板の上になぎ倒し、ハッチカバーを吹っ飛ばした。

米海軍は、このときの回天の破片を解析し、「この潜航艇は乗員一名の有人魚雷であり、真珠湾攻撃の際に使用された乗員二名の小型潜航艇よりも新しいタイプのものである」と正しく解釈し、全軍に警告した。

なお、交戦が午前八時だったとなると、回天は四時間も走っていたことになる。航続力の限度いっぱいにきていた感がある。

伊五三潜のこのときの砲術長は山田穣《みのる》中尉で、久住と同期である。兵学校受験の体格検査で、東京府立九中の制服を着ていた久住のヌーボーとした風ぼうが、山田の印象にある。

山田が最後まで見届けたところによれば、久住は、部下の隊員と毎日時間を決めて図上演習を怠らなかった。敵戦艦、空母などの艦種、艦型を影絵に映しだして隊員に教えているのである。余暇は余暇で、ほがらかに笑い声をあげて遊んでいた。回天搭乗員たちは二十年一月十二日朝四時という細かい時刻を区切って、生命の終焉《しゅうえん》をいいわたされている。死刑の執行をいいわたされているようなものである。

山田は、前のレイテ沖海戦で潜水艦に乗って爆雷を受けた体験から、人間、いかに平静を装っていても、隠された心のうちは必ずある種の矛盾を表し、化けの皮ははがれるものであることを知っていた。ところが、久住からは死と向き合っている様子がまったくうかがえなかった。

山田は語る。

「彼のこうした態度は、死生をはるかに超越した使命感、海軍軍人としての悟達にほかならない。あの心境はものすごいものです。われわれもプロのオフィサーということで負けないつもりですが、とてもあの心境にはなれないというのが実感です」

いでて行くもはや吾家《わがや》に帰らじと思へば暗しあけぼのの空

久住の辞世である。最後の別れで帰郷し、自宅の本箱にしまってあった。家族はあとになって気がついた。久住中尉の遺品のなかに、両親にあてた次の遺書があった。

皇国の存亡を決する大決戦に当たり、一塊の肉弾幸いに敵艦をたおすを得ば、先立つ罪は許されたく、今度の挙もとより使命の重大なる比するに類なく、単なる一壮挙には決して無之《これなく》、生死を超えて固く成功を期し居り候。（中略）御両親様には私の早く逝きたることに就いては呉々《くれぐれ》も御落胆あることなく、私は無上の喜びに燃えて心中一点の雲なく征《ゆ》きたるなれば、何とぞ幸福なる子と思召《おぼしめ》され度《たく》、祖母様とともにいよいよ御健《すこや》かにお暮らしくださるよう祈り上げ候。

（中略）万が一この度の挙が公にされ、私のことが表に出る如《ごと》きことあらば努めて固辞して、決して世人の目に触れしめず、騒がるることなきよう、葬儀その他の行事も努めて内輪にさるるよう、右固く御願い申し上げ候。又訪問者あるも、進んで私のことに就いて話さるることのなきよう、願わくば君が代守る無名の防人《さきもり》として、南溟《なんめい》の海深く安らかに眠り度《た》く存じ居り候。

昭和十九年十二月

御両親様

命よりなほ断ちがたきますらをの名をも
水泡《みなわ》といまはすてゆく

伊東少尉は鹿児島市出身で、本井文哉少尉と同じ機関学校五十四期。生まれてから一度も医者にかかったことがないという、がっちりした健康な体に恵まれていた。料理自慢で、

伊東修少尉。昭和16年、機関学校入学時に母はなと。

カキやカレー料理、時には野外に家族を連れ出して飯ごう炊飯をして楽しませた。宝塚歌劇にのめりこんで主題歌「モンパリ」を歌ってみせたりする愉快な性格。

兄弟姉妹八人の三男で、父清七郎は東京高等商船学校の機関科を出て欧州航路の客船に勤務していたが、軍用船に機関長配置で乗っていた昭和十八年三月、大連南東海上で敵の交通破壊戦の犠牲になった。次兄の俊雄は陸軍に応召し、翌十九年四月に戦病死した。母はなは三人を失って急速に体調を崩し、二十五年八月に六十一歳で死去した。

久家少尉は、大阪商大出身の学徒士官。無口だが親しみやすい好青年であった。意識を取り戻したあと、一人残されて苦しんだが、やがて生死を超克していく。その後、久家は天武《てんむ》隊で出撃してふたたび生還。轟《とどろき》隊で最期を遂げた。

南十字星を探す十八歳

伊五八潜には、予科練出身初の出撃者である森稔、三枝直の両二等飛行兵曹が乗っていた。土浦空で厳選された百人のなかから、先陣を切っての参加である。

森の母たけには、痛切な思い出がある。十九年十月、森は大津島基地から北海道の家族に出した手紙のなかで、「木彫りの小熊《こぐま》二個を送ってください。友だちと二人でこれをマスコットにして、大きな所に婿入りするから」と頼んだ。

出撃直前の十九年暮れ、森は最後の休暇を得た。故郷に帰る時間がないので、たけが東京に来て母子は落ち合った。たけが注文の小熊を渡すと、「戦友の三枝君とともに腰につけるのです」といった。

宮城を遙拝《ようはい》後、たけが、「靖国神社に参拝に行きましょう」と誘うと、稔は、「また来るから行かなくていいよ」と答えた。たけは不覚にも、また休暇が出るのかなと思った。

稔はこのとき、自分が祭神となって靖国の社に帰ってくることを暗示していたのである。たけが小遣い銭を渡そうとすると、逆に稔は、「お母さん、小遣いをあげます」という。「あなたが血みどろの訓練でいただいたお金を、いただくわけにはいきません」と、母親は押し返す。なかに入った兄が、両者の金を合わせて短刀を買い求め、稔に渡した。

森と三枝は仲がよく、二人とも十八歳で搭乗員中の最年少者。それぞれに美少年で、花ならば蕾《つぼみ》の若さである。

森が、土浦空にいた十九年七月末日に家にあてた手紙に、次の一節がある。

「（帰省から）帰郷後、一週間ばかりは家のこと、皆の顔が目にちらついて居りましたが、このような弱いことではと、思いなおして頑張りました。でも休暇で却《かえ》って新たなる何ものかをつかんだ気が致します。もういつ死んでも心残りはないとさえ考えました。思い出は生活をたのしくします」

この時点では、まだ人間魚雷の作戦は聞かされていない。が、敗色日増しに濃くなるばかりの戦況から、死が目前に迫りつつあることを、若い体が鋭く感じとっていたに違いない。その覚悟に至る心の起伏は、他者にはうかがい知ることができない。

森が発進するまで行動をともにしていた整備兵曹が、「なにか欲しいものはないですか」と尋ねたところ、森は、「北海道名産の筋子をもう一度食べたい」と、笑いながら答えている。

三枝の熱のこもった訓練ぶりが、小灘利春少尉の思い出にある。帖佐中尉から小灘が引き継ぎ、大津島で予科練の指導にあたっていたころのこと。小灘は、泊地の艦隊を攻撃する場合の狭水道通過と隠密潜入方法について講義した。

そのなかで、狭水道を通過しようとして入り口に差しかかり、浮上した位置が計画地点よりも左右にずれていた場合にとる方法を、小灘は次のように示した。

「その狭水道を計画針路を変えずに通航するために、自艦の位置を左右にずらす行動、すなわち偏位運動がある。それは欠点といわれる回天の大きな旋回圏をむしろ利用して、仮に計画地点より左に百メートルずれていた場合、右に三十五度変針し、艇が針路を変え終わったとき、すぐ今度は左に三十五度変針すれば、元の針路に戻って、位置は右に百メートル移っている道理である」

講義のあと、三枝練習生の搭乗訓練があって、小灘が追躡艇《ついじょうてい》指揮官になり、三枝の航跡を追っていたとき、徳山湾の湾口の前で、見事な航跡を描いてこの偏位運動を実行し、湾口の真ん中を潜航したまま通過に成功した。

（右）森稔二飛曹。（左）三枝直二飛曹。

偏位運動には利点があるのだが、必ずしもこの手法でなくとも、位置が狂ったときの対策はほかにもあった。しかし、教わったばかりの説明を理解し直ちに実施に移す三枝の積極性が、小灘にはうれしかった。

森と三枝は大津島から出撃の前夜、日ごろよく面倒をみてもらっていた先任将校の近江大尉を訪ねて別れを告げたあと、「まだ南十字星を見たことがないので、南方に行ったらよく眺めることができます」と、楽しそうに語った。その底抜けの明るさに、近江は胸をつかれた。

「（伊五八潜の）航海長の真山大尉は私と同期だ。彼によく頼んでおくから安心せよ」といって、近江は、スラバヤから持ち帰ったドロップ一缶を航海中に食べるようにと手渡した。二人の喜ぶ様子は幼児のようで、あまりに無邪気な笑顔に、近江は涙の出る思いであった。

突入の日が迫っても、二人は相変わらず無邪気に笑い会話を交わしている。垣間見る乗員たちは、いたたまれない気持ちであった。

橋本艦長がのちに著した『伊58潜帰投せり』などに、当時の状況が次のように描かれている。


特攻隊員は潜航中、当直がないので五目並べや将棋をやった。三枝君は航海長の真山孝也大尉と幼時の思い出話、特に富士山と八ヶ岳の背比べの話などをして至極無邪気に過ごしていたようだった。
二、三号艇の森、三枝の両二飛曹は甲板から出ないと乗艇できない（注・甲板上の架台に取り付けた回天内に入るには、母潜内から交通筒で直接上っていく方法と、いったん浮上した潜水艦から甲板に下り回天の上部ハッチから回天内に入る方法との二つがあった）。
敵が来たら間に合わないので、早めに乗艇を命じた。

雲はあるが星は明るい。暗いので顔はよく見えないが、防暑服に白鉢巻きの最後のいでたちをした二人が艦橋に上ってきた。しばらく無言で立っていたが、三枝は、

「艦長、南十字星はどれですか」

と、聞く。突然だったので、空を見上げて探したが見当たらない。航海長は毎日天測で星とにらめっこしているから判《わか》るだろうと思って聞いたところが、まだ出ていないということ

だった。

「もう少ししたら、南東の空に美しく輝くよ」と、教えてやったが、

「乗艇します」

二人は決然挙手の敬礼をして立ち去ろうとした。橋本艦長は、一人ずつ手を握り「成功を祈ります」といって、暗闇のなかを後甲板の回天に乗り込む後ろ姿を見送った。

艦長が下級者に敬語を使っている。

三枝は、あれほど期待していた南十字星を見ることかなわず、艇の人となった。

一月十一日、午後九時四十三分浮上。目指すグアム島アプラ港から西十一海里の距離である。飛行偵察で、敵輸送船の大型が二十隻と小型四十隻、浮きドック四と分かった。獲物がいささか少なく回天搭乗員には気の毒だったが、橋本艦長は、「いちばん大きい、荷物をいっぱい積んでいそうなのを探すように」と督励した。

伊58潜艦長として回天作戦にあたった当時を語る橋本以行氏。平成9年5月、京都市の梅宮大社で。
発進点までの間、森と三枝は暇をもてあましたのか、「アイスクリームはうまかった。もう少し食べたい」などと、司令塔と話していた。
十二日午前三時、「一号艇、発進」が下令される。一号艇の石川中尉は、「天皇陛下万歳！」と

叫んで発進。続いて二号艇の森二飛曹、四号艇の工藤中尉、三号艇の三枝二飛曹と突進していった。その直後、敵機が来襲したため、伊五八潜は、戦果を確認するいとまもなく退避しなければならなかった。

森が北大医学部に在学中だった兄の森茂にあてた遺書の一部を、次にあげる。

「昭和二十年の春を征途の途上に迎え、洋上はるかわが血脈相通ずる愛艇の内より、大君のしろしめす故国の空を拝し奉り候いて、大君の万歳と大日本帝国の必勝を祈り候えば、髣髴《ほうふつ》として沸き起こる故国の山河、人々の顔、唯々《ただただ》目頭熱くなり候いて、撃砕せずんば止《や》まざるの念を更に固め申し候。

古人の言に、花は散りてこそ花よと惜しまれ候と御座候。咲くは精華に候わず、散りてこそ真の花と存じ候。いまさら散るの咲くのと言い候も意気地なきことと存じ候えども、若輩の身の浅ましさとお許し下されたく候。命より名こそ惜しけれと言い候内はまだまだの事と存じ候。君国の御為《おんため》には名すら惜しみ候わずとまで行きたきところにて候」

三枝は、大津島出撃前夜の十二月二十九日、父一止《かずとめ》、母いちあてに次の遺書を書いた。

「軍人の生涯はこれ死の修養にて候えば、期に臨みことさらに残すべき言も候わず。唯々日ごろの不孝御無沙汰《ごぶさた》をお詫《わ》び致し申すのみにて候。

君の為国の為命を致すは人の子の道なり、とは父上、母上の常々諭されたまいしところ。ただいまこの御教訓の万一にもお応え奉るの期を得たるは唯一の孝の道にやと喜びに堪え申さず候。思うに古来人多けれど真の死に場所を得たる人は余り聞き及び申さず候。これその得難きの為ならんと存じ候。

然《しか》るに私、願うとも叶《かな》うまじき千載一遇の好期を得たるはこれ一重に御先祖の有難きとりはからいならんと唯々感謝し居る次第にて候。

私この度、立派に相果て申すことを得ば、私を只今《ただいま》の私たらしめて下されし方々に対し万一の報恩の緒にもつきなんと満足至極にて候。男と生まれ国に報ゆるの務めを尽くすを得るは男子の本懐にて候えば、母上、弟をも私の後に続かせ下されたく存じ候（後略）」

三枝の戦死後、父親は自宅の中庭に仏堂を建て、昭和五十四年（一九七九）には、直の墓前に非戦の誓いをこめて平和観音を建てた。

森の両親も参拝に訪れ、二組の老夫婦は親交を深めた。三枝の肖像と位牌《いはい》の傍らに森の遺影も掲げられており、死をともにした二人の若者が、手をつないで親たちを親しく見つめているようであった。二人は戦死後、空前の四階級特進の少尉を贈られた。

筆者は近年、三枝少尉の令兄で、戦後、山梨県立農林高校校長を務められた三枝正徳氏から、「短い人生を、当時の青少年として最上の生きかたを志した。まったく悔いのない人生であったと思います」とのお便りをいただいた。

先任搭乗員の石川誠三中尉は陽気で屈託なく、ズバリものをいう。発進前の艇内で「目んない千鳥の高島田、見えぬ鏡でいたわしや」と口笛を吹いているのが母船内の連絡係の砲術長が電話機で聴いている。その彼が残した手紙には「飛行機による写真偵察のもっと詳しい状況が知りたかった。だいたい敵の防備状況（筆者注・防潜網、防材を施してあるか）港湾の状況（水道、通航可能の場所）をちっとも教えることなく出撃させるとは、いささか無責任ではないか」と、不満を述べている。

アプラ湾の交戦については米側の発表はないが、日本側の戦闘詳報には「黒煙がのぼっていた。異常に頻繁な電話交信があった」と記載されているので、何らかの異変があったようだ。

われ亡くも永遠にほゝえめ

第一陣の菊水隊の先任搭乗員として出撃したものの、自艇が母潜の架台に密着して離れずむなしく引き返した吉本、豊住両中尉は、一特基の長井司令官に強硬な直訴を試みて伊四八潜で出撃し、再度ウルシーを目指した。

吉本は、色浅黒く、笑うと白い歯がこぼれる好男子。大津島基地にいても難しい言葉は一切使わず、訓練以外では朗らかな談笑ばかりが目についた。菊水隊作戦から帰ったばかりの吉本に、たまたま呉で出会った期友が率直に尋ねてみた。

「このまま命を捨てて、心残りはないのか」

吉本は昂然《こうぜん》と答えた。

「おれは『身体強健、いかなる激務にも耐えうる。したがって最も危険な配置を志望する』と勤務申告書に書いて提出した。だから、与えられた今の任務は本望だ」

明るい談笑のなかにも、進んで死地に赴く意義を一人で考えぬいていた。出撃前に両親にあてて、「二十二年間、真に清き楽しき人生を送り、またここに無上の死処を得たる健太郎、誠に果報者にして欣然《きんぜん》死地に投ずべく候」と書き残している。次は数多い遺詠の一つである。

身は千々に血肉の玉と砕くとも何か惜しまむ堀の埋め草

同じ伊四八潜に乗り組んだ塚本太郎少尉は、慶応大学経済学部から採用された兵科予備学生の出身である。

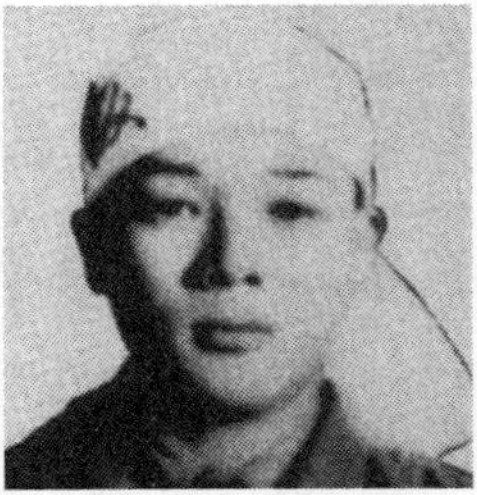
塚本太郎少尉。

予備学生制度は、飛行関係はすでに昭和九年（一九三四）に発足していたが、太平洋戦争開戦直前に規則が改正されて、砲術、水雷、航海、通信などの一般兵科にも適用し、総称して海軍予備学生とし、十七年一月（第一期生採用）から施行された。対象は、大学生および高等専門学校卒業者で、二十年二月の第六期予備学生の採用をもって終了した。

採用されると、海軍将校として必要な基礎教育、専門術科教育を習得後、少尉に任官し、基地や艦船に赴任した。予備学生はもともとは軍隊とは関係のない人たちであったが、戦争の長期化に伴い、兵学校、機関学校出の正規軍人だけでは対応しきれず、海軍は彼らに依存せざるをえなかった。

予備学生のほかに旧制高校生ら予備生徒も十八年から採用し、兵科の予備学生・生徒の任官者総数は、第一期海軍予備学生会の調べによると、約一万三千名に達し、うち約千二百名が戦死した。甲標的、回天、震洋、魚雷艇などの搭乗員の大半を予科練出身者、次いで予備学生出身の学徒士官が占めた。

これに対し、飛行科の予備学生は、神風特攻隊の主力となって奮戦した。

兵科予備士官のうち、一期から三期までが志願してきたクラス。このうち、三期は最も多くて三千五百名である。四期学生と一期生徒は、十八年十二月、いわゆる学徒出陣で徴兵入隊した者から採用された。人員数は三期とほぼ同数。同じ慶応で菊水隊で出撃した渡辺は三期、塚本は四期である。

塚本は、大正十二年（一九二三）十月四日、東京麻布に父福治郎、母郁子の長男として生まれ、その後、省線（鉄道省経営の電車を省線と呼んだ。現在のＪＲ）田端駅に近い滝野川区（現北区）に移った。

父福治郎は大手の会社で貿易関係の仕事をし、独立して広告事業を始める。地下鉄車内に初めて中づり広告を出した。アメリカの飛行機の爆音を機種別に録音し、聴音訓練に役立てる音識別装置を備えるなど、ディスク産業の先鞭《せんべん》をつけた。次男の悠策が日本橋の広告代理店「高速商会」の社長を務め、父親の仕事を引き継いできた。後述するように、塚本は戦時下には珍しい「声の遺言」を残しているが、これも父親の仕事のたまものなのである。

自由で進取的な家風から、日曜日はパン食。塚本は、両親をそれぞれパパ、ママと呼ぶハイカラな環境のなかに育った。戦争に入ってからもこの調子で、なぜ敵国の言葉を使うのかと、一回り年下で国民学校低学年の悠策には奇異に感じられた。

塚本は幼児期から運動神経が鋭く、大人が手を広げるとその上に乗ってバランスを崩さずにいつまでも立つことができた。慶大に入ってからは水球の選手として鳴らし、ゴールキーパーとして相手のシュートをことごとく跳ね返し、「ゴールの壁」といわれた。予科一年のときに東亜競技大会（現在のアジア大会）に出場した。日本は見事に優勝したが、メンバーのなかで予科一年は塚本一人だけで大抜てきであった。克己心《こっきしん》の強い性格で、勧められたわけでもないのに、突然、自宅で一週間の断食に入ったりした。十九歳のときのことである。

また、日本橋から伊勢神宮まで、四百キロを十日間で歩き通した。水球のキーパーは常に立ち泳ぎをしていなくてはならず、足の持久力、瞬発力が必要とされるためであった。

試合になると顔つきまで変わった。シュートミスをすると、「なんだ、そのシュートは！」と怒鳴るが、シュートをきれいに決めると、「いや、参った。大したものだ」と、人懐っこい笑みを浮かべて褒めた。

激情にかられるタイプではないが、水球の訓練一つをみても、チームのために自分を徹底して鍛えぬく性格なのである。

塚本が学徒出陣で入営する直前の十八年十二月十日、父福治郎が経営する高速商会銀座白《はく》牡丹《ぼたん》ビル二階のスタジオで円盤（ディスク）に録音した、「出陣に際して」と題する家族あての言葉が残っている。戦死後に見つかったものである。

「父よ、母よ、弟よ、妹よ、そして長い間はぐくんでくれた町よ、学校よ、さようなら」と呼びかける、感謝の言葉に始まっている。当時二十歳と二ヵ月。若々しい、低く力強い語りかけである。

「こんなわがまま者を、よくもまあ本当にありがとう。僕はもっと、もっと、いつまでもみんなと一緒に楽しく暮らしたいんだ。愉快に勉強し、みんなにうんとご恩返しをしなければならないんだ。春は春風が都の空におどり、みんなと川辺に遊んだっけ。夏は氏神様のお祭りだ。神楽《かぐら》ばやしがあふれてる。秋になればお月見だといって、あのがけ下にすすきをとりにいったね。雪が降りだすとみんな大喜びで外へ出て雪合戦だ。昔は懐かしいよなあ」

「しかし、僕は、こんなにも幸福な家族の一員である前に、日本人であることを忘れてはならないと思うんだ。日本人、日本人、自分の血のなかには三千年の間受け継がれてきた先祖の息吹が脈打っているんだ。よろいかぶとに身を固め、君の馬前に討ち死にした武士《もののふ》の野辺の草を彩ったのと同じ、同じ血潮が流れているんだ。

そして今、怨敵《おんてき》討つべしとの至尊の詔《みことのり》が下された十二月八日のあの瞬間から、われわれは、われわれ青年は余生のすべてを祖国にささぐべき輝かしき名誉を担ったのだ。永遠に栄あれ、祖国日本。われら今ぞ行かん。みんなさようなら。元気で行きます」

こうして塚本は、十九年二月一日付で三浦半島西岸の武山海兵団に入団する。六ヵ月の基礎訓練ののち、長崎県川棚にある水雷学校の臨時魚雷艇訓練所に移った。

四期予備学生に対する回天隊搭乗員の募集は、水雷、航海、対潜の各学校の在校生に向けて行なわれた。水雷学校で第一陣の募集があり、塚本は特攻隊員を志願する。長男であるため一度は断られたが、「弟がいますから構いません。なんとしてでも私を採用してください」と、野地学生隊長に血書嘆願して粘って許可される。「回天隊員に選ばれてよかった」というのが、彼の所感である。

十九年九月中旬、大津島へ。訓練開始。十一月中旬、金剛隊員に帰省許可。最初で最後の帰宅である。銘仙の着物姿の母を見つめて、太郎はいった。

「お母さん、その着物で僕の座布団を作ってくれませんか」

母は着物の片袖で座布団をこしらえ、小包にして大津島へ送った。

塚本はこのときの帰省で、母に一冊の手帳を残している。川棚時代につづった陣中手記で、最後に書いたのは六月二十日である。冒頭から「死」の文字がいくつも連なっており、「いかにしてよく死ぬか」に全霊をこめた所感文となっている。

高揚した精神は、これを補強する言葉を必要とする。それは聖書であり、葉隠であり、西郷隆盛、吉田松陰の言葉であったりする。

最初の方の「果断　積極」の項では、「予備学生、コレハ玉石混淆《ぎょくせきこんこう》ノ意ダ。偉イ奴《やつ》、ズルイ奴、呆然《ぼうぜん》タル男、トンデモナイ連中、ソシテ国賊モ」と、自戒をこめてか手厳しい。

「俺《おれ》ノ待ッテイタノハ此《こ》ノ兵器ダ。ドウシテモ俺ハ之《これ》ニ乗ル。之コソ俺ノ死ニ場所デアル。血書嘆願」と、回天搭乗を決めたあとで、この決意を自らに確かめるように、「熟慮ハ一度ニテ足ル。二度三度スレバ神機ヲ失ッテシマウ」、「莫《ばく》妄想（注・妄想することなかれ）」と、動揺しそうな自分をしかりつけている。

「人ニ表裏ガアルノデハナイ。自分ノ心ニ表裏ガアルカラワカルノダ」、「自己ニ残忍ナル者程人間風格ノ高イ者也《なり》」と、人間心理に対するうがった見方や激しい言葉も見える。

「国ノ為《ため》ニハ血ヲ流シ、人ノ為ニハ涙ヲ流シ、自分ノ為ニハ汗ヲ流セ」、「愉快ダ幸福ダ。世界史ニ一大画期ヲナスノハ俺達ダ」

と続く。

「特攻隊」の項では、

「君国ノ為苦シンデ苦シンデ死ヌ。コレホド生キ甲斐《がい》ノアル人生ガマタトアルカ」、「神ヲ敬イツツ運命ヲ蹴飛《けと》バセ。愛スル人々ノ上ニ平和ノ幸ヲ輝カシムル為ニモ」

と結び、四十首もの短歌で心境を歌っている。内心の葛藤《かっとう》、心が激しく揺れ動きながらも精神の極北へ、高みへと上りつめていく様が手にとるようである。

　われ亡くも永遠《とわ》にほゝえめたらちねの涙おそろし決死征《ゆ》く身は

このような内に秘めたたぎりたつ情念とは裏腹に、塚本の出撃までの日常は、静かで目立たないものであった。下級者に威張りちらすようなことはまったくなかったと、当時の下士官が弟の悠策に語っている。

十九年十二月の中ごろ、塚本は回天隊の同期の友に別れのあいさつをするため、内火艇で大津島から光基地に行った。予備学生の回天隊員は入隊順に士官講習員の各期別に編成され、三期予備学生は回天隊の六期に、四期予備学生は回天隊の七期から九期までの各士官講習員に割りあてられ、塚本は七期である（水雷学校出身の予備学生は四期と七期）。

塚本は、宿舎で七期の友にあいさつしたあと、八期の大石法夫《のりお》にあいさつしていった。

「大石、おれはな、区隊長の水村（卓二）中尉にこういわれたよ。『塚本、おれは貴様が好きだ』と」

大石はうなずいて答えた。

「そうだろう。貴様は誰にでも好かれるやつだからな。男がほれこむ男だよ、貴様は」

塚本は澄んだ目の色をしていた。大石は短くいった。

「出撃が決まったんだな」

大石は、京大法学部出身。塚本とは武山海兵団で同じ区隊に配属され、半年間起居をともにした仲である。塚本が水球のエースなら、大石は水泳の名選手である。広島高校時代、五十メートル自由形のクラスマッチで二十九秒フラットの新記録を出している。武山では塚本と一緒によく泳いだ。大石は、塚本のさっぱりした気性が好きだった。

塚本は甲板学生に選ばれた。甲板学生は長い棒を持ち、たるんでいる学生をひっぱたく。

が、塚本はめったにその棒を使わなかった。チームプレーを大切にし、リーダーシップをとることに優れていたと、大石は回想する。

武山海兵団を卒業後、塚本は水雷学校へ、大石は横須賀の航海学校へと別れていて、五ヵ月ぶりの再会であった。

「さらばだ」と塚本。

「おれもじきに行く」と大石。挙手の礼を交わす。これが二人の最後の別れとなった。

塚本は、十二月二十五日付で少尉に任官。二十年一月八日、伊四八潜は大津島を出撃していった。

米駆逐艦、一瞬空に跳ぶ

伊四八潜を追跡してみる。先遣部隊戦闘詳報は、「回天四基全基発進。油槽船一隻、巡洋艦一隻を含む有力艦船四隻を轟沈《ごうちん》」と掲載。母潜については、「事後制圧を受け、電報発信の機会なかりしものと認む」として、「戦果」を強調している。回天は発進済みと解釈している。実はまったく違う。

戦果はなかった。しかし、頭上の狼《おおかみ》の制圧で艦体が圧壊されると分かったそのとき、伊四八潜に搭載されていた回天の搭乗員は、もはやこれまでと、刺し違える覚悟で電気信管を押し、大爆発を起こさせて果てたのである。すさまじい破壊力は、真上にいた駆逐艦を海面から押し上げた。

最新鋭の伊四八潜は、昭和二十年一月二十一日早朝にウルシーの西方口から環礁内の艦艇を攻撃する命令を受けて出撃したが、なにか故障があったのか命令が急に変更されたのか、予定より大幅に遅れた。日本時間の二十一日午後七時半、ウルシーの真西十八海里（三十三キロ）の海上を十八ノット（時速三十三キロ）で浮上したまま東方に航行中、敵の哨戒機に発見された。

菊水隊の伊四七潜の例でも分かるように、回天の発進地点は水道口から十二海里離れた所が妥当である。敵機に発見されたころ、伊四八潜は搭乗員をすでに移乗させ、潜航する態勢に入っていたと推測できる。二十一日の深夜に攻撃する予定であった。一つの疑問は、水上航行中になぜ十三号電探を使っていなかったかということである。十三号電探は、一機の哨戒機でも見逃すことはなく、方向を探知されることもないからである。

頭上の狼（米駆逐艦）と眼下の敵（伊四八潜）との三十八時間にも及ぶ死闘が始まる。潜航している艦内の炭酸ガスの濃度が極限まで高まる。息苦しく、思考力はゼロに近い状態である。敵は「コンクリン」、「レイビー」、「コーベジェ」の三護衛駆逐艦。またしてもあの「コンクリン」である。護衛駆逐艦とは、ドイツのUボート対策で開発された排水量千三百五十トンの小型駆逐艦で、小さいながらも連装機銃など多くの兵装をもち、最新鋭のソナー、レーダーを備えている。また、「レイビー」は大戦中、最強の潜水艦殺りく艦の一隻だった。三隻は必死で伊四八潜を捜索する。「コンクリン」の戦闘詳報は、非情な文字で次のようにつづる。以下は日本時間。

二十三日〇三一〇、コンクリンの艦対艦電探に感度があった。

〇三五一、コーベジュはヘッジホッグを発射したが、最初の攻撃は効果がなかった。コーベジュは〇五〇二まで一時間余り発射したが効果なく、ヘッジホッグに不慮の事故が起き、一時発射不能となる。

〇九二一、コンクリンは距離二千四百ヤード（約二・四キロ）で感度を得て接近。

〇九三四、コンクリンはヘッジホッグを一斉発射。発射後、ストップウオッチにより十七秒後、四、五発のヘッジホッグの爆発音を聴取。爆発音から計算して目標の深度は五十三メートル。

〇九三六、コンクリンは横向きで、ヘッジホッグの弾着距離に近すぎたため、きわめて激しい爆発を、近くの水面下で経験。その激しさは艦が海面からもちあがるような激しさだった。たくさんの大きな気泡が舷側に盛り上がり、広い海面が沸騰して広範囲に広がった。コンクリンの主機械、舵とり装置、各種動力のすべてが動かなくなった。

艦内事務所用の千四百ポンド（六百三十六キロ）の金庫が、床の溶接個所を引きちぎり、甲板の上を八フィート（二・五メートル）も移動するすさまじさだった。

一〇三〇、コンクリンの左主機械が復旧し、航走。艦の周囲には、所構わず大量の人間の遺体が見つかった。コンクリン艦長は、腕の一部がついた人間の肩を見つけた。数匹のサメが泳いでいるのが見かけられた。この潜水艦は完全に撃沈されたことが第九四・六・二任務隊指揮官へ報告された。

米側の対潜記録のなかには、「ドップラーは目標が遠のく方向である」という記載がしきりに出てくる。米水上艦には、敵潜の推進器音をドップラー効果で解析する方式が対潜攻撃法に定型化されていた。日本海軍の実施部隊では、ドップラー効果という、音波解析に関する用語を聞いたこともなく、採用されたこともなかった。音波の活用について、日米間の格差は大きかった。ドップラー効果は、現在、高校二年の物理の授業でも教えている。

特筆すべき事実がある。大爆発のショックで「コンクリン」全体が海面から浮き上がったのである。僚艦の乗組員が、このとき、「コンクリン」のキールの下から向こう側に太陽が見えたと証言している。瞬間的にせよ、現実に「コンクリン」は跳び上がったのである。また、「コーベジュ」の報告によると、「コンクリン」の動力源のすべてが失われた。艦は航行不能となったが、数分間で回復した。

大爆発は、明らかにヘッジホッグの反応を確認してから発生している。単に潜水艦が撃沈されただけでは、これほどの異常現象は起こらない。真上にいる駆逐艦を道連れにしようと、回天が母潜に固縛されたまま自爆したとみるのが自然である。伊四八潜が現場に長時間いて退避しつづけたのは、回天の発進位置を決めようとしたためとも考えられる。回天内にはい上がっていたのは、先任の吉本か豊住か、それともほかの誰かか。ヘッジホッグの爆発により、撃沈が不可避となった二、三分後、頭上の狼に届けとばかりに自爆したのであろう。

塚本の乗った回天の搭乗席には、母親が着物の片袖で作った座布団が敷かれてあったに違いない。

三月二十五日、家族に遺品が送られてきた。なかにウイスキーがしのばせてあった。塚本の最後の父親孝行であった。

用意周到の訓練で出撃

菊水隊のあと、出撃志願者が急増した。板倉指揮官は、毎晩のようにたたき起こされ睡眠不足が続いたが、むげに追いかえせない。

そのなかに井芹二曹がいた。熊本県出身の、不敵な面構えをした下士官である。「近く人選するから、それまで待て」と説く板倉に対し、「待てません。自分が駄目なら、その訳を聞かせてください」と食いさがる。午前二時である。板倉は根負けし、「よし、明日の訓練を見て考えよう」と約束した。

当日、井芹は生き生きとした顔で発進した。滑り出しは好調で、露頂の秒時が短い。露頂とは海面上に特眼鏡（潜望鏡）を出すことで、この操作により周囲を観察する。露頂するには、深度と速度を計る二つのハンドルを両手で巧みに操作しないと素早く海面に出せない。潜入するときも同じで、この操作に失敗すると潜りにくくなり、艇全体が海面に飛びだす「イルカ運動」を起こしやすい。露頂の時間（秒時）が短いほど優れた技量といえる。回天を操縦するうえで、最も基礎的かつ重大な操作なのである。

井芹はそれだけではない。潜入時にあがるしぶきも少なくて、敵から目立ちにくい態勢をとっている。ところが、変針点を過ぎると急に怪しくなってきた。露頂が遅れ、危うく島に激突しそうになったが、上空の監視機が発音弾を落としてくれて事なきを得た。板倉はがっかりした。あれほど粘っていた割に、明らかに心が揺れているとみた。

ところが、

「井芹二曹、訓練終了。ただいま帰投しました。異常なし」

いけしゃあしゃあと報告して、悪びれた様子がない。

「なにが異常なしだ。まるででたらめではないか！」

板倉は頭ごなしに怒鳴りつけた。

「申し訳ありません。途中で秒時計《びょうじけい》（走行距離を測る）が止まりましたので」

「なに、秒時計が止まった？　それでどうしたのだ」

「脈拍で潜航秒時を計りました。それが、いつもより遅かったようであります」

板倉は絶句した。井芹は普段から自分の脈拍を計測していた。ひたすら体当たりの日を目指し、このような不慮の事故に備え、用意周到に訓練に励んでいたのである。健気な心がけに、板倉は自分の不明を恥じた。

十数日後、井芹は、晴れ晴れとした顔に微笑を浮かべ、金剛隊伊四八潜の一員として出撃し、散華した。遺書も遺言めいた言葉も残すことなく。

赤道を越えて、最も遠い南西太平洋のビスマルク諸島に属するアドミラルティのセアドラ港に向かった伊五六潜は、敵の警戒があまりにも厳重すぎて、射点に進出することすら危ぶまれた。対潜哨戒機と護衛駆逐艦の連携プレーにより、伊五六潜は攻撃予定の三日前から終日頭を上げることができなかった。港口は防材で固められている。

柿崎中尉は、自分が防材を爆破するから、そのあとで残りの三基を出してほしいと主張したが、森永艦長はなだめて、攻撃を断念して引き上げた。

ここに、軍医中尉齋藤寛が伊五六潜に乗り組んだとき、柿崎と語った手記がある。

電探室の前で煙草に火をつけて顔を上げると、鉢巻をつけた柿崎中尉が来て立っていた。私はこの特攻隊員の心境が聞いてみたかった。

（中略）

「突入のやり直しなんかで、奇襲がやりにくくなったでしょうね？」

と大きな声でエンジンの騒音越しに怒鳴った。

「…………」

「柿崎君から見ると潜水艦が随分臆病《おくびょう》に見えるでしょうね？」

「…………」

「…………」

私も黙って話の継ぎ穂を考えていると、ポツリと、

「生きるほうが困難です。死ぬのはやさしいです」と言う。

「でも生きることへの執着は本能ですからね」

「…………」

私は話の糸口が見つかったような気がして、思い切って聞いてみた。

「どんな気持です。今？」

「…………」

「…………」

「早いほうがいいですね。他《ほか》じゃ皆、やったでしょう」

「…………」

私には何だか彼の気持が分かるような気がした。（齋藤寛著「鉄の柩《ひつぎ》」光人社ＮＦ文庫）

柿崎は、基地に戻るのが不本意だったのである。柿崎に限らない。菊水隊に始まって九隊目の多聞隊に至るまで、回天搭乗員は潜水艦内で平静に過ごしていた。乗員の邪魔にならぬようにと、細かい気配りさえみせていた。米艦船の模型をとりだしては、あれこれと向きを変えて測的の訓練をする。攻撃の日時が迫っても焦る様子はなく、軍医らと囲碁、将棋、トランプに打ち興じたりしている。いささかのこだわりも感じさせない、海軍用語でいう「ハートナイス」の若者たち。回天を四回攻撃地点に運んだ折田善次潜水艦長は、ノンフィクシ

ヨン作家佐藤和正の質問に対して、彼らを「神様、ほんとうに神様。私どもにはとてもできません」と答えている（『艦長たちの太平洋戦争』光人社）。

金剛隊による総合戦果は、各潜水艦長の報告や諸情報により、特設空母など十八隻と判定された。しかし、戦後の米軍の資料には該当する記録はない。

潜水艦長の報告は、「命中予想時刻の〇四五五、フンボルト湾に一大火災を確認＝伊四七潜」、「命中予想時刻の〇五二〇、〇五二五に大爆発音二を聴取＝伊五三潜」、「退避中の〇五三〇、アプラ港に黒煙二条の沖天《ちゅうてん》を視認＝伊五八潜」、「命中予想時刻に四回の大爆発音＝伊三六潜」など九件が出されているが、菊水隊作戦と同じく、いずれも艦の沈没を潜望鏡で確認したものではない。

しかし、大火災や黒煙を目撃しているのであれば、敵の基地になんらかの異常事態が発生したとみて差し支えないのではないか。伊五三潜の航海長菱谷清《ひしやきよし》大尉は、「伊東、有森艇の発進後、それぞれ大爆音を聴取した。湾内に突入し、成功が確認された」と、昭和六十三年（一九八八）に行なわれた慰霊祭の際に、追悼の辞のなかで述べている。

米軍側の裏付けはないのだが、当時の鳥巣第六艦隊水雷参謀は、「回天作戦全体を通じて、輸送船などの撃沈破が相当あったのではないか」と推測している。

戦後、山田穣元大尉は、伊五三潜が出撃したパラオを慰霊訪問した。ウルシーなどと違って、コッソルはどこが水道でどこが環礁なのか区別がつかない。見たところ一面の海である。

水道の入り口が分からない。「軍令部、連合艦隊、第六艦隊の司令部はなにを考えていたのか」と、山田はその「でたらめさ」を確認した。当時は、そうした地理的事情を調査することなく単純に作戦をたてたのであった。

筆者は回天伊五八潜艦長の橋本以行氏（当時少佐）から当時の事情につき、お手紙をいただいた。そのなかで、橋本氏は敵の防備、レーダーに対する調査不足、洋上攻撃変更に対する訓練、装備の不足等、いろいろあったとし、「鳥巣参謀は艦隊司令部に積極的に意見を述べたが実施されなかったようです」と説明している。そして「なにぶん、終戦に近く、なんとかならんかという、無理でも敵を少しでもやっつけたいという、焦った心が先行したと考えられます。有無をいわせず、搭載、出撃という状態でした」と、切羽詰まった生々しい窮状を伝えている。

第五章　光基地を重点に部隊編成

マニュアルなき訓練

昭和十九年十一月二十五日、予備学生と予科練が多数入隊したため、徳山沖の大津島基地の東方、同じ山口県内の周防灘《すおうなだ》に面した魚雷生産量日本一の海軍工廠の町光市《ひかりし》に、第二の基地が新設された。ほぼ半数を先発隊員として光に移し、回天の調整工場の完成とともに訓練も始めて、光が回天の重点基地となった。このあと、翌二十年三月一日に山口県東端の平生《ひらお》、四月二十五日に大分県別府湾北側の大神《おおが》に、それぞれ基地が開設される。

予備学生出身の搭乗員大石法夫が光基地に来たのは、十九年十一月末である。大石も志願組である。基礎教育が終わり、航海学校で学んでいた十月二十日ごろ、同期三百名とともに講堂に集められた。下士官、教員が外を見張って扉を閉める。ちょっと異様な雰囲気であった。

隊長が話を始めた。水中特攻兵器が採用されたこと、士官搭乗員が少ないから航海学校から採用するようにとの指令が出たことなどを告げる。そして、隊長は説いた。

「これに応募するには戦友とも相談してはいけない。自分の意思で申し出よ。ただし、後顧の憂いのない者に限る。一晩考えよ。半年訓練したら、あとは突っこんでいく」

自分が一身を賭《と》して守らなければわが国は危ない。そう考えて、大石はすぐに区隊長に申し出て、三百名中八十名の一人として採用された。大半が応募したらしい。それからいったん川棚の魚雷艇訓練所で講習を受け、八十名のうちの三十名が先に光へ行って八期士官講習員となった。汽車で光に到着するまで、回天という兵器についてはなにも知らされなかった。

八期士官講習員が黒の一種軍装で光駅に降りると、先輩の士官たちがトラックで荷物をとりに迎えにきてくれた。駅前に整列し四列縦隊になると、「駆け足」の号令がかかり基地まで駆け足をさせられた。基地に着くと練兵場で横隊行進をやらされた。期友の一人が水たまりをよけて通った。よけた男は、呼び出されてこっぴどく殴られた。

練兵場を通って風呂場に行くにも駆け足である。ぶらぶら歩いていると、「待てっ」、「ぼやぼやするな」と声がかかって殴られる。予備学生にとっては厳しい体験である。

大津島の基地が雨露もしのぎかねるバラックであったのに対し、光の宿舎は本建築で娯楽施設も完備していた。「おおらかで気分のよい基地だった」と、大石は回想している。

兵科予備学生三期（士官講習員六期）に、後年の文化功労者の上山春平（哲学）がいた。豪放で貫禄《かんろく》があり、大石たち八期の指導官を務めた。八期の先任は後述する和田稔で、上山とは正反対の繊細な性格である。哲学者西田幾太郎《きたろう》の秘蔵っ子といわれた上山は、いつも首に数珠をかけてそれをシャツの内側に入れていた。このときの心境を上山は近年、大石に手紙で次のように説明している。

「京大在学中の昭和十七年に空海さんとのご縁が生じて、長い心の泥沼を脱する糸口を与えていただきました。私は回天隊でいつも首から数珠をかけていたのですが、それは、私が空海ゆかりの虚空蔵求聞持法《こくぞうぐもんじほう》を長谷宝秀氏より受法したときにいただいた数珠でした」

上山は重いノイローゼを空海の行法に示唆を得て克服し、生気を与えられて心身の総力をあげて八期の教育に没頭した。戦時下には、哲学で精神を鍛える学生が多かった。

一期飛行専修予備生徒で神風特攻隊員の根本千秋は、フランスの哲学者デカルトの二元論に共鳴し、零戦で飛びながら自分にいいきかせた。

「おれのこの体は、おれとはなんの関係もない。おれの体は死んでも、精神が残るのだから」と。

戦後、根本は毎日新聞中部本社編集局長に至るまでこの精神を失わず、整理部記者として紙面づくりに体当たりしていった。

海軍の学校でも、哲学や論理学を教えることがあった。兵学校六十七期の今井賢二は四号のころ、文官教授が西田哲学を説いたことを覚えている。「聖人とラッパ」という題で、偉人もそうでない人も、人間の値打ちに変わりはないという趣旨だったようだ。才能、考えかた、立場を異にする者、つまり、矛盾する者同士が集まった運命共同体を重視せよ、という内容だったらしい。

上山は、学究の道を進もうと戦場に行こうと死ぬときは死ぬ、と割り切っていた。上山のこうした態度が大石には頼もしく、上山を尊敬していた。上山も航海学校の出身である。上山は痛くないように殴るのが巧みだった。上山が大石にいった。

「われわれ予備学生は、体力、気力では兵学校出身者らプロの軍人には及ばない。だから、頭を使って働こうじゃないか。プロと対立するなんてつまらんことだ」

回天の教本（マニュアル）はまだできていなかった。事情は大津島も同じで、黒木と仁科を失ったあと、新参の搭乗員たちはまず回天の構造から学んでいった。

上山は、回天の構造を研究せよといって八期全員に分担して取り組ませ、それを発表させて、全員が知識を分かちあうようにした。

「おれたちが乗っていく魚雷だから」と、その仕組みを知ろうとみんなで手分けして、町の電気屋を訪ねたり本屋に出かけて電気関係の専門書を買いこんだりして、電流の性質、モーターの接触具合、ジャイロコンパスと緯度、経度の関係などを調べて学んだ。

回天では、潜水艦の艦長や水雷長、航海長、機関長らが分担して進める仕事を、一人で行なわなければならない。それを、にわか軍人の予備学生が担当するのだから大変である。が、上手に回天を走らさなければならないし、走らせたい。そのためには構造を熟知しなければならない。皆、必死に取り組んだ。

予備学生は文科系である。といって、中学生程度の（当時は五年制）方程式ぐらいは分からないようでは、構造を理解するのに時間がかかる。大石は、短期間ではあったが、航海学校で数学を勉強したことが役にたったという。中学時代には気づかなかった数学の知識もよみがえり、学校生活に戻ったような楽しさすら覚えた。

手探りのなかで、二十年の三月ごろには、八期は全員が回天の構造をのみこんで操縦訓練に入った。出撃して命中するまで上達するには、一回に一時間として、少なくとも二十回から二十五回の訓練が必要である。急を告げる戦局のなか、一回一回が正念場であった。

まず、特眼鏡（潜望鏡）を上げたとき、航行中の敵艦の艦橋の高さを測るのに目盛りの分画数がいくらであるか、それが分からないと距離が出ない。そのためには、相手の艦種の識別が必要で、それを小さな模型で当てる練習をした。

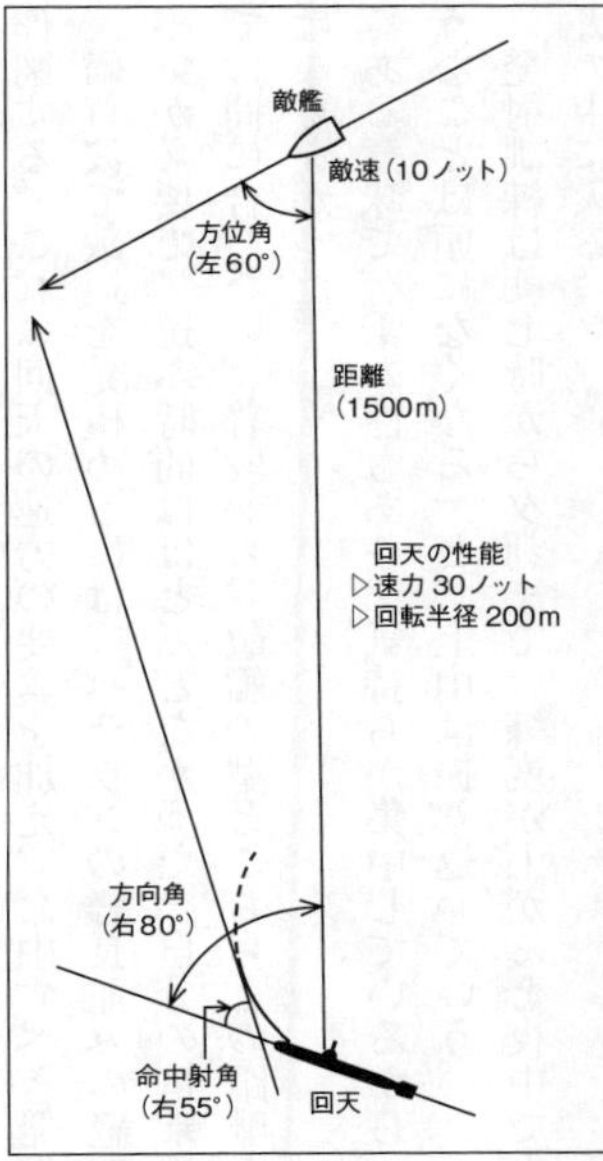

回天の射角計算例

敵艦と回天との距離がつかめたら、敵艦が回天に対してどんな角度で進んでくるか（方位角）、およびその速度を判定する。敵艦の速度は、波を切る艦首波の勢い、大きさを目測で測る。そのうえで、回天が命中するための角度（方向角）を頭のなかで作図する。これに回天の速力の要素を加え、命中すべき発進角度（射角）を割り出す。

艦首波で敵速を見極めるには、ベテランの艦長並みの経験と手練《しゅれん》を要する。この訓練には根気が必要で、遊ぶ時間はほとんどなかった。自分の搭乗訓練時間になって一から始めるのでは間に合わない。普段から、敵艦の型とこちらとの距離を当てる作業に習熟していなくてはならなかった。

「ある意味でゲーム性もあり、気持ちが集中しているから、やがて出ていって死ぬというようなことは頭になくなる」と、上山は振り返っていう。

発射訓練は朝七時から夕刻まで。練度が上がると夜中でも行なわれる。ハッチを開けて回天の中に入る。

回天のハッチは外側から閉められていて、絶対に内側からは開けられないとする戦記があるが、これは事実に反する。ハッチは、中から自由に開閉できる。訓練中に海底に突っこみ、中からハッチを回して開けて脱出し助かった例もある。

搭乗員が乗った訓練「的」を、整備場からクレーンでつり上げて海上に下ろす。着水の音が聞こえる。緊張の一瞬である。次にキャッチャーボートに抱かれ、発射位置までもっていかれる。発射地点に着くと、外からコンコンとたたく音がする。発射合図である。そこで発動かんを押すとエンジンが始動する。あらかじめ深度を一メートル以上にセットしておけば、潜る舵の横舵が下げ舵をとってあるので調整した深さに潜ることができる。ここからは独りぼっちの世界である。

艇内にはルームランプがともっている。操縦席の周囲に各種の計器がある。右側に速度を変える調圧装置のハンドル、深度計、針路を調整する電動縦舵機、左側に調深装置のハンドル、海水タンク注入弁などがある。右手の指は常に電動縦舵機をもち、方向を適宜変えるとともに、深度計の目盛りを見て深さを記憶する。左手は海水タンクの秒時計を見ながら、目盛りを調整したり、調深装置のハンドルを回しながら深さを変えていく。両手と両目を絶えず左右に動かす。目まぐるしい作業で、「回天踊り」とも呼ばれた。

目標にぶつかると、起爆装置が作動する。起爆装置には、慣性信管と電気信管の二つがある。最終的に、敵前五百メートルから三百メートルで浮上し、突入態勢に入ったら、左前方にあるスイッチ・ハンドルに左手をかけていると、あとは命中を待つのみとなる。このハンドルから電気信管に電流が通じる仕掛けになっている。命中の衝撃で搭乗員の体が前のめりになり、自動的に爆発スイッチが入る。

一方、慣性信管は、重りの慣性により衝撃で撃針が信管を打って炸薬《さくやく》に連動し、そのままぶつければ爆発する。この場合、衝撃度が低くて信管が作動しなかったときは電気信管を使う。両信管の二段構えの仕組みとなっている。

その日の訓練コースは、自分であらかじめ海図に書きこんであって、順当な時間内に所定コースを回ったかどうかを、後ろから魚雷艇などの追躡艇《ついじょうてい》がついて観察する。方角を間違えると、島などにぶつかって負傷することもある。

追躡艇からは、「的」が特眼鏡を上げて観測する動き一つでも、落ち着いて無駄のない動きをしているかどうか、心理状態まで手にとるように分かる。

夜更けに整備場に行き、ハッチを開けて入り、一連の操作の反復練習にかかる。一応の操作を終えると、誰しも望郷の念に襲われる。大石は思った。

「広島高等師範付属中、広島高、京大法学部と、競争ばかりで生きてきたなあ。この二十二年間の意味を見いだすとすれば、両親に深い愛情をいただいて育ってこられたことだ。これがおれの唯一の誇りだ。両親に先立つ不孝を許してほしい」

訓練の技法は、二十年三月の段階で、泊地攻撃から、走っている艦船に命中するための航行艦襲撃へと、格段に難しくなっていた。泊地に停まっている敵の艦船を襲撃しようとして無理に進出すると、搭載してくれている潜水艦もろとも撃沈されてしまう恐れが大である。その惨状を、板倉指揮官をはじめ搭乗員たちは、現場の事情にうとい霞が関の海軍中央部に先んじて実感していた。

光基地で、特筆すべき一人の士官がいる。橋口寛《ひろし》中尉（海兵七十二期）である。橋口は、十九年の初めに回天とほぼ同じ構造の人間魚雷を計画して、しばしば上官に具申していた。戦局を見通す先見性と、なにをなすべきかを突きつめて考える使命感から、人間魚雷の構想に行き着き、自ら先頭に立とうとした。

橋口は、十九年十月三十日に大津島に着任。物静かで、苦しいときでも微笑をたたえ、人に温かい好青年であり、同期生は一緒にいると救われる思いがした。それでいて、特攻出撃にかける熱意はすさまじく、操縦は緻密《ちみつ》を極めた。

彼は、水中を二十ノットで、目標まで五百メートルに肉薄して浮上し、特眼鏡で目標の動きを観測し、浮上したまま最大速力三十ノットで、目標の動きを見ながら舵をとって突撃する大胆な新機軸を編みだした。この戦法だと、観測後三十秒で目標に体当たりできるのである。フネと海を知る兵科士官のなかでも橋口の技量は抜群で、光で特攻隊長の三谷与司夫《みたによしお》大尉（七十一期）に次ぐ搭乗員として、数多くの予備士官や予科練出身搭乗員を指導していた。

二十年二月、千早《ちはや》隊の出撃者が決まったときのことである。伊三七〇潜の先任搭乗員に、海機五十四期（海兵のコレスで七十三期）の岡山至少尉が決まった。橋口は顔を真っ赤にして怒った。

「おれより後輩じゃないか。先に出撃するとは！」

ほかの搭乗員の技量を見極める目と、自己への自信とがいわせたのである。橋口は、回天隊全体の戦力アップの必要上から、後輩搭乗員の指導にあたるために残されたのであった。

期友がたまたま光に来て、ある搭乗員のことを尋ねた。橋口は言下に答えた。

「彼の人格についてはいうところないが、決断が遅い。事を決する場合には考えるべき要素がいくつかある。しかし、決断に不可欠な要素となると、そんなに多くはない。回天を操縦する

橋口寛中尉。

際、特に敵艦目がけて突入する最後の観測では、一瞬のちゅうちょも許されない。ところが、彼は、無視してよいことまでもあれこれ考えるので迷いを生じる。その結果、最善のチャンスを失うことが、性格的にあるように思う。したがって、評価はこの点だけをもってもかなり下げざるをえない。おれはBの上と判定する」

これを聞いて期友はショックを受けた。搭乗員の数は多いし、その搭乗員はまだ訓練に入っていない時期であった。にもかかわらず、橋口がその性格や能力を的確に見抜いていたからである。

三谷与司夫大尉も、駆逐艦「桐《きり》」の水雷長のときに、「魚雷に乗りこんで体当たりするほかに戦局を打開する道はない」と考え、血書して人間魚雷採用の要望書を海軍省に出して回天搭乗員になった。

全四基地を合わせて、着任した搭乗員数は総計千四百二十六名で、転出した五十一名を差し引くと千三百七十五名である。その内訳を出身別にみると、兵学校と機関学校を合わせて百二十一名、予備士官二百十名、予科練甲飛九百三十五名、乙飛百名、水雷科下士官九名で、その多くが当初は重点基地として編成された光に配属され、その後、四基地に三百名ぐらいずつ均等に配されていった。

十九年十二月末の時点で、光基地には少尉に任官したばかりの学徒出身の予備少尉が約百名いた。上山中尉が八期に実施した回天の構造の共同研究方式は、九期に引き継がれてここでも成果をあげていく。

二十年三月一日、第一特別基地隊が第二特攻戦隊と改称され、司令部は倉橋島の旧P基地から光に移された。各基地は突撃隊と呼称され、板倉少佐は、光突撃隊大津島分遣隊指揮官（兼任）の配置となり、引き続き回天戦力化の重責を担った。

名投手、平生沖で受難

戦後生まれの世代のなかで、「山崎諭《さとる》」という名を聞いて、慶応と優勝争いをした東大の剛速球投手と即答できる人がいたら、かなりの野球通といってよい。

昭和二十一年（一九四六）春の東京六大学野球。四戦全勝同士の東大と慶応が歴史的な決勝戦に進出。敗戦直後の飢えと混乱のなかで世間は沸いた。自ら不器用という山崎諭は、外角低めの速球だけが武器。対する慶応には、のちにプロ野球史に名を刻む強打者別当薫中堅手がいた。

慶応は山崎をどうしても打てなかったが、七回に先取点をあげて一対〇とリード。東大は最終回二死三塁の息づまる場面を迎えたが、結局は初優勝の機会を失った。

山崎は東大教育学部卒。銀行勤務ののち、かねて希望の教育者の道に進んで東海大仰星高校の校長を務めた。彼には、回天搭乗員というもう一つ別の顔がある。

山崎は、四期予備学生の学徒出陣組。川棚で選抜され、七期士官講習員になった五十名の一員として十九年九月にいったん大津島に行った。が、全員を収容しきれないので倉橋島のP基地で待機し、十月になってそのなかの十五名が先に大津島へ送られる。このなかに後述する亥《い》角《すみ》泰《やす》彦《ひこ》少尉（沖縄戦で戦死）がいる。あとの三十五名は十一月に光に行き、このなかに山崎もいた。

　山崎が最初に回天を見たのは大津島だった。この兵器を見たときの印象を、山崎は具体的にはいわない。「一人、気が変になって自宅に帰されたケースがありました」と語る。

　この説明から、新任の隊員は回天を見て強烈なショックを受けたのだろう、と考えることもできるが、受けとめかたには個人差があり、一律には論じられない。子どものころから出征兵士を見送ってきた世代である。戦死するのは当たり前と、山崎は割り切っていた。

「だから、人間魚雷で死ぬのも当たり前と思っていました。武山海兵団に入って以来、変化を好む気持ちというか、早く戦場へ出たかった。明日死ぬか、今日死ぬかの違いだけですから」と、山崎は振り返る。

　漁船を目標（敵艦）に擬して襲撃訓練にかかる。最初は特眼鏡を上げ、目標の大きさを見て距離を測り、潜って突進する。

　実際に襲撃可能な軌跡をつくったか否かは、追躡艇が後ろから観察して記録する。特眼鏡をわずかな時間だけ上げ、秒時計で計りながら瞬時に標的の方位角、敵速、敵との距離を判断しなければならない。せいぜい三十秒以内である。これらの操作を誤ると敵を逃がしてしまう。

　潜りかたも難しい。敵に見つからないよう、波しぶきをたててはいけない。搭乗員はこうした問題点を一つ一つ乗り越えながら、最初は同乗者と二人で、やがて腕を上げて一人で訓練するようになっていく。

山崎は、こうした問題点をクリアしながら、一人で訓練していた二十年春のある日、平生《ひらお》付近で事故を起こした。

訓練だから爆薬は詰めていない代わりに、ツリム（バランス）をよくするために注水弁を開け、駆水頭部に海水を満たして潜った。少したって特眼鏡を上げた。海面に出たはずなのに、特眼鏡の周りには無数の光が反射している。一分ほどして分かった。深さ十五メートルの海底に着底していた。無数の光は、上部ハッチの後ろに取り付けてあるライトが特眼鏡に反射しているのだった。

一時間、二時間と時は過ぎていく。山崎は自身を落ち着かせて考えた。そして、空気弁を引き、駆水頭部に空気を送りこんで、爆薬のスペースに入っている海水を排出した。

気がついたとき、教官がハッチを開け、山崎は襟首をもたれて引きあげられ、その場で殴られた。「的」が急浮上したため、そのショックで気絶していたのである。注水した際、前部の海水タンクの方にだけ海水が多量に入ってバランスを失い、駆水頭部が下がって着底したのだった。

ガソリンのにおいが充満している「的」から出て上陸し、トイレに行った。自分が出したもののにおいをかぎ、「懐かしい、自分はこうして生きているんだという実感に浸されました。人間らしい感覚で、怖かったという感情はおきませんでした」と、山崎は述懐している。

山崎は宮崎県延岡近くの細島にいて、敵が上陸してきたら出撃して跳ね返そうという作戦で待機しているうちに終戦を迎え、ふたたび東大野球部のユニホームを着ることができた。回天発進の後発組であったことが幸いした。

余談だが、当時の東大野球部にはもう一人山崎がいる。先にみた対慶応戦で活躍した中堅手山崎喜暉《よしてる》である。山崎喜暉は海軍から復員後、故郷の静岡県掛川に帰っていた同級生の山崎諭に「また野球ができる日が来た。待っている」と電報を打ち、これを機会に東大野球部が復活したのであった。

ペンを捨てて特攻志願

山崎喜暉が、東京大森の入新井《いりあらい》第三小学校（現山王小）三、四年のころ、同級生に徳富蘇《そ》峰《ほう》の嫡孫《ちゃくそん》徳富敬太郎と後年のシャンソン歌手石井好子がいて、三人はよく遊んだ。徳富によれば、石井好子からファンレターをたくさんもらったのが山崎で、徳富は一通しかもらわず、それを大事にしまっているという。昭和六、七年ごろである。

山崎と徳富は東京府立一中に進み、一学年五クラス二百五十人のなかで田結保《たゆいたもつ》や亥《い》角泰彦《すみやすひこ》らと相知ることになる。

田結は勉強、スポーツともにトップ、人格も優れて級友の信望を集めていた。堅苦しさもなく、山崎が映画に誘うと気安く応じた。山崎もトップに近い成績だったが田結には及ばず、ただ一つ、百メートル競走で田結を抜いて一着になったことが記憶にある。

徳富は、一中の三年生から五年生までの三年間、田結とはほとんど行動をともにするほど親交を重ねた。

徳富と亥角は中学二年と四年で同じクラスだったが、三年のころから疎遠になって、徳富は同じ海兵を志す田結と親しくなっていく。

亥角泰彦の叔父亥角喜蔵は巡洋戦艦「榛名《はるな》」の艦長を務めた海軍少将で、昭和六年（一九三一）に予備役になっている。それで亥角も一時は海兵に心が動いたが、自分は文科系だと見なして高等学校志望に決めた。第一、彼は江戸趣味である。人形浄瑠璃（文楽）、歌舞伎に早くから親しんだ。難しい節回しを聞きこなす中学生であった。

「お染、久松の道行きは、なんともいえずいいねえ」と、感に堪えたように弟の益行に語る。早熟であった。

亥角と田結は、同じクラスにはならなかったが、互いにスポーツ少年でもあり顔見知りの間柄である。中三の夏、日中戦争が始まった。開戦後、もし二人が一線で同じ部隊に配属されたとしたら、田結が上官である。山崎はいう。

東大在学時の亥角泰彦少尉。
学徒出陣で海兵団に入った。

「そのときは、田結は亥角の敬礼を受けながら目で『やあ、よく来たなあ』といい、口ではごく普通のものの言い方で命令する。しかし、二人きりになったら、中学時代に戻って、おれ、おまえと親しく話をもっていくでしょう。田結とはそういう男です」

武の道を行く田結とは反対に、亥角は文の道を選ぶ。

亥角は、内務省の高級官吏で朝鮮全羅北道知事を務めた父仲蔵、母美知の四男として大正十一年（一九二二）六月十九日に生まれ、恵まれた家庭に育った。小さいころ、ちんどん屋のあとをついていき、その口上宣伝する商品の名前をすっかり覚え、帰宅して手振り身振りで再現して見せるなど、茶目っ気たっぷりなうえに、記憶力、集中力の優れているところをみせた。

家族そろって歌舞伎や文楽のファンで、彼も早くから楽しんだ。斜めに読むのか本を読むスピードが速く、通学の電車内も利用して効率的に勉強した。スマートで、いつも意気揚々としている。さらっとしていて親切、そしてマイペース。負けず嫌いだが、それを表面に出さない。中三のころ、「グレタ・ガルボはいいなあ」と、神秘的な美しさをたたえたアメリカの女優に心酔していた。難しい話は、知っていてもあまり話さない。洗練された都会っ子であった。

一中では遠足が時々実施されたが、亥角の弁当は中村屋から取りよせたもので、鳥のもも肉、玉子焼きなどにバナナ、ミカンがついていて、梅干しだけの日の丸弁当の級友には羨望《せんぼう》の的であった。「亥角から鳥肉をもらって食べたよ」と、思い出を語る級友がいる。

一中には、去来会というスポーツ愛好者を中心としたグループがある。亥角もその一員で、やり投げに熱中していた。このメンバーはたいてい五年卒業で進学するのだが、亥角はいつのまにか四年終了で静岡高校の文乙（ドイツ語クラス）に入った。

そのあと、五年の十二月に田結と徳富は海兵へ。それまで軍事教練の分列行進で校旗手を務めていた田結に代わって、山崎が校旗を持った。山崎は五年卒業で静岡高校に上がる。

　亥角は静高で陸上競技部に入り、やり投げや走り高飛びといった人があまり手をつけない種目に力を入れる。のちに航空技術者となる内藤晃とともに、猛練習をして体を鍛えた。また、亥角は、一中の一年先輩で五年卒業から静高に入った石橋岩雄（戦後事業家に）と親しく、一緒によく映画を見にいった。石橋は記憶をたどって語る。

「ドイツ語の授業が毎日一時間、英語が週二、三回ありましたが、亥角君は授業だけで十分に理解していました。われわれの何分の一かの時間でマスターする明晰《めいせき》な頭脳をもっていて、成績もよかった。

　下宿には西田幾太郎の本もあり、哲学をよく勉強する。不機嫌であったり、ぶっきらぼうなもの言いかたをしない。そういう点でも私は敬服していました」

　亥角は石橋を「さん」づけで呼んだ。高校で同級になったが、中学では先輩の相手に敬意を表した。礼儀を心得ているのである。

　もう一人の親友に、やはり静高の同窓石島芳夫（戦後会計検査院参事官に）がいる。石橋と石島は毎年四月、亥角が戦死したこの月に連れだって小平霊園へ墓参に出かけるのを常としていた。

　亥角はまた、彼より一年遅れて入った山崎を歓迎し、市内のあちこちに案内するのを忘れなかった。軍国主義の風潮が身だしなみにも及び、若者には丸刈りが励行されていたが、亥角は長髪のまま、反骨と同時におしゃれでもあった。

鶴田真次郎教授が哲学の授業で、当時最晩年にあったベルクソンを講義した。鶴田は大きな体で丸顔の温顔。生徒が居眠りしてもとがめず、試験ではけっして落第点をつけない、優しい教師であった。鶴田の授業を受講した亥角のノートが、弟の益行の手元にある。「経験ヲ出発点トスル哲学デハ経験ニツキ論ズルコト極メテ詳細デアル。Bergson ノ如《ごと》キモマタソノ一人デアル」と筆記し、「自由」、「純粋持続」と、続けて朱線を引いてある。亥角は西田哲学と共通の基盤にたつベルクソンに熱中し、鶴田教授評も残している。

ベルクソンは、人間には生命の元になる力が備わっていると説く。この力が精神（魂）に意志を、自由を、さらには死を命令する力をも生みだすというのである。死を積極的に選ぶ構え、すなわち自殺というより自死（モール・ヴォランテール）を求める力である。

哲学の言葉は、それでなくとも翻訳語というすりガラスを通して読むので分かりづらい。が、亥角はふんだんに引いた朱線のなかから、自由を強調するベルクソンの思想の片りんなりともつかみ、戦雲厚くのしかかる時代に、心の防具としたのではないか。彼は遺書の一つに、「おれは最後までおれらしくいこう。無理をせず、力まず」としたためている。

「どんな環境のなかでも人間の個性の尊厳と自由な魂を失うことなく生きていきたいと希求した心の一端が、この遺文によく表れています」と、姉の高月麗子は、一中去来会同人あての手紙で所感を伝えている。

亥角は、東大経済学部在学中に学徒出陣。入営前の十八年十一月末、石橋宅を訪ねている。石橋は陸軍に入営するのでお別れである。亥角はいった。

「石橋さん、日本は絶対に勝てっこない。戦略物資といい、生産力といい、逆立ちしても勝てるわけがない。敗戦がいつになるか分かりませんが、お互いに命を大事にして会おうじゃないですか」

亥角は、大塚久雄教授から日米の生産力の懸隔を聞いていた。石橋も同感であった。これが結局、最後の別れとなった。

この日に先立ち神宮外苑で行なわれた学徒出陣式に、亥角は参加していない。武山海兵団に入団後、面会に来た弟の益行に、「腹がすいてしょうがない」と笑い、「必ず（日本は）負けるから覚悟しておけよ。おまえも早く死んだ方がいいよ」と、さばさばした様子だった。城を枕に討ち死にする心模様であり、生に対する執着はいささかもみえなかった。頭の切り替えが速いのである。

この兄と徹夜でさいころ遊びをした弟は、おもちゃの刀で頭をたたかれて血を流したこともあった。思い出が二歳年下の弟の頭を駆け巡る。「兄貴は負けかたの格好のよさをもとうとしているな」と、弟は感じた。亥角は、このあと川棚へ移る。

山崎喜暉は学徒出陣したのち、久里浜の対潜学校に行ったが、訓練で無理をして急性肺炎から胸膜炎にかかって海軍病院に入院。引き続き自宅療養の身となった。野球では常に俊足のトップバッターか三番打者として「先頭を走る男」が、初めて味わう挫折感であった。病みあがりで対潜学校に復帰し、仲間の訓練ぶりをしばらく観察した。上から三分の二以内はレベルに達しているとみた。顧みて山崎はいう。

「三分の二以内に入りたいと思った。集団のなかのエリート意識でしょうか。ヒロイックな気分と誇り。私も健康を取り戻して募集に間に合っていたら、回天搭乗員を希望したでしょう。どうせここにいても死ぬ。それなら、華々しく戦って死のうとね。幼い者のために」

海兵に行った徳富も、猛訓練のために開戦直前に胸を病み、転地療養を余儀なくされた。徳富は入校後、日浅くして祖父譲りの文才が教官の間で話題になる。緒戦の勝報が連日伝えられ焦る日々のなか、田結から、「誠に戦友甲斐《かい》なき者と思い居らるる事と心に懸け居り候いしが、倥偬《こうそう》つい筆も得とり申さず、何とぞお許し下されたく候」と、雄勁《ゆうけい》な文字で便せんに墨書した手紙が届いている。「髀肉《ひにく》の嘆をかこっていると思うが、決して焦らず、養生第一を願う」という趣旨の文字が続き、行間に厚い友情がほとばしっている。

一中を一番で卒業した田結は、兵学校でも首席で通す。第一分隊の伍長生徒として全生徒二千余名の頂点にたち、多忙な身であった。徳富は一中以来、田結から多くの書簡を受けとり、寄せ書きもたびたびしあったが、これが田結からの最後の筆跡となった。田結は、重巡「筑摩《ちくま》」の発令所長として十九年十月二十五日、比島サマール島沖で奮戦の末に戦死した。

さて、亥角である。浄瑠璃を愛し、しゃばっ気満々。軍隊の水にはとうていなじめそうもないこの予備学生は、軍服が板につき、りりしく敬礼を交わす海軍少尉に変身していく。亥角は、武山海兵団を経て水雷学校の川棚臨時魚雷艇訓練所で、魚雷艇専修学生として訓練を受けるうち、回天搭乗員に応募する。十九年九月一日発令、五日に倉橋島の第一特別基地隊に入隊した。

魚雷艇学生三百八十五名のなかでも、亥角は四期予備学生のうちで最も早い四期士官講習員である。同じ予備学生のなかでも、最初から魚雷艇に回った者は、対潜学校や航海学校に比べてフネを操縦する機会に恵まれていた。魚雷艇学生は、回天と特攻モーターボート「震洋」に振り分けられている。

同じ四期予備学生で八期士官講習員となった人たちは、わずか一ヵ月余りの差でも、先に応募した亥角たちに敬意を表していた。そのなかに東北大法文学部出身の藤沢善郎がいる。藤沢は航海学校で回天を志願し十一月下旬に光基地に来たが、そのとき亥角たちは大津島に移っていた。

昭和二十年が明けて早々、亥角たち先発組のうち十名が、出撃直前の仕上げ訓練のため光に来た。藤沢はそのときの模様を鮮明に覚えている。藤沢たち八期のいた部屋を彼ら十名に提供するため、ベッドや机、いすなどの配置を変える段になったとき、亥角一人だけが手伝い、ほかの九名は部屋の外から見守っているだけだった。作業が終わると、亥角は藤沢たちに丁重に礼をいった。亥角は十名の先任者であり、その責任を自覚しての行為と思われる。

藤沢が見た亥角は、その風ぼうや姿勢から、喜怒哀楽の一切を超越した淡々たる心境のように見え、しゃばっ気はまったく感じさせなかった。

指導官は「鬼」と呼ばれた川崎順二中尉である。川崎は、海機五十三期（海兵のコレスで七十二期）。鉄拳修正の数は海軍三学校随一の海機である。なかでも五十三期は、三号時代に一号の五十一期から厳しく鍛えられた。五十一期は黒木博司のいたクラスである。殴られたから元をとるというわけではないが、五十三期が一号になったとき、三号の五十五期を学校始まって以来といわれるほど猛烈に鍛えあげた。そのなかでも川崎は際立っていた。

川崎の訓練や鉄拳修正は、殴る、ける、胸の階級章をはぎとるなど、常軌を逸したやり口といわれた。それを受けた七期講習員の顔つきは、同じ四期予備学生のなかでも八、九期講習員とはまったく異なった、人間らしい感情を見せないものになっていたという。前記十名のうち三名が、川崎の訓練に耐えきれずに搭乗員を免ぜられ、光基地を追われた。

川崎のために弁護すれば、彼には私心がなく、予備学生であれ機校の後輩であれ、下級者に対して差別することなく公平に鉄拳を振るった。川崎は、不正行為や怠けることを許せぬ正義感のきわめて強い性格で、それ故に後輩に慕われ、後輩は彼の鉄拳を甘受した。搭乗訓練で、川崎が内火艇か魚雷艇に乗って後を追う追蹋艇《ついじょうてい》の指揮官を務めると、訓練後の研究会での彼の講評は峻烈《しゅんれつ》を極めた。

ある日、亥角は、光沖の大水無瀬《おおみなせ》島と小水無瀬《こみなせ》島を回る訓練に入った。潜入時にほとんど水しぶきをたてず、二十二分で回った。普通の腕前だと三十分はかかり、水しぶきもたつ。腕が相当に上がっても二十五分はかかる。亥角の技量がきわめて高度であることは、誰の目にも明らかであった。さすがの川崎も一言もいえなかった。一部始終を観察していた藤沢は、亥角の腕は単なる技術ではなく芸の域に達しているとみた。

文科系大学生たちが前途に夢見ていた希望、価値、選択は閉ざされてしまっていた。ペンを捨てて応召し、志願制とはいえ特攻に身を投じていく。そうせざるを得ない戦争の苛烈《かれつ》な現実が立ちふさがっていたのであった。

悲運の硫黄島、沖縄作戦

二十年二月十五日午後、大本営海軍部作戦室に一通の電報が届いた。内南洋の洋上に配されていた哨戒艇が、硫黄島に向かって北上しつつある三十隻以上の敵機動部隊を発見して打電したのである。硫黄島は東京とサイパンのほぼ中間に位置する一孤島に過ぎないが、本土防衛の重要な拠点である。

二月十九日、ついに米軍の上陸が始まった。戦艦四、空母五、巡洋艦九、駆逐艦三十隻からなる大機動部隊の支援下、攻略部隊を満載した百三十余隻の船団をもって来攻したのである。

「作戦可能な潜水艦は、直ちに硫黄島に急行、陸上部隊、航空部隊と呼応して敵攻略部隊を撃滅すべし」

緊急作戦命令が、連合艦隊司令長官から第六艦隊に発せられた。このとき、第六艦隊で即応できる潜水艦はわずかに四隻。大型潜水艦は、金剛隊作戦から帰ってきたばかりで修理中。中型潜水艦は、フィリピン方面で作戦行動中であった。

回天特別攻撃隊千早《ちはや》隊が、次のように編成された。

伊三六八潜　　艦長　　少佐　入沢三輝

（大津島）回天搭乗員　中尉　川崎順二

少尉　石田敏雄
少尉　難波　進
二飛曹　磯部武雄
二飛曹　芝崎昭七

伊三七〇潜　艦長　大尉　藤川　進
（光）　回天搭乗員　少尉　岡山　至
少尉　市川尊継《たかつぐ》
少尉　田中二郎
二飛曹　浦佐登一
二飛曹　熊田孝一

伊四四潜　艦長　大尉　川口源兵衛
（大津島）　回天搭乗員　中尉　土井秀夫
少尉　亥角泰彦
少尉　館脇孝治
二飛曹　菅原彦五

伊三六八潜の入沢艦長は、すでにみたように、インド洋上で伊一六五潜の水雷長をしていたとき、砲術長の近江中尉とともに、「戦局打開の道は人間魚雷をおいてありえない」という構想を練り、連合艦隊司令部に上申している。それから一年後の二月中旬、二人は大津島

昭和20年2月に編成された回天特別攻撃隊「千早隊」の面々。光基地での記念撮影。千早隊は米軍の来攻に対処すべく、急遽、硫黄島海域に出撃する。

で再会し、くしき出会いに手をとりあって喜んだ。入沢は宿願に燃える回天作戦の潜水艦艦長に、近江は大津島の回天特攻隊隊長（大尉）になっていた。

入沢が出撃する二月二十日朝、近江は、記念に皮製の自分の手袋を贈って別れを惜しみ、入沢にいった。

「艦長、潜水艦は大切です。無事に帰ってください。哨戒艦に攻撃されたら、回天を発進させて身を守ってください。回天で深々度から攻撃をかけたら哨戒艦も退散するでしょう。ぜひそうしてください」

「ありがとう。鉄砲の形見と思ってもらっておくよ」（砲術長を〝鉄砲〟と呼んでいた）

しかし、伊三六八潜は硫黄島に向かったまま消息を絶った。戦後に判明したところによると、二月二十六日夜（米側の日付）、硫黄島の近くで護衛空母「アンツィオ」の搭載機に撃沈されている。光基地を出撃した伊三七〇潜も、二十六日早朝、硫黄島南方で護衛駆逐艦にレーダーで捕捉され、八回に及ぶ爆雷攻撃で撃沈された。

入沢が出撃して五、六日たった夜、熟睡していた近江大尉の枕元に、入沢少佐が全身に海水を浴びた姿で立ち、「鉄砲、お別れだよ」といった。近江ははっと目を覚まして夢と分かったが、耐えがたい寂しさに襲われて眠ることができなかった。

三日遅れて大津島を出た伊四四潜は、泊地突入の前夜、敵のレーダーに探知されて二昼夜にわたり執拗《しつよう》な攻撃を受けた。乗員は呼吸困難に陥り、全員が金魚のように口をパクパクさせはじめた。そこで一時戦場を離脱し、再度突入を図ったが、哨戒機に制圧されて前進できない。硫黄島周辺の警戒はますます厳重になり、ついに突入の機会を得られずに呉に帰投した。

このときの伊四四潜の砲術長定塚脩《じょうづかおさむ》中尉は回天の先任搭乗員の土井と同期で、生徒時代に隣接するベッドで過ごしたことのある仲である。土井の命を絶たねばならない作戦で、しかも、その発進を伝える立場にあって定塚は悩んだ。定塚は戦後、元予備士官の質問に次のように答えている。

「もちろん、亥角氏をはじめとしてほかの回転搭乗員も素晴らしい好青年です。この人たちを殺さなければならないという苦しみと、攻撃を完了しなければならないという責任との板挟みで、私は苦しい立場でした。ところが、四人とも、食事や雑談のときも気負ったところがなく平常心でいらしたことが、深く心に残っています」

その様子を、作家阿部牧郎は艦長だった川口から取材して、次のように描いている。

「すまんな、待たせて。なんとか硫黄島へとっついてみせる。もうすこし辛抱してくれ」

「いいんですよ艦長。焦《じ》らされるほどあとのたのしみも大きいはずです。一日おくれるごとに、獲物がでっかくなるような気がします」

「そう。試験というやつは、日延べされればされるほどいい点がとれやすくなります。このぶんなら九十点いけそうですよ」

二人の少尉がこもごもいった。二人とも太い毛脛《けずね》をして、食欲も旺盛である。

ある瞬間をもって、彼らは生死への思いを切り捨てたようだ。目が澄んでいる。川口は高僧をながめるような気持である。

「私も日延べがありがたいです。辞世の歌のいいのができなくて、弱っておりますから」

十九歳の二飛曹が口をはさんだ。大津島出撃以前から頭をひねり、何首かできたが、会心の作がまだないのだそうだ。（中略）

敷島の大和心を人問はば、とつぶやいて、深刻な面持ちで二飛曹はベッドにひっくりかえった。

顔立ちはあどけないが、腕も胸板も四人のうちでいちばん頑丈そうである。

川口は思わず顔をそむけた。二飛曹の肉体が体当りによってばらばらにくだけて飛ぶイメージが脳裡《のうり》にうかんだからである。

（『キャプテン源兵衛の明日』＝文藝春秋）

先任搭乗員の土井は、無口で不要なことはしゃべらない。その性格が亥角たちにも伝染したものかともすると黙りこみがちではあったが、四人とも明るく落ち着いていた。

定塚の話によると、硫黄島に最接近した地点で五隻の敵駆逐艦に発見され、四十時間にわたって制圧された。この間、回天で駆逐艦を攻撃しようと潜水艦側の士官会議で決まったが、土井も亥角もそんな小艦と刺し違えるのは嫌だといわず、それどころか、「潜水艦を救い、あとの二基の回天を有効に活用できるならば、喜んで駆逐艦と刺し違えましょう」といって、土井は一号艇、亥角は二号艇に搭乗した。当時の潜水艦の構造上、潜水したまま艦内から交通筒を抜けて搭乗できるのは一号艇と二号艇だけで、ほかの二基は交通筒が未装備のため、浮上して甲板からしか乗り組めない仕組みになっていた。

二人が搭乗後、定塚が電話での応答を担当したが、回天内の状況の報告ぶりも、艦長からの意思伝達に対する応答の様子も、普段の訓練となんら変わることのない沈着さであった。結果として、回天の発進は直前に中止されて、二人は母潜に戻ってきた。川口艦長が、「潜水艦を造るまでには二、三年かかるのだ。簡単に沈めてはいけない」といって、踵《きびす》を返したのである。二十八歳の若さとは思えない冷静な判断であった。

定塚の話を続ける。

「私は伊四四潜退艦後、土井、亥角氏らと宿舎で会いました。皆さんはこのときの方がいちばん落胆されているような感じで、早く出撃したいという焦りをもっておられるように見受けられました。

百パーセント死ぬ覚悟で臨んだ戦いから生還したが、次に待ち受けている運命も百パーセントの死地であるという環境下においては、この時期が彼らにとって最も苦しかったのではなかろうかと察せられます。

結果的には、再度出撃され、沖縄方面に向かったまま帰らぬ人となりました。彼らの硫黄島から帰って沖縄へ出撃するまでの二十日間の苦しみを考えると、なまじっか硫黄島から無事生還させたことが、彼らに対して最も残酷なことだったのではないかと、何度も思い起こしてはざんきに堪えない思いをしています」

もし伊四四潜がこのとき回天を発進させていたら、艦の位置を敵に知られ、先発の二艇と同様に撃沈されていたことだろう。

通信長（兼務）の定塚中尉は、がんじがらめのこの状況を呉の第六艦隊司令部に打電し、艦は帰投した。ところが、定塚が司令部に報告に行ったところ、彼が打った電文が届いていない。

「貴様ら、居眠りしとったのか」と、定塚は怒っていった。そこへ、少佐の通信参謀が入ってきた。

「貴様、なにをいうのか」とたしなめる通信参謀に、たまりかねて殴りかかろうとした定塚は、われに返って振り上げた拳を下ろした。

川口艦長は帰投後、三日間にわたって第六艦隊司令部の査問会議にかけられ、戦闘を回避したとの叱責《しっせき》を受けて練習艦の艦長に転出させられた。左遷である。

修理を完了した伊五八潜と伊三六潜による神武《しんぶ》隊が、それぞれ三月一日と二日、硫黄島に急行した。が、回天作戦は中止となり、二隻の潜水艦は無事に帰投した。

川口は戦後、魚雷用の酸素装置からヒントを得て酸素工場を造り、大陽酸素と名づけて大企業に発展させた。

陸上に基地回天隊を配備

本土に進攻してくる敵を迎撃すべく、陸上基地に基地回天隊が配備された。

その第一陣は第一回天隊（通称白竜隊、隊長河合不死男中尉）と名づけられ、第十八号一等輸送艦で三月十三日、光基地を出発し沖縄に向かったが、十八日未明に消息を絶った。

小灘利春元大尉を会長とする全国回天会の調査で、輸送艦は三月十八日午前零時、那覇の北西五十キロ、粟国島《あわくにじま》の近くで米潜「スプリンガー」と交戦し、八本の雷撃を受けて海中に没したと分かった。平成三年（一九九一）八月に入手した「スプリンガー」の戦闘詳報で明らかになった。目的地の那覇港を指呼《かん》の間に望むほどの近距離。無事に到着し搭載していた回天（八基）が配備に就いていたら、まもなく進攻してくる米艦隊に突入し華々しい戦果をあげたことだろう。那覇進出が成功していれば、追加配備する計画があった。輸送艦乗員と回天搭乗員の無念は察するに余りある。

第一回天隊のメンバーは、先任搭乗員の河合不死男中尉をはじめとして、堀田耕之祐少尉、田中金之助二等兵曹、新野守夫（同）、赤近忠三・二等飛行兵曹、伊東祐之（同）、猪熊房蔵

（同）の七名だが（訓練中の負傷で一名欠）、通常の戦死とされて一階級の昇進にとどまっている。

河合の異様な名は、人を驚かせる。先に生まれた子が早世したため、親が長生きするようにと願ってつけられた。先輩の近江誠大尉（戦後、山地姓に）によると、光基地での河合の訓練指導は厳格そのもの。ひとたび操縦を誤れば一つしかない生命が消える作業だけに、ことさら厳しい態度で臨んでいた。

河合が追躡艇《ついじようてい》指揮官として、部下の訓練を監視していた冬の荒天の一日のこと。岡山至少尉操縦の訓練艇が針路を誤り、追躡艇が放った信号弾も間に合わずに岩に衝突してしまった。訓練艇は大きく浮き沈みしている。河合はとっさに服を脱ぎ捨て、体に綱を巻きつけて海中に飛びこんだ。凍りつくような冷たさで、凍死の恐れさえある。が、河合は荒波を泳ぎきって艇にたどりついて岡山を救出した。河合はただ厳格なだけでなく、常に人命尊重の意識をもっていた。「だからこそ、こうした捨て身の行動ができた。私は彼の無言の教育に感動した」と、近江は語る。

第一回天隊隊長として光基地から沖縄に出撃して消息を絶った河合不死男中尉。

河合は色白で長身。多賀谷虎雄兵曹は初めて会ったときの印象を、「なにか魅せられたとでもいうのか、いい知れぬ親しみを覚えた。若年ながら武将の風格十分。白竜隊が編成されたとき、隊員は個性豊かななかにも優れたチームワークを誇っていた。ひとえに、河合中尉の包容力ある人柄と卓抜した指導力の影響が大きかったと思う」と語り、河合と隊員に鉄の団結のような力強さを感じている。

出撃前、河合は多賀谷に頼まれ、達筆を振るって辞世を贈っている。

春なれば散りし桜もにほふらむ　げにうたかたときへて散るとも

悟りきったような静かな横顔だったという。

河合は出撃当日、叔父の陸軍大佐河合慎助に手紙を出した。そのなかの一節に、「今ココニ帝国軍人トシテ其《そ》ノ任務ノタメニ、偉大ナル建設ヘノ礎石トシテ、武人ノ死場所ヲ得候事、皆此《こ》レ叔父上様ノ平素ノ御薫育ニ依《よ》ルモノト唯々《ただただ》感謝ニ堪ヘズ候」とある。姉の孫加藤康人は、「偉大ナル建設ヘノ礎石」の文字を、敗戦を見越したうえで、「おれたちは日本新生の先駆けとなるのだ。本望じゃないかと、盛んな意気、揺るぎなき決意をにじませたもの」と理解している。

第一回天隊のあとになるが、七月、宮崎県の油津基地に進出した第三回天隊のうち、搭乗員の井手籠博《いでごもりひろし》、夏堀昭《なつぼりあきら》両一飛曹は、県内の内海基地開設の支援に行った際に空爆で戦死した。三月二十三日、アメリカの攻略部隊が沖縄に殺到してきた。本土決戦の前触れである。連合艦隊司令部は、神風特攻、水上、水中特攻の全戦力をこの決戦に投ずるよう、次々と突入命令を発した。

三月二十六日、連合艦隊は「天一号作戦発動」を下令し、戦艦「大和」を投入して必死の反撃に出た。これに伴い、第六艦隊司令部は、伊四七潜、伊五六潜、伊五八潜、伊四四潜の四隻で多々良《たたら》隊を編成し、沖縄海域への突撃を下令した。

伊四七潜　艦長　少佐　折田善次
（光）回天搭乗員　中尉　柿崎　実
　中尉　前田　肇
　上曹　古川七郎
　一曹　山口重雄
　二飛曹　新海菊雄
　二飛曹　横田　寛
伊五六潜　艦長　少佐　正田啓二
（大津島）回天搭乗員　中尉　福島誠二
　少尉　八木　寛
　二飛曹　川浪由勝
　二飛曹　石直《いしじき》新五郎
　二飛曹　宮崎和夫

二飛曹　矢代　清

伊五八潜　艦長　少佐　橋本以行

（光）　回天搭乗員　中尉　池淵信夫

少尉　園田一郎

二飛曹　柳谷秀正

二飛曹　入江雷太

伊四四潜　艦長　少佐　増沢清司

（大津島）　回天搭乗員　中尉　土井秀夫

少尉　亥角泰彦

少尉　館脇孝治

二飛曹　菅原彦五

この時点で、日本の最精鋭の潜水艦はわずか六隻に過ぎず、そのうちの四隻までが多々良隊である。この四隻に対する期待は大きかった。搭載した回天は、合わせて二十基。歴戦の強者である伊四七潜が先陣を承って、三月二十九日に光を出撃していった。

予想どおり、敵は待ち構えていた。その日の午後四時過ぎ、日向灘沖で北上するグラマンの編隊と遭遇し、急速潜航する。

翌三十日午前二時半過ぎ、種子島《たねがしま》の東方二十五海里で艦影二を発見。急潜したがレーダーにつかまる。巧みに包囲され、回避運動四時間。抜け出せないなか爆雷攻撃が始まり、二十一発目でようやく終わる。「艦内異常なし」の報告が不思議なくらいであった。

回避運動十二時間の末、やっと離脱に成功。種子島付近で浮上してみると、重油漏れが予想以上にひどかった。油の漏えいは、潜水艦の所在を暴露しているようなもので致命的である。折田艦長が先任将校の大堀大尉らと漏油対策を話し合っているところへ、敵の小型機が飛来。急潜中の深度二十メートルで、真上に大爆発音が二発。爆弾の破片が艦橋を直撃して、一番潜望鏡が漏水で使用不能になる。紙一重で命拾いをした。

回天も三基が損傷しており、折田は作戦続行をあきらめて帰途に就いた。沖縄周辺の敵の警戒がいかに厳重であるかを痛感した。三十一日、大津島に帰着。回天を降ろして修理のため呉に回航。これだけ破壊されてよく帰ってこられたと、基地の隊員たちは驚いた。

折田艦長が上甲板に出たとき、艇の片隅にうずくまり物思いにふけっている柿崎中尉の姿が目に入った。柿崎は、泣いていたらしい顔を袖でぬぐって立ちあがった。

「残念です。私たちばかり、なぜこうして三度も突入の機会に恵まれないのでしょうか」

柿崎、前田、古川、山口の四名は、前年の暮れ、金剛隊でアドミラルティに遠征したが、厳重な警戒に阻まれて発進できず、さらに、硫黄島作戦では中止命令で引き返さなければならなかった。そして今回も、である。

「元気を出せ。待てば海路の日和《ひより》あり、というではないか。必ずチャンスは巡ってくるものだ。おれはそれを信じている」

柿崎を慰めながら、折田は自分にもいいきかせた。

伊44潜の艦上に整列して長官訓示を受ける多々良隊の回天搭乗員たち。左より、土井秀夫中尉、亥角泰彦少尉、館脇孝治少尉、菅原彦五二飛曹。

四月一日、光を出た伊五八潜は、硫黄島のときと同じ搭乗員だったが、超低空の潜水艦掃討機に襲われ、硫黄島のときと同様に泊地進入は困難を極めた。十四日、作戦中止の電令を受信して帰投。

この間に、伊四四潜と伊五六潜の二隻は、沖縄方面に向かった五隻の普通潜水艦とともに消息を絶ち、いずれも撃沈の悲運をみた。

伊四四潜は、四月十八日、空母機と駆逐艦五隻に集中攻撃され、一昼夜の死闘むなしく沖縄東方の海で沈められる。敵に取り囲まれた状況からみて、艦が破壊される前に回天が発進したとは考えにくい。亥角たちの無念が思われる。

亥角の遺書二通を紹介する。最初は母美知あてのもの。これは長文で、初めの方で職業軍人を「極度に形式主義的、島国根性、固陋《ころう》な因襲」と非難しながらも、「これもみな過ぎ去ったこと。もうこんなこだわりはもっていません」と続け、死を前にした心構えを述べている。

「（前略）死ということ。私は軍隊にはいるころから、死ぬことは何でもないと、馬鹿のように言っていました。しかし、『生命なんぞ惜しむに足らん』と、常々吹聴していなくてはならなかったというのは、やはり生死というものに非常なこだわりをもつことをあらわすものです。

自分のなすべきことはわかっている。しかもそれに対する訓練は受けていない。そういった去年の終わり三ヵ月の間、如何《いか》にして我々の死を価値づけるか、我々は何に生命を捧《ささ》げるのか、何やかやと思い惑ったものです。

しかし、いよいよ訓練を始めてからというもの、私は死ということを考えなくなりました。誰のために死ぬとか、どんな死にざまはしたくないとか、そんなことすべてが、頭のなかから消えてしまいました。また考える必要がなくなったのです。

自分のなすべき仕事――これは決して我等《われら》何をなすべきかという道徳的な題目ではなく、軍人としての職責とかいったような重苦しいものでもなく、ただ、『さあこれから寝ようか』といったような、ごく軽い、気楽な意味の『仕事』なのですが、――をただ、淡々としてやってゆく。私のいまの死生観はこれにつきています。ただ、あるがままに最善を生きてゆけ。そうすれば死も生も、すべてがうまくゆくのだ。

生死を超越したと言いながら、るると大判ノート一枚を費やしてこんなことを書くのは、かえって死に強い執着をもっている証拠ではないかと反問されそうですが、さにあらず、私の仕事の性質上、私が何時何処《いつどこ》で、いかなる死にざまをしたかということは、まず永久に家の方々に告げられることはあるまいと思います。

それは、私としては望むところであります。しかし万一、その故に皆さんが、私の心持ちについて、また死にざまについて、思いをめぐらされるようなことがあってはと存じ、私は最後まで生を楽しみ、安らかな気持ちで、ポッとこの世から消えてゆくものなることを、長々と述べた次第であります。

最後に小生、実に勝手なことばかりいたし、色々ご心配おかけしました。しかし、それでそれなりに、結構親孝行な息子であったように思っています。

冗談はさておき、もし出来ましたら、静岡の小生（の）古戦場を訪れ、昔を思い出して下さい。あの頃《ころ》が私にとって最も張り切った、また印象深い頃です。もし私が化けて出るとすれば、あの頃の姿で出たいとさえ思っているほどです。

時間もいよいよ迫りました。これで失礼します。皆さんごきげんよう。

泰彦

出発の朝

出で立つや心もすがしるりの色　」

次は静岡高校時代の学友内藤晃にあてたもので、先の澄明なトーンとは打って変わり、内奥から突き上げてくる苦渋、情念が吐露されている。

内藤よ

唯頼《ただ》む、貴様の道を真直に進め。昔話をするのは俺《おれ》達若い者の柄ではない。併《ただ》し共に走り投げ跳んだ時の楽しさは実に忘れられぬ。俺は今あの時其儘或《そのままあるい》はそれ以上の気持ちで征《ゆ》く。俺は心静かに死ぬ事は望まぬ。我が願う所は妄執？に歯ぎしりする悪鬼羅刹《らせつ》たるにある。再び乞う、幸に吾苦衷《わがくちゅう》を察し一路驀進《ばくしん》せられん事を。

出撃の前夜　　亥角泰彦拝

内藤晃殿

力のこもった筆跡で、便せん三枚に大きく書いてある。この二つの遺書は、まるで違った内容のようにみえるが、どちらも真実だろう。「妄執？」とあるのは、疑問符をつけているので、その言葉があたるかどうか分からないが、ということのようだ。〝妄執〟の語は浄瑠璃にひんぱんに出てくる。

文楽の人間国宝吉田文雀《ぶんじゃく》によれば、妄執とは浄瑠璃のテーマであって、もやもやとして晴れない心の状態をいう。この遺書を見た文雀は、「終戦が一、二ヵ月延びていたら私も徴兵されるところでした。だから、亥角さんの気持ちは理解できる」といいながら、平成九年（一九九七）二月、国立劇場の楽屋で次のように筆者に説明してくれた。

「この場合の妄執とは、平穏な生活、安息の日々を打ち壊した者に対する憤りを指すでしょう。戦死後は鬼になってでも、平和を破壊した敵をやっつけずにはおかないのだと。鬼は邪道の魂ですが、鬼に化けてでも恨みを晴らすのだと解釈できます。あるいは、敵は戦争そのものかもしれない。人間はおろかにも戦争をする。戦争をやめさせるため、自分は死後、人間以上の力をもつ鬼になろう。護国の鬼になると誓ったのかもしれません」

そばに戦後生まれの弟子がいて、「敵は、アメリカだけとは限らず、好きな浄瑠璃を楽しめなくさせてしまった周囲全体を指すのでしょう」といった。

昭和六十年（一九八五）七月、旧東京府立一中の去来会が「亥角泰彦氏をしのぶ会」を開いた。「おませだったなあ」などと故人の回想にひとしきり花が咲き、「やはり、彼は田結と並んでわれわれ同期生の誇りだな」と、再確認しあった。

亥角を悼む姉高月麗子に次の歌がある。

ウエーバー説く大塚久雄氏の著書遺し吾《わ》が弟は回天で死す

（平成八年八月五日付朝日新聞「朝日歌壇」掲載）

整備科に回された搭乗員

二十年三月のある日、甲飛出身搭乗員の分隊長小灘利春中尉は、大津島の士官室で指揮官板倉少佐から一つの指示を受けた。

「回天を整備する人手が足りない。訓練回数が増えないから、搭乗する機会が回ってこない。搭乗員がたくさんいる。この急場をしのぐには、搭乗員に整備作業を手伝ってもらうしかない。予科練出身の搭乗員のなかから、整備をやってくれる人員を急いで選抜してくれ」

基地内の事情はそのとおりであった。元が九三式魚雷である回天は、酸素と石油を使用し常に爆発の危険があるので、厳重な点検と整備が必要である。訓練でその日に発射された回天は、いったん分解され、数日後の発射に備えて手入れをし、酸素、燃料、操舵関係の機械を点検しながら再度組みあげられる。調整場には所狭しと回天が置かれ、夜を日に継いでの整備作業が続いていた。

そこで、小灘は分隊の全員を集めて、当面の急務として島内の整備の勤務に就く希望者を求めた。大津島にいる甲飛十三期出身の下士官搭乗員は、十九年九月下旬、土浦航空隊から最初に到着した百名のうち、四十八名が光基地開隊に伴って同基地に移動。代わりに奈良空出身の百名が着任して、計百五十二名になっていた。

そのなかから金剛隊以降に出撃者が出はじめており、搭乗員分隊には、そのころ百四十七名の二等飛行兵曹がいた。その三割ほどの人員に、整備配置に就いてもらわなければならない。小灘は分隊全員を前に、長時間にわたって説明して希望者を募った。

大津島回天基地で分隊長を務めていた小灘利春中尉。搭乗員を整備科に回すという難事に向かいあった。

だが、承諾した者は少なかった。大空を自在に飛翔《ひしょう》するつもりで甲飛予科練を志願したのに、戦局の悪化とはいえ水中兵器の搭乗員に転じ、さらに魚雷の整備という地味な仕事をやれというのでは、彼らの夢はますます遠ざかってしまう。好んで選ぶ道ではなかった。翼を失っても、階級名は「飛行兵曹」のままなのである。

しかし、同情するばかりでは済まないので、小灘は隊員を一人ずつ呼び、回天作戦全体のために整備の人員が今必要であることを懸命に説明した。軍隊なのだから命令一本でよいという考えかたもあるのだが、小灘は、本人のプライドにかかわる重大事なので命令で一方的に押しつけてはならないと考えて、根気よく話し合った。

いくらいっても、うんといわない者が少なくない。小灘が話していて気がつくと、相手の目が真っ白になっている。瞳がつり上がって、こちらを向いている目が白目だけになっているのである。「白眼視」というのはこれかと驚いた。同時に、相手の強烈な拒絶の思いがはっきりとつかめ、小灘は感動すら覚えた。

そのうちに、納得して要望に応じてくれる者が出てきた。小灘はこれが限界とみて、「四十名の同意者を得ました。これ以上は困難と考えます」と、板倉に報告した。「もう、それでよろしい」と、板倉もいった。

大津島では隊員との話し合いに十分な時間をかけたのに対し、光基地では、整備員への勤務移動の方針決定から実施まで日数に余裕がなかった。

光基地の搭乗員は、千早隊、白竜隊、多々良隊と出撃を見送るたびに、あとに続こうと意を決して訓練の日を待っていた。にもかかわらず、三月三十一日の夜、巡検が終わって間もなく、分隊指導官の中村中尉が部屋に来て、十二名の氏名をあげて翌朝大津島に転隊せよと命じた。

「現状では残念ながら搭乗訓練もできず、いたずらに日を送るのみである。それで、大津島に転隊し、整備科において、実際に回天を扱い機能を高めることになった」

あまりにも唐突な宣告で、呼ばれた十二名は言葉も出なかった。渡邊美光《よしみつ》二飛曹もその一人である。

年長の横田二飛曹が中村中尉に正した。

「なぜ、整備科へ行かねばならんのですか。われわれは搭乗員ではありませんか」

「貴様らは整備員になるのじゃない」

「でも、大津島の整備に行かせるといったじゃありませんか」

「待て、おれのいうことを聞け。自分の手で回天を確かめ、搭乗するための知識を身につけるのだ。近い将来、必ず呼び戻して搭乗させる。貴様らは搭乗員であることに変わりはない」

「では、どうしてわれわれ十二名が行かされることになったのでありますか」

「われわれを指名した理由を聞かせてください」

「なぜ班の半数を指名したのですか」

班員の半数は残るのだ。残る者がいなければ話は別である。はらわたが煮え繰り返るように悔しいのだ。

「私たちは搭乗員に向かないからですか」

「適性がないといわれるのですか」

「そうじゃない。そうしたことじゃない」

選んだ理由の答弁がない。口々に抗弁が続いた。押さえつけるように中尉は宣告した。

「聞け。整備に行くのは貴様らだけじゃない。ほかの班からも分隊の半数が行くんだ。光基地だけじゃない。大津島でも平生でもだ。いいか、貴様らは搭乗員だ。整備科に行こうとも搭乗員である。搭乗員として整備科で回天の性能を高めることになった。これは命令である」

いい放って、恨みのまなざしを背に感じながら中尉は部屋を出ていった。

呼ばれなかった班員は、かたずをのんで見守っていた。そのなかの一人が口走った。

「整備にいけば命が延びるぞ」

ぼうぜんとして立ちつくしていた十二人が、この一言でわれに返った。

「もう一度いってみろ」

「誰が命が惜しいといった」

「馬鹿野郎、それなら貴様が行け」

「それでも貴様は仲間か」

騒然となった。出ていかなければならない者と、残る者。これまで生活をともにしてきた班友は二つに分かれてにらみあい、気まずい空気に包まれた。

渡邊は口を開く気力がうせ、暗たんとした気分で寝台に倒れこみ、毛布を頭からかぶった。

そして渡邊は、前年の十月二十日付で奈良空を卒業して第一特別基地隊付を命じられ、同期生四百名の一員として倉橋島のQ基地に着いた日のことを思い出していた（一特基の司令部が倉橋島のP基地にあり、Q基地も一特基の所属である）。

あのとき、兵舎の横の広場に整列したあと、搭乗服を着た若い士官が指揮台に上がった。

「聞けっ。おれは三好少尉。一特基によく来た。だが、ここは地獄の一丁目で、二丁目のない所だ。よく覚えておけ。貴様らの乗る兵器は一撃必殺の人間魚雷マル六である。近い将来、おれたちが貴様らを率いて、敵艦に体当たりを敢行する。貴様らの命は——あと半年。来年の半ばまでに総員殺してやる。しっかり覚悟しておけっ」

脳天を一撃され、筋力が抜けていくように感じた。体が震え、冷や汗が出た。

半年の命と聞いて怖くなったのか。奈良空にいた十月、一撃必殺の兵器搭乗員の募集に熱望の二重丸を書いたが、あのときはぼんやりと考えていて切実感がなかったのだ。

しかし、志願し多くのなかから選ばれたおれだ。母も許してくれるだろう。今になってなにを考えようというのだ。遅かれ早かれ一度は死ぬんだ——。嵐が一刻胸のなかで渦を巻き、嵐が通り過ぎるといつのまにか眠りに落ちていた。

倉橋島から川棚に行って基礎訓練を受けた。カッターのオールを握り、海軍生活の初歩を予科練卒業後、初めて体験した。

十二月二十五日、川棚から光に来て、回天を初めて見た。手を触れ鉄筒の冷たさが肌に伝わると、背筋を戦慄《せんりつ》が走った。今では、触っても冷や汗も流れず身震いも起きない。自分の運命を託する兵器だと、心静かに受けとめている。

「命はあと半年」——あの宣告はどこへいったのだ。肌で確かめ、これで体当たりするのだと心に決めた。その日が来るのを待っていたではないか――。

翌朝になっても、悔しさは収まっていなかった。しかし、命令である。渡邊たちは、大津島に到着したその日から整備作業である。

「なんだ、その仏頂面は。そんな所に道具が転がっているもんか。ぼやぼやせんで探してこい！」

あいさつ代わりに整備科班長の怒声が飛ぶ。渡邊たちは魚雷の機械部を見るのは初めてである。分かるはずがない。それでも容赦ない。「おまえら、それでも下士官か。下士官ならそれらしくやってみろ。一等兵の方が貴様らよりよほどましだ」とののしられる。

無念を押し殺し、油にまみれて整備の仕事に取り組んだ。

五月に渡邊は一飛曹に進級し、第四の基地大神《おおが》に配属されて引き続き整備作業を担当した。

渡邊は大神で、Yという下士官に出会う。Yは高等専門教育を受けているのだが、考えるところがあって予備学生を志願しなかったという。Yはいった。

「戦争はいつかおわるよ。いや、おわらせなきゃいけない。そのときに、どうする。国を建て直す人間も必要なんだ。そのために、生き残る人間も必要なんだ。だから、おれは生きるほうをえらぶ」

「君たちの同期、出撃して死んでったよな。みな、二十歳まえなんだろう。かわいそうに。

若すぎるよ。一日でも遅いほうがいいんだよ。渡邊兵曹、回天を覚えてからでいいじゃないか。回天にくわしい搭乗員になればいい。せっかくの機会だ、それを生かすんだよ」

（渡邊美光著『青春の忘れざる日々』より）

渡邊の気持ちを理解しながらも、自分の考えを語るY兵曹であった。死に急ぎするよりも、腰を落ち着けてその時期を待てという。裏方で働く人間がいることをよく見つめろともいった。Yの話を聞いて、渡邊は胸のなかにあったこだわりが少しどこかへいった気がした。

第六章　魚雷併用の洋上攻撃へ

事故、殉職を越えて

菊水隊のウルシー攻撃で、敵の対潜警戒、掃討部隊が太平洋の主要泊地に配備されてきたため、泊地にいる艦船を攻撃することはほとんど期待できなくなってきた。硫黄島に出撃した千早隊が、それをはっきりと証明している。潜水艦の犠牲も大きかった。回天作戦から沖縄決戦まで、延べ十八隻の潜水艦が回天を載せて出撃しているが、うち六隻が未帰還である。その大部分が対潜艦艇によって撃沈されている。回天ができるだけ目標に近づいてから発進するようにと、母潜は無理をしてきていた。

回天が洋上に出て航行中の敵艦船を襲撃できれば、これほど頼もしい兵器はあるまい。しかし、いざ実行となると簡単にはいかない。航行艦襲撃の基本は観測である。母潜から発進し、途中で特眼鏡を上げ、三十秒以内、できれば十秒以内で敵速、方位角、距離を判定し、八百メートル以内の至近距離から突入するのだが、これには卓越した手練《しゅれん》を要する。うねりの大きい洋上ではなおさらである。

回天搭乗員の敵艦観測法は、潜水艦長のそれと変わらない。一人前の潜水艦長になるまで四、五年はかかる。それを若い搭乗員が、とりわけ海上訓練を受けていない予科練出身者が短期間に覚えられるはずがないと、海軍中央は決めつけていた。だが、現場では、航行艦襲撃の時が迫っていると判断し、二十年二月の時点で、すでに潜水学校に搭乗員を交代で派遣して模擬訓練を進めていた。

板倉指揮官自ら、大津島の南方海面を行く機帆船を目標に突入して船底を通過する実験に成功し、「海上が観測困難な模様であれば攻撃は中止すべきである」、「高速艦に対しては成果は望めない。輸送船と、これを護衛する駆逐艦を目標にすべきである」という条件付きで、洋上攻撃の必要性を確認した。問題は攻撃目標である。空母や戦艦ではなく、輸送船や駆逐艦が相手と分かったら、搭乗員はがっかりしないだろうか――。

これは杞憂《きゆう》に過ぎなかった。搭乗員たちは、発進の機会を得ずに帰還した仲間から、前線の苛烈《かれつ》な状況を聞いていたのである。母潜が苦闘するさまを目の当たりにした彼らは、母潜にあまり負担をかけず、身をていして発進する衝動にかられている。「一撃よく百人を倒すことができれば本望です」と、昂然《こうぜん》と誓った。

一方、第六艦隊では、鳥巣回天主務参謀が板倉と同じように潜水艦の苦闘を知って、回天の洋上攻撃を早くから提唱した。三輪長官は、いつどこで会敵できるか分からない洋上で、しかも非常に難しい航行艦襲撃を実施することに強く反対している。それも考えぬいたうえで、鳥巣は食いさがった。ようやく長官の決裁が下った。
「よろしい。それでは今度出撃する伊四七潜と伊三六潜の二隻に限り、洋上で使用してみることにしよう。ただし、うまくゆかねば、また沖縄突入に切り替える」

この方針を、井浦祥二郎先任参謀が神奈川県日吉の連合艦隊司令部に長距離電話で伝え、了承を得た。次いで、霞が関の大本営海軍部につないだが、藤森部員が出てまたしても反対した。三輪長官と同じような理由である。井浦は説得できず、鳥巣に受話器を渡した。鳥巣は最後にいった。
「潜水艦のことは、連合艦隊がおり、六艦隊がおるのだ。長官が決裁し、連合艦隊司令部も了承済みだ。こんなことにいちいち大本営が口出しするのはやめてもらいたい」

結局、藤森は今度の二隻に限るということで了承した。三月上旬のことである。

では、実際に航行艦の襲撃訓練は、いつから始まったのか。硫黄島に向かった千早隊でも、川崎中尉らが航行艦襲撃の訓練をしたうえで、二月二十日に出撃している。

確かなことは、金剛隊に参加した潜水艦の攻撃状況の報告があった直後の二月五日には、大津島で何人かが航行艦襲撃訓練を実施し、その成績が小灘中尉（当時）の手元に残されていることである。さかのぼれば、十九年九月、回天の訓練が始まった際、板倉指揮官が回天の使用方法を講義し、泊地内の停泊艦攻撃と併せて航行艦に対する襲撃要領を解説している。十一月には最年少の甲飛十三期組が潜水学校で、艦長並みの攻撃のシミュレーションの訓練を受けはじめている。

航行艦襲撃の訓練で犠牲者が出た。三月二十日、光沖の周防灘で三好守中尉は、特眼鏡で額を割り搭乗服を鮮血に染めて即死した。十二ノットで走る目標艦（大型曳船《えいせん》）の航路の下をくぐりぬける予定であったが、三好艇は距離五百メートル、手本のような突入角度で艦に命中したのだ。しぶきもあげずに潜入していく姿を、その日の訓練予定がなくて鋼鉄の目標艦に乗っていた搭乗員や、これから訓練にかかる者たちが見守っていた。

久野達明二飛曹もその一人だった。訓練「的」には、位置が分かるように上部に白いペンキが塗ってある。それは、まさに「白い矢」であった。規定の深度をとっていれば、白ペンキがそれほどはっきり見えるはずがなかった。

「深度が浅い！」

「危ない！」

隊員は口々に叫んだ。

三好艇は、目標艦に激突し沈没した。目標艦は浸水を防ぎながら、砂浜に乗り上げて沈没を免れた。事故の原因は、深度計の故障ともいわれている。

三好は、東京府立六中、海兵七十三期。Q基地で十三期甲飛出身の兵たちに「貴様たちの命はあと半年」と宣告した、あの中尉（当時少尉）である。真田十勇士の一人になぞらえ、「おれは三好清海入道」と名乗って部下を笑わせたり、よく相談にのって慕われた、都会育ちらしいシャイなところのある士官だった。

同じ光沖で、四日前の十六日には、矢崎美仁《よしひと》二飛曹が潜水艦から発進後にガス中毒で、さらに四月七日には、阪本宣道《のぶみち》二飛曹が小水無瀬《こみなせ》(大水無瀬島と並ぶ訓練目標の岩礁)に激突し、いずれも殉職している(阪本二飛曹は数少ない昭和生まれ。父は戦後の兵庫県知事阪本勝)。

明日はわが身かと思われる危険を乗り越え、何事もなかったかのように訓練は続く。結局、訓練開始より終戦まで、合わせて十五名が殉職した。海底に艇の頭部が突き刺さったが一命を取り留めた、という事故も珍しくなかった。七月末には後述するように、和田稔予備少尉が殉職する。

柿崎隊、四度目の出撃

近く沖縄に突入する予定だった伊四七潜と伊三六潜の二隻が、西太平洋上で初めて回天戦を実施することになった。

戦歴を誇る二隻により天武《てんむ》隊が編成され、待望の洋上作戦が始まった。

伊四七潜　艦長　少佐　折田善次
　回天搭乗員　中尉　柿崎　実
　　　　　　　中尉　前田　肇
　　　　　　　上曹　古川七郎
　　　　　　　一曹　山口重雄
　　　　　　　二飛曹　新海菊雄

二飛曹　横田　寛

伊三六潜　艦長　少佐　菅昌《すがよし》徹昭

回天搭乗員　中尉　八木悌二

少尉　久家　稔

二飛曹　安部英雄

二飛曹　松田光雄

二飛曹　海老原清三郎

二飛曹　野村栄造

伊四七潜は、沖縄とウルシーを結ぶ中間付近に敵を求めて四月二十日に、伊三六潜は、沖縄とサイパンを結ぶ中間付近を目指して同月二十二日に、ともに光基地から出撃と決まった。

伊四七潜の折田は、艦長として四回目の出撃であった。搭載する回天の搭乗員六人も、前回の多々良隊のときと同じ顔触れである。このうち柿崎、前田、古川、山口の四人は、そろって四回目の出撃であった。

「またお世話になります」と、柿崎中尉以下、隊員たちは、満開の八重桜を一枝ずつ手に乗りこんできた。純白の大きな花びらが、彼らの心ばえを映しているようであった。今度こそ本懐を遂げるのだという決意のほどが眉宇《びう》に見える。

前回はさんざんたたかれたので、豊後水道を出る前に、魚雷、回天ともいつでも発射、発進できるように準備した。このころになると、豊後水道付近には敵の潜水艦がしきりに出没して狙っていた。自宅の玄関脇に殺し屋が潜んでいるようなものである。

五月一日夜、レーダー室から待望の報告。

「敵発見。輸送船団らしい」

出撃前、八重桜を手に記念写真におさまる天武隊の隊員たち。左より、横田寛二飛曹、古川七郎上曹、柿崎実中尉、前田肇中尉、山口重雄一曹、新海菊雄二飛曹。

しけ模様のうえに真っ暗だから回天戦は無理と判断し、折田は「魚雷戦用意」を発令。洋上攻撃に移ってから、魚雷と回天を自由に使い分けられるようになったのが、大きな利点であった。

白鉢巻きの柿崎中尉が艦橋に来て、「回天も使ってください」と懇願した。

「無理は絶対にいかん」

折田ははねつける。船影四千メートルで下令。

「発射魚雷数四、魚雷深度三メートル、発射始め」

二隻に三本が命中。うち一隻は沈没確実と折田は判断した。

戦闘の興奮が冷めやらない二日午前九時過ぎ、聴音室が音源を捕捉する。

「さあ、行くぞ」

柿崎の声もろとも、搭乗員は各自の回天へ駆けだし

柿崎実中尉(左)と伊47潜乗組員。機関長付の佐丸幹夫中尉(中央)、小林軍医少尉(右)と。訓練後、伊47潜に戻る船上で。柿崎が回天で出撃する10日前だった。

ていく。

まず、一号艇の柿崎中尉と三号艇の山口一曹が先陣を切る。コレスで機関長付の佐丸幹男中尉が、「柿崎、しっかり頼むぞ」と肩をたたく。

「さよなら」

柿崎は笑って手をあげ、回天の下部ハッチを開いて中へ消えた。自宅に帰るような無造作な「さよなら」であった。

二つの艇が発進。やがて、前後して二つの大爆発音が起こった。

続いて二号艇の古川上曹。海軍に入籍以来、魚雷一筋に生きてきた古川上曹は、快調な熱走音を出して三十分ほど駆逐艦を追いかけ突進していった。

聴音室が二つのスクリュー音をとらえた。敵のフネと古川艇である。二つの音は弱まり、いったん消えて、また大きくなってきた。逃げる駆逐艦を全力で追いかけている回天の奮戦ぶりが、聴音室で手にとるように分かった。突入、と思う間もなく大爆発音が起きた。

駆逐艦は轟沈した筈である。ところが米側は発表していない。輸送船かも知れない。輸送船には軍籍がないので被沈を発表しなかったことが考えられる。全国回天会によると、回天の全戦果は判明しているもの撃沈三、撃破（損傷）五となっているが、これは控えめな数字。古川上曹の一件からも戦果はもっと多いと推測できる。

伊四七潜は、五日に沖縄とグアムを結ぶ敵の補給線上に進出した。翌六日朝、レーダーが目標を探知する。巡洋艦である。

五号艇の前田中尉が発進していった。爆発音がとどろき、前田中尉の体当たり、轟沈《ごうちん》と判定。残り二基の回天は、電話の感度不良で発進できずに終わった。

柿崎は、山形県酒田市出身で、銀行員の父為治と母福江の五男。心の温かい、人を責めることを知らない性格。男ばかり六人の兄弟なのでしばしばけんかになったが、柿崎はいつも仲裁役であった。県立酒田中学に進学後も、庭の掃除や水くみなど家の仕事を手伝い、勉強は夜十時過ぎに家人が寝静まったあとでとりかかった。「若いのによくできている」と評判で、三番目の兄貢は「兄からみても偉い男でした」と語っている。

金剛隊に参加し、日の目を見ない潜水艦での往復四十四日間の遠征むなしく帰投したあと、柿崎は呉軍港の宿で期友と酒を飲み、一人声もなく泣いていた。帰ってきたのは本人のせいではない。誰もとがめはしない。だが、歓呼の声に送られ晴れ晴れしく出撃していながら、期待に応ええなかった不運を嘆き、そのことを理屈抜きに恥ずかしいと思いつめている様子だった。四度目の出撃で、柿崎隊の四名は、ようやく念願の任務を果たすことができたのであった。

柿崎は筆まめでよく手紙を書き、短歌を詠んだ。出撃を目前にして、親戚の女性に次のように書き送っている。

「幸ちゃん、この手紙があなたにとどくころは、私はもうこの世にいないことと思います。二十年の一生も夢のようです。（中略）おれは本当に幸福だ。本当に静かな気持ちで、この大壮挙を決行することができる。（中略）人間に最も大切なのは、純真な気持ちだ。人が生まれたときの気持ち、自然の心、それが欲のために次第に濁ったものになったのだ。だから、まず欲をなくすことだな。

欲とは人間の本能だ。本能とは人間に与えられた試練だ。この試練に打ち勝ってこそ、自然の心、不動心、すなわち純真さが得られるのだ。（中略）死生観とは、死を考えるから起きる考えだよ。考えなければこんなことは問題ではない。

人間は日常茶飯事とおなじ自然の一現象にすぎない。死をどうしてそれだけ大きな問題に考えるのか。これも欲のためだ。すなわち愛の欠乏した人間の考えることだ。臣として君の愛を感じ、子として親の愛を感じ、人としては神の愛を感じ、妻としては夫の愛を感ずる人にとっては、死ぬということは考えられないことだ。

おれは本当に幸福だ。『武士道とは死ぬことと見つけたり』とは平和なときの武士のいうことだよ。

幸福とは満足することではないかな。如何《いか》なる苦境にあっても、これに満足し、これを開拓し、これを進めるべく努力すること、これが幸福なのだ。苦境にあわててこれに負ける人は、幸福を自分で捨てる人だよ。
あくまで神を信じ、人を信じ、自分を信じて、苦境のなかに突入してこそ、真の幸福を得ることができるのだ。（後略）」

柿崎は、最後の別れに帰郷し、母に、「母さん、おれの顔をよおく見ておけよ。よく覚えておけよ」と繰り返しいった。

母は息子の遺品が届いた日に倒れ、苦しみののち、過去を忘れて童女のようになった。

伊三六潜は、四月二十七日の夜明け前、沖縄とサイパンを結ぶ線上の中間付近に達した。そのとき、小山のような黒影を水平線上に発見。沖縄に向かう大船団らしい。水防眼鏡（見張り専用の大型望遠鏡）にしがみついていた菅昌艦長は、にやっと笑った。乗員は、そんな悠然とした艦長を頼もしく思った。

「両舷停止、潜航急げ！」

「魚雷戦用意、回天戦用意！」

艦長が力強く下令。発令所の隣にある士官室で待機していた六名の回天搭乗員は、七生報国の白鉢巻きを締めると、それぞれの交通筒をはうようにして上り、回天の中に潜りこんだ。三十隻を超える大船団が潜望鏡に映っている。方位角五十度、距離七千メートル。魚雷攻撃には遠すぎた。艦長は回天攻撃を決意し、深い祈りをこめて発進を命じた。

八木中尉、安部二飛曹、松田二飛曹、海老原二飛曹の四名が突進していった。

長い時間が経過したように感じられた。だが、実際には十分余りであった。突如、大爆発音が聞こえた。やがて二発目、三発目、四発目。五分の間に全基が四隻の輸送船に体当たりしたと、菅昌艦長は信じた。

野村二飛曹は準備に手間どり、襲撃に間に合わず帰還した。

久家少尉は、再度の故障で発進を見送って帰還するのだが、二ヵ月後、また伊三六潜で出撃し、母潜の危機を救って玉砕する。

五月七日夜、ラジオ放送は久しく聞かれなかった軍艦マーチに続いて、天武隊の戦果を潜水艦の戦果として報道した。

一、轟沈　軽巡洋艦　一隻
　　　　　大型駆逐艦二隻
　　　　　大型輸送船五隻
一、撃沈　輸送船　　二隻
　　撃破　輸送船　　一隻

大本営や連合艦隊司令部、第六艦隊上層部が反対したため、試験的に行なわれた洋上回天戦は、折田、菅昌両艦長の報告どおりであれば、まさに画期的な大成功であった。聴音による推定戦果であり、視認（潜望鏡）していないのは気になるが、両艦とも敵に接近して正確な射角で魚雷を放ち、回天を発進させている。

相当な戦果をあげたに違いないのだが、米側の「輸送船リングネス戦闘報告」には、「輸送船カナダ・ヴィクトリー一隻だけが、伊三六潜の回天により撃沈された」と記されている。ただし、緯経度に疑問があり、空爆によるものとも考えられる。また、輸送船「ボーズマン・ヴィクトリー」が伊三六潜の回天により、輸送船「カリーナ」が伊四七潜の回天によって損傷を受けた。

振武隊と轟隊の奮戦

天武隊《てんむ》に次いで二十年初め、振武隊が伊三六六潜と伊三六七潜の二隻の輸送潜水艦で編成された。ところが、伊三六六潜は光沖で五月六日、敵の爆撃機B29が空中から落として敷設していた機雷に触れて被害を受け、修理のために呉へ帰投する。このため、振武隊は伊三六七潜一隻だけとなった。

伊三六七潜　艦長　少佐　武富邦夫
　回天搭乗員　中尉　藤田克己
　　一飛曹　千葉三郎
　　一飛曹　小野正明
　　一飛曹　吉留文夫
　　一飛曹　岡田　純

伊三六七潜は、端午の節句の五月五日、こいのぼりを翻しながら大津島から出撃した。沖

振武隊隊員。左より、岡田一飛曹、吉留一飛曹、藤田中尉、小野一飛曹、千葉一飛曹。

縄とサイパンの中間付近に進出。二十七日早朝、聴音機により敵船団を捕捉する。

二時間後の九時十五分、千葉（三号艇）、小野（五号艇）の両一飛曹が突入した。あとの三基は、故障で発進不能であった。

二基の回天が二十ノットで二十分後に浮上し、特眼鏡を上げて敵艦の位置を観測してまた潜り、突っ走る様子が聴音により艦内で確認された。

九時五十一分、最初の爆発音。五分か十分して二度目の爆発音を聞く。

戦闘経過を記録していた兵頭熊一上等機関兵曹の日記は、「小野、千葉両勇士、ついに敵船団に突入。艦種不詳、二隻を轟沈せしめ、大任を全うする。敵監視艇、右往左往のスクリュー音、潜上にきく」と、生々しく伝えている。

両艇が命中したという確認はとれていない。このときに護衛駆逐艦「ギリガン」が回天により撃破されたとする説が英国刊行の図書そのほかに示されていたが、これは誤りである。全国回天会が近年入手した「ギリガン」の航海日誌では、「ギリガン」は二十七日深夜、日本の双発攻撃機の雷撃を受け、その投下した魚雷が右舷に命中した。魚雷は爆発しなかったが、破口から浸水した。

故障した一基、四号艇の岡田一飛曹は、エンジンがかからず〝冷走《れいそう》〟状態と分かった。そこで、岡田は艇内の電話で「四号艇冷走」と連絡したが、伝令が「熱走《ねっそう》」と聞き違えて艦長に伝えた（冷走は燃料室の点火装置が作動しない状態、熱走はエンジンがかかり正常に駆動する状態）。熱走と伝えれば「発進」ということになり、艦から切り離される。しかし、実際は冷走だから速力ががた落ちするため、突進できず単なる浮遊機雷のようなものとなってしまう。これでは無駄死にである。岡田はゆっくりと「冷走らしい」といい直した。回天は、二本のバンドで潜水艦の甲板に固定されている。その一本が、熱走と聞き違えて外されていた。きわどいところで岡田は生還した。

大津島基地で、うさぎを抱いて屈託のない笑顔を見せる振武隊、轟隊の面々。昭和20年4月ごろ。

太平洋の水は透明である。岡田は、目の前を三号艇が走っていくのを見た。ぱっと横を見ると五号艇もいない。取り残されたかとがっかりしたが、基地に帰投後、仲間に「また頑張れよ」、「おれも行くからな」と励まされた。

太平洋の全作戦を通じ最後の激戦場となった沖縄の命脈が、尽きようとしていた。

そのさなか、振武隊につづいて、五月下旬から六月中旬にかけて、回天洋上作戦の第三陣轟《とどろき》隊が沖縄南東およびマリアナ東方海域に打って出ることになった。轟隊の編成は次のとおり（潜水艦の大きさによって回天の搭載基数は違ってくる）。

伊三六一潜　艦長　大尉　松浦正治
　回天搭乗員　中尉　小林富三雄
　　　　　　一飛曹　金井行雄
　　　　　　一飛曹　斎藤達雄
　　　　　　一飛曹　田辺　晋《すすむ》
　　　　　　一飛曹　岩崎静也

伊三六三潜　艦長　少佐　木原　栄
　回天搭乗員　中尉　上山春平
　　　　　　少尉　和田　稔
　　　　　　一飛曹　小林重幸
　　　　　　一飛曹　石橋輝好
　　　　　　一飛曹　久保吉輝

伊三六潜　艦長　少佐　菅昌徹昭

回天搭乗員　中尉　池淵信夫
　少尉　園田一郎
　少尉　久家　稔
　一飛曹　柳谷秀正
　一飛曹　野村栄造
　一飛曹　横田　寛

伊一六五潜　艦長　少佐　大野保四
　回天搭乗員　少尉　水知《みずち》創一《そういち》
　一飛曹　北村十二郎《じゅうじろう》

伊三六一潜は、五月二十四日に光基地から出撃したが、一回の通信もなく消息を絶つ。米側の資料によると、五月三十日、護衛空母「アンジオ」の搭載機に撃沈された。

伊三六三潜は、五月二十八日に光を出撃。六月五日午前七時四十分ごろ、敵機動部隊の音源を捕捉した。

「配置に就け」、「回天戦用意」の号令がかかる。

久保一飛曹は、司令塔の下の発令所で木原艦長から敵情の説明を聞き、「七生報国」と墨書した白鉢巻きを強く結んだ。腰には短刀を帯びている。首にかけた秒時計《びょうじけい》などの用具を再確認し、彼の発進係の塚田利太郎主計兵曹から冷えたサイダーを手渡された。

「塚田兵曹、では、行ってきまっさあ」と、関西弁で気軽に声をかけ、久保一飛曹は交通筒を上って艇内に乗りこんだ。

整備係の小島兵曹の「成功を祈ります」の声に、「お世話になりました。おおきに」と、久保は口早に答えた。

下部のハッチを閉じる、重く鈍い音がする。人間が、目のある魚雷に変身する一瞬である。

七時五十二分、全搭乗員が乗艇。「発進用意」がかかる。

久保が、主空（圧縮酸素）と操空（操舵用普通空気）のゲージの目盛りを点検していると、艦と艇をつなぐ交通筒に海水が注水されている音がした。筒内と筒外の水圧を等しくして、離艦態勢に入るためである。

訓練時にはなにも感じなかったが、周りが静かすぎるせいか、五号艇に入った久保一飛曹は、ザアザアと入りこむ海水の音を聞いた。

「ああ、わいはもう終わりやなあ。この世と縁が切れたなあ。あとは出るだけやわ」

そう思ったとたん、ほろっと涙があふれ出た。恐怖や未練からではなかった。

「怖かったら乗艇できませんよ」と、平成十一年（一九九九）十二月、久保は語った。説明しようにも言葉が見つからない、感情の噴出なのである。

久保は深呼吸をして、「えいっ」とばかりに自分に気合いを入れた。発令所からは艇に電話で、敵の針路、速度、方位角などのデータを矢継ぎ早にいってくる。

やがて号令一下、振り向いて背部にある発動かんを力いっぱい押す。振動音と一緒にエン

醍醐忠重第六艦隊司令長官(前列中央)とともに出撃記念撮影に臨む轟隊の伊165潜一行。長官の左側が伊165潜艦長大野少佐、右側が回天搭乗員の水知少尉。前列左端の北村一飛曹が、殉職した矢崎一飛曹の遺骨を抱く。

ジンは回転を始めた。念のため、特眼鏡を百八十度回して推進器を見ると、青い海の色がはじけて、細かい白っぽい泡となっている。その向こうに、黒い司令塔の影があった。

最初に出る久保の五号艇一基だけが、発動してエンジンが順調にかかり熱走状態になった。まさに、発進直前の態勢である。

ところが、「発進」の号令が来ない。「まだか」と問い合わせても、「しばらく待て」の返事ばかりが返ってくる。高ぶりが冷めて、久保はいらいらしてきた。

「そうや。末期のサイダーがあるわい。今のうちに飲まんとな」

そう思ったが、栓抜きがない。久保は、艇内の角ばった所を探して押し当てやっと栓を抜き、一気にラッパ飲みした。液体は、からからに乾いたのどを気持ちよく潤し、胃の腑《ふ》に達した。久保は、落ち着きと闘魂がよみがえってくるのを全身に感じた。

一方、発令所の状況判断だが、海は荒れスコールもあって、母潜の潜望鏡でも目標が見えない。まして、回天の一メートルほどの短い特眼鏡では観測は期待しえない。木原艦長は、やむなく発進の中止を下令した。

久保は機械を止めた。力が一気に抜けていく。緊迫した二十分であった。

久保が交通筒から下りてきたとき、五号艇担当の塚田は、思わず「よかったなあ」といった。

「塚田兵曹、今度また行かしてもらいます。また、サイダーを願いますよ」

少年の顔に戻って久保が笑った。

「二度とサイダーなんかやるもんか！」

塚田は怒鳴ったが、語尾が震えていた。

艦と艇をつなぐものは、架台を縛ったバンドと、司令塔との間の電話線だけである。あとは艦長の「用意撃て」の号令を待つばかりとなる。今の今まで眼前で談笑していた若者を艇内に送るとともに、バンドを外すハンドルを握るのが、主計兵曹の役目であった。塚田は前後を忘れ、冥土の土産であるサイダーの話を拒絶していた。

敵機動部隊の動きを打電したためか、十日から爆雷攻撃を受け、哨戒機にも追尾されたので、艦は配置を南西の沖縄、ウルシー線上に向けた。

十五日夜、敵輸送船団に遭遇。一万メートルの遠距離であった。しかも、この伊三六三潜は、伊三六一や伊三六七と同型の輸送潜水艦なのでスピードが遅い。水上で十三ノット、水中では二ノットと人が歩く程度の速さしか出ない。木原艦長は思案の末、魚雷二本の発射を下令。この遠距離では、闇夜に鉄砲のたぐいだったが、見事に命中した。

「早速、きついお返しが来ました。二百個以上の爆雷を浴びて、生きた心地がしませんでした。回天の発進を艦長に懇願しましたが、採用されませんでした」と久保。

その後は会敵の機会がなく、十九日に帰投命令を受電した。

木原は、粋な計らいをする艦長である。入港予定日を打電してから急に速力を上げ、一日分を稼いで高知県の宿毛《すくも》湾に仮泊した。積んでいた缶詰と交換で土地の人から新鮮な野菜や魚をもらいうけ、宴会を開いて無事に帰った全乗員の命の洗濯をした。

「みんな、黙っとけよ」と、木原が笑いながらいったのを、久保は覚えている。

伊三六三潜では、母潜乗員が気を利かし、トランプや花札を回天搭乗員のために用意してくれていた。搭乗員らは、それで「七並べ」や、下一けたが九の数字になれば勝ちとなる「おいちょかぶ」遊びに興じ、落ちこむことがなかった。

伊一六五潜は、轟隊のしんがりとして六月十五日に光を出撃したまま消息を絶った。回天は二艇きりの発進であった。

米側の資料によると、六月二十七日、サイパン東方で基地哨戒機に撃沈されている。艦齢十三年の老齢艦で、開戦以来、働きづめであった。

先任搭乗員の水知少尉は、早大政治学科から海軍兵科の四期予備学生になった。十八年十月に、兵庫県西宮市の公会堂で徴兵検査を受けたあと、川崎市にいた両親に手紙を出している。彼はもともと航空隊を志願していた。

水知創一少尉。6月15日に光を出撃したが、その後、消息を絶った。

「きょうからは軍人として日本帝国の隆昌《りゅうしょう》のため一身を捧《ささ》げる覚悟をして居ります。父上は復学の時を心配して成績を気にして居られますが、小生としては絶対に生還を期していませんから、どうでもいいことと思います。

生意気なことを申しますが、いままでの不孝の償いは戦場で致しますから何とぞお許しください。海軍飛行機操縦はいままで一人として生還した者のない男の死に場で、小生もほんとによい死に場を得られつつあると幸福に思って居ります」

水知は甲種合格のあと、広島県大竹の海兵団に入団して軍人の第一歩を踏みだす。水知は、兵庫県本山村岡本（現神戸市東灘区岡本）の本山第一小で成績はいつもトップで、スポーツ万能。早稲田に入ってからも野球を続け、空手部にも入り初段。身長百八十センチのたくましい体格であった。

母フクは、「創一は泳ぎの達人だから、どこかの島に泳ぎ着いているはず。ひょっこり帰ってくるよ」といいとおし、息子の戦死を最後まで信じなかった。

北村一飛曹は、台湾の新竹州立新竹中の出身で、甲飛十三期。子どものころから向こう意気が強く、弱きを助け強きをくじく男気の濃厚な性格であった。中学で点呼のとき、ふてくされて番号をかけた後輩がいて、教師が激怒した。その剣幕に恐れをなして当の生徒は名乗りをあげない。北村が、身代わりに「私です」と申し出た。北村は停学処分を受ける。数日後に真相が分かって停学は解かれたが、その間、一言も弁解しなかった。当然ながら生徒間の信望は高かった。

両親が台湾にいたので、北村は愛知県にいる叔母に会いにいき、次のように言づてを頼んでいる。

「両親に、『十二郎は、子として親を思う点で人には負けぬと考えていますが、しかし、それ以上に国を思っている』と、これだけ伝言してもらえれば、ほかに思い残すことはありません」

轟隊で唯一の大型潜水艦伊三六潜は、回天特攻隊としては五回目の出撃である。今度は遠くマリアナ東方海面の敵補給路の破壊作戦にあたることになった。鳥巣参謀は、戦後、著書に痛恨の思いを記している。

「もし、このような作戦が、半年早く、せめて四ヵ月早く、伊三六潜、伊四四潜、伊四七潜、伊四八潜、伊五三潜、伊五六潜、伊五八潜などの精鋭潜水艦で一挙に実施されていたならばと痛切に思われるのであるが、もちろん、死児の齢《よわい》を数えるようなものである」

（「人間魚雷」＝新潮社）

伊三六潜は六月四日、初夏のさわやかな日差しを浴びて光基地をあとにした。搭乗員も出撃経験者ぞろいで、野村一飛曹は二回目、ほかの五名はすべて三回目の出撃であった。敵に遭遇しなかったり、母潜の損傷や電話器や縦舵機の故障などで、無念の涙をのんで引き返してきたのである。

久家稔少尉。1度ならず2度まで、回天が発進直前に故障を起こして無念の帰還。轟隊での3度目の出撃に、万全を期して臨んだ。

なかでも久家少尉は、二回とも発進直前の回天の事故で帰還している。最初はガス漏れで人事不省となり、二回目は冷走のため発進できなかった。今度こそ必ず命中してみせると、整備や点検に最後まで立ちあい、航海中も艦長に整備に万全を期するよう頼んでいる。

久家は、大阪商大出の四期予備少尉。出撃の前日、弟妹あてに手紙を書いている。

「愛する弟よ。兄はいま永遠に不滅の世界に飛び込もうとしている。おれの心には生もなければ死もない。唯《ただ》あるは〝空〟の一字のみ。死生観というのは、生または死に拘泥するから起こるものである。おれはお前が、必ず兄の後を継いでくれることを確信して征《ゆ》く。弟よ、堅固なる信念をもって、真摯《しんし》なる学徒として、一日、一日を無駄に過ごすな。

わが最愛の妹よ。病弱の貴女に対しては、常に身体に注意するように言ってきたが、これは身体を大事にし過ぎることではない。私もあまり強い方ではなかったが、最近のような相当の猛訓練においても、ほとんど身体を損じない。要は精神である。多少の無理をしても、気力が充実しておれば、体力も続くものである。

私は今、もっとも大きなことをやろうとしている。おそらく貴女にも分かっていると思う。今までに、貴女に言ってきたことを思い出してくれ。そして大和撫子《やまとなでしこ》として、清く美しく生きてくれ」

少尉のときに幼なじみのユキ子と結婚した池淵。わずか１週間ほどの新婚生活ではあったが、二人のきずなは固く結ばれていた。

先任搭乗員の池淵中尉は、大阪日大（現近畿大）理工学科出身の三期予備士官で、彼も気配りの働く心優しい性格であった。

黒木と樋口両大尉の殉職は酸素欠乏が原因なので、炭酸ガス吸収装置の採用が決まった。これをきっかけに訓練後の研究会で、回天内でどれだけ生存が可能かという問題が提起され、生存限度を人体実験してみようということになった。

そのとき、「私がやります」と、おだやかな声で真っ先に手をあげたのが池淵であった。

魚雷調整場の脇に置かれた回天の座席に池淵が座り、ハッチを閉めて耐久テストをした。仲間がハンマーで操縦席の辺りをたたくと、中から応答がある。元気にたたきかえすうちはよいが、艇内にトラブルが発生すると応答が遅れる場合がある。

ハッチを回すハンドルは頭上にあるので、危険と思えば回せばよいのだが、はたして回す体力が残っているかという問題もある。このような危険を伴うテストを、池淵は率先して引き受けたのであった。

彼と菊水隊で戦死した佐藤少尉の二人は、既婚者であった。池淵と新妻のユキ子はともに兵庫県出身。年少のころからの顔なじみで、親戚の強い勧めもあって結婚したが、小刻みの休暇を合わせてもせいぜい一週間ほどの新婚生活であった。池淵は当初、「若い身でありながら未亡人という名をつけられると思えば、可哀相《かわいそう》でなりません。強制されないように願います」と、基地から両親に手紙で慎重な対処を求めている。

結婚後、出撃前の二日間、最後の短い語らいのなかで、彼は不安を感じさせない口調でいった。

「おれは結婚なんかすると、万一の場合、君がかわいそうだと思っていたんだが、おれの気持ちはどうしたわけか、以前より落ち着いてきた。君は偉大なんだなあ。こんなに安定した気持ちになるなんて。もし子どもができたら、しっかり頼むぜ。

おれは無駄には死なないから、成功を祈っていてくれ。艦長だって状況をよく考えて、無理な発進なんかさせはしないさ。だから安心していていいよ。獲物がなければ、また帰ってくるんだから」

夜更けまで、二人は隊で歌っている歌を歌った。

六月四日。ユキ子は、光基地から少し離れた山上にある天神様の祠《ほこら》のそばに立っていた。昨日も二人はこの天神様に詣でて、これが最後の睦《むつみ》になるとも知らずに一時を過ごしたのだった。

伊三六潜が一隻、光基地を出ていく。大型潜水艦がとても小さく見えた。積んである回天も人影もはっきりしない。風はそよともなく、太陽だけが照りつけている。静まった山上で、ユキ子は夫のフネを見送っていた。

池淵は出撃前、父親に次の遺書を書いている。

「信夫は唯今《ただいま》より征《ゆ》きます。長い間のご高恩に報ゆる最高の道を選びました。信夫は神州不滅を信ずればこそ、笑ってわが身を弾丸と化し得るのです。何時《いつ》までも御健康たらんことを祈ります。母のこと、ユキ子さんのこと御願い致します」

六月二十四日、伊三六潜は魚雷戦で敵船一隻に二本を命中、敵船は傾きながらサイパンに向けて逃走した。戦後、敵船はLST（戦車揚陸艇）だったと分かった。

二十八日、遠距離に船団を発見し、池淵艇が発進していった。目標は、攻撃型輸送艦「アンタレス」である。菅昌艦長は潜望鏡にかじりついて、戦果の確認に全神経を集中した。

突如、聴音手が絶叫した。

「推進機音、感四、近い！」

潜望鏡を一転する。駆逐艦が視野いっぱいにのしかかってきた。大型駆逐艦「スプロストン」である。

「前進いっぱい、深さ六十、急げ！」

紙一重で潜入する。その直後から、爆雷攻撃が絶え間なく続き艦を打ちのめした。電灯は消え、兵は壁にぶつけられた。ミシミシと艦はきしみ、天井の塗料がはげてごみと一緒に落ちてくる。漏水がひどくなり、艦は艦首を大きく上げて沈下していった。深さは七十メートル。百メートルを超えたら、艦は水圧で壊れて海底に落ちこむ。絶体絶命の窮地に追いこまれた。

このときである。久家は、自分の艇が電動縦舵機と電話機の故障のために使用不能になっていたにもかかわらず、菅昌艦長に繰り返し発進を要請した。これが入れられて、久家艇は深々度の母艦から離れて海面に浮かび上がる。久家は人力縦舵のハンドルを素手で回しながら、敵駆逐艦へ突撃していった。人力縦舵だと、舵を動かすのに力と時間がかかって自由な旋回ができない。その不利を押しての発進であった。柳谷一飛曹も、続いて海中深くから発進していった。

敵情が分からないままに、爆雷が炸裂《さくれつ》する方向を目指している。熱走音が右と左に分かれた。さしもの駆逐艦の猛攻も、このときを境に沈黙した。伊三六潜は傷つきながらも生還して、次の作戦に備えることができたのであった。

久家は、回天に身を投じたころの十九年八月の日記に、次のように記している。

「俺《おれ》らは俺らの親を兄弟を愛し、友人を愛し、同胞を愛するが故に、彼らを安泰に置かんがためには自己を犠牲にせねばならぬ。祖国敗るれば、親も同胞も安らかに生きてゆくことはできぬのだ。我等《われら》の屍《しかばね》によって祖国が勝てるなら満足ではないか」

この思いこそ、空と海を通じて特攻隊員が心の基盤として抱き、生命をささげる共通の動機となったとみて間違いなかろう。

久家は発進前日の二十七日、艦内で「基地隊の皆様へ」と題し、最後の手記を書いた。

「艇の故障で、また三人が帰ります。一緒にと思い、仲良くしてきた六人のうち、私たち三人だけが先に行くことは、私たちとしても寂しい限りです。皆さんお願いします。園田、横田、野村、皆はじめてではないのです。二度目、三度目の帰還です。生きて帰ったからといって、冷たい目で見ないで下さい。（中略）最後には、ちゃんとした魚雷に乗ってぶつかるために、涙をのんで帰るのですから、どうか温かく迎えて下さい」

優しさが行間ににじんでいる文面だが、久家の思い過ごしではないか。冷たい目で迎えるはずはないのである。ただ、いえることは、待機組にとって困るのは、戻ってこられると自分たちの出番がそれだけ遅れてしまうことである。軽いつもりの冗談が、帰還者を傷つけていたのかもしれない。

そのような状況を招いたのは、元はといえば、帰還者を最初の方針に反して再出撃させてしまったことにある。当事者の強い要望があったとはいえ、板倉指揮官は、その要望を抑えられなかったことにざんきの念をぬぐえないで過ごした。

池淵ユキ子は、戦後、編み物教室を開いて生活を支えた。池淵の弟の娘が結婚して池淵姓を継ぎ、孫にも恵まれている。平成十一年（一九九九）十月現在七十八歳。高砂市内の公民館で週一回、若い人たちに編み物を教え、活気のある日々を送ってきた。

多聞隊、最後の決戦へ

六月二十一日、沖縄の戦闘は事実上終息して、本土決戦を残すのみとなった。基地回天隊が、敵上陸部隊を水際で撃砕する戦力として、次の各基地に展開されつつあった（カッコ内は回天の基数）。

第一回天隊＝沖縄（八）。第二＝八丈島（八）。第三＝宮崎の油津《あぶらつ》（十）。第四＝高知の須崎（十二）。第五＝宮崎の栄松《さかえまつ》・大堂津《おおどうつ》（十二）。第六＝高知の浦戸（十二）。第七＝高知の須崎（四）、浦戸（四）。第八＝宮崎の細島（十二）。第九＝宮崎の内海《うちうみ》（六）。第十一＝愛媛の麦浦（八）。第十二＝千葉の小浜（六）。第十六＝和歌山の由良《ゆら》白崎（四）。そのほか四基地未配備。

この布陣の主体は、九州東部、土佐湾である。アメリカを中心とする連合国側の最終目標はもちろん東京だが、沖縄を陥落させたあと、西日本から順次攻撃して上陸するものと日本側は予測して、このような布陣を敷いた。この予測は正しく、連合国側はまさにこのとおりの作戦をたてていたことが戦後に明らかにされた。第一回天隊の最期は前章でみたとおりである。

太平洋戦争の土壇場であった。この時点でも、遠く洋上に進出して積極的に敵を攻撃しうる唯一の戦力が潜水部隊であり、敗戦の間際まで米海軍を震撼《しんかん》させたのが回天特攻隊の多聞隊であった。

最後に突撃する多聞隊は、六隻の潜水艦で七月半ば過ぎに編成された。

伊五三潜　　艦長　少佐　大場佐一
（大津島）　回天搭乗員　中尉　勝山　淳《じゅん》
少尉　関　豊興《とよおき》
一飛曹　川尻　勉
一飛曹　荒川正弘
一飛曹　高橋　博
一飛曹　坂本雅俊

伊五八潜　　艦長　少佐　橋本以行
（平生）　回天搭乗員　中尉　伴《ばん》　修二
少尉　水井淑夫《よしお》
一飛曹　林　義明

一飛曹　小森一之《かずゆき》
一飛曹　中井　昭
一飛曹　白木一郎
伊四七潜
艦長　少佐　鈴木正吉
（光）
回天搭乗員　中尉　加藤　正
少尉　桐沢鬼子衛《きしえ》
一飛曹　久本晋作
一飛曹　河村　哲
一飛曹　石渡昭三
一飛曹　新海《しんかい》菊雄
伊三六七潜
艦長　大尉　今西三郎
（大津島）
回天搭乗員　中尉　藤田克己
少尉　安西信夫
一飛曹　岡田　純
一飛曹　吉留文夫
一飛曹　井上恒樹
伊三六六潜
艦長　大尉　時岡隆美
（光）
回天搭乗員　中尉　成瀬謙治

少尉　鈴木大三郎
一飛曹　上西徳英《のりひで》
一飛曹　佐野　元《はじめ》
一飛曹　岩井忠重

伊三六三潜
（光）
艦長　少佐　木原　栄
回天搭乗員　中尉　上山春平
少尉　園田一郎
一飛曹　石橋輝好
一飛曹　久保吉輝
一飛曹　小林重幸

伊五三潜は、多聞隊の先陣を切って、七月十四日に出撃した。レイテと沖縄を結ぶ線上に待機し、哨戒にあたった。

二十四日午後二時ごろ、北上する輸送船団を発見し、大場艦長は「回天戦、魚雷戦」を下令。勝山中尉の一号艇が発進した。

R・M・ニューカム少佐の指揮する駆逐艦「アンダーヒル」（一四〇〇トン）が、船団護衛部隊の一艦として、フィリピン・ルソン島北端の東方を航行中であった。

ニューカム少佐は、潜望鏡を発見して爆雷攻撃を始め、油膜が浮かんできたのを見て「潜

第二種軍装姿の勝山淳中尉。駆逐艦「アンダーヒル」撃沈の功労者である。

水艦一隻撃沈」と、無線電話で報告した。

その途端、もう一つの潜望鏡を間近に発見。転舵しようとしたが間に合わず、大爆発が起こって艦首も艦橋も吹っ飛び、艦長以下の士官十名、兵員百二名が艦と運命をともにした。生き残った先任士官のエルウッド・M・リッチ中尉は、駆逐艦は真っ二つに割れたと報告している。

命中したのは勝山艇である。勝山艇が発進して四十分後に大音響を聴取。潜望鏡を上げて観察したところ、黒煙一条がレンズいっぱいに立ちのぼっていた。誰があげた戦果であるかを確定できる、回天では唯一のケースとなった。

勝山中尉は、勝気で純情、皆に愛される明るい士官であった。茨城県那珂郡那珂町出身。時に二十一歳。気鋭の水戸っぽタイプ。この戦局下、最も価値ある若人を代表する一人だった。

出撃の一ヵ月前に帰省したときのこと。弟の忠男が昼休みに校庭で遊んでいると、たまたま来ていた勝山が近づいてきて、「もう会えんかもしれないな」といった。世話になった先生にあいさつに来た帰りに弟を見かけたのだろうか。忠男は胸が詰まってなにもいえなかった。いつもの兄とは違う異常な気迫と立ち去った姿が、忠男の記憶に鮮明に残っている。十人の兄弟姉妹のなかに育ち、帰省のたびに大勢の弟妹たちに土産をもってくる心優しい兄だった。

引き続き、バシー海峡東方海域で哨戒索敵中の七月二十九日午後一時ごろ、伊五三潜は異常音を聴取。潜望鏡の観測で、五、六十隻もの大輸送船団の真ん中にいることを確認した。敵の聴音機や探信儀に引っかからなかったのは奇跡であった。

敵は、潜望鏡を上げ下げしている伊五三潜を発見したが、これに対して爆雷や搭載砲で攻撃したら味方への被害も必至とみてか、船団のなかをあちらへこちらへと移動している伊五三潜に引きまわされて、右往左往するばかりである。

水雷長の大堀正大尉も、潜望鏡で状況を観察した。敵の輸送船は、自衛のために船首に装備している大砲や搭載している機関銃を振りまわして狼狽《ろうばい》している。護衛駆逐艦が、伊五三潜を捕捉しようとうろうろしている様子も見えた。敵としても、船団が隊列を乱すと相互に衝突する危険があった。

大場艦長は苦心して船団の後方に離脱したが、五千メートルほどに離れすぎていて魚雷攻撃は無理であった。回天搭乗員の強い要望で、川尻一飛曹の三号艇が午後五時ごろ発進した。一時間後に大音響を聞いた。

このあと、伊五三潜は八月四日午前零時ごろ、ルソン島北東の海域で不意に爆雷の超至近攻撃を受けた。

「シャー、シャー、シャー」

潜水艦の真上で、艦船が通るときの不気味なプロペラ音がした。途端に、

「パシャ、パシャ、パシャ」

爆雷の落下音である。これまで何度も経験した音であった。新兵器の三式探信儀を使って割り出すと、敵の艦艇は五隻で、伊五三潜を中心に半径約千メートルでこれを包囲し、交互に真上を通過しては爆雷を投下していることが分かった。艦長は、艦を右に左に急旋回し、深度を三十メートルから最大限度の百メートルの間で上下させたりして避雷運動を続けた。回天の耐圧深度（八十メートル）を超えていた。

受けた爆雷の数は百個以上。大堀水雷長は、それまで艦艇からの砲撃、空爆、潜水艦からの雷撃や爆雷攻撃など、たいていの攻撃は受けた経験があったが、これだけ一方的に攻めこまれたのは初めてであった。大揺れに揺れてきしむ艦の中にあって、大堀の脳裏をよぎったのは、「多くの喪失潜水艦はこのようにして沈められたのか。この艦もこれで最期か」という思いであった。

艦内の炭酸ガス濃度六パーセント、温度四十数度、湿度九十五パーセント以上のなかで、被害のあった個所の懸命の復旧作業を続けた。

回天は、残る四基のうち二基は爆雷で使用不能になる。回天内の特殊液が漏れて、搭乗員一名が人事不省に陥る事故も発生していた。

関少尉は、強く発進を申し出た。

「母艦の伊五三潜が回天を積んだままやられるよりは、乾坤一擲《けんこんいってき》、死中に活を求めて体当りして、母艦には引き続き後続の回天の母艦役をしていただきたい」

四日午前一時を少し回ったころ、大堀水雷長は、「艦長、間もなく月の出後三十分です」と、回天の発進可能な時刻が迫っていることを進言した。大場艦長は、「よし、最後の望みだ」と、使用可能な五号艇（関少尉）と四号艇（荒川一飛曹）に、敵情とデータを伝達した。一時四十五分ごろ、艦長の命令が下る。

「回天、発進」

月明かりが十分にあるだろうかという不安はあったが、関搭乗員の腕と天運に望みを託して結果を待った。三十分ほどたったころ、伊五三潜を揺すぶる大音響が起きた。と同時に、包囲していた五隻の推進機音が四隻に減った。

約十分後の二時三十分ごろ、荒川一飛曹の四号艇が発進。これも、発進して約十分後、大音響をあげた。

眼下の敵として狙われている潜水艦が、反攻に転じて頭上の狼《おおかみ》を雷撃するのは至難の業で、奇跡に近い。伊五三潜の二艇は、それを敢行して母潜を助けたのだ。

二基の回天が発進後、敵の推進機音は一隻だけとなった。伊五三潜は、撃沈されたフネの乗組員の救助にとりかかったのではないかと判断した。その一隻も離れていって、伊五三潜はやっと袋のネズミ状態から抜けでることができた。

帰投命令を受けて、八月十二日に大津島にたどり着いた。

「正直、これが最期かと思ったよ」

「生還できたのはまったく回天のおかげだ」

乗員は口々にいった。回天、とりわけ発進を強硬に主張して母潜を救った関の功績は大きかった。

このときの戦闘結果について、平成七年（一九九五）十月、護衛駆逐艦「R・V・ジョンソン」の先任将校だった退役大佐イシドール・ホーヴィッツから、一通の書簡が大堀たち伊五三潜関係者に届いた。

それによると、当日、伊五三潜を攻撃したのは「R・V・ジョンソン」で、回天二基が攻撃に向かってくるのを確認した。一基が「R・V・ジョンソン」のきわめて近くで自爆し、その影響で「R・V・ジョンソン」は主エンジンと舵取機が故障して戦線を離脱し、復旧に六時間半を要した。

関豊興は、大正十二年（一九二三）一月二十一日、秋田県鹿角郡花輪町に生まれた。父豊次郎は親類が保有する湯瀬ホテルの経営を任され、のちにバス会社の役員を務めた。幼少のころの関は色白でほっそり、虚弱体質で、親類からは「きゅうりに手足がついているようだ」といわれた。県立大館中一年のとき、頑張り行軍に参加したが、このときにひいた風邪がもとで心臓病を患った。留年せよといわれたが、下級生と机を並べることを潔しとせず退学した。

健康の回復を待って自立の道を選び、つてを頼って盛岡の金物店で住みこみで働く。でっち奉公である。が、アメリカからの銑鉄の輸入は減る一方で、子ども心にも日本の工業の前

関豊興少尉。多聞隊の一員として伊53潜で出撃した。

途を憂えた。しかし、まずは勉強からと思いなおし、帰郷して高等小学校からやりなおし、上京して早稲田実業学校に入った。

人より遅れた進学だったが、彼はここでも働きながら勉強し、「電灯が消えるのを見たことがない」と家主があきれるほどの努力を重ね、一番で卒業した。素封家の出なので無理をすることもなかったはずだが、独立心が強かった。

明治学院から海軍に身を投じ、予備生徒の試験に合格して、基礎教育ののち航海学校へ入学する。天測に、操艦に、機器をたどりながら、星座を見てはギリシャ神話を連想したりして幾夜かを過ごした。

二十年六月ごろ、休暇で帰郷する。見違えるほどたくましくなった体に、家族は目を見張った。帰宅した当日か翌日のこと。二階の一室で息子を前に、父親は手放しで泣いた。士族の誇りをもちつづけ、スパルタ教育で子どもたちから怖がられていた父が、しゃくりあげている。息子の出撃を本能的に察知したのだろう。母ウメも涙をぬぐっていた。

上の妹敏子（のち岩野姓）と二人で先祖の墓参を済ませたあと、近くの小高い場所に立って、生まれ育った花輪の街を見下し、「心のシャッターを切ったよ」といった。

花輪駅へ母娘三人と近所の人が見送った。下の妹昭子（のち佐藤姓）が、「兄さん、私たちの姿、（これからも生きつづけて）見たくない？（死を前にして）どんな気持ち？」と聞いた。

かなり思いきった質問であった。兄は率直に答えた。

「いついつ出撃して、死ぬという日が決まっていて、その日に向かって行動するのは、並大抵ではないよ」

妹二人は大館駅まで見送ったが、母ウメは近所の人と一緒に帰宅。玄関の戸を開けるや、崩れるように土間にうつ伏せに倒れた。悲しみのあまり泣いてよろけたのだと、敏子は振りかえる。

死を甘受するに至る苦しみや葛藤《かっとう》を、関は両親にあてた膨大な量の手紙の末尾に記している。

「死そのものは簡単なるものなり。されど死を決意し、それに着手する人間の心理過程は、決して簡単なるものでも、容易なるものでもない。それを苦しみながら、終《つい》に結論に達する。それは人間という一事である」

これが人間の姿だといいたかったようにも受けとれる。

伊五三潜多聞隊の戦果は、次のとおりである。

「アンダーヒル」撃沈——勝山艇。

出撃直前、山口県平生基地で記念撮影に臨む伊58潜搭載の多聞隊の搭乗員たち。左より、中井昭一飛曹、白木一郎一飛曹、林義明一飛曹、小森一之一飛曹、水井淑夫少尉、伴修二中尉。

輸送船撃破——川尻艇、数時間炎上しているのを伊五三潜が視認。大堀正水雷長の見解。

「R・V・ジョンソン」撃破——関艇か荒川艇。

一方の主役、伊五八潜は七月十六日午前、呉軍港を抜錨《ばつびょう》する。いつもならすぐ脇に見上げるような巨体を横たえている戦艦「大和」はもとより、大小無数の軍艦はすでに消えはてていた。遠く外洋に出て一矢を報いるのは、潜水艦だけなのである。それを知ってか知らずか、呉工廠の作業員や事務員、女子挺身《ていしん》隊員たちが、帽子やハンカチを振りながら歓呼の声をあげて見送っている。

「万歳！」

「しっかり！」

「頼むぞ！」

勇壮な軍艦マーチの斉唱が沸きおこるなか、

「前進原速」の号令がかかる。伊五八潜は十八日、平生《ひらお》から出撃していった。

「あとから行くぞ」

南下した。


「成功を祈る」

「おれがやっつける分もとっといてくれよな」

そんな注文には、艦上から威勢のよい返事が返る。

「そんなに悔しかったら、さっさと出てこい」

豊後水道の入り口付近で深々度の試験潜航をしたところ、回天の特眼鏡に水滴が発生して見通しが利かない。そこで平生に引き返し、特眼鏡を交換して十八日夕刻、豊後水道を一路南下した。

予定配置点のグアム・レイテと沖縄・パラオの交差点に到着したのが、二十七日。西航して二十八日午後、大型タンカー一隻を発見する。

潜航。前方に駆逐艦がいる。魚雷の有効射程に近づけないので、橋本艦長は回天戦を決意した。

十四時三十一分、二号艇の小森一飛曹から、「発進用意よし」と、電話で応答がある。

「発進」

号令と同時に、艇のバンドが音をたてて解けた。

「ありがとうございました」

小森一飛曹は力強くいって、タンカー目がけて突進していった。

「天皇陛下万歳!」

伴中尉の一号艇が、十分遅れて駆逐艦を目指して発進した。

二号艇の発進後、五十分ほどして爆発音の報告があり、さらに十分後にも爆発音を聞いた。

カナダ・バンクーバーの海洋博物館館長で戦史研究家のジェームス・デルガドー氏が、平成十年（一九九八）九月に、米海軍の記録として筆者に送ってきた調査結果は、「二基の回天は三隻の米艦船に相当接近していて、二基とも駆逐艦『ロウリー』に激突する寸前に爆発した。『ロウリー』はわずかな被害を受けたが、その後の任務に支障は来さなかった」となっている。

続いて翌二十九日、伊五八潜は、魚雷戦で重巡「インディアナポリス」を撃沈した。日本海軍最後の戦果であり、アメリカ海軍にとっては最悪の悲劇となった。

「インディアナポリス」は、三日前の二十六日、テニアンに入港して特殊な荷物を降ろした。この荷物は原子爆弾の心臓部にあたるウラン二三五で、八月六日、日本に向かったB29「エノラゲイ」に積みこまれ、広島上空から落とされた。任務を終えた「インディアナポリス」は、グアムに寄港後、まともに伊五八潜の方にやってきた。二十九日深夜である。

この日は曇天のため、橋本艦長は会敵しても攻撃できないとみて、伊五八潜は潜ったままだった。伴、小森艇を発進させた海域である。二十三時。月の出ののち一時間たった。近くに敵影なしとみて、艦長は「メーンタンクブロー」を下令、浮上した。ほどなく、

「艦影らしきもの左九十度！」

航海長の鋭い叫び。水平線に双眼鏡を向けると、まさに黒一点。直ちに潜航する。艦影は次第に大きくなってきた。大物である。

二十三時二十六分、橋本艦長は神に祈るように、「発射始め」を下令した。

方位盤手は発射の押しボタンに指をあてがって、「発射始めよし」と復唱。

橋本は、方位角、距離の改定を命じた。

「右六十度、千五百」

潜望鏡の中央十字線と目標の艦橋が一致する寸前、橋本はひときわ大きな声で叫んだ。

「用意、撃て！」

六本の魚雷が扇状に敵艦へ突進、うち三本が命中した。

平成六年（一九九四）十月、平生回天会の記念総会の講演で、橋本は当時の模様を次のように説明している。

「三発魚雷が命中しても沈まなかった。回天の搭乗員は、なぜわれわれを出さんのかというておった。三発命中して二発目には誘爆しているから、回天を出したら止まっているフネだから当たると思ったが、回天を出してから（すぐそのあとで敵艦が）沈んでしまったのでは、（搭乗員を無駄死にさせてしまう）と思って、（回天を）出さなかったわけです。すぐに潜って、魚雷を装塡《そうてん》してとどめを刺そうとして、ふたたび浮き上がったときには敵艦は見えなかった」

もしこのとき回天を出していたら、回天戦として最後の大戦果となったはずである。しかし、そうすれば回天搭乗員の大切な一命を失うことになるわけで、努めて魚雷で討ちとろうとした橋本艦長の判断は間違っていなかった。

「インディアナポリス」は、通信装置と電源を破壊されて沈没。漂流している乗組員が発見されたのは八十四時間後の八月二日で、乗組員千二百名中、九百名が死亡、救助されたのはわずか三百名であった。戦後、艦長のチャールズ・バトラー・マックベイ大佐は軍法会議にかけられ、橋本中佐はワシントンに呼ばれて法廷の証言台に立たされた。マックベイ艦長は責任の重圧に耐えかね、自宅の前庭で拳銃自殺するに至る。

伊五八潜は北上し、ウルシーと沖縄を結ぶ線に出た。

八月十日、輸送船団を発見。

水井少尉が駆逐艦の直前で船団に、中井一飛曹は駆逐艦にそれぞれ突進した。爆発音二を聴取。橋本艦長が潜望鏡を上げてみると、駆逐艦の姿が見えない。これを仕留めたものと認めた。

そして、伊五八潜は、全回天戦最後の日を戦うことになる。

八月十二日午後五時十六分、伊五八潜は敵影を発見した。

橋本艦長は「回天戦用意」、「魚雷戦用意」を下令する。近づく敵は、一万五千トン級の水上機母艦らしい。

五時五十八分、ただ一基動ける林一飛曹の三号艇が発進した。

熱血純情の林は、四名の戦友に先立たれて、一人腕を振るう機会がないのを嘆いていた。相手は、上陸用舟艇母艦「オークヒル」である。護衛していた駆逐艦が、こちらに向かって突進してきた。林艇は、この駆逐艦「トーマス・ニッケル」に目標を変更、突撃して命中した。

だが、このとき艇は爆発せず、敵艦の横腹をゴリゴリと音をたててこすった。艦は逃げ、少し離れてから林艇は大爆発を起こした。六時四十二分、大水柱と黒煙が空に噴き上がる。母潜内では思わず合掌した。

敵駆逐艦は、その衝撃で片側のエンジンが使用不能となる。敵の二艦は、林艇が爆発して真っ白な海水の柱が立ちのぼったあとも、なお二、三基の回天が攻撃中と思いこみ、何度も「潜望鏡発見」、「雷跡発見」の報告を受けて転舵と回避を繰り返し、爆雷投下を続けた。幻の回天との戦いは一時間にも及んだ。

「トーマス・ニッケル」の戦闘報告は、「二時間にわたり人間魚雷と戦闘し、その二隻を撃沈した」と、独り相撲であったとも知らずに記している。相手は一基だけの回天で、しかも襲撃してきて自爆したものであった。回天に対する米海軍の恐怖心が、いかに大きかったかがうかがえる。

林艇が命中しても爆発しなかったのは、艦腹に命中した角度が浅く、頭部の慣性信管が作動しなかったためである。これが直角に近いような深い角度で当たっていたら、轟沈《ごうちん》であった。先の金剛隊が伊四七潜から「ホーランジア」を襲撃したときにも同様の例があり、このとき輸送船「ポンタス・ロス」は撃沈に至らなかった。

また、命中した瞬間、搭乗員が艇内の左前方にある手動の起爆スイッチを押して自艇を爆発させ、それによって同時に相手を轟沈させる手もあった。しかし、起爆スイッチには、命中できずに目標に到達不可能と分かった場合に自決用に使う目的もあった。林艇は自爆したのである。

間一髪のところで仕留め損じた林の無念はいかばかりであったか。だが、林艇の見事な奮戦は、回天の航行艦襲撃の実力を立証してみせたのであった。戦果報告では、林艇は「水上機母艦撃沈」。隊員たちは大いに喜んだ。

林は、新潟県出身。奈良空出身の甲飛十三期。特異な遺書を残している。平生《ひらお》の分隊長渡辺定大尉にあてたもので、発動かんが故障したときどう対処すれば発進できるか、その一点だけを述べたもので、およそ私情というもののない遺書である。

二飛曹時代の林義明一飛曹。終戦３日前の８月12日、伊58潜より発進して米駆逐艦目がけて果敢に突進。突撃を敢行した最後の回天搭乗員となった。

「八月十日、敵ヲ眼前ニシテ発進ヲ取止《とりや》メラル。両手ニテ発動桿《かん》ヲ力一杯押ス。二センチ程進ムモ後全然進マズ（中略）起動弁ヲ閉鎖シ押スト一杯後ニ押セリ。其《そ》ノ後、続イテ片手ニテヒネッタリシテ押スモ苦モナク押スコトヲ得。（中略）カリニ艇長（注・搭乗員）押シ方不良ナル時ハ何回モ色々ト押シテイルウチニ必ズ一杯押スコトガ出来ルシ、且《か》ツ私自身ノ押シ方ニハ絶対ノ自信アリ。（中略）必ズ何カ原因ガアルト思ワレマス。原因ヲ研究シテ下サレバ幸デス。最後ニ再度申シマスガ、私ハ絶対ニ押シ方ニハ自信ガアリマス」

この事故がなければ、林は十日に突入していたはずである。敵前で、このような任務遂行のための機器の改善を要求するだけの遺書を書いたのは、彼一人である。渡辺分隊長は、涙なくしてこの遺書を読むことができなかった。

林は、出撃前日の朝、兵舎の脇のカンナに水をやっていた。奈良空の同期生が「あした出撃で忙しいのになにをしているんだ」と尋ねたところ、「枯れるといかんからな」と、ひょうひょうと答えた。戦後になってこの話を聞いた戦友たちは、十九歳の若さでよくもそんな悟りの境地に達したものだと感動したという。目鼻だちが整い、口元にあどけなさを残す林の、少し横を向いてほほ笑んでいるような肖像写真が、大津島の回天記念館に飾られている。

伊五八潜の最後の回天戦からは一日さかのぼるが、光基地から沖縄南東方面に行った伊三六六潜は、八月十一日午後五時三十分ごろ、パラオ北方五百海里で洋上から見張り員が船団を発見し、直ちに潜航した。ウルシーから沖縄に向かう大輸送船団であった。目標は水平線のかなたにあり、日はすでに西に傾いていた。

「ぜひ、やらせてください」

先任搭乗員の成瀬中尉の真摯《しんし》な一言に動かされ、時岡艦長は回天の出撃を決意した。五基の回天のうち縦舵機が故障した二基を除き、成瀬、佐野、上西の三基が突進していった。三十分後に、三発の爆発音を聞いた。

米側の発表はない。前記デルガドー氏は、ユルゲン・ローヴァー著「枢軸国潜水艦の成功」のなかに、「三つの爆発音については、当該の回天を捕捉、目撃、または撃沈したと報告する米艦船がないことから、いずれも自爆によるものだろう」とのくだりがあると、筆者の質問に答えた。

成瀬謙治は、小学校高等科二年を終えて、名古屋の愛知県立一中に入った。年かさで「おっさん」のあだ名があり、いつも悠然と構えてにこにこしている。角張った顔、太いまゆが頼もしさを感じさせた。成績は二百五十人中で一番。期末試験が迫ると、きれいに整理された彼のノートはクラス中で引っ張りだこであった。彼はいやな顔一つしないで貸してやる。ノートはたらい回しにされ、あるとき、試験の直前になってもある科目のノートが戻らなかった。

多聞隊の成瀬謙治中尉。

「おい、おれのノートどこにあるんだ」と「おっさん」が尋ねたことから、事態は表面化。担任が全員を詰問したが、ノートは出てこなかった。ほかのクラスに回っていたのかもしれない。「ノートなんかなくても試験は受けられます」と、微笑しながら担任に答える彼の言葉に、クラス一同はしーんとなった。

成瀬は、海兵七十三期。将来を嘱望されていた。光基地でも大きな声をあげてよく笑い、波風をたてず、「なるけん」と親しまれた。

成瀬の母校愛知一中の四、五年生たちが、昭和十八年の夏、いっせいに予科練への志願を決めたことがあった。新聞の記事でこれを知った海兵生徒の成瀬は、同期生と語らって、「軍人になることだけが国に報いる道ではありません。個々の適性に応じて考えるべきです。死ぬのは私たちだけで十分です」と、校長に手紙を書き送っている。先にみた田結保も、中尉時代の十九年二月ごろ、母校の都立一中を訪れて、後輩たちに、「国に尽くすにはいろいろな道がある」と説いている。

期友の荒井源一郎は、「己を処するに厳、人に対して愛。人に対する愛情は大きくなって愛国となり、身を捨てて惜しむところがなかった」としのんでいる。

南方海域はすでに台風シーズンを迎えていた。伊四七潜と伊三六七潜は、連日の荒天に阻まれて会敵の機会がなく、それぞれ出撃基地に帰投した。

出撃後、伊四七潜は台風のなか、搭載していた回天の一号艇を海中に流されてしまった。機関科出身の先任搭乗員加藤正中尉の艇である。加藤が深く悩んでいる様子を、コレスの砲術長兼通信長の池田清中尉が見ている。加藤は、配下の搭乗員に「おまえの艇におれが乗っていく」とはいいかねる。配下にとって、覚悟の死が延ばされるだけなのだから。池田は加藤に気を使い、目を合わさないようにしていた。

加藤の腹は決まっていた。「誰ということでなく、ほかの搭乗員の艇に私も一緒に乗っていくつもりでした。二人までならなんとか乗れますからね」と、筆者の質問に答えている。

回天を運ぶ立場にあって、池田は戦争の最終段階の基地の様子を冷静に見ていた。それは異様な空気であった。先にみた温厚な成瀬でさえ目がつり上がり、ちょっと神懸かりの感じになっていて、成瀬が予備学生を殴ったのを池田は見ている。

池田の鹿児島市立荒田小時代に一年上だった橋口寛大尉も、温厚そのもので、池田によれば「女がそのまま男になったような」人物であったが、彼も目がつり上がっていたという。「極限状態からくる異常心理だと思う。どうやって自分を律するか、大変な葛藤《かっとう》があったでしょう」と、平成十年六月、青山学院大学の教授室で、池田は言葉少なに語った。

回天搭乗員で全国回天会会長を務めた小灘利春（終戦時大尉）は、特攻の心を次のように手記にまとめている。

「自分自身で納得していなければ、一つしかない生命を心静かに捨てられるものではない。生あるものの本能である死への嫌悪感が――それは、覚悟ができているつもりなのに、ときおり不意に――腹の底からググッと突き上げてくる。理性が自分の死を承認しても、本能が逆らうのであろうか。それは、生命力にあふれているのに、生の終焉《しゅうえん》に現実に直面したときの、出撃特攻隊員のみが経験するものかもしれない」

自分はなんのために死ぬか。この課題に対し自ら納得できる回答を得られたら、発進後、迷わずに雑念を一切排し、目標に向かってひたすら突進していける。納得できないうちに出撃したとしたら、その隊員の心中は無残である。

戦争は大詰めを迎えていた。多聞隊最後の出撃艦である伊三六三潜が光基地を出たのは、八月八日である。その二日前の六日、広島に原爆が落とされ、ポツダム宣言の受諾は時間の問題となっていた。

破局にひんした国内事情とは別に、木原艦長以下、回天搭乗員や潜水艦乗組員の闘志はいささかも陰りをみせず、沖縄方面に向かった。

以前、轟隊で出撃し、今回彼らとともに多聞隊員として再度出撃予定だった和田稔少尉が、光沖で回天訓練中の七月二十五日に事故で殉職していた。アップダウンに影響する横舵の故障で、海底に突っこんだものと思われる。和田少尉に代わって園田一郎少尉が副隊長を務めることになったが、それを除けば回天のメンバーは轟隊のときと同じである。

和田は、三千人以上もいた四期兵科予備学生のなかで首席学生に選ばれたので、四期の仲間で彼の名を知らぬ者はいない。

和田を紹介した著書がいくつか世に出ている。「和田のように単なる事故死ではなく、立派に戦った戦死者が大勢いるのに、なぜ和田だけが」という疑問が出ており、こうした声を受けて、「今後は、まだ十分に顕彰されていない戦士たちの生涯の軌跡を取材してほしい」との書簡を、筆者は和田の身内の方からいただいている。

和田は、一高、東大法学部の出身。色白でやせ型。目をしばたたき、はにかみながら人の話を聞く。柔和な外見だが、しんの強いものをもっていた。大学、軍隊時代を通じて頻繁に日記をつけ、詩作にも熱中していた。

人には、それぞれの生きかたがある。学業途中の自分たちを戦場に引っ張りだす方針に、和田は疑問を抱いていた。が、学徒出陣決定のニュースを聞いて、「国家の現在にとっては、私が現在なしうるかすかな力が、将来なしうる大きな功よりもはるかに大きいのだ」と、自分にいいきかせるほかなかった。

「さばさばした気もした」とも書いている。その心境に至るまで、深刻な葛藤があったに違いない。このニュースの発表後、十日ほどして、和田は国民学校低学年の妹若菜に次のような言葉を書き残している。

「私はいま、私の青春の真昼前を私の国に捧《ささ》げる。私の望んだ花は、ついに地上に開くことがなかった。とはいえ、私は、私の根底からの叫喚によって、きっと一つのより透明な、より美しい大華を、大空に咲きこぼれさすことが出来るだろう。

私の柩《ひつぎ》の前に唱えられるものは、私の青春の挽歌《ばんか》ではなく、私の青春への頌歌《しょうか》であってほしい」

和田には二つの誇りがあった。一つは、一高出身者としてのひときわ高いプライドである。出撃中の潜水艦内で、「第一高等学校における教育は天下無比たりき」と手記に書き、一高の

殉職した和田稔少尉。

精神は志士の精神、すなわち闘争の精神なりとし、敵の交通路に待ち構えて、闘争精神が臍《せい》下《か》に静まるのを感じると宣言している。

もう一つの誇りは、和田家が楠木正成の流れをくむという自覚である。入隊直前に「遺書」と題して記し、「稔一身ヲ以《もつ》テ回天ノ大事ニ参シ（中略）祖、大楠公ソノ湊川《みなとがわ》ニ薨《こう》ゼントスルヤ七生国ニ報ユルヲ誓イ給ウト（中略）稔ココニ更《あらた》メテ七死報君ノコトヲ誓イテ死後ノ標《しるべ》ト為《な》サン（後略）」と、偶然だがここに「回天」の文字を使っている。

和田は武山海兵団で速成の士官教育を受けたあと、航海学校、魚雷艇訓練所を経て光基地に配属された。航海学校にいた十九年七月二十二日の日記に、「人間魚雷の考え方について」と題して次のように書いている。

「現在ではこのような兵器によるよりほかに打開の道はありえないのではないか。航空機の消耗率は敵に与える損害に比しあまりに大であるし、艦船の接敵は敵の電探（レーダー）下ほとんど隠密行動不可能であり、魚雷艇また劣速惰弱にすぎるのであろう。

私はこうしてもし人間魚雷というものが日本にも現れ、また現に採用されつつあるとすれば、それに搭乗するのは私達をおいて他《ほか》にないであろうということを、不思議にてきぱきと、そして落ちつきはらって考えてみるのである」

「日本にも」とあるところをみると、既述のイタリアの人間魚雷を指しているのかもしれない。和田は、回天搭乗員の募集があったとき、最初の選考には漏れたが、再度願い出て採用されたことが十月二十日の日記に出ている。

十九年二月十六日に単独搭乗訓練があり、これに成功。指導官の橋口寛中尉から、「なにもいうことなし」と人づてに褒められた。

光で大石や藤沢たち同じ士官講習員八期の仲間二十人とともに、プロの士官に引けをとらないよう、回天をメカニズムから徹底的に研究していたのである。和田が轟隊の一員として出撃中の潜水艦内で作った詩がある。

深度　三十米《メートル》
微動を許さぬ冷厳の意志をおもてに漲《みなぎ》らし
鋼鉄の艦は　今　南へ下る
ゆくてには　敵機も飛ぼう　機動部隊も行こう
艦は　今　その驕腹《きょうふく》に迫らんとして
推進器は会敵の熱走に飢えている
だが　白昼灯に照らし上げられた内部の空気の
何と和やかなことか
裸身の群は　笑い　さざめき　ののしり
ふざけあい　猥談《わいだん》をして
缶詰のからは足下にごろごろしている

まるで白ペンキで塗りたくられた　お伽噺《とぎばなし》の世界
深度　三十米
ゆくては哨戒機もゆき　駆逐艦も走る敵の真只中《まつただなか》
だが汗いっぱいの　この裸身の群は
「配置につけ」が　かかるまでは
今やっている　トランプを　やめないだろう

深度　三十米
鋼鉄の意志は　ただ南に下っている

「発進用意」が今にもかかりそうな艦内にあって、冷静沈着、愛情の深い、行き届いた詩人の目が、仲間の動きを活写している。

伊三六三潜は、鹿児島沖を南進中、突如参戦してきたソ連の極東艦隊に対処するため、八月十日、日本海に配置を変更する。木原艦長は「ウラジオストクに一番乗りだぞ」と、全乗員にハッパをかけ、大張り切りで急ぎ浮上して航行した。
九州西岸を北上中の十四日正午ごろ、戦闘機グラマンの機銃掃射を受け、二名戦死、二名負傷の被害を出した。艦は急速潜航したが、メーンタンクなどに被弾しているため調整能力を失い、深さ八十九メートルの海底に着底した。

艦内は蒸し風呂と化す。空気は汚れ、息が苦しくなる。だが、誰も弱音を吐かない。三時間後にやっと浮上。ハッチを開く。新鮮な空気が、ものすごい勢いで艦内に入ってきた。乗員たちは、このときほど空気のおいしさ、ありがたさを感じたことはなかった。その日の夕刻、修理のために佐世保に入港する。翌十五日、終戦の詔勅を知った。

このように現場の搭乗員が気力、体力の限りを尽くして戦っている戦争末期、部外者の佐官クラスのなかに、不可解な行動をする者があった。二十年五月と七月、視察と称して第二特攻戦隊に三、四人の少佐と中佐がやってきて、指導官の三谷与司夫大尉に「的」（回天）の試乗を頼んだのである。南方から飛行機で逃げ帰り、配置がないので暇をもてあまして来たのではないかともいわれた。同じ大阪出身のよしみで、三谷は久保吉輝一飛曹に「的」の操縦を命じた。搭乗員を一刻も早く訓練しなければならないのにである。

「無駄なことするなあ」と、久保は慨嘆に堪えなかったが、命令とあれば仕方がない。久保は佐官を「的」に案内し、内側からハッチを閉める。と、真向かいに座っている佐官の顔が急に引きつれてきた。久保はいたずら気分をだしていった。

「おかしいなあ、調子悪いぞ」

イルカ運動を起こしてみせる。

佐官の顔は血の気を失い、失禁してズボンの前がぬれている。訓練が終わり、陸につり上げられて「的」から出ると、妙な格好をして歩いていた。

八月二十日、伊三六三潜は光に着き、回天搭乗員と整備員は下艦した。翌二十一日、呉に入港する。

傷を負いながらもなんとか帰港できた伊三六三潜は、戦後、米軍から佐世保に回航するよう命令が出て、郷里に復員していた乗組員たちは次々に呼びだされた。

宮崎沖を回航途中の二十年十月二十九日、敷設してあった機雷に触れて沈没、部下思いの木原艦長ら三十四人が犠牲となった。

艦体および乗組員の遺骨が引き揚げられたのは、沈没から二十一年たった昭和四十一年（一九六六）の四月から五月にかけてである。伊三六三潜の事件は、日本側にとって太平洋戦争中、最後の悲劇といわれた。

米海軍の記録と照合するなどして得た回天作戦による戦果は、平成二十二年（二〇一〇年）十二月現在、一応次のように判明している。

本書冒頭でみたとおり、撃沈三、撃破五である。駆逐艦「ロウリー」（多聞隊の伊五八潜）や同「トーマス・ニッケル」（同）、同「コンクリン」（金剛隊の伊四八潜）のような軽い損傷は除く。

一、昭和十九年十一月二十日、菊水隊がウルシー泊地で油槽艦「ミシシネワ」を撃沈

二、二十年一月十二日、金剛隊の伊三六潜がウルシー泊地で歩兵揚陸艇撃沈。同泊地で弾薬輸送艦「マザマ」大破

三、二十年一月十二日、金剛隊の伊四七潜がホーランジア泊地で輸送船「ポンタス・ロス」撃破（軽微の損傷）

四、四月二十七日、天武隊の伊三六潜が沖縄東方海域で輸送船「カナダ・ヴィクトリー」撃沈の可能性。同海域で輸送船「ボーズマン・ヴィクトリー」撃破（損傷）

五、五月二日、天武隊の伊四七潜が沖縄東方海域で輸送船「カリーナ」を撃破（損傷）

六、七月二十四日、伊五三潜の多聞隊がルソン島東方沖で駆逐艦「アンダーヒル」撃沈。同海域で駆逐艦「R・V・ジョンソン」撃破

（このほか攻撃型輸送艦「マラソン」が「五月二十七日、潜水艦の魚雷攻撃で撃破された」、「七月二十一日、人間魚雷の攻撃により損傷した」などの記述が米国務省「船舶損害表」など三個所別々の記録にみられるが確認されていない）

聴音器で大音響を二つ聞いたが、米側が確認していないというケースがある。アメリカは対潜攻撃で、一度に大量の爆雷を投下した。したがって、音響を二つだけ聞いたとするのは、回天が命中したか、攻撃を受けて爆発したか、目標に到達できずに自爆したか、そのいずれかだろう。先にみたように、自爆する場合は、艇内の左前方にある電気信管のハンドルを握って前方に押すと、スイッチが入って爆発する。

発進後一時間たったあとなら分からないが、二十分から三十分以内に大音響をとらえたと

いうのであれば、通常の発進時の敵艦との距離からみて、命中したとみてもよい。

しかし、戦後の米側の発表では、既述の数字以外に被害隻数を明らかにしていない。米側は、沈められずに修理、復旧した艦船は艦歴に記録していない。また、民間の輸送船を軍籍に入れていないので、輸送船の被害は記録していない。被害の原因が、魚雷によるものなのか、または回天によるものなのか分からずに沈んだ場合も、正確な記録がなされていないので、実態の把握は困難である。したがって、今後の調査次第では、回天戦の戦果はもっと増えることも考えられる。

回天の特眼鏡（潜望鏡）は、視野の広さで潜水艦のそれとほとんど差はないという。乾燥した空気を中に入れているので、レンズが水にぬれて曇る心配もない。

欠陥は、スクリューの逆回転が利かず後進できないことで、いったん目標から引き離されると、大回りして追いつかなければならない。水中三十ノットで、スピードでは敵艦船に勝るが、航続距離が短いために逃げきられてしまう恐れがあった。発進直前になって、艇が架台から離れない事故もあった（菊水隊伊三六潜の吉本、豊住艇）。これまでに明らかにしたように、整備不良による事故も多発している。

回天にはこのような欠陥や事故があったが、直角に近い角度で命中すれば、目標を時をおかずに撃沈できた。兵器のレベルでみるかぎり、第二次大戦下、原爆を別として、これほど巨大な破壊力をもつ兵器はほかになかったのではないか。

近江中尉が人間魚雷の採用を血書嘆願した十八年十二月もしくは十九年一月、この要求を直ちに海軍上層部が受け入れて実行に移していたら、十九年五月までに回天の建造は進展していたはずである。

回天を搭載できる大型でしかも航続力、速力ともに優れた伊号潜水艦は、六月のマリアナ沖海戦を前にして二十一隻あった。このうち三分の一の七隻ほどが修理や整備の必要上、出撃できなかったが、ほかに新たに就役して訓練中の大型艦が四隻あった。この時点で、十八隻ほどの潜水艦に回天搭載が可能であった。搭載平均基数を五基として、九十基の回天をマリアナ沖海戦で発進したら、その結果はどうであったろうか。

アメリカのマリアナ進攻部隊は、空母十五隻、戦艦七隻から八隻、空母艦載機九百二機で、日本側の二倍の兵力をもっていた。回天の航行艦襲撃には高度の技術を要するが、その命中率を五割以下か三割以下としても、米艦隊は大きな損害を受け、要衝サイパンへの上陸は容易でなかったはずである。

第一回の菊水作戦でも、伊号潜水艦は、フィリピン方面に派遣した分を除いて六隻が出撃可能であった。この六隻を一度に集中してウルシーに出せば、回天二十四基を発進させられたわけで、それも反復攻撃を加えれば、さしも怒濤《どとう》の勢いの米艦隊も、しばらくは沈黙せざるをえなかっただろう。

ルーズヴェルト政権は、無条件降伏の要求を企図していた。条件なしの降伏要求となれば、相手国は最後の一兵まで戦わざるをえない。しかも、仲裁役のいない殲滅《せんめつ》戦なのである。当時の日本は、まさに、そのような破滅の一歩手前の状況に追いこまれていた。

そのなかで、敵の本土侵攻を食いとめ、愛する家族、同胞、祖国を敵手から守るためにはどうすればよいかと、若者たちは真剣に考えた。そして、もはやわが身を弾丸に代える特攻しかないと、進んで死地に赴いていったのである。

なお、制度化された特攻ではなかったが、沖縄に出撃した「大和」特攻艦隊の戦死者は、「大和」の乗員数を少なく見積もったとしても三千五百名に達する（「大和」は片道分の燃料だけしか積みこまなかったと誤って伝えられているが、その最期を飾るため、実際には帳簿外の燃料を徳山燃料廠からありったけ出し、沖縄まで往復可能な四千トンを積んで出撃した。当時の連合艦隊司令部の作戦乙《おつ》参謀千早正隆中佐の働きかけと機関参謀小林儀作大佐の尽力によるもので、平成十二年二月、筆者は千早氏から再確認した）。

昭和二十年三月、回天特攻隊は「神潮特別攻撃隊」と名づけられ発表されたが、東京大空襲後の戦災者の急増、混乱のさなか、この名を知る国民の数は、神風特攻と比べてきわめて限られている。本来ならば幸多かるべき長い歳月を生きるはずであった若者たちが、国運を担い、海中深くに散華していったのであった。

終章　大津島をわたる風

八月十五日、終戦の詔勅が下った。大津島基地では、基地の全員が分隊ごとに玉音放送を聞くよう手配された。訓練に出ていた隊員を除き、ラジオに耳を傾けたが、雑音が入り聞きとりにくかった。

板倉指揮官は、全回天を四十八時間以内に使用できるよう、急速整備を指示した。放送の内容が判明したのは少したってからで、回天の整備指示は解除された。

平生《ひらお》基地から伊三六潜で出撃する直前に敗戦を知った橋口寛大尉は、十八日未明、白の第二種軍装に威儀を正して回天の操縦席に座り、拳銃を胸にあてて自決した。

人間魚雷の採用を請願した文書、両親あての手紙、自啓録に残る所見や遺書から、彼の強烈な責任感がうかがえる。

「吾人《われ》のつとめ足らざりしが故に神州は国体を擁護しえなかった。その責をとらざるべからず」、「さきがけし期友に申し訳なし」と記し、次の遺詠で結んでいる。

おくれても亦《また》おくれても卿達に誓いしことばわれ忘れめや

任務にひたばしる橋口は、一緒にいれば解けこんでしまい、目だたないほどの温和な人物であった。それだけ連帯感が強かったのである。

過ぐる八月十一日、倉橋島と東能美島の間の狭い水路、早瀬の瀬戸に差しかかった神州隊の伊三六潜は、米軍戦闘機の銃撃に遭った。橋口隊を乗せるために、伊三六潜は呉軍港を出たところであった。艦長の菅昌徹昭少佐は、乗員を艦内に退避させてハッチの閉鎖を命じ、艦長と航海長松下太郎大尉の二人だけが艦橋に残って操艦し、機銃掃射のなかを通りぬけた。二人とも負傷し、損傷を受けた艦は呉工廠に引きかえした。このため、橋口隊は出撃できずに終わった。

橋口は、特眼鏡に水しぶきがかからないように鉄板を取り付けるなど、「的」の改善、性能向上に心血を注いでいた。伊三六潜が敵機と遭遇していなければ、橋口隊は出撃して、その能力を最大限に発揮して戦果をあげたのではないかと推察される。

続く八月二十五日未明、松尾綾子の枕元に、息子の秀輔《ひですけ》（海兵七十四期）が立ち、「お母さま」と、声をかけた。綾子は飛び起きた。秀輔の、元気のない悲しそうな様子に死を悟った。

松尾は大神《おおが》基地で、どこから持ちこんだか手榴弾《しゅりゅうだん》に火をつけて、左胸の前で爆発させて自決した。「戦争に負けた以上、将校たる者は責任をとらなきゃなあ」という彼の発言を、期友はいささか煙たく受けとめていた。

松尾分隊士は、終戦の二ヵ月前に少尉に任官したばかりであった。下士官搭乗員に強い信頼と愛情を寄せていた。下士官搭乗員あてに、「絶対漫然トセル休暇気分ニテ帰郷セザルコト。敗戦ハ俺達《おれたち》軍人ノ責任タルニ思イヲ致シ、ソノ責ヲ負ウベシ」など、五項目の遺書を残した。松尾の自決は、復員除隊の前夜であっただけに、全隊員に強い衝撃を与えずにはおかなかった。

軍令部次長大西瀧治郎中将は、特攻の責任をとり、次長官舎で割腹して果てた。遺書の一節に、「吾《われ》死をもって旧部下の英霊とその遺族に謝せんとす」とある。

大西は、神風にとどまらず全特攻の責任者であるとの自覚を強めていたことが、彼の海軍部内での経歴、行動から察せられる。多くの優秀な青年を死なせたことに、「おれのようなやつは地獄でも受けいれてくれんだろうな」と、友人に心中を明かしていた。

また、遺書は、隠忍自重し、特攻精神を堅持し、日本民族の福祉と世界人類の平和のために最善を尽くせ、と冷静な行動を望んでいる。辞世の句は、

　これでよし百万年の仮寝かな

大津島にあって終始回天戦を指揮した板倉少佐は、自らの出撃を再三要求したが、指揮官

の務めは回天の戦力化にあるとして司令部に差し止められた。七月には多田武雄海軍次官が飛んできて、「おまえが出るときは、海軍が命令を出す」と説得にかかり、「指揮官先頭は帝国海軍の伝統です。部下を出して、なぜ私をのけ者にするのですか」と食ってかかる板倉に、次官は、「軍令部総長の命令だ」と、おっかぶせるようにいった。

こうして板倉は、志を果たせずに終戦を迎えた。板倉が汚名を残すまいといったん自決の腹を決めたところへ、橋口の悲報が耳に入った。前後して呉鎮守府から参謀たちが来て、「まだ戦争を続けようという動きがある。それをおまえが止めてくれ。ポツダム宣言は受諾したのだ」と、くぎを刺した。

板倉は死ぬに死ねなかった。妻子と離れて回天戦を指揮しているさなかの二十年一月九日、生後四ヵ月の息子と死別。遺骨は墓に納める暇もなく、徳山の大空襲で家ごと失った。過労から三月には訓練中に喀血《かっけつ》している。そして敗戦。

公職追放。窮乏と混乱の戦後社会を、板倉は妻恭子に支えられて生きぬいてきた。

筆者が板倉に会ったのは、平成九年（一九九七）五月末である。板倉はこのとき、自分の死後、遺体を大阪の医大に献体すると申し出たことを明かした。自分の体は当然、飛散してなくなるべき運命にあったのだからと。

医大教授はいたわるようにいった。

「分かりました。しかし、板倉さん、ゆっくりとおいでくださいよ」

米軍の関東地方上陸に備え、第二回天隊長小灘利春中尉が、部下七人を引きつれて伊豆七島南部の要衝八丈島に進出したのは、二十年五月である。

回天は、島の神湊《かんみなと》港地区の底土《そこど》基地と南東部の石積基地の洞窟《どうくつ》に四基ずつ置かれた。小灘は六月、大尉に昇進した。

警備隊司令の中川寿雄大佐は、「回天が戦艦をやっつけてくれれば、八丈島を守りぬいてみせる」といっていた。

玉音放送はまるで妨害電波が出ているような感じでさっぱり聞きとれず、逆に奮起を促すように思われて、小灘は隊員に、「貴様らの命はもらった」と檄《げき》を飛ばす。やがて、戦争終結と分かったが、「警戒をいっそう厳にせよ」という中川司令の指示に従い、小灘はいつでも発進できる態勢を整えた。

小灘も自決を考えたが、隊内、島内各部隊の秩序は復員まで整然と保たれて、小灘の自決志向は消えていった。

十月末、米軍が島に上陸。真っ先に回天の武装解除を命じた。米軍は小灘の提案どおり、火薬の詰まった頭部は海に捨て、本体は洞窟ごとに爆破した。だが、洞窟の入り口がふさがっただけで、回天はそのまま埋まったままであった。

二十年後の昭和四十年（一九六五）八月、元隊員八人が再会し、回天がまだ残っていないかと炎天下の島を訪ねた。洞窟にはなにも残っていなかった。昭和二十年代、朝鮮戦争で鉄などが高く売れた〝金《かね》ヘン景気〟のころ、古物商が掘り出して売り払ってしまったと土地の人はいった。

一行の一人永田望《のぞむ》（戦後、鈴木姓に。終戦時、上等飛行兵曹）は、「回天はなかったが、それでよかったのかもしれん。自分の半身だったあいつが泥に埋もれていたら、どんな気がしたろう」といって、目を潤ませた。

回天の道から親鸞《しんらん》の道へ。光基地で上山春平中尉に出会って仏縁を深めた大石法夫少尉は、戦後、在家の浄土真宗の僧侶の道を歩み、生まれてきたことの意味を問いながら、光明の天地へと歩を進めている。念仏往生による新たな世界である。自分の忌まわしい過去が、あるいは今自分を苦しめている人物が、物事が、蓮華《れんげ》の台に転じられる境地なのである。

大石にとって、死に直面していた回天搭乗員の時代の体験が、弥陀《みだ》の本願（仏の慈悲）に浴することのできた掛けがえのないものとなっている。勤めていた中学教師を辞めて、大石は自転車に豆腐を積んで売りながら仏道を求めた。

大石の話を聞いて、前途に希望を抱き、人生の再出発に踏みだした人たち。それは、罪を犯した前科のある人であったり、いじめられて登校を拒否した高校生であったり、自殺未遂の女性であったりしている。

近江誠大尉（戦後、山地姓に）も、長い会社生活ののち、平成十一年（一九九九）六月二十九日、浄土真宗の東本願寺で得度し、僧侶としての第一歩を踏みだした。山地は、この日のあることを、敗戦とともに誓っていた。生き残った以上、亡き戦友の冥福を祈ることを心がけるとし、ようやく待望の一歩を踏みだしたのである。

回天戦没者を合祀《ごうし》する楠公社《なんこうしゃ》が、昭和三十九年（一九六四）九月、平泉澄の勧請《かんじょう》により黒木少佐の故郷、岐阜県下呂町の信貴山《しんきさん》山頂に創建された。菊水隊の突入以来、「大楠公を仰ぎ、黒木、仁科に続け」との悲願のもと、若い生命をささげた戦士たちの鎮魂の場として鎮座された。

初代祭主は平泉澄、二代目はその長男洸《あきら》。二人が故人となったあと、洸の長男隆房《たかふさ》が祭礼を取り仕切り、毎年九月に楠公回天祭が開かれている。黒木少佐の墓が、近くの閑静な一角にある。

仁科少佐の父染三は、昭和三十七年（一九六二）の暮れ、八十二歳で死去した。信州佐久平高原の正面の、浅間山を望む広々とした丘陵に、息子と並んで染三の墓碑が建っている。その裏に、次の句が刻まれている。

終戦と同時に開始長期戦

敗戦を境にした価値観の百八十度の転回と、そこから生じた思想の混乱、対立を、教育者の目で見ぬいた一句とも受けとれる。

渡邊美光上等飛行兵曹は、帰郷後、教員の道を歩み、昭和六十一年（一九八六）三月、愛知県半田市有脇小学校の校長を定年退職した。卒業証書を一人一人に手渡したあと、渡邊は式辞を述べた。このなかで、戦争の話をした。渡邊が戦争の話をしたのは、これが最初であり最後でもあった。およそ次のような内容である。

昭和十九年になると、日本は負け続けていました。そのころ日本軍は、飛行機や魚雷に人間が乗ったままで、爆弾と一緒に体当たりして敵艦を沈めようとしたのです。体当たりすれば、命はありません。でも、自分たちが死ぬことで、平和な日本になるなら、祖国に新しい日が来るなら、故郷の人たちの身代わりになって死のうと、ほとんどの人が志願しました。

皆、国を守るために死のうと覚悟したのです。（予科練甲飛十三期の志願者）一万七千人のなかから約九百人が選ばれ、私もそのなかの一人でした。十九歳でした。訓練を終えた友達は、南の海へ出ていき、火柱となって死にました。

「お父さん、お母さん、国を守るために、先に死ぬのです。ごめんなさい」

こういって、死んでいったのです。懐かしい故郷を思いうかべ、父や母の顔をまぶたに浮かべて死んでいくのです。この気持ちが、君たちに分かってもらえるだろうか。

あの戦争で死んだ人があって、現在の平和があり、繁栄する日本があるのです。私はいつも、「その気になって、自分から何事も進んでやろう」と話してきました。自分がその気になってやれる人は、人の心の痛みや悲しみの分かってやれる、心優しい人でもあると思います。けっして苦しいことから逃げだす人間になってはいけません。いじめられても、けっしていじめる人間にはなるなと、強くいっておきたい。

この卒業式は、渡邊の卒業式でもあった。幾人かの卒業生から便りが寄せられた。

「校長先生のお話を聞いているうち、泣けてきちゃいました。こんな気持ちになったのは初めてでした。美紀より」などと、感動を素直に表している。

回天特攻最初の菊水隊が出撃したのが、昭和十九年十一月八日。この日を記念して、昭和三十年から毎年、追悼の集いが山口県・大津島で開かれている。遺族も特攻生存者も高齢化してきたため、平成十年（一九九八）の集いが、回天会の全国レベルでは最後のものとなった。

神戸市役所センター合唱団が企画、制作した混声合唱組曲「滄海《うみ》ようたって」が、初演で公開された。原詩は車木蓉子、作曲新実徳英。五章からなる荘重で緊迫した調べをもつこの組曲は、七百人もの参加者の心を引きつけた。続いて、地元の大徳山《だいとくやま》太鼓団による太鼓の奉納があった。海中にとどろくような大太鼓の響きが、そのまま鎮魂の祈りとなって会場を包んだ。

この日、大津島の海はなぎ、抜けるような青空のもと、晩秋の穏やかな風を受けて静かにきらめいていた。

回天秘話はなおも続く。

戦後五十五年たった平成十二年（二〇〇〇）九月二十四日、伊五三潜から発進して米駆逐艦「アンダーヒル」を撃沈した勝山淳中尉（二階級特進で少佐）の生家で、「7・24を偲《しの》ぶ会」が、勝山の遺族、上官、同期生の峯真佐雄ら関係者の手で催された。主賓は、駆逐艦「アンダーヒル」で戦死した機関兵ヘンリー・A・ロードの長男ヘンリー・ロード・jr。当時、四歳だった。マサチューセッツ州ボストン市でソフト関係の会社を経営している。

勝山のおいで茨城県日立市幸町に住む小野正実が、インターネットを検索していてロードが「同じ境遇にある日本側の遺族と会いたい」と願っているのを知り、交流の輪が生まれた。日米双方の遺族が出席するという異例の集いである。

席上、ロードから、生き残った乗組員の話として、「勝山艇一隻とは思えない。数隻の潜水艦か回天が同時に攻撃したに違いない」との疑問が呈された。これに対し、同席した伊五三潜航海長の山田穣元大尉は、「攻撃は回天一隻のみ」と答えた。

数隻に包囲されたというのは、爆発の前に多数の乗員が艦の前後左右に現れる回天を目撃しているからである。回天は全速で一分間に千メートルを走り、命中の見込みがなければ反転、浮上して、ふたたび突撃する。駆逐艦の方もぐるぐる走り回っただろうから、あちこちに回天が見えるのは当然である。

「そのとき」、伊五三潜は敵輸送船団を発見したが、後ろから追いかける不利な態勢であった。海も荒れていた。しかし、勝山のたっての要請で、艦長は勝山の一号艇だけを発進させた。山田や峯たちは、勝山の大奮闘であったことを説明した。ロードは勝山の勇をたたえた。

偲ぶ会が開かれた部屋は、かつて勝山が県立水戸中時代に使っていた勉強部屋で、一同、感慨もひとしおであった。

最後に、ロードから「勝山家の皆様へ」と記したメッセージカードが渡された。これに関連し、後日、次のメッセージが峯の手元に届いて峯を感動させた。

「私は双方の戦死者を尊敬します。私が話したテーマは、地球上のすべての戦争の終結を図ることに対する、私の揺るぎない願いと和解でした。一九四五年七月二十四日に亡くなった人たちの人生を、誇りと尊敬をもってたたえます」

ロードは江田島を見学して感銘を受け、特攻兵器をも見てまわった。

平成10年11月8日、改装なった大津島の回天記念館で、記念式典が執り行なわれた。修復されて展示された回天の前で、大徳山太鼓団が鎮魂の祈りをこめて太鼓演奏を奉納した。全国レベルの回天会の集いはこれが最後となった。

現在、回天は、国内では靖国神社内の遊就館、海外では米国ハワイの真珠湾など三個所、英国ロンドン一個所の計五個所に保管されているが、ロードの話によると、アナポリスの海軍兵学校にも展示されているという。搭乗員の厚い志が、今なおしっかと息づいている。

回天の建造基数については諸説あるが、約二百基つくられ、うち半数近くが終戦時に残った。これは大津島分隊長を務めた上野三郎氏（当時大尉）の説。上野氏は平成三十年七月現在九十三歳。

回天戦史を語る最後の生き証人である。残った回天は砲撃、海没、解体などの処理を受け、姿を消した。回天は痛恨のうちに太平洋戦史の幕引き役を果たしたのである。

【資料】

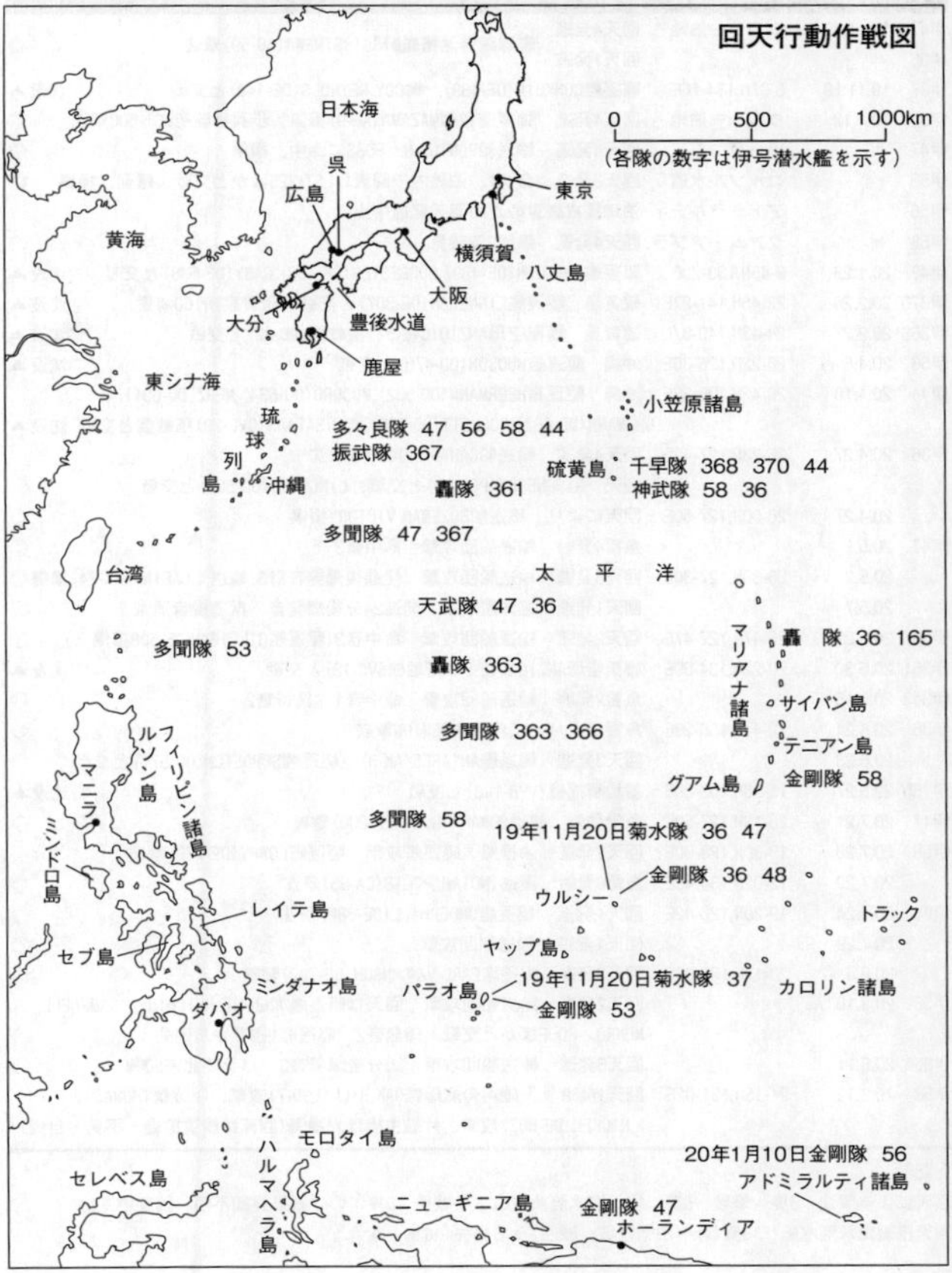
回天行動作戦図
0 500 1000km
(各隊の数字は伊号潜水艦を示す)
日本海
呉
広島
東京
黄海
横須賀
八丈島
大阪
大分
豊後水道
鹿屋
東シナ海
琉球列島
小笠原諸島
多々良隊 47 56 58 44
振武隊 367
硫黄島
千早隊 368 370 44
沖縄
轟隊 361
神武隊 58 36
多聞隊 47 367
台湾
太平洋
天武隊 47 36
マリアナ諸島
轟隊 36 165
多聞隊 53
轟隊 363
サイパン島
多聞隊 363 366
テニアン島
フィリピン諸島
ルソン島
マニラ
グアム島
金剛隊 58
多聞隊 58
ミンドロ島
19年11月20日菊水隊 36 47
金剛隊 36 48
ウルシー
レイテ島
トラック
セブ島
ヤップ島
ミンダナオ島
19年11月20日菊水隊 37
カロリン諸島
パラオ島
金剛隊 53
ダバオ
モロタイ島
20年1月10日金剛隊 56
セレベス島
ハルマヘラ島
アドミラルティ諸島
ニューギニア島
金剛隊 47
ホーランディア

回天搭載潜水艦の交戦状況

全国回天会　2000.3.1現在

艦名	年(昭和)月日	地点(N北緯E東経)	交戦状況	
伊47	19.11.20	ウルシー泊地	回天4発進　艦隊随伴油槽艦MISSISSINEWA(AO-59)撃沈	◎
伊36	〃		回天1発進	
伊37	19.11.19	8-07N,134-16E	駆逐艦CONKLIN(DE-439), MCCOY REYNOLS(DE-440)と交戦	沈没▲
伊36	20.1.12	ウルシー泊地	回天4発進　弾薬運搬艦MAZAMA(AE-9)損傷、歩兵揚陸艇LCI-600撃沈	◎
伊47	〃	ホーランジア	回天4発進　輸送船PONTUS H. ROSSに命中、損傷	◎
伊53	〃	コッソル水道	回天3発進　自沈1、泊地内で回天1 LST-225ほかと交戦、爆発、損傷	◎
伊56	〃	アドミラルティ	泊地警戒厳重のため回天発進中止	
伊58	〃	グアム・アプラ	回天4発進　黒煙2条望見	○
伊48	20.1.23	9-45N,138-20E	駆逐艦CONKLIN(DE-439),CORBESIER(DE-438),RABY(DE-698)と交戦	沈没▲
伊370	20.2.26	22-45N,141-27E	硫黄島　駆逐艦FINNEGAN(DE-307)と交戦、硫黄島南160海里	沈没▲
伊368	20.2.27	24-43N,140-37E	硫黄島　護衛空母ANZIO(CVE-57)搭載機(VC-82)と交戦	沈没▲
伊56	20.4.5	26-22N,126-30E	沖縄　駆逐艦HUDSON(DD-475)と交戦	沈没▲
伊44	20.4.18	26-42N,130-38E	沖縄　駆逐艦HEERMANN(DD-532),MCCORD(DD-534),MERZ(DD-691), UHLMANN(DD-687),COLLETT(DD-730),空母BATAAN(CVL-29)搭載機と交戦	沈没▲
伊36	20.4.27	26-23N,127-42E	回天4発進　輸送船CANADA VICTORY撃沈	
			回天　RINGNESS(APD-100)と交戦、LINGGOLD(DD-500)と交戦	○
	20.4.27	26-00N,127-50E	回天により　輸送船BOZEMAN VICTORY損傷	◎
伊47	20.5.1		魚雷4発射　輸送船団攻撃　命中音3	○
	20.5.2	26-30N,127-30E	回天3発進　輸送船団攻撃　発進後爆発音計3、輸送船CARINA(AK-74)損傷	◎
	20.5.7		回天1発進　巡洋艦攻撃　発進24分後爆発音　推進機音消滅	○
伊367	20.5.27	26-47N,127-47E	回天2発進　輸送船団攻撃　命中音2(駆逐艦GILLIGAN DE-508損傷?)	○
伊361	20.5.30	20-22N,134-09E	護衛空母ANZIO(CVE-57)搭載機(VC-13)と交戦	沈没▲
伊363	20.6.15		魚雷2発射　輸送船団攻撃　命中音1　誘爆音2	○
伊36	20.6.24	12-41N,156-20E	魚雷により　工作艦ENDEMION撃破	◇
	20.6.28		回天3発進　輸送艦ANTARES(AK-3)、駆逐艦SPROSTON(DD-577)と交戦	○
伊165	20.6.27	15-28N,153-39E	基地哨戒機(VPB-143)と交戦	沈没▲
伊47	20.7.21	26-13N,127-50E	魚雷発射　輸送船MARATHON(APA-200)撃破	◇
伊58	20.7.28	19-30N,128-00E?	回天2発進　油槽船・駆逐艦攻撃　駆逐艦LOWRY(DE-770)撃破	
	20.7.29	12-02N,134-48E	魚雷6発射　重巡INDIANAPOLIS(CA-35)撃沈	◇
伊53	20.7.24	19-20N,126-42E	回天1発進　駆逐艦UNDERHILL(DE-682)撃沈	◎
	20.7.29		回天1発進　輸送船団攻撃	○
	20.8.4	20-17N,128-07E	回天2発進　駆逐艦EARL-V-JOHNSON(DE-702)撃破	◎
伊58	20.8.10		回天2発進　輸送船団攻撃　回天は駆逐艦JOHNNIE HUTCHINS, CAMPBELL, MUNRO, ROLFほかと交戦　爆発音2　駆逐艦1視界から消失	○
伊366	20.8.11		回天3発進　輸送船団攻撃　30分後爆発音3　パラオ北方500M	○
伊58	20.8.12	21-15N,131-02E	回天1発進　上陸用舟艇母艦OAK HILL(LSD-7)攻撃、駆逐艦THOMAS F.NICKEL(DE-587)攻撃、片舷主機ほか損傷(回天は艦腹擦過・不発・自爆)	

上記計

回天による撃沈　3隻　撃破　5隻：◎　潜水艇魚雷による戦果　3隻：◇　戦果詳細不明、調査中：○

回天搭載出撃潜水艇　16隻(延べ出撃回数　32回)うち喪失　8隻：▲

回転作戦による出撃搭乗員一覧表

氏名	階級 没前・没後	所属隊名	回転搭載 潜水艦名	出撃日（出撃基地）	戦没日	戦没海域
今西太一	少尉・大尉	菊水隊	伊36	19・11・8（大津島）	11・20	ウルシー海域
上別府宜紀 村上克巳 宇都宮秀一 近藤和彦	大尉・中佐 中尉・少佐 少尉・大尉 少尉・大尉	菊水隊	伊37	19・11・8（大津島）	11・20	パラオ コッソル水道海域
仁科関夫 福田齋 佐藤章 渡辺幸三	中尉・少佐 中尉・少佐 少尉・大尉 少尉・大尉	菊水隊	伊47	19・11・8（大津島）	11・20	ウルシー海域
川久保輝夫 原敦郎 村松実 佐藤勝美	中尉・少佐 中尉・少佐 上曹・少尉 一曹・少尉	金剛隊	伊47	19・12・25（大津島）	20・1・12	ニューギニア北岸ホーランジア海域

加賀谷武 都所静世 本井文哉 福本百合満	大尉・中佐 中尉・少佐 少尉・大尉 上曹・少尉	金剛隊	伊36	19・12・30 (大津島)	20・1・12	ウルシー海域
久住宏 伊東修 有森文吉	中尉・少佐 少尉・大尉 上曹・少尉	金剛隊	伊53	19・12・30 (大津島)	20・1・12	パラオ コッソル 水道海域
石川誠三 工藤義彦 森稔 三枝直	中尉・少佐 中尉・少佐 二飛曹・少尉 二飛曹・少尉	金剛隊	伊58	19・12・30 (大津島)	20・1・12	グアム島 アプラ港海域
吉本健太郎 豊住和寿 塚本太郎 井芹勝見	中尉・少佐 中尉・少佐 少尉・大尉 二曹・少尉	金剛隊	伊48	20・1・9 (大津島)	20・1・23	ウルシー海域

川崎順二 石田敏雄 難波進 磯部武雄 芝崎昭七	中尉・少佐 少尉・大尉 少尉・大尉 二飛曹・少尉 二飛曹・少尉	千早隊	伊368	20・2・20（大津島）	2・26	硫黄島海域
岡山至 市川尊継 田中二郎 浦佐登一 熊田孝一	少尉・大尉 少尉・大尉 少尉・大尉 二飛曹・少尉 二飛曹・少尉	千早隊	伊370	20・2・20（光）	2・26	硫黄島海域

※この後、神武隊が、伊五八潜（先任搭乗員・池淵信夫中尉）、伊三六潜（同・柿崎実中尉）を搭載潜水艦として編成され、それぞれ三月一日、二日に硫黄島を目指して出撃したが、潜水艦作戦の元締めである第六艦隊が作戦遂行困難と判断して帰還命令を発信したため、両艦とも帰投した。

福島誠二 八木寛 川浪由勝 石直新五郎 宮崎和夫 矢代清	中尉・少佐 少尉・大尉 二飛曹・少尉 二飛曹・少尉 二飛曹・少尉 二飛曹・少尉	多々良隊	伊56	20・3・31（大津島）	4・5	沖縄慶良間列島海域
土井秀夫 亥角泰彦 舘脇孝治 菅原彦五	中尉・少佐 少尉・大尉 少尉・大尉 二飛曹・少尉	多々良隊	伊44	20・4・3（大津島）	4・18	沖縄慶良間列島海域
柿崎実 古川七郎 山口重雄	中尉・少佐 上曹・少尉 一曹・少尉	天武隊	伊47	20・4・20（光）	5・2	沖縄海域
前田肇	中尉・少佐				5・7	

八木悌二 安部英雄 松田光雄 海老原清三郎	中尉・少佐 二飛曹・少尉 二飛曹・少尉 二飛曹・少尉	天武隊	伊36	20・4・22 （光）	4・27	沖縄海域
千葉三郎 小野正明	一飛曹・少尉 一飛曹・少尉	振武隊	伊367	20・5・5 （大津島）	5・27	沖縄海域
小林富三雄 金井行雄 斉藤達雄 田辺晋 岩崎静也	中尉・少佐 一飛曹・少尉 一飛曹・少尉 一飛曹・少尉 一飛曹・少尉	轟隊	伊361	20・5・23 （光）	5・30	沖縄海域
池淵信夫 久家稔 柳谷秀正	中尉・少佐 少尉・大尉 一飛曹・少尉	轟隊	伊36	20・6・4 （光）	6・28	マリアナ海域

水知創一	少尉・大尉	轟隊	伊165	20・6・15（光）	6・27	マリアナ海域
北村十二郎	一飛曹・少尉					
勝山淳	中尉・少佐	多聞隊	伊53	20・7・14（大津島）	7・24	沖縄海域
川尻勉	一飛曹・少尉				7・29	
関豊興	少尉・大尉				8・4	
荒川正弘	一飛曹・少尉					
伴修二	中尉・少佐	多聞隊	伊58	20・7・16（平生）	7・28	沖縄海域
小森一之	一飛曹・少尉					
水井淑夫	少尉・大尉				8・10	
中井昭	一飛曹・少尉					
林義明	一飛曹・少尉				8・12	
成瀬謙治	中尉・少佐	多聞隊	伊366	20・8・1（光）	8・11	沖縄海域
上西徳英	一飛曹・少尉					
佐野元	一飛曹・少尉					

河合不死男	中尉・大尉	白竜隊	第18号輸送艦	20・3・13（光）	3・18	沖縄慶良間列島付近海域
堀田耕之祐	少尉・中尉					
田中金之助	二曹・一曹					
新野守夫	二曹・一曹					
猪熊房蔵	二飛曹・一飛曹					
赤近忠三	二飛曹・一飛曹					
伊藤祐之	二飛曹・一飛曹					

あとがき

終戦から二ヵ月後の昭和二十年（一九四五）十月十八日、新鋭の重巡を先頭に、五隻の米艦隊が八丈島沖に姿を現した。警備隊司令の中川寿雄大佐が、戦後処理の交渉のために大発艇に乗って旗艦である重巡の舷梯《げんてい》に近づいた。米側は「近寄るな」と制止し、「カイテンはどうしているか」と聞く。司令が機転を利かして「信管を外して動けないようになっている」と答えると、「それなら上がってこい」と、やっと乗艦を許された。彼らが心底、回天を恐れていた証拠である。司令の回答次第では、米艦隊は直ちに抜錨《ばつびょう》して戦闘態勢をとったかもしれない。実は、回天はいつでも動けたのである。

第二回天隊隊長として八丈島に進出した小灘利春大尉が、米士官たちに回天の戦果を聞いたところ、彼らは「回天による被害は一切発表を禁じられている」と答えるのみだった。敗戦を間近に控えて、回天は最後の最後まで戦った。

空の神風特攻に初めて遭遇した米軍は、あまりのショックに戦意を喪失し、新聞は報道を差し控えたという話すら伝わっている。回天も同様で、アメリカが公表した限りでは発進基数の割には戦果は少なかったが、水中深く潜って姿の見えないこの兵器は、計り知れない心理的な打撃を米側に与えた。

凄絶《せいぜつ》な戦いに、特攻戦士たちは一命を投げうって挑んだ。河合不死男中尉の言葉をひくまでもなく、彼らは日本を再建する先駆的な役割を果たしたといえよう。菊水隊の仁科関夫中尉も敗戦を予期していて、出撃前に折田善次艦長に、「自分たちが礎となって日本は立派になるのです。自分たちの死はけっして無駄ではありません」と繰り返し語っている。

だが、戦後七十余年、わが国は、彼らが熱望していたように発展してきただろうか。政党、企業、団体、マスコミと、各方面で虚偽、欺瞞《ぎまん》、隠ぺいの体質が染みこみ、あらゆる不正行為が常態化している。特攻戦士たちは彼岸から、この現状をどのように見ているのだろうか。

優れた素質に恵まれ、洋々たる前途が開けていた若者たちによる、回天や神風といった特攻の悲劇を、二度と起こしてはならない。平和への熱い願いをここに確認するとともに、なぜ戦争に立ち至ったか、戦争を起こさないためにはどうすればよいか、回天戦記を土台にして考えていただければ幸いである。

本書の取材では、アメリカ・メリーランド州にある第二国立公文書館を手始めに、日本各地を巡って史料にあたり、遺族、関係者の方々からお話をうかがった。戦没者の遺書や手記は、回天会発行の「回天」に掲載されたものから適宜選んで、遺族のご了承を得て引用した。執筆にあたっては、百数十人に及ぶ方々のご協力を賜った。

なかでも、全国回天会会長の小灘利春氏には、膨大な史料をご提供いただき、的確なご教示を得た。小灘氏は戦後、かつての戦友の姿を心にとどめ、回天戦史の調査を続けたが、その情熱と行動力はけた違いであった。一例をあげると、沖縄に向かった第十八号一等輸送艦の行方を徹底的に追求した。京都・舞鶴市内の寺を訪ね、膨大な保管資料をもとに、乗員二百二十五名全員と、便乗していた回天搭乗員の氏名、住所、出身地を突きとめて名簿を作成した。旧厚生省、労働省でも手がかりがつかめなかったもので、この作業に実に四年もかけている。その終生変わることのなかった活動を、二〇〇五年（平成十七）八月号の米誌「ニューズウイーク」は顔写真入りで大きく取りあげた。平成十八年九月、逝去。

小灘氏は「人、その友のために命を捨つる、これより大いなる愛はなし」という新約聖書の一節（ヨハネによる福音書十五章十三節）を愛誦していた。回天戦士たちは、この聖句の体現者であった。

回天戦史の真実を求め、戦士らの志、おもかげを記録すべく奔走した小灘利春氏。海兵同期生は氏を生ける軍神と褒めたたえた。写真は戦後の会社員時代。

五十嵐冷蔵の専務をつとめた吉田弘俊氏（海兵七十一期）は仕事で渡仏し、現地のビジネスマンらとの懇親会での思い出を語った。「雑談のなかで、一世紀単位で人類の記憶に残る出来事は何かと、いかにもフランス人らしい発想でした。二十世紀は何か。原子力の発明だと、だれかがいった。即座に『ノン』

の声。彼らは言葉を強めるのです。『それは日本のカミカゼだよ。あれだけ限りなくキリストに近い心境に達し、しかも自ら実行するというようなことは人類史上初めてのことだ』と。特攻隊の愛他、自己犠牲の精神を高く評価しているんですね」

フランスの哲学者で日本学者のモーリス・パンゲ氏も著書『自死の日本史』のなかで特攻隊員への共感と称賛のメッセージをちりばめている。

小灘氏のほかにも、特攻、回天、戦史に造詣の深い、現代の生き証人ともいうべき逸材が相次いで亡くなられた。ここに、謹んでご冥福をお祈り申しあげます。

山田穣氏には、悲運の伊三七潜、伊四八潜の死力を尽くした戦闘秘史を承った。山田氏、アメリカの戦史研究家マイク・メア氏、翻訳に尽力いただいた中倉美奈子女史、出版の労を煩わせた潮書房光人新社の小野塚康弘副編集長をはじめ、取材でお世話になった多くの皆様に厚くお礼を申し上げ、お名前を次に記して謝意を表します。

壱岐春記、池田清、池淵ユキ子、石橋岩雄、石野自彊、石島芳夫、泉五郎、亥角益行、板倉光馬、板倉恭子、伊東さかえ、伊藤達二、稲場昭子、井星英、今井賢二、岩野敏子、岩宮満、岩宮緑、植田一雄、上野三郎、上山春平、大石法夫、大久保恵司、大日向なみ子、大堀正、岡田純、越智弘美、落合畯、小野正実、小山慶子、折田久、柿崎貢、勝目純也、勝山忠男、加藤正、加藤康人、蒲田久男、上村嵐、川久保秀雄、河崎春美、川野晄明、川村純彦、桐沢鬼子衛、久家欣三、久住武子、久保吉輝、久良知滋、蔵元正浩、車木蓉子、黒木寛弥、古宇田和夫、小須田佐太郎、小灘利春、権藤安行、三枝正徳、左近允尚敏、佐藤昭子、佐藤攝善、佐藤弘子、佐藤芳郎、佐丸幹男、沢本倫生、志村和雄、杉原誠四郎、図子藤子、鈴木節造、妹尾作太男、高橋真吾、高松工、多賀谷虎雄、谷光司、千早正隆、鳥巣建之助、高月麗子、定塚脩、塚本悠策、坪根昌巳、ジェームス・P・デルガドー、徳富敬太郎、都所美保子、内藤晃、中倉美奈子、名倉司、成田正光、南部伸清、西崎智子、仁科英太郎、仁科修一、仁科長夫、西山一夫、根本千秋、橋本以行、花田賢司、林昭二郎、林冨士夫、原田周三、樋口勇、久野達明、広尾寛、福田信義、藤沢善郎、ロバート・フルマン、細谷孝至、前田明代、牧野稔、真嶋四郎、松井奈加男、松永市郎、松本ゆりか、三石武彦、峯一央、峯真佐雄、マイク・メア、門司親徳、本井昌、森茂、森松俊夫、八木澤三夫、谷田部康幸、八巻悌次、山崎諭、山崎喜暉、山田穣、山地誠、山鳥次郎、山幡敏郎、湯野川守正、吉岡すみ子、吉岡秀夫、吉田弘俊、吉田文雀、渡辺久（敬称略・五十音順）

なお、私事ですが、妻由枝、長女わかな、次女あずさの協力で脱稿したことを申し添えます。

平成三十年（二〇一八）六月

上原光晴

主な引用・参考文献＊『回天』（回天刊行会）＊『潜水艦史』（防衛庁防衛研修所戦史部）＊『日本海軍潜水艦史』（日本海軍潜水艦史刊行会）＊『メインタンクブロー』（呉鎮守府潜水艦戦没者顕彰会）＊『青春の賦』（大神回天会　非売品）＊『人間魚雷』（折田善次　昭和二十四年秋週刊朝日記録文学入選作）＊『人間魚雷』（鳥巣建之助　新潮社）＊『歴史群像太平洋戦史シリーズ第三巻』（学研パブリッシング）＊『続あゝ伊号潜水艦』（板倉光馬　光人社）＊『伊58潜帰投せり』（橋本以行　朝日ソノラマ）＊『ああ黒木博司少佐』（吉岡勲　教育出版文化協会）＊『回天発進』（重本俊一　光人社）＊『上山春平著作集第三巻』（法蔵館）＊『青春の忘れざる日々』（渡邊美光　非売品）＊『回天の思想』（前田昌宏　非売品）＊『あゝ回天特攻隊』（横田寛　光人社）＊『荒鷲の鎮魂賦下巻』（櫂歌社）＊『わだつみのこえ消えることなく』（和田稔　筑摩書房）＊『延寿の樹』（森秀蔵　非売品）＊『人間魚雷回天』（神津直次　朝日ソノラマ）＊『キャプテン源兵衛の明日』（阿部牧郎　文藝春秋）＊『生まれてよかったですか』（大石法夫　樹心社）＊『日本海軍の驕り症候群』（千早正隆　プレジデント社）＊『海軍と私』、『愛惜の青春』（蒲田久男　非売品）＊『海軍機関学校』（鷲山第三郎　藤井書店）＊『海軍兵学校』（田中常治　今日の話題社）＊『海軍随筆』（岩田豊雄　原書房）＊『指揮官たちの太平洋戦争』（吉田俊雄　光人社）＊『艦長たちの太平洋戦争』（佐藤和正　光人社）＊『鉄の棺―最後の日本潜水艦―』（齋藤寛　光人社）＊『特殊潜航艇』（佐野大和　図書出版社）＊『特潜勇士と軍神宿』（岩宮満　あきつ出版）＊『神風特別攻撃隊の記録』（猪口力平、中島正　雪華社）＊『神風・下』（デニス・ウォーナー、ペギー・ウォーナー、妹尾作太男　時事通信社）＊『海軍戦闘機隊史』（零戦搭乗委員会　原書房）＊『外務省の百年』（外務省百年史編纂委員会）＊『小林秀雄全集別巻1人間の建設』（新潮社）＊『ドイツ戦没学生の手紙』（ヴィットコップ著、高橋健二訳　岩波書店）＊『悲劇縦走』（平泉澄　皇学館大出版部）＊『日本の悲劇と理想』（平泉澄　錦正社）＊『自死の日本史』（モーリス・パンゲ　竹内信夫訳　筑摩書房）＊『言論統制下の記者』（熊倉正弥　朝日文庫）＊『まるろくだより』（全国回天会会報）＊「海兵七十二期クラス会誌」各年代＊毎日新聞、朝日新聞、産経新聞　各年代＊日米両海軍の戦闘詳報・報告の一連（原資料）

本書は平成二十二年十二月、学研パブリッシング刊行の「『回天』に賭けた青春」に加筆、訂正いたしました。

NF文庫

「回天」に賭けた青春

二〇一八年七月二十四日 第一刷発行

著 者 上原光晴

発行者 皆川豪志

発行所 株式会社 潮書房光人新社

〒100-8077 東京都千代田区大手町一-七-二

電話／〇三-六二八一-九八九一(代)

印刷・製本 凸版印刷株式会社

定価はカバーに表示してあります

乱丁・落丁のものはお取りかえ致します。本文は中性紙を使用

ISBN978-4-7698-3077-1 C0195

http://www.kojinsha.co.jp

NF文庫

刊行のことば

第二次世界大戦の戦火が熄《や》んで五〇年――その間、小社は夥しい数の戦争の記録を渉猟し、発掘し、常に公正なる立場を貫いて書誌とし、大方の絶讃を博して今日に及ぶが、その源は、散華された世代への熱き思い入れであり、同時に、その記録を誌して平和の礎とし、後世に伝えんとするにある。

小社の出版物は、戦記、伝記、文学、エッセイ、写真集、その他、すでに一、〇〇〇点を越え、加えて戦後五〇年になんなんとするを契機として、「光人社NF（ノンフィクション）文庫」を創刊して、読者諸賢の熱烈要望におこたえする次第である。人生のバイブルとして、心弱きときの活性の糧《かて》として、散華の世代からの感動の肉声に、あなたもぜひ、耳を傾けて下さい。